INVICTICON

Printausgabe, erschienen 2023
1. Auflage

ISBN: 978-3-96937-112-1

Copyright © 2023 LEGIONARION Verlag
im Förderkreis Literatur e.V.
Sitz des Vereins: Frankfurt/Main
www.legionarion.de

Text © Christoph Gschoßmann

Coverdesign: © Dream Design
Umschlagmotiv: © shutterstock 502960813 / 1840574989

Druck: AKT AG, FL-9497 Triesenberg (AgenTisk Huter d.o.o)

Bibliografische Information der Deutschen Nationalbibliothek:
Die Deutsche Nationalbibliothek verzeichnet diese Publikation in der
Deutschen Nationalbibliografie;
detaillierte bibliografische Daten sind im Internet über
http://dnb.d-nb.de abrufbar.

CHRISTOPH GSCHOßMANN

BAND 1

Das Buch

Was, wenn du wählen müsstest: Jeden Tag einen anderen Körper, oder ein Leben lang denselben? Vor dieser Entscheidung stehen der Teenager Luka und seine Mitmenschen im Jahr 2095 jede Nacht. Niemand weiß warum, doch die Welt hat sich verändert. Körper und Geist trennen sich im Schlaf – wenn man es nicht zu verhindern weiß. Vertrauen ist das neue Geld, und nur hinter den Mauern der »Einheit« ist man sicher vor den Körperdieben. Doch wer genau sind diese Anderen, diese Heimatlosen, diese Zerrissenen, wirklich? Sind sie überhaupt noch echte Menschen? Als Luka gleich zwei Körperdiebe enttarnt, gerät seine Welt unvermittelt aus den Fugen.

Kapitel 1

Der Mann auf dem Zaun

SAND RIESELTE AUF SEINE Haare. Rund um Luka stürzte die Decke zusammen.

Er dachte nicht mehr nach – er sprang. Halb rutschend, halb stolpernd schlitterte er über den Balken nach unten und landete in den wartenden Armen von Pip. Der schaffte es irgendwie, Lukas Schwung mitzunehmen. Arm in Arm rannten sie aus dem Eingang, stürzten zu Boden und sahen in ungläubigem Entsetzen dabei zu, wie das ganze Haus in einem letzten matten Krachen in sich zusammenbrach.

Sie keuchten. Luka fühlte, wie Pips Hand sich um seinen Arm schloss und ihn hochzog.

»Kannst du laufen?«, fragte ihn Pip. Als Antwort hustete Luka Ruß und Staub aus. Aber er nickte.

Sie liefen los. Luka hielt sich die Brust und fühlte sein Herz rasen. *Das war knapp, fast zu knapp. Die Treppe. Der Rauch. Die Knochen. Nur weg hier.* Er hatte Schrammen, Seitenstechen und keine Ahnung, wohin sie mussten.

Er hatte Mühe, mit Pip mitzuhalten. »Komm schon, schlaf nicht ein!«, hörte er von vorne. »Wegen dir steckt uns die Furche noch ins Loch!«

Luka übersprang eine Kiste leerer Equanimierer-Fläschchen. Körperschutz, wie er auch im Heim ständig gebraucht wurde. Die Furche ... was ihre Heimvorsteherin wohl mit ihnen machen würde, sollten sie wirklich zu spät kommen? Auch Luka tippte auf das Loch im Heimkeller. Es schauerte ihn bei dem Gedanken an das rattenverseuchte Kellerabteil.

Als sie fast am Ziel waren, legten sie ihre Masken an: Luka streifte sich seinen mit Gummiband befestigten Donald Duck über und bedeckte den Kopf mit seiner Kapuze. Pip schlüpfte in seinen Stormtrooper-Helm.

Eingekeilt von dunklen Häusersilhouetten und bedrückt von einem wolkenverhangenen, sternlosen Nachthimmel steuerten sie auf flackernden Lichtschein zu, der am Ende der Straße auf sie wartete. Dort erreichten sie eine von hohen Umrissen umrahmte Freifläche. Fackeln tauchten sie in Bodennähe in schummriges Zwielicht. Luka erkannte spitze Fassaden und einen markant gezackten Turm. Die obersten, sandgelben Zinnen wurden von der Nacht verschluckt. Luka fühlte sein Herz pochen. Das *Erste Haus*. Das Zentrum der *Einheit*. Sie waren da. Aber sie waren zu spät.

Schon nach ein paar Schritten fanden sie sich in ordentlichen Reihen dunkler Gestalten wieder, die sich in stummer Andacht erwartungsvoll zur Mitte gewandt hatten. Fast alle waren maskiert oder durch schwarze Kapuzen verhüllt, wie es bei offiziellen Anlässen die Regel war. Luka schluckte, als sie Reihe um Reihe passierten. Es mussten Hunderte sein, und doch war kaum ein Mucks zu hören. Die angespannte Stille trieb ihm einen kalten Schauer über den verschwitzten Rücken. Einzig die Flammen züngelten munter vor sich hin. Vom Turm und von den Balkonen rund um den Platz hingen Banner, die im sanften Wind flatterten. Auf ihnen prangte das Symbol der Einheit – zwei ineinander liegende rote Kreise, die das weiße Innere vom schwarzen Äußeren trennten. Wenn man es nicht besser wusste, sah es aus wie ein pupillenloses Auge, aber wie jedes Kind der Einheit kannte auch Luka ihre Bedeutung: Es waren Schutzkreise. Geistiger und körperlicher Schutz, um die Einheit eines jeden zu bewahren.

Luka passierte Umhang um Umhang. All diesen Menschen bedeutete die Einheit alles, schoss es ihm durch den Kopf. Sie alle empfanden es gewiss als große Ehre, der historischen Rede des *Ersten* zum dreißigjährigen Jubiläum der Einheit beizuwohnen. Viele waren bestimmt Ranghohe. Zweifellos erbosten sie sich darüber, wie ausgerechnet zwei halbstarke Waisen es sich herausnehmen konnten, die feierliche Zeremonie zu stören. Was hatte er sich nur dabei gedacht, Pip in diese verkohlte Ruine zu folgen? Seine Kehle fühlte sich ausgetrocknet an, und seine Knie wurden bei jedem Schritt weicher. Pip dagegen behielt zum Glück einen klaren Kopf. Zielsicher führte er sie durch die Vermummten. Unweit des Podiums in der Platzmitte hielten sie vor einer winzigen, ebenso schwarz verhüllten Umhangträgerin an. Die buckelige Schrumpfgestalt stützte sich auf einen Stock. Sie ging beiden Teenagern nur bis zur Brust. Es konnte nur sie sein: die Furche höchst selbst.

Pip zeigte vor der Heimvorsteherin den Einheitsgruß. Er streckte den linken Ellenbogen auf Schulterhöhe waagrecht nach außen, spannte denselben Arm an und ballte eine Faust. Diese platzierte er auf seinem Herzen und beschrieb einen Kreis. Er sah zu Boden und sprach sie gedämpft und bedächtig an.

»Grüner Klee 48«, begann er regelkonform mit seinem Passwort. »Ich bitte demütig um Vergebung, Frau Heimvorsteherin. Es gibt keine Entschuldigung für unser Verhalten und wir werden jede Strafe glücklich akzeptieren. Ach ja, Luka hier ist sauber.« Dieser hatte ebenfalls salutiert und nun den Kopf gesenkt. Die Heimvorsteherin schwieg. Luka war dankbar, dass ihr Gesicht verborgen blieb. Die wutverzerrte Fratze der faltigen Greisin ließ ihn jedes Mal wieder zu Eis erstarren. Sie blieb zwar stumm, doch man merkte ihr an, dass sie mit sich kämpfte. Die alte Frau atmete schwer und hielt ihren Stützstock verkrampft, die Metallspitze kratzte über die verdreckten Pflastersteine. Zu gerne hätte sie ihnen jetzt den Kopf abgerissen. Doch selbst die Heimvorsteherin konnte ihnen vor der versammelten Einheit und noch dazu Augenblicke vor der Rede des Ersten keine Szene machen. Mit offenkundiger Abscheu wandte sie sich von ihnen ab, als existierten sie nicht. Dankbar nahmen sie das zum Anlass, sich neben den anderen Heimkindern einzureihen.

Auf dem Podium regte sich etwas. Es wurde noch stiller, selbst der Wind hatte sich gelegt. Luka merkte, wie er selbst den Atem angehalten hatte. Es war das erste Mal, dass er den Ersten sehen würde. Den Gründer und Anführer der Einheit.

Vier in der Schutzfarbe Rot gekleidete, unmaskierte Einheitswächter stiegen auf die Plattform und postierten sich an den Ecken, mit den Gesichtern zur Menge. Ihnen folgten drei schwarze Kapuzenträger, die in die Mitte traten.

Einer war dünn. Unter seiner Kapuze lugte eine venezianische Pestmaske hervor. Der zweite war sehr breit. Er führte einen Hund an der Leine und spähte leicht gebückt in jede Richtung, als würde er nach Gefahr wittern. Das Tier – eine Bulldogge – tat es ihm gleich. Aber sie waren es nicht. Keiner von ihnen war der Erste. Der dritte musste es sein.

Er war groß. Luka hatte viele Geschichten gehört und noch nie jemanden getroffen, der Darius 1-K schon einmal selbst zu Gesicht bekommen hatte. Aber das, was er jetzt sah, übertraf seine kühnsten Vorstellungen. Der Erste Mann der Einheit maß fast zweieinhalb Meter. Wie ein Leuchtturm überragte er seine Gefolgsleute. Dieses eine Mal hatte Pip nicht übertrieben.

Der Erste trat in die Mitte des Podiums, auf dem ein dreistufiges Podest aufgebaut war. Er bestieg es. Kerzengerade türmte er sich dort auf, jedes Augenpaar auf dem Platz war ihm zugewandt. Mit stoischer Ruhe hob nun auch der Erste den linken Arm zum Einheitsgruß. Schweigend salutierte daraufhin die Menge. Auch Luka, der nun wie alle den vollen Gruß ausführte: Der linke, ausgestreckte Ellenbogen ruhte auf der rechten Schulter seines Nachbarn: auf der Schulter von Pip. Auf diese Weise entstanden lange Ketten, die den Zusammenhalt der Gemeinschaft symbolisierten.

Der Erste senkte den Arm. Erneut folgte die Menge seinem Beispiel. Langsam blickte er einmal ringsum. Nach einem Moment absoluter Stille begann er zu sprechen.

»Wer einen Unterschied zwischen Leib und Seele macht, besitzt keines von beiden.« Sein tiefes, durchdringendes Organ ging Luka durch Mark und Bein. Er betonte jedes Wort, sprach sehr langsam und deutlich.

»Das lehrt uns Oscar Wilde. Der Dichter beschreibt, was das menschliche Wesen ausmacht. Eine Einheit. Eine Einheit von Physis und Psyche. Ein untrennbares Zusammenspiel des Geistes und des Körpers, den er bewohnt. So will es die Natur. Wir alle folgen dieser natürlichen Ordnung. Wir folgen ihr weiterhin. Auch wenn wir seit jenem Tag vor genau dreiunddreißig Jahren jede Nacht fürchten müssen, dass sie uns genommen wird.«

Er wandte sein Gesicht leicht nach oben. Luka erahnte seine kantigen Züge. »Der Tag des Blitzes. Der Tag, der die Welt veränderte: Der 18. September 2062. Zuerst versagten die Maschinen den Dienst. Kollektiv und ohne Vorwarnung. Wir waren so abhängig von der Technik – das Chaos war unvorstellbar. In unserer Not wandten wir uns einander zu. Zumindest würden wir am Morgen bei unseren Liebsten erwachen, so dachten wir. Doch unsere Augen täuschten uns.«

Er ballte seine mächtige rechte Pranke zu einer Faust und presste sie gegen sein Herz. »Jeder, der dabei war, kann seine eigene, furchtbare Geschichte davon erzählen. Beste Freunde erkannten sich nicht wieder. Kinder suchten bei ihren Eltern Schutz, doch ihre Beschützer waren falsch. Liebende erlitten Todesqualen, als sie begriffen, dass sich im Körper ihres Partners ein Fremder eingenistet hatte.«

Darius schüttelte den Kopf. »Niemand hat verstanden, was passiert ist. Wir verstehen es heute noch nicht. Aber als es so blieb, als alles so anders, so grundlegend falsch blieb, und wir mit dieser widernatürlichen Veränderung leben mussten … waren wir tot. Wir fühlten nichts. Nur tiefe, dunkle Einsamkeit. Heute gedenken wir jener dunklen Zeit. Und denen, die wir verloren haben.«

Der Erste machte eine Pause und senkte den Kopf. Viele in der Menge taten es ihm gleich. Luka hörte ringsum unterdrücktes Schluchzen. Die Erinnerung an den Tag des Blitzes war bei vielen noch frisch. Luka war erst siebzehn Jahre später geboren worden, doch auch er schloss die Augen. Er stellte sich vor, welch emotionale Torturen die Menschen damals erlebt haben mussten. Es fröstelte ihn bei dem Gedanken, dass Pip und seine Freunde ihn nicht mehr erkannten. Dass er völlig alleine wäre auf der Welt.

Luka spähte zu dem riesenhaften Mann auf dem Podium. Auch er hatte den Kopf gesenkt. Jedes Einheitskind kannte die Geschichte von Darius 1-K, der seine Geliebte in dem Chaos wiedergefunden und gerettet hatte. Um sie zu beschützen, hatte er hier im Ersten Haus die neue Gemeinschaft der Einheit gegründet. Kein Zweifel, dass der Erste jetzt an sie dachte.

Geduldig wartete Darius, bis er sich wieder der Aufmerksamkeit aller sicher war. »Wir haben unsäglich gelitten«, sagte er. »Erst später verstand ich, was ich an jenem Tag nicht verloren hatte … und das war ich selbst. Meinen eigenen Geist in meinem eigenen Körper. Mein innerster Wesenskern wurde nicht brutal zerrissen, genauso wenig wie eurer. Wir haben überlebt. Wir haben unsere Einheit behalten.« Er nickte, wie um seine Worte zu bestätigen. Luka sah viele seinem Beispiel folgen.

»Heute vor dreiunddreißig Jahren ging die Welt unter. Doch es war nicht das Ende. Wir taten, was nötig war, um zu überleben. Wir fanden Wege, unsere Körper zu schützen. Mitten im größten Chaos der Menschheitsgeschichte schufen wir eine Insel des Vertrauens, der Sicherheit und des Friedens.«

»Aber«, sagte er und klang verändert. Dunkler. »Wir müssen für diesen Frieden kämpfen. Ihr habt alle gesehen, was dort passiert ist.« Er zeigte in Richtung der Ruine, über der dünne Qualmschwaden aufstiegen. Nervös fummelte Luka in seiner Hosentasche herum.

»Die Gerüchte sind wahr. Der Brand in diesem Equanimierer-Lager war ein hinterhältiger Anschlag auf unseren kostbaren

Körperschutz.« Rund um Luka gab es gedämpftes Gemurmel, das aber schnell verebbte, als der Erste beschwichtigend die Hand hob. »Unsere Gemeinschaft ist stark. Aber jeder, der sich in Sicherheit wiegt, verschließt die Augen vor der Wirklichkeit. Schaut auf den Rauch. Schaut euch die Ruine an – sie terrorisieren uns noch immer. Sie werden nicht ruhen, bis sie all unsere Körper entweiht, brutal zerrissen und für ihre Zwecke missbraucht haben. Ich spreche von den Terroristen. Von den *Körperdieben*.« Das letzte Wort sprach er abfällig aus, wie eine schlimme Krankheit. »Sie, die damals zerrissen worden sind. Sie, die alles Menschliche verloren haben. Sie, die das Leben unserer Liebsten beendet haben. Ständig trachten sie nach neuen Körpern. Sie wollen die Einheit darin entzweien, die Körper stehlen und benutzen. Sie kennen keine Gemeinschaft. Wie wilde Tiere gieren sie nur nach neuem Futter für ihre unheilbar zerfetzten Seelen.«

Darius erhob mahnend einen Finger. »Doch das ist ihnen nicht mehr genug. Sie bedrohen uns nicht mehr nur nachts, wenn sie nach schutzlosen Körpern suchen. Wenn sie sich nicht in uns einschleichen können, wollen sie uns brennen sehen. Uns und unseren Körperschutz. Wären wir nicht wachsam gewesen, wäre von unserer Stadt nicht mehr übrig als ein Rußfleck.« Er ließ eine Faust auf eine Handfläche niederfahren.

»Wir waren wachsam«, sagte er. »Wir wussten, dass sie kommen. Ja, das Haus ist abgebrannt. Aber niemand wurde verletzt. Auch unsere wertvollen Equanimierer blieben verschont. Einige Terroristen gingen uns sogar ins Netz. Nun wollen wir zu einem Schlag ansetzen, von dem sie sich nicht mehr erholen können. Diejenigen, die uns bedrohen, müssen endlich bezahlen.« Luka hörte anerkennendes Gemurmel. Diesmal schnitt der Erste die Stimmen nicht ab.

»Wir wollen« noch ein anderes, ein freudiges Jubiläum begehen«, sagte er. Heute in elf Tagen jährt sich das erste Zusammentreffen der drei Gründungsmitglieder der Einheit zum dreißigsten Mal. Zu diesem Anlass finden übermorgen in der Arena Kämpfe statt.

Am Jubiläumstag selbst feiern wir dann das größte Fest, das die Welt seit dem Blitz erlebt hat.«

Luka meinte Pip unter seinem Helm schnappend atmen zu hören. Das Wort *Arena* hatte immer eine magische Wirkung auf ihn.

»Ja, wir werden feiern. Aber heute gedenken wir dem Tag, der unsere Welt veränderte«, sagte er. Wieder wurde es still.

»Wir sind noch hier, und wir wehren uns weiter. Wir kämpfen weiter«, sagte er und zeigte wieder auf die Ruine. »Gemeinsam für die Einheit.« Sprecher und Zuhörer salutierten erneut.

»Darius!«, rief jemand aus, es folgte ein Klatschen. Binnen weniger Sekunden posaunten zahllose Kehlen den Namen des Ersten hinaus. Die Menge applaudierte, auch Pip und Luka klatschten eifrig.

Luka mochte manchmal das von der Einheit ins Leben gerufene Heim oder seine Vorsteherin verfluchen. Aber spätestens jetzt, da er Darius 1-K zum ersten Mal selbst gesehen hatte, wusste er: Er hielt diese Gemeinschaft zusammen. Er war der geborene Anführer. Und er würde weiter dafür sorgen, dass sie nachts ruhig schlafen konnten.

Luka hielt den beißenden Gestank nicht mehr aus. Erneut stellte er den Korb Equanimierer auf der nassen Straße ab. Er stützte sich auf den Knien ab und spuckte aus, selbst sein Mund schmeckte nach faulen Eiern. Irgendetwas in dem Korb roch widerlich. Eines der Fläschchen musste offen sein und vergoren. Vom gebückten Tragen des Drahtgestells schmerzte sein Rücken. Er war hundemüde, eiskalt und nass bis auf die Knochen.

Die frische Nachtluft verdrängte den Fäulnisgeschmack. Genussvoll saugte er sie ein. Hätte er seinem Geruchsorgan nicht alle paar Minuten eine solche Pause gegönnt, hätte er sich schon längst übergeben müssen.

»Dass sie gleich an Ort und Stelle mit der Bestrafung beginnt, hätte ich nicht erwartet«, gab er kopfschüttelnd zu.

»Wenn es ums Bestrafen geht, ist sie kreativer, als man es ihr zutraut«, antwortete Pip, dessen sonst so widerspenstige Locken lustlos an seiner Schläfe klebten. Pip stellte seinen Korb neben Lukas. »Strafen sind sozusagen ihre Gemälde, verstehst du.« Er führte eine ausladende Handbewegung aus, als ob er den Regen mit einem Pinsel in die Nachtluft zeichnen würde. »Da lebt sie sich aus, die gute Furche. Man hat es ihr richtig angemerkt, wie ihr Zorn in Freude umgekippt ist, als ihr klar wurde, dass sie sich jetzt was Schönes für uns ausdenken kann.«

Luka antwortete nicht. Er hatte vermieden, die Heimvorsteherin anzusehen, auch als sich die Versammlung aufgelöst hatte. Das Heim und ihre Leiterin waren ihretwegen denkbar knapp an einer öffentlichen Demütigung vorbeigeschrammt. Die Alte hatte ihnen prompt einen gleichermaßen unangenehmen wie unsinnigen Auftrag erteilt. Während die anderen Heimkinder bei leichtem Nieseln gemächlich zurück zum Heim getrottet waren, zogen die beiden Freunde in die andere Richtung los. Sie sollten am anderen Ende der Stadt eine »Sonderlieferung« Equanimierer abholen. Luka und Pip wussten genau, dass die Lieferung ohnehin am Morgen zum Heim geschickt worden wäre. Um das zu verhindern, hatte die Heimvorsteherin den Panscher vorsorglich abgepasst. Der Mann mit der Pestmaske auf dem Podium war der Erfinder der Equanimierer und für diese in der ganzen Einheit zuständig. Nur brauchte niemand im Heim diese beiden Körbe mit Körperschutz noch heute Nacht. Es ging ihr nur um die Genugtuung. Genauso klar war den beiden Waisen, dass das hier nur der Anfang war. Der allererste, bestialisch stinkende Pinselstrich.

Luka richtete sich auf, streckte sein Kreuz durch und starrte in die Dunkelheit vor sich. Vor ihnen lagen bei diesem Tempo noch mindestens zwei Stunden Weg. Selbst Pip kannte sich in diesem verlassenen Industriebezirk nicht aus. Wie es der Zufall wollte – oder besser gesagt die Heimvorsteherin –, lag dieses bestimmte

Lager im äußersten Bereich des Außenbereichs. Immer wieder war ihr Weg von schwer zu überwindenden Gitterzäunen durchzogen, was ihnen Umweg nach Umweg bescherte.

Ein solcher Zaun erstreckte sich auch längs der Straße, auf der Luka gerade stand. Durch die nasse, verschwommene Finsternis blieb sein Blick an einem der baumhohen Pfosten hängen. Irgendetwas kam ihm daran seltsam vor. Der Pfosten schien oben dicker und höher als die anderen. Luka ging ein paar Schritte darauf zu. Er verengte die Augen, schirmte diese mit der Hand vor den gröbsten Wassermassen ab und fokussierte die Stelle. Auf dem Zaun zeichneten sich die Umrisse eines Menschen ab.

Er wollte schreien oder umkehren, da zuckte in der Ferne ein Blitz. Der Junge und der Fremde sahen sich im weißlichen Licht eine Sekunde lang in die Augen. Der dürre Mann trug weder Kapuze noch Maske, nur ein durchnässtes weißes T-Shirt. Es gab nur eine Erklärung: Es war ein Körperdieb auf der Flucht.

Luka nahm die Hand herunter, verharrte regungslos und fixierte den dunklen Umriss. Der Mann rührte sich ebenfalls nicht. Dann vollführte dieser langsam eine Geste: Er legte sich einen Finger auf den Mund.

Luka zögerte. Er machte den Mund zu, in dem ihm der Aufschrei stecken geblieben war. Er wusste nicht wieso – aber er deutete ebenso langsam wie der Fremde ein Nicken an.

»Was ist los, ist da was?«, hörte er hinter sich Pip fragen. Seine Schritte platschten in den Pfützen.

»Nein, bleib …«, konnte Luka nur noch sagen, als ein weiterer, deutlich hellerer und längerer Blitz den Fremden schonungslos preisgab.

»Hey! Du da oben!«, rief Pip und zeigte anklagend mit dem Finger auf die Gestalt. »Körperdieb!«

Der Mann auf dem Zaun reagierte sofort. Er sprang auf der Luka und Pip abgewandten Seite nach unten, erwischte auf halber Strecke einen Halt für seine Hände, nahm den Schwung mit und rollte sich behände auf dem Boden ab. Die beiden Jungen waren für einen Moment perplex über diesen waghalsigen Sturz. Der Fremde stob davon.

Pip fand schnell die Fassung wieder. Er hastete zu einer Öffnung im Zaun und setzte ihm nach. Auch Luka zwängte sich durch das verrostete Gestänge unter der Tür hindurch, die nur noch an einer Angel hing. Luka sah Pips Umrisse in der Dunkelheit verschwinden. Er hielt darauf zu und traf auf eine Gebäudefront. Zwischen zwei Lagerhallen war ein weiterer Zaun gespannt. Luka erkannte Pip, der in einem Meter Höhe vergeblich versuchte, in dem engmaschigen Drahtgewirr Halt zu finden, abrutschte und platschend auf dem Hosenboden landete. Luka konnte sich ein Lächeln nicht verkneifen.

»Wie hat er das gemacht! Verdammt!«, fluchte Pip. »Der Typ ist mit 'nem Mordstempo darauf zu gerannt und hat sich hochgezogen, da, an der Wand! Komm schon, wir müssen irgendwie rüber!«

Luka schaute sich den Zaun an. Oben war er scharfkantig und bot kaum Halt. »Und wie soll das gehen? Hast du die Zacken gesehen?«, antwortete er und half seinem Freund auf. Er schätzte, dass der Fremde mittlerweile ohnehin über alle Berge war, zumal selbst solche Hindernisse ihn nicht aufhielten.

Pip schnaufte und prüfte den Zaun selbst. Seine Lippe kräuselte sich missmutig. Er drehte sich ruckartig zu Luka. »Was war da gerade mit dir los? Wieso hast du nichts gesagt? Du hast einfach so dagestanden!«

Luka antwortete nicht gleich. »Ich … war mir nicht sicher, was ich da oben gesehen hab«, gab er zurück. Er wich Pips forschendem Blick aus. Sein eigener blieb am linken unteren Ende des Zauns hängen. »Hey, können wir nicht drunter durch?« Er schob Pip zur Seite. Der Zaun war hier locker. Luka bog ein loses Ende des

Drahtgeflechts nach oben und schaute Pip auffordernd an. Der schien für einen Moment verdutzt, grinste aber und kroch auf allen vieren durch die nächste Pfütze auf die andere Seite.

»Manchmal ist es gar nicht so verkehrt, dich dabei zu haben«, lobte er, bevor er selbst den Zaun für Luka nach oben hielt. »Los jetzt, der Typ ist zwar schnell, aber wenn mich nicht alles täuscht, kommt da vorne der Fluss. Dann sitzt er vielleicht fest. Er ist allein, wir sind zu zweit! Die tausend Meriten gehören uns!«

Luka schluckte. Klar, Pip wollte ihn enttarnen und ausliefern. Bevor er etwas erwidern konnte, war sein Freund schon wieder auf und davon. Er sprintete hinterher, und schon hörte er immer deutlicher das Wasserrauschen. Der Fluss. Je näher er dem Gewässer kam, desto mehr übertönte es selbst das Getrommel des unaufhörlichen Regens auf den Wellblechdächern der Lagerhäuser. Am Fluss teilte sich der Weg. Pip bog, ohne zu zögern, nach rechts ab. Der linke Weg war völlig ausgespült und unbegehbar. Bei den Wassermassen, die der Fluss im Moment führte, wäre es selbst für den geschickten Fremden glatter Selbstmord gewesen, sein Glück dort zu versuchen. Die beiden Jungen erklommen eine Treppe und Luka erkannte, wohin der Weg führte. Vor ihnen erstreckte sich ein Staudamm über das Gewässer. Sie folgten dem schmalen Pfad, der links von einem Metallgeländer, rechts vom Graffiti-beschmierten Dammgebäude begrenzt war. Lukas Blick blieb kurz an einem besonders gut gelungenen Werk hängen, das eine Lawine aus gelben Tennisbällen zeigte, die das Erste Haus überschwappte.

Sie waren schon zu halber Strecke über den Fluss, als Pip auf einen flackernden Lichtschein deutete. Er erhellte den Regen, das Geländer und die Wellen, die daran hochpeitschten.

»Da vorne ist irgendwer!«, schrie Pip über das tosende Rauschen hinweg in Lukas Ohr. Luka hielt ihn an der Schulter zurück, doch Pip schüttelte seine Hand ab und wagte sich weiter vor. Der Feuerschein kroch hinter einer Ecke hervor. Geduckt schlichen sie weiter. Pip spähte um die Ecke. Luka zögerte erst, doch dann beugte er sich um die Schulter seines Freundes. Nicht der Fremde wartete dort –, sondern jemand, den er kannte. Jemand, der Luka noch viel mehr Angst einjagte als alle Körperdiebe dieser Welt.

»Hey, ihr da! Zeigt euch!«

Es war zu spät. Sie hatten sie gesehen. Luka und Pip tauschten einen Blick. Pip verließ die Deckung, Luka folgte zögerlich. Sie gingen auf die drei Gestalten zu, die in einer windgeschützten Ecke um ein Lagerfeuer gesessen hatten. Zigarettenstummel zischten in einer Pfütze. Sofort zogen sie ihre Kapuzen und Masken auf. Luka sah die feuerroten Haare von Jan, dem Sohn des Ersten, unter einer kunstvoll geschnitzten Drachenmaske verschwinden. Luka und Pip folgten ihrem Beispiel, sodass Donald und der Stormtrooper nun einem von zwei Skeletten flankierten schwarzen Ungetüm gegenüberstanden. Der Drache, der die Knochengeripppe um einen Kopf überragte, baute seine Muskeln vor Pip auf.

»Was habt ihr beiden Witzfiguren denn hier zu suchen?« Jans Stimme hallte bedrohlich durch das Gemäuer. »Ihr traut euch nach heute Abend immer noch auf die Straße! Ich muss meinen Vater mal darüber aufklären, wie lax die Bestrafungen in den Heimen sind.« Er lachte düster.

»Ihr habt Glück. Mein Vater schert sich nicht um Wanzen wie euch. Aber er weiß auch nicht, dass ihr ihn fast bloßgestellt habt. Ich schon.« Er ballte die Hände bedrohlich zu Fäusten.

»Warte, warte, hör mal zu!«, rief Pip. »Hier war gerade ein Körperdieb! Wir sind einem entlaufenen Körperdieb auf der Spur!«

Jan erstarrte. »Was? Wo? Sag schon, Mann!«, forderte er und packte Pip an den Schultern.

»Ganz ruhig! Er muss hier noch irgendwo sein« antwortete Pip und wischte Jans Hände weg. Der funkelte ihn zornig an, ließ ihn aber gewähren.

»Bist du sicher?«

»Er konnte keinen anderen Weg nehmen. Wir haben ihn von den Lagerhallen hierher verfolgt.«

»Aber wie du siehst, ist hier niemand! Das hier ist ne Sackgasse, seit der Weg weggeschwemmt worden ist«, erklärte Jan lautstark und zeigte auf den ehemaligen Pfad, der einst zum anderen Flussufer geführt hatte. Mannsgroße Pflastersteine, die von den schäumenden Fluten umspült wurden, ragten heraus.

»Der Typ ist auf Zack«, fügte Pip mit gedämpfter Stimme hinzu. »Der ist leise und schnell. Der versteckt sich irgendwo. Wir hätten ihn auch fast nicht gesehen.«

Für einen Moment herrschte Stille. Pip, Jan und seine Begleiter blickten sich um, überprüften die dunklen Ecken, warfen die Decken und den Müll beiseite, der in einer Nische lag. Luka folgte ihnen, wandte sich dann aber wieder zurück. Als er sich umdrehte, sah er sie – zwei Hände, die sich an einem der unteren Geländerpfosten festhielten. Luka schlug das Herz bis zum Hals. Abermals schwieg er. Was machte er hier nur? Er drehte sich um und lehnte sich mit dem Rücken gegen die Wand.

»Hier ist niemand!«, schrie Jan verärgert und warf mühelos ein altes Fahrrad zur Seite, das krachend vor Pip landete.

»Wehe, du verarschst mich«, sagte Jan mit drohender Stimme zu Pip.

»Tu ich nicht. Warum sollten wir sonst hier sein? Was macht ihr überhaupt hier?«

»Das geht dich einen Scheiß an. Jetzt verrat mir mal eins: Wie habt ihr ihn denn beim ersten Mal gefunden, euren unsichtbaren Körperdieb?«

»Luka hat ihn auf einem Zaun entdeckt«, gab Pip zurück.

Blitzschnell drehte sich Jan um. Er packte Luka und rammte mit dem Ellenbogen dessen Schulter gegen das Gemäuer. Ein stechender Schmerz durchzuckte ihn. »Na sieh mal einer an. Ist das so? Nun, vielleicht hast du ja noch mal so viel Glück«, flüsterte er ihm zu. Die roten Drachenzähne leuchteten im Flackern der Flammen drohend auf. Jan drückte fester zu. Sein Gesicht war Lukas so nah, dass er trotz der Maske Jans Augen erkennen konnte. Wild und weit aufgerissen fixierten sie ihn. Er schien zu allem imstande. Pip wollte eingreifen, aber die Skelette packten ihn. Jans Ellenbogen grub sich tiefer in Luka hinein. Er sog scharf Luft ein und biss sich auf die Lippen. Jan wollte ihn winseln hören, aber den Gefallen würde er ihm nicht tun. Er keuchte schwer, er wehrte sich vergebens – und für einen Wimpernschlag wanderten seine Augen zum Geländer.

Jan runzelte die Stirn. Er folgte Lukas Blick.

»Was zum …«, brachte Jan nur hervor. Er ließ Luka los. »Da! Da hängt er!«

Wieder war der Gesuchte der erste, der sich bewegte. Er hangelte sich nach links, führte seine Hände dabei mit beachtlicher Geschwindigkeit über Kreuz, während Welle um Welle auf ihn einbrach und ihn von Kopf bis Fuß umspülte. Der nächste Schwall spritzte bis weit über das Geländer.

Als sich das Wasser wieder gesenkt hatte, waren auch die Hände fort. Die fünf Jungen spurteten auf die Stelle zu. »Er ist weg!«, rief Pip, der als erster am Abgrund ankam. Luka beugte sich über das nasse Rostgestänge nach vorn. Er hörte das tosende Wasser. Aber er sah nichts als tiefe, umrisslose Schwärze.

»Wer ist weg? Was ist hier los?«, fragte eine barsche Männerstimme. Luka erkannte erst jetzt, dass sich vom Dammweg eine Laterne genähert hatte, die deren Träger vor sich hielt. Im blendenden Lichtschein konnten sie nichts erkennen, aber als die Laterne die Jungen erreichte, hatten sich Lukas Augen an die Helligkeit gewöhnt. Der maskenlose Mann war komplett in leuchtendem Rot gekleidet. Vor ihm stand ein kräftiger Roter Wächter, der die Szene mit alten, aber aufmerksamen Augen abschätzte.

»Hier war ein Körperdieb, Jo«, erklärte Jan. Er kannte ihn also. Vermutlich war der Sohn des Ersten mit allen Wächtern und Ranghohen in der Einheit per du, mutmaßte Luka.

»Wegen dieser beiden Helden hier ist er uns aber entwischt.«
Jan neigte den Kopf abschätzig in Richtung Luka und Pip. Gleichgültig zuckte er die Schultern. »Ersoffen.«

»Hm«, brummte Jo. »Dann komm jetzt. Dein Vater hatte so eine Ahnung, wo du dich herumtreibst. Ich soll dich nach Hause bringen.«

Luka und Pip tauschten einen verstohlenen Blick und mühten sich, nicht zu lächeln. Selbst der Sohn des Ersten hatte offenbar eine Sperrstunde. Jan entging das nicht. »Was gibts da zu glotzen? Ich werd dich …«

»Ruhe!«, unterbrach ihn Jo. Der alte Wächter war nach Jans Anmerkung ans Geländer getreten und leuchtete die Stelle mit seiner Laterne ab. »Hier, da unten ist er doch!«

Luka beugte sich noch einmal in Richtung Wasser. Diesmal erhellte der Lichtschein die Steinmauer und einen Vorsprung, auf dem der Körperdieb kauerte. Er wirkte am Ende seiner Kräfte und blickte resigniert in den Abgrund.

»Im Namen der Einheit! Komm sofort herauf!«, rief Jo dem Flüchtenden zu.

Der Angesprochene rührte sich zunächst nicht, doch raffte sich dann langsam auf. Sein leerer Blick traf Lukas erneut. Der Junge erkannte, dass sich der Mann nicht zum Klettern bereit machte –, sondern zum Sprung.

»Er hat sich bei mir freiwillig gemeldet!«, hörte Luka sich ausrufen.

Alle um ihn herum verharrten wie paralysiert. Pips Mund stand offen. Auch der Körperdieb rührte sich nicht. Luka konnte selbst nicht glauben, was er gerade gesagt hatte. Im Gesicht des Fremden las er eine Mischung aus ungläubigem Erstaunen – und den Anflug eines Lächelns. Luka fühlte sich in seinem Impuls seltsam bestätigt.

»Er hat sich bei mir freiwillig gemeldet«, wiederholte er mit festerer Stimme. »Schon bevor wir euch getroffen hatten. Er hatte nur Angst und sich vor euch versteckt. Es war ein Missverständnis.«

»Was? Was redest du für einen Mist!«, fuhr Jan dazwischen und schubste Luka weg, der zu Boden ging und sich Knie und Hände aufschrammte. »Ich habe den Dieb entdeckt, Jo«, hörte er Jan sagen. »Der kleine Gauner lügt wie gedruckt!«

Der Wächter überlegte kurz und bedeutete Jan mit einer Handbewegung, zu schweigen. Dieser schien ob dieser Respektlosigkeit schockiert, folgte aber. Jo nahm sich einen von Jans Begleitern zur Brust. Er zog dem dickeren, größeren der beiden kurzerhand den Skelettstrumpf vom Kopf, legte ihm beide Hände auf die Schultern und sah ihm direkt in die Augen, was diesem spürbar unangenehm war.

»Du. Du heißt Kim, stimmt's? Die Wahrheit, Kim. Stimmt es, dass diese beiden den Flüchtigen zuerst gesehen haben?«

Kims Gesicht war ohnehin zerknautscht, zweifellos von den zahllosen Schlägereien, in die er für Jan geriet. Jetzt zog er es zu einer faltigen Fratze zusammen, als wollte er so verhindern, dass ihm auch nur ein Wort entglitt. Er wand sich unter dem Druck Jos eiserner Hände und suchte Jans Blick. Der aber stand hinter ihm. Luka tat er fast schon leid.

»Die Wahrheit, Junge. Du bist der Einheit verpflichtet«, bellte Jo ihn an.

Kims Gesicht entspannte sich leicht. Dann nickte er.

»Also gut«, sagte Jo und atmete tief aus. »Du! Du da unten! Du brauchst keine Angst zu haben. Die Einheit kümmert sich um dich, du hast das Richtige getan, indem du dich gemeldet hast. Siehst du die Leiter dort? Komm jetzt rauf, wenn du kannst.«

Der Flüchtige sah erneut Luka an. Er schien nicht recht glauben zu können, wie ihm geschah. Doch er wandte sich vom Abgrund ab und kletterte langsam nach oben.

Jo fügte an Luka gerichtet an: »Es wird ein Tribunal geben, bei dem du vorsprechen musst. Du wohnst im Heim vierzehn, oder? Dein Bürge wird benachrichtigt. Wenn alles seine Ordnung hat, hat der Flüchtige nichts zu befürchten. Und du auch nicht.« Den letzten Teil fügte er ernst hinzu.

Jo half dem Körperdieb über das Geländer. Für einen Moment stand dieser etwas deplatziert in seinem weißen T-Shirt vor den sechs Einheitsmitgliedern mit ihren Masken und Uniformen. Luka schaute ihm erstmals aus der Nähe ins Gesicht. Der Mann war alt, viel älter, als Luka es ihm nach dessen halsbrecherischen Fluchtmanövern zugetraut hätte. Auf der linken Wange zog sich eine längliche Narbe bis zum Bart, der wie seine kurz geschorenen Haarstoppeln schon leicht ergraut war. Seine dunklen Augen ließen ihn müde wirken. Die Lider hielt er kaum mehr als einen Spaltbreit offen. Auf seinem rechten Handrücken prangte das *Mal*, das ihn wie alle Körperdiebe als solchen kennzeichnete: Eine Narbe in der Form zweier voneinander abgewandter Halbkreise. Zwei Cs, die im Gegensatz zum geschlossenen Kreis der Einheit die Zerrissenheit der Seele des Körperdiebs darin verdeutlichten.

»Gehen wir«, nahm Jo wieder die Initiative. »Und ihr beiden macht am besten auch, dass ihr nach Hause kommt.«

Der sonst so flinke, aber jetzt völlig entkräftete Körperdieb trottete langsam voran. Jo folgte. Offensichtlich widerstrebend schloss sich ihnen auch Jan an. Er schubste den todunglücklichen Kim vor sich her. Als Jan an Luka vorbeikam, zog er für eine Sekunde die Drachenmaske nach oben. Mit unverhohlenem Hass und einem triumphierenden Grinsen im Gesicht formte er mit seinen Lippen ein einziges, klar erkennbares Wort: *Morgen.* Schließlich waren Luka und Pip wieder allein.

»Mann … in deiner Haut möchte ich nicht stecken«, war alles, was Pip dazu zu sagen hatte.

Es tröpfelte. Rastlos lag Luka unter seinem Dachfenster und beobachtete die wirren Wasserbahnen. Manchmal gerade, manchmal, der Schwerkraft trotzend, diagonal oder fast quer. Die Bahnen veränderten sich ständig. Jeder neue Tropfen lief die alte

Bahn etwas anders ab. Schon rann das folgende Wasser in eine andere Richtung. Wie doch so wenig so viel verändern konnte.

Der wolkenverhangene Nachthimmel wurde langsam heller. Noch immer konnte er nicht schlafen. Pip schnarchte im Stockbett unter ihm sorglos vor sich hin, aber vor Lukas innerem Auge spielte sich die vergangene Nacht immer wieder ab.

Er musterte seinen aufgeschlitzten Unterarm, den er sich in der Ruine geholt hatte. Langsam bildete sich dort ein Schorf. Der viele Regen hatte die verrußte Wunde porentief ausgewaschen. Der Arm schmerzte, und auch sonst tat ihm alles weh. Vor allem seine von Jan malträtierte Schulter.

Der Rückweg vom Staudamm war die reinste Folter gewesen. Nicht nur wegen der Schmerzen, und nicht nur wegen der stinkenden Equanimierer-Fläschchen, die natürlich noch auf sie gewartet hatten. Fast drei Stunden lang hatte Pip pausenlos auf ihn eingeredet. Dass er die Meldung zurücknehmen sollte. Dass er das eigentlich nicht konnte. Was die Heimvorsteherin mit ihm machen würde. Und ihn immer wieder gefragt: wieso. Luka hatte geschwiegen. *Wieso?* Das konnte er sich selbst nicht erklären.

Er hat sich bei mir freiwillig gemeldet.

In deiner Haut möchte ich nicht stecken.

Was jetzt auf ihn einprasseln würde, konnte Luka unmöglich abschätzen. »Immer die Füße stillhalten«, war Pips Leitspruch für ein sorgenfreies Leben in der Einheit. Selbst hielt er sich zwar auch nicht daran, aber er kannte im Gegensatz zu Luka die richtigen Leute. Er wusste, wo wann etwas los war. Wann es sich lohnte, für ein paar Stunden aus dem Heim auszubüxen. Er konnte Dinge besorgen – für die abgeschotteten Heimkinder eine Fähigkeit, die nicht hoch genug einzuschätzen war. Schokolade, schlüpfrige Magazine, Zigaretten … was man als Heranwachsender eben brauchte. Jeder schien ihm immer einen Gefallen zu schulden. Pip konnte es sich erlauben, vorlaut zu sein. Aber er wusste auch genau, wo seine Grenzen lagen, und wem er Respekt zu zollen hatte. Die Heimvorsteherin hatte ihn sogar zu einem der Unter-bürgen ernannt.

Luka hingegen hielt sich im Hintergrund. Das war zwar nicht immer so gewesen. Aber mittlerweile fühlte er sich wohl damit. Es war genug für ihn, Pips Geschichten zu hören. Oder ihn ab und zu auf einen seiner Ausflüge zu begleiten … wenn das Risiko überschaubar war.

Tja. Das wusste man dummerweise nur vorher nie. Aber Pip war nicht schuld daran, was auf dem Damm passiert war. Das hatte er ganz alleine fertiggebracht.

Er hat sich bei mir freiwillig gemeldet.

Wieso? Wieso hatte er nicht die Klappe halten können? Jan hätte die Meriten kassiert. Der Körperdieb wäre vermutlich exekutiert worden. Ein Körper mit Fluchtrisiko war auf Dauer ein zu großes Risiko. So war das eben. Was ging ihn das schließ-lich an?

Unruhig wälzte er sich auf die Seite. Normalerweise hätte er eine Nacht wie diese nur zu gerne zum Lesen genutzt. Gerade war er mit *Der Strand* fertig. Der Hauptcharakter *Richard* hatte ein paar falsche Entscheidungen getroffen, schon war sein tropisches Inselparadies zur Hölle geworden. Nicht, dass man das Heim als Paradies bezeichnen konnte, aber mit falschen Entscheidungen konnte Luka mithalten.

Die Tropfen rannen langsamer dahin. Er war froh über das Fenster über seinem Bett, nicht nur wegen der Wasserkunstwerke. Oft nutzte er das Sternenlicht für seine Lesenächte, die Pip stets als reine Zeitverschwendung missbilligte: »Ich würd's ja noch ver-stehen, wenn du wenigstens darüber lesen würdest, wie es *wirklich* war vor dem *Blitz*«, klang ihm seine Stimme in den Ohren. »Aber *erfundene* Geschichten von damals? Das bringt so viel, wie auf einen Lachanfall der Furche zu wetten.« Nur war es auch nicht Lukas Motivation, die Welt von damals haarklein kennenzulernen. Luka liebte eben die Geschichten. Die wahren … und besonders die erfundenen. Je fantastischer, desto besser.

Was musste das für eine Zeit gewesen sein? Eine Zeit, in der die Menschen noch Geschichten schrieben, weil sie die Muße dafür hatten. Weil sie in Sicherheit waren. Weil sich nicht alles um den nächtlichen Kampf um den eigenen Körper drehte. Es klang so sagenhaft unbeschwert. Wahrscheinlich war auch das der Grund, warum es in der Einheit nicht gutgeheißen wurde, sich zu viel mit *damals* zu befassen. Man konnte leicht verrückt werden, wenn man zu oft an die Ungerechtigkeit dachte, die der Blitz über die Welt gebracht hatte. Dementsprechend schwer waren die Geschichten zu bekommen. Zum Glück hatte Luka Pip ... der ihm nicht nur ab und an Bücher beschaffte, sondern ihm immer wieder einschärfte, sie nur hier zu lesen, wo er ungesehen blieb.

Luka seufzte. Nach wie vor war er hellwach. Ob es auch daran lag, dass er seinen Equanimierer so spät genommen hatte? Dank des Tranks würde er auch morgen wieder Luka sein ... ob er wollte oder nicht.

Er hat sich bei mir freiwillig gemeldet.

In deiner Haut möchte ich nicht stecken.

Luka dachte an den Körperdieb. Selbst, als er in Sicherheit gewesen war, hatte er noch gezögert. Er wäre fast trotzdem noch gesprungen. Doch in den Fluten hätte ihn nichts anderes als der sichere Tod erwartet. Freiwillig gemeldete Körperdiebe hatten eigentlich nichts zu befürchten. Wovor hatte er also solche Angst?

Gedacht waren die Freiwilligenmeldungen für unvorsichtige Einheitsmitglieder, die zwar wieder innerhalb der Gemeinschaft erwacht waren – aber eben nicht in ihrem eigenen Körper. Sie waren erstmalige, einmalige, unbeabsichtigte Körperdiebe. Wenn sie glaubhaft machen konnten, dass sie aus der Einheit stammten, wurde ihnen der neue Körper anvertraut. Zumindest offiziell konnten diejenigen dann mit dem neuen Körper ihr bisheriges Leben weiterführen, auch wenn sie als Dieb gebrandmarkt wurden. Echtes Vertrauen durften sie jedoch niemals mehr erwarten. Natürlich nicht, sie waren ja kaum noch menschlich.

So lief es normalerweise ab. Stellte sich nun aber heraus, dass der Fremde überhaupt kein Einheitsmitglied war – und nichts anderes vermutete Luka – spätestens dann würden sich die Blicke auf ihn richten. Körperdiebe zu beschützen, bedeutete nichts weniger als Hochverrat an der Einheit.

Die Gedanken daran ließen ihn kaum ruhig atmen. Sie würden ihn und den Körperdieb sicher befragen, wie alles abgelaufen war. Was, wenn sich Lukas Geschichte mit der des Fremden nicht deckte? Er würde wohl oder übel dabeibleiben müssen, dass sich der Körperdieb schon vorher gemeldet hatte, denn bestimmt würde auch der alte Rote Wächter sprechen. Dieser Jo. Luka blieb nur die geringe Hoffnung, dass sich der Körperdieb eine plausible Geschichte zusammenreimte. Oder dass dieser vielleicht wirklich aus der Einheit stammte.

Er schluckte und atmete schwer. Er dachte an den Ablauf des kommenden Tages. Sein Hals und sein Mund wurden plötzlich staubtrocken. Pip meinte, das Tribunal wäre bestimmt schon morgen Abend. Heute Abend.

Als wäre das noch nicht genug –, wie sollte er den Tag bis dahin überstehen? Schon am Morgen musste er sich der Heimvorsteherin stellen. Als wäre die Verspätung bei der Rede nicht schon genug gewesen, die Furche zur Weißglut zu treiben. Tagsüber wurde es noch besser. Dann musste er zum Lyzeum, wo ihn Jan bereits sehnsüchtig erwartete. Luka hatte den Sohn des Ersten um eintausend Meriten gebracht und mehr als je zuvor dessen Jähzorn geschürt. Jan machte kein Geheimnis daraus, wie sehr er Luka verabscheute. Morgen würde ihn weder Pip noch Jo, noch irgendwer sonst vor ihm beschützen können.

Morgen, hatte er nur gesagt, als er gegangen war. *Morgen*. Und mit einem Blick, als wüsste er bereits ganz genau, wie er Lukas' Dasein ein möglichst qualvolles Ende bereiten würde.

Er hat sich bei mir freiwillig gemeldet.

In deiner Haut möchte ich nicht stecken.

Wieder wälzte er sich herum. Seine Gedanken flogen zu *Richard* aus *Der Strand* zurück. Der hatte es am Ende geschafft, von der paradiesischen Hölleninsel zu fliehen. Seine eigenen Fluchtmöglichkeiten schätzte Luka leider deutlich geringer ein.

Ein Berg aus alten Matratzen türmt sich vor ihnen auf. »Wie sollen wir da bloß rüberkommen?«, fragt Kim.

»Wir hüpfen drauf«, antwortet Luka.

Er geht tief in die Knie, stößt sich kräftig ab und schwebt nach oben. Wie er es genießt, wenn er manchmal so weit springen kann! Er landet weich und erkennt die Tür. Die gelbe Tür! So oft steht er davor. Aber nie kann er hindurch. Diesmal ist sie so nah.

Er wird das Gefühl nicht los, etwas vergessen zu haben. Natürlich! Der Drahtkorb mit den Equanimierern! Zum Glück steht er neben ihm. Aber sind die Fläschchen alle drin? Was würde sonst die Heimvorsteherin sagen? Er will ihn öffnen, aber er stößt auf dichten Maschendrahtzaun.

»Lass mich mal«, sagt der Körperdieb freundlich. Kim, der noch unten am Berg steht, holt weit aus und drischt mit einem Holzhammer gegen einen Eisenpfosten. Klong.

Der Matratzenberg zittert bei jedem Schlag wie Pudding. Überall ist Pudding auf der Matratze. Schwarzer Pudding. Luka schaut nach oben – Puddingregen.

Der Körperdieb biegt den Draht zur Seite. Klong.

Luka glaubt, im Korb einen silbernen Schlüssel zu erkennen, während der schwarze Pudding schon fast alles verschluckt hat. Der Schlüssel für die Tür? Klong. *Oder ist es ein ... Tennisball? Was ist dort drin? Der Körperdieb lacht, aber sein Gesicht besteht nur noch aus pechschwarzen, verklumpten Umrissen.*

Luka will seine Hand in den Korb stecken und – Klong *– das Ding herausholen. Er greift zu ...*

Kapitel 2

Biester

K*LONG. DUMPFES, METALLISCHES KLOPFEN* ... langsam kam Luka zu sich. *Ah. Der Weckdienst.*

Luka öffnete die Augen und blickte aus seinem Bett nach unten. Der kleine Manni drosch mit einem massiven Holzkochlöffel gegen einen gusseisernen Topf. Nicht ohne ein diebisches Grinsen im Gesicht kam er jedem der Heimkinder so nah, wie es eben nötig war, um sie zu wecken. Bei Luka ging das meist recht schnell. Ganz im Gegensatz zu Pip, der ohne Zweifel Mannis Lieblingsopfer war.

Der unerbittliche Knirps trat fröhlich polternd näher an das Stockbett heran. Luka streckte den Kopf nach unten und sah seinen besten Freund an der Wand kauern. Pip hielt sich die Ohren zu und wollte das Unvermeidliche abwenden, aber Mannis Instrument näherte sich. Als nur noch eine Handbreit zwischen dem Topf und Pips Ohren lag, drehte sich der Halbschlafende ruckartig um und schnappte nach der Lärmquelle. Doch Manni war fix, hellwach und hatte mit nichts anderem gerechnet. Er zog den Topf zurück und grinste breit.

Schlapp wie ein toter Hund lag Pip mit dem Gesicht auf der Matratze. Manni nahm den Takt wieder auf, schneller, lauter. Erneut näherte sich der wandelnde Wecker Pips zerzaustem Hinterkopf. Wieder sprang er auf, griff aber jetzt nicht nach dem Topf, sondern nach Manni. Der Kleine machte einen Satz nach hinten. Diesmal war es knapper. Luka sah die pure Wonne in Mannis Augen, als dieser die dritte Welle begann. Nur vorsichtig wagte er mehr, hielt den Topf weit von sich gestreckt. Pips Augen blieben geschlossen. Als Manni wieder mit voller Inbrunst neben Pips Gesicht gegen das Metall hämmerte, schrie dieser auf und stürzte aus dem Bett. »Ich dreh' dir den Hals um, du kleiner Giftzwerg!« Er begrub seinen Peiniger unter sich und kitzelte ihn durch. Erschöpft blieben beide nebeneinander liegen.

Luka schmunzelte und hörte auch Panda und Daniel, seine anderen beiden Zimmergenossen, in deren Stockbett auflachen. Es gab kein besseres Mittel gegen Müdigkeit am Morgen, als Pip und Manni bei ihrem ewigen Zweikampf zuzusehen. Für einen Moment hatte Luka sogar vergessen können, dass er den heutigen Tag eigentlich noch viel weniger beginnen wollte als Pip.

»Also gut, bringen wir's hinter uns«, seufzte Pip. »Zuerst mal du«, sagte er zu Manni. »Jede Wette, dass sich heute einer diesen verfluchten Körperdiebe in dich eingeschlichen hat. Keiner aus der Einheit könnte so grausam sein. Also?«

Pip war nicht nur Lukas, Daniels und Pandas, sondern auch Mannis Bürge und ließ keine Gelegenheit aus, inständig zu flehen, der Geist des Jungen möge am anderen Ende der Welt erwachen. Bei einem Knirps wie Manni war dies jedoch so gut wie ausgeschlossen. Erst ab dem zwölften Lebensjahr musste man sich ernsthaft mit der Gefahr auseinandersetzen, seinen Körper zu verlieren, ab zehn gab es Schutztränke. Luka konnte sich noch gut daran erinnern, als er vor fast sechs Jahren zum ersten Mal die süßlich-bittere Mischung vor dem Schlafengehen hinuntergewürgt hatte, die ihn seither zuverlässig vor Körperdieben bewahrte.

Auch Manni war offenbar noch er selbst: Der Kleine beugte sich pflichtschuldig vor und flüsterte seinem Bürgen seinen Code ins Ohr. »Manni! Du bist es ja doch!«, rief Pip in gespielter Überraschung. »Und ich wollte dich schon melden gehen! Vielleicht sollte ich's trotzdem tun, nur zur Sicherheit …«

»Bitte nicht, Pip, ich bin's wirklich. Wirklich wirklich!«, protestierte er und hüpfte an Pip auf und ab, als die beiden aufstanden. »Na gut, ein letztes Mal. Aber lass mich gefälligst morgen fünf Minuten länger schlafen! Und jetzt raus hier!« Manni schenkte Pip noch ein breites Grinsen, sammelte Topf und Löffel ein und verschwand fröhlich trommelnd zur Tür hinaus.

Pip sah ihm kopfschüttelnd nach. Er wandte sich an seine Zimmergenossen. »Und wie sieht's bei euch aus, Jungs?« Er nickte Daniel zu.

»Oh, ich hab ins Bett gepieselt«, sagte dieser gähnend und sprang leichtfüßig aus seinem Stockbett. Der alte Dielenboden knarzte munter. Panda, der im Stockbett unter Daniel schlief, blickte kurz entsetzt nach oben, verstand dann aber und zog eine Schnute. Pip und Daniel hatten offenbar Daniels Code geändert, um ihn zu triezen.

»Das hast du fein gemacht«, lobte Pip Daniel. Pip beugte sich nach unten über Pandas Bett. »Und du?«

»Ich …« Der pummelige Junge verzog das Gesicht und schnaufte laut durch die Nase aus. Auch heute war ihm diese Prozedur zutiefst zuwider.

»Jah?«, hakte Pip nach.

»Ich … bitte, Pip …«, flehte er.

»Soll ich die Furche holen?«

Panda ließ ob dieser Drohung resigniert den Kopf sinken. »Ich … ich bin ein mümmelnder Mümmelmann« gab er kleinlaut von sich. Pandas Code war zu dessen Leidwesen immer noch derselbe.

Alle außer Panda lachten laut auf. Die Codes wählte der Bürge aus, der Kreativität waren dabei keine Grenzen gesetzt. Pip suchte sich für die meisten seiner Schützlinge möglichst treffende Beleidigungen aus. Panda ließ sich vom Gelächter der anderen anstecken und grinste widerwillig. Wenn Panda lachte, konnte man besonders gut erkennen, woher er seinen Spitznamen hatte. Die dunklen Augenhöhlen und die dunkle Nase stachen aus seinem runden, gutmütigen Gesicht drollig hervor.

»Das stimmt, du Süßer du«, quittierte Pip und strubbelte ihm über den Scheitel. Er hob die Augenbrauen und schaute erwartungsvoll Luka an, dem der Schlussakt in Pips kleiner Inszenierung zufiel. Luka seufzte, verdrehte die Augen und nannte seinen eigenen neuen Code:

»Ob Pandabär, ob Mümmelmann, auf jeden Fall ist gut was dran!«

Wieder prusteten Pip und Daniel vor Lachen, und auch Luka konnte nicht anders. Panda funkelte böse, aber nur kurz, dann lächelte er. Panda liebte Reime und Gedichte, und Pip hatte es trotz der obligatorischen morgendlichen Schmähungen geschafft, dass er ihm nicht gram war.

Luka, Panda und Daniel konnten sich beim Anziehen Zeit lassen, doch Pip musste sich beeilen. Er verfluchte Manni und die Heimvorsteherin, suchte hastig seine Klamotten zusammen und stürzte aus der Tür. Noch vor der Morgenversammlung musste er als Bürge von insgesamt sieben Heimkindern ein weiteres Zimmer abklappern. Dessen Bewohner durften ihren Schlafraum zu Beginn eines jeden Tages nicht verlassen, ohne dass ihre Identität von Pip bestätigt wurde. Wenn sie aber zu spät vor der Heimvorsteherin antraten, musste er dafür geradestehen. Durch die Verantwortung wuchs Pips Meritenkonto schneller an, doch Luka konnte sich nicht vorstellen, dass sich der Morgenmuffel Pip mit den frühtäglichen Pflichten eines Bürgen jemals anfreunden könnte, Vertrauenspunkte hin oder her.

»Luka, wieso wart ihr gestern zu spät?«, riss ihn Panda aus seinen Gedanken. »Und wo habt ihr danach so lange gesteckt? Ich konnte gar nicht einschlafen, bis ihr zurück wart.«

Die unvermeidlichen Fragen. Lukas Schädel brummte, bis jetzt hatte er seine Sorgen noch erfolgreich beiseitegeschoben. Er vertraute Panda und Daniel zwar, ihm ging aber zu viel im Kopf herum, als dass er sie jetzt einweihen wollte. Er verschwand in ihr Badezimmer, aber sie folgten ihm.

»Du siehst fürchterlich aus, Mann ... was hat sie mit euch gemacht?«, hakte nun auch Daniel nach. Luka betrachtete sich im Spiegel. Er sah wirklich aus wie ein Geist. Vor ihm stand ein dürrer, kraftlos wirkender Junge mit tiefen, dunklen Ringen unter den Augen. Seine aschbraunen Haare waren strähnig und standen kreuz und quer ab. Er wandte den Blick ab und betastete vorsichtig seine schmerzende Schulter. Als er bemerkte, dass seine beiden Freunde ihn immer noch besorgt ansahen, gab er sich einen Ruck.

»Mir gehts gut. Ehrlich. Wir mussten einmal quer durch die Stadt, Equanimierer abholen. Das war kein Freudenfest bei dem Wetter, wie ihr euch vorstellen könnt.« Er glättete seine Haare notdürftig und spritzte sich etwas Wasser aus der Waschschüssel ins Gesicht. Wieder im Schlafraum traf er auf Pip, der seine Inspektion beendet hatte.

»Und wieder alle sauber im Paradies«, sagte er. »Dann schauen wir mal runter. Es hilft ja nichts.« Bei den letzten Worten hörte Luka eine ungewohnte Unsicherheit aus Pips Stimme heraus. Wusste Pip etwa schon, was die Heimvorsteherin vorhatte? Plötzlich kam sich Luka vor wie ein Lamm, das zur Schlachtbank geführt wurde. Er rang sich ein Nicken ab, das gewiss mutiger aussah, als er sich fühlte, und die vier setzten sich in Bewegung.

Mannis Wecktopf war längst verstummt, als Luka in den Flur trat. Das Geplapper und Fußgetrappel der Dutzenden erwachten Heimkinder im Westflügel hätte ihn ohnehin übertönt. Über die geschwungene Holztreppe stapfte Luka nach unten und konnte nicht umhin, das Getuschel zu bemerken, das rings um ihn aufbrauste. Inzwischen wusste natürlich jeder von Lukas und Pips nächtlichem Trip. Er machte sich möglichst klein, um den Blicken auszuweichen. Im Treppenhaus streifte sein Blick den Wandteppich, der das Nibelungenlied und Siegfrieds Abenteuer mit dem Drachen zeigte. Drachen, immer wieder Drachen. Er mochte die Geschichte, aber er dachte nur daran, wie in aller Welt er heute mit gleich zwei von den Biestern fertig werden sollte. Zuerst die Heimvorsteherin und später Jan.

Sie betraten den Ballsaal. Der mit Abstand größte Raum der einst prunkvollen Villa war zugleich Aufstellungs- und Speisesaal für die Jungen und Mädchen von Heim Nummer vierzehn. Die meisten der knapp einhundertfünfzig Heimkinder standen bereits ordentlich in Reih und Glied auf der Tanzfläche, immer etwa ein Dutzend hinter jedem Bürgen. Der Saal wirkte noch größer, als er eigentlich war – und zwar nach oben. Er war mit einer geschwungenen, halbrunden Glaskonstruktion überdacht. Luka hatte sich oft vorgestellt, welch rauschende Feste unter Sternenhimmel hier gefeiert worden waren, welch elegante Empfänge bei gleißendem Sonnenschein. Heute war die monumentale Halbröhre überwuchert von Efeu und anderem Gestrüpp.

Luka und seine Zimmergenossen fanden ihren Platz. Pip hatte keine Wahl, er musste, wie alle Unterbürgen, vorne stehen. Luka dagegen positionierte sich instinktiv weit hinten, hinter dem langen Daniel. Die letzten Minuten vor sieben Uhr verstrichen in absoluter Stille. Niemand riskierte Unpünktlichkeit, selbst die Jüngsten verstanden den Ernst der Situation. Die aufziehbare Standuhr im hinteren Eck des Saals schlug ein letztes Mal. Mit dem Gong hörte Luka die Tür am Haupteingang knarzen. Als Erstes war jedoch nicht die Heimvorsteherin, sondern ihre getreue Assistentin Helena zu sehen. Mit gesenktem Kopf hielt sie die Tür auf. Quälend langsam schlurfte dann die Furche selbst herein. Helena reihte sich hinter ihr ein, es folgten acht weitere Helferinnen, die die Meritenbücher trugen. Minuten vergingen, bis der von der Schrumpfgreisin angeführte Tross die Saalmitte erreicht hatte. Auf dem Pfad von der Tür bis zur Tanzfläche unter der Kuppel bohrte die Eisenspitze ihres Stützstocks jeden Tag neue Löcher ins Parkett. Die *Ameisenstraße* nannten die Kinder den so entstandenen Weg.

Endlich war sie am Ziel und deutete den Einheitsgruß an. Ungern führte ihn auch Luka gemeinsam mit den anderen aus, seine lädierte Schulter meldete sich erneut. Die Furche ließ sich auf dem Stuhl, der für sie bereitstand, nieder. Für Helena und ihre Arbeitsbienen war dies das Signal. Von einem Moment auf den anderen änderte sich das Tempo sprunghaft.

Helena war Bürgin von Pip und allen anderen Unterbürgen, weshalb sie sich die Vordersten der Schlangen selbst vornahm. Pip musste Namen und Geburtsdatum nennen, bevor er ihr seinen Code zuflüsterte. Sie nickte knapp, eine ihrer Helferinnen notierte den neuen Meritenstand und Helena schritt zum nächsten Unterbürgen weiter. Die restliche Arbeit überließ sie den anderen Mädchen. Bei einer von ihnen musste Pip dann für die Identität seiner sieben Schützlinge garantieren. Trotz der straffen und von Helena minutiös orchestrierten Organisation dauerte es, bis das Meritenbuch eines jeden auf dem neuesten Stand war. Luka hatte es noch nie ausstehen können, sich jeden Morgen die Beine in den leeren Magen zu stehen. Dass die Heimkinder, die gerade Küchendienst hatten, vor aller Augen bereits duftende Frühstücktabletts auf die Tische hievten, war – zumindest laut Pip – »nichts als absichtliche Folter«. Auch wenn Luka heute nichts dagegen hatte, dass sich die Prozedur in die Länge zog. Viel mehr Sorgen machte er sich über das, was folgte.

Die Heimkinder waren in der Nacht von Körperdieben verschont geblieben. Als alle Meritenbücher genau das dokumentierten – durch eine Nacht als *Anwärter* gelangte Luka von 1584 auf 1585 Meriten –, trugen Helenas Helferinnen ihre wertvolle Fracht in ordentlicher Prozession zurück an ihren Bestimmungsort. Wo der in der Villa lag, darüber wurde bei den Waisen viel gemutmaßt. Von einem Safe hinter einem Gemälde, einem Schlupfloch im Keller oder unter der Matratze der Heimvorsteherin schien alles möglich.

Der Duft des kross gebackenen Krustenbrotes strömte auf die Tanzfläche. Lukas Magen knurrte heulend auf. Doch als er sah, dass die Heimvorsteherin Helena etwas zuflüsterte, verabschiedete er sich geistig von seinem Anwärterfrühstück.

»Philippus 7657-A und Luka 7213-A«, wieherte Helena durch den hallenden Saal. Sie versuchte nicht einmal, das Lächeln auf ihrem länglichen Gesicht zu verbergen. »Sie ›Pferdefresse‹ zu nennen wäre eine Beleidigung für alle Pferde«, pflegte Pip über sie zu sagen. Auch die Freude am Bestrafen und der öffentlichen Demütigung teilte sie mit ihrer Lehrmeisterin. Widerwillig verließ Luka seine Deckung und stapfte bis neben Pip. Wie tags zuvor wagte er es nicht, die Heimvorsteherin direkt anzuschauen, sondern richtete seinen Blick nach unten. Helenas beige Absatzschuhe waren makellos sauber und auf ihren cremefarbenen Rock abgestimmt. Die Heimvorsteherin dagegen hatte es innerhalb ihres Reichs noch nicht für nötig befunden, etwas anderes, als ihre abgenutzten grauen Pantoffeln überzustreifen.

»Weil ihr beiden unser Heim öffentlich brüskiert habt, bleibt der Heimleitung keine andere Wahl, als euch eurer gerechten Strafe zuzuführen.« Niemand atmete. Helena genoss die ungeteilte Aufmerksamkeit und die Verantwortung, die ihr die Heimvorsteherin mit dieser Urteilsverkündung überließ, sichtlich. Sie ließ sich Zeit.

»Fünf Tage Einzelzelle«, posaunte sie hinaus. Die Waisen raunten, Luka schloss erschüttert die Augen. Er hatte einmal ein paar Stunden in das Kellerloch gemusst. Es war … grausam gewesen. Die totengleiche Stille, die feuchte Kälte und die bedrückende Enge darin waren eine Tortur für Geist und Körper, die er seinem schlimmsten Feind nicht wünschte. An Entspannung oder gar Schlaf war nicht zu denken. Immer wieder kamen Ratten herein, die sich bedrohlich näherten, wenn man sich zu lange nicht bewegte. Sie fiepsten unentwegt. Von außerhalb nahm man durch die dicken Mauern keinen Mucks wahr … dort war es wie in einer anderen, tiefschwarzen Welt. *Fünf Tage lang!* Mehr als eine Nacht hatte dort noch niemand verbringen müssen.

»Die Strafen werden voneinander unabhängig abgebüßt«, hörte Luka Helena sagen. Auch diese winzige Hoffnung war damit zerstört.

»Die Heimleitung meint, etwas Abstand tut euch gut. Euer Einfluss auf den anderen führt offenbar zu nichts Gutem«, erklärte sie kopfschüttelnd.

»Die Strafe beginnt nicht sofort. Die Heimleitung behält sich vor, euch zu einem anderen Zeitpunkt mitzuteilen, wann es so weit ist.« *Das wird ja immer besser*, grollte Luka innerlich. Wenn sie ihn sofort ins Loch gesteckt hätten, hätte er sich heute immerhin nicht Jan stellen müssen, und abends nicht zum Tribunal gekonnt. Natürlich wollte sie ihm diese Freuden nicht nehmen. Nein, er würde immer im Ungewissen sein, wann er die fünf Tage verbüßen musste. So wurde die Zeit davor schon zur Folter. Das Gemälde, das Meisterwerk, das ihre Bestrafung war, nahm immer konkretere Formen an.

»Du«, sagte Helena und deutete unfein mit dem Finger auf Luka. »Du folgst uns ins Büro der Heimleitung. Dem Rest von euch wünsche ich einen guten Appetit.« Helena half der Heimvorsteherin auf die Beine. Luka reihte sich mit hängendem Kopf hinter den beiden ein. Die meisten der hungrigen Halbwüchsigen warteten, bis die alte Frau fort war, doch ein paar Mutige wagten sich an der Dreierprozession vorbei, immerhin hatte Helena eindeutig zum Essen aufgefordert. Luka dagegen faltete die Hände hinter dem Rücken und starrte niedergeschlagen auf Helenas Hinterläufe.

Er seufzte. *Er hat sich bei mir freiwillig gemeldet. Du konntest nicht die Klappe halten, hm?*

Als sein Selbstmitleid am Scheitelpunkt war, spürte er etwas Weiches in seinen Händen. Das fühlte sich an wie … Brot! Und noch eine Scheibe in der anderen Hand! »Pass auf, wann du es dir vornimmst, bei der Tür wird sie sich wieder umdrehen«, wisperte Pip ihm zu. Das ließ sich Luka nicht zweimal sagen. Er stopfte fast die ganze erste Scheibe auf einmal in seinen Mund. Er kaute kaum, er schlang. Es schmeckte herrlich.

Bis zur Tür brauchte die Heimvorsteherin ihre Zeit. Nachdem die drei in der Eingangshalle wieder ihre alte Reihenfolge aufgenommen hatten, setzte er für Helena seinen traurigsten Opferlammblick auf. Sie zog eine zufriedene Pferdeschnute. Als sie sich ihm abgewandt hatte, widmete er sich der zweiten Scheibe. Er grinste über diesen kleinen Triumph. Auf Pip war einfach Verlass.

Das Trio passierte die Eingangshalle und durchschritt durch einen Rundbogen den Ostflügel. Luka hatte seine zweite Scheibe Brot rückstandslos verdrückt, als sie am Ende des Korridors anhielten. Helena kramte einen Schlüssel heraus und öffnete das Büro der Heimvorsteherin.

»Hinsetzen«, raunzte sie Luka an und deutete auf einen Hocker, der vor einem antiken dunklen Holzschreibtisch in der Mitte des Raums stand. Die messingbeschlagenen, geschwungenen Beine des massiven Tisches standen bedrohlich ab. Luka erinnerten sie an Tentakel. Er stellte sich unwillkürlich vor, dass sie jeden, der sich auf den winzigen Stuhl wagte, auf Befehl der Heimvorsteherin packen und so lange in die Mangel nehmen könnten, bis die Alte mit dem, was sie von ihrem Opfer hörte, zufrieden war. Der Hocker war unbequem und zu klein für ihn. Er konnte gerade so über die Tischplatte sehen, und kaum einmal das. Die Morgensonne fiel durch eine breite Fensterfront in den Raum und blendete ihn so stark, dass er erneut zu Boden starrte.

Er sah nichts, aber er hörte. Der Sessel gegenüber knarzte. Schuhgetrippel. Ein Klappern. Helena brachte irgendwas herein. Luka dachte an mittelalterliche Folterwerkzeuge und schluckte. Doch dann hörte er ein anderes, sehr eindeutiges Geräusch. Besteck auf einem Teller. Die Heimvorsteherin aß nie mit den Kindern im Ballsaal. Dass sie sich hier von Helena bedienen ließ, hatte Luka nicht gewusst. Echte Nahrung machte sie auf beunruhigende Art menschlich. Bisher hatte er angenommen, die Furche ernähre sich ausschließlich vom Unglück anderer.

Luka roch Kaffee und heiße Schokolade, Marmelade und Honig. So also duftete das Essen vollwertiger Einheitsmitglieder. Kein Haferschleim und Brot.

Plötzlich musste er schmunzeln. Das war Absicht. Ihm das alles auf leeren Magen vorzuführen. Doch dieses Manöver blieb dank Pips Blitzreaktion wirkungslos. Trotzdem wurde er immer angespannter. Wie lange wollte sie ihn hier sitzen lassen? Und was hatte sie mit ihm vor? Sein Mund war staubtrocken. Erst nach einer gefühlten Ewigkeit brachte Helena alles wieder hinaus. Er roch Zigarettenrauch. Wieder krochen einige Minuten dahin. Schließlich brach die Heimvorsteherin ihr Schweigen.

»Du weißt, wieso du hier bist«, krächzte sie. Sie sprach langsam. Ihre rauchige Stimme hatte etwas unangenehm Kratzendes. Er spürte eine Gänsehaut und schüttelte sich unwillkürlich.

»Gestern Abend«, fuhr sie fort, »wurde unserer Einrichtung eine große Ehre zuteil. Die größte, die sie je erfahren durfte, oh ja. Einer Ansprache des Ersten in vorderster Reihe beizuwohnen, war für mich die Belohnung jahrzehntelanger harter, ermüdender Arbeit. Aus verlausten und verwahrlosten Rotzlöffeln forme ich vollwertige Mitglieder unserer Gemeinschaft. Es ist kein einfaches Los. Aber es muss getan werden. Gestern war der Tag gekommen, da alle sehen würden, was mein Lebenswerk dem Ersten bedeutet.«

Luka war verwundert, wie ruhig sie blieb. Das war ihm weitaus unheimlicher als das Geschrei und Gezeter, auf das er sich eingestellt hatte. Er fühlte sein Herz schneller schlagen.

»Aber das wusstest du sicher. Du und dein aalglatter kleiner Kumpan. Ihr wolltet mich mit Absicht bloßstellen. Aber hier geht es um mehr als um mich.« Sie paffte und ließ ihre Worte wirken.

»Wo wärt ihr denn heute ohne die Einheit? Sie hat euch aufgezogen, sie hat euch durchgefüttert, sie hat für euch gesorgt. Längst schon Körperdiebe wärt ihr, bestenfalls. Oder in der Gosse verendet, wie es euch zustehen würde. Aber ihr Undankbaren spuckt auf die Einheit. Ihr spuckt auf sie!« Bei den letzten Worten hörte Luka sie mit der Faust auf den Tisch schlagen. Sie atmete lauter und schneller. »Schau mich gefälligst an, wenn ich mit dir rede!«

Widerstrebend hob Luka den Kopf. Er blinzelte in der Sonne. Erst langsam gewöhnten sich seine Augen an das Licht. Zuerst konnte er nur die ihre rauchumhüllte Silhouette erkennen. Ihre eisgrauen Haare waren straff zurückgebunden, kein einziges tanzte aus der Reihe. Langsam wurde Falte um Falte deutlicher, um die Augen, an den Wangen. Am meisten gruselte es Luka vor den Lippen. Auch diese waren von Fältchen durchzogen, die teilweise bis in den Mund hinein reichten. Die alte Frau hatte sie mit zartrosa Lippenstift übertüncht.

Die Furche stieß eine Rauchwolke aus und zerdrückte die Zigarette mit ihren nicht minder schrumpeligen Fingern in einem Aschenbecher aus weißem Porzellan. Zwei ihrer schweren Ringe klimperten. Ihre grauen Augen fixierten Luka stechend. Er wand sich für einige Sekunden, hielt aber nicht lange stand und starrte wieder zu Boden.

Sie schnaubte verächtlich aus. »Du weißt ja gar nicht, wie großes Glück ihr hattet, dass der Erste nichts bemerkt hat. Sonst würdest du jetzt nicht hier sitzen. Ich bin zwar alt, aber was damals passiert ist, habe ich noch lange nicht vergessen. Sieh die Strafe als allerletzte Warnung an und sag das auch deinem Freund, der die längste Zeit Unterbürge war, wenn er sich nur noch den geringsten Furz erlaubt.« Neue Rauchschwaden waberten zu ihm herüber.

»Und das Beste! Das Beste kam ja erst danach!« Sie kicherte giftig. »Kommt doch heute früh ein Bote zu mir, direkt aus dem Ersten Haus. Eines meiner Heimkinder soll sich ein Tribunal eingebrockt haben. Ich wollte ihm gar nicht glauben. Eine *Freiwilligenmeldung*! Sowas hab ich in meinen sechsundzwanzig Jahren hier noch nicht erlebt. Was denkst du eigentlich, wer du bist?« Sie redete immer schneller, paffte aber unerlässlich weiter. »Na komm schon, sprich! Was hast du dazu zu sagen?«, herrschte sie ihn an.

Luka, der bewusst geschwiegen hatte – im Heim lernte man schmerzvoll, Erwachsenen erst nach Aufforderung zu antworten –

überlegte kurz. »Es ist wahr«, sagte er dann. »Auf dem Heimweg vom Lager des Panschers war ein entlaufener Körperdieb. Er … hat sich mir zu erkennen gegeben.«

»Soso. Wie schön. Und wie hat er das gemacht? Hallo Luka, alter Freund, übrigens war ich gestern noch Einheitsmitglied, willst du mir nicht helfen? So etwa?« Ihre Stimme überschlug sich fast. Helena gackerte im Hintergrund. Luka dachte fieberhaft nach. Was, wenn sie dem Tribunal berichten würde, was er jetzt sagte? Es war wahrscheinlich klüger, sich erst heute Abend auf seine Version festzulegen. Er rutschte unruhig hin und her, blieb aber stumm.

»Na schön, spar's dir für das Tribunal. Ich werde auch da sein. Eins ist sicher, Bürschchen. Die werden dich schön rannehmen. Also lass dir bis dahin ein paar Antworten einfallen. Und wehe, du erwähnst mit einem Wort, dass ihr zu spät wart bei der Versammlung. Ihr habt eine Lieferung geholt. Ende der Geschichte.« Luka hörte sie die nächste Zigarette ausdrücken.

»Komm um halb sieben zum Haupteingang. Und jetzt raus hier«, blaffte ihn Helena an, die urplötzlich neben ihm stand. *Nur zu gerne*, dachte Luka. Er sprang auf und entfernte sich so schnell er konnte vom Tentakeltisch. Schnell schloss er die Tür und lehnte sich erschöpft von außen dagegen. Sollte er nun froh sein, dass er das hinter sich hatte? Oder musste er sich wegen heute Abend noch viel mehr Sorgen machen als zuvor?

Donald Duck flog durch die Luft. Luka fing die Maske auf. »Panda wollte unbedingt, dass wir sie dir mitbringen, ich hätte ja gedacht, sie reißt dir sowieso den Kopf ab«, empfing ihn Pip, der auf der Treppe gefläzt hatte. Die vier schlenderten gemächlich los, bis zum Lyzeum war es nicht weit.

»War's schlimm?«, fragte Panda und sah ihn mit seinen großen blauen Augen wieder mitleidig an.

»Nicht der Rede wert. Wir … haben nur ein wenig geplaudert«, wich Luka wenig überzeugend aus, dachte an den Tentakeltisch und schüttelte eine Gänsehaut ab.

»Was hat sie über das Tribunal gesagt?«, fragte Daniel. Luka wirbelte herum. Er funkelte Pip böse an, als der schon entschuldigend die Hände hob.

»Ja, ja, tut mir ja leid und so«, leierte Pip herunter, als er mit seinem Schlüssel eine Hälfte der weißen Doppeltür des Haupteingangs aufschloss. »Aber ganz ehrlich, du hättest es ihnen doch sowieso erzählt.« Pip hielt den Dreien die Tür auf und hielt Luka an, als dieser an ihm vorbei durch die Tür schritt. »Die Sache ist zu groß, Mann. Kein Platz für Geheimnisse.«

Luka wollte protestieren und hatte den Mund schon offen, aber er sah, dass Pip es ausnahmsweise ernst meinte. Er fühlte sich erleichtert, weil er die vergangene Nacht nicht noch einmal vor Panda und Daniel durchkauen musste. Das hatte Pip ihm jetzt abgenommen – und die Details ihrer nächtlichen Odyssee sicher spektakulär ausgeschmückt. Luka atmete laut aus und nickte knapp.

»Und schau nicht aus der Wäsche, als wärst du zum Tode verurteilt. Das bist du frühestens heute Abend.«

Luka schmunzelte und war froh, dass Pip für gelöste Stimmung sorgte, das war ihm weit lieber als Pandas trauriges Mitleid. Trotzdem war er bei Pips Bemerkung kurz zusammengezuckt.

»Mach keine Witze über so was«, murmelte Panda böse, als sie den gusseisernen Heimzaun erreichten. Die vier zogen ihre Masken über. Donald, der Stormtrooper, ein Schachbrett-Strumpf und ein Panda schritten durch das munter quietschende Tor nach draußen. Pip hatte Panda unter großem Aufwand eine Maske seines Namen gebenden Tieres organisiert. Anfangs widerstrebend, hatte dieser den Spaß irgendwann doch mitgemacht.

Luka erzählte ihnen, was er im Büro der Heimvorsteherin erlebt hatte. Panda ließ Luka unter vielen »Ahs« und »Ohs« die Essensdüfte der ranghöheren Heimvorsteherin beschreiben. Daniel dagegen fand den viel zu kleinen Hocker interessant und die Einschüchterungstaktik, die mit ihm verbunden war. Luka musste ihm zustimmen. Auf dem winzigen Ding hatte er sich vor dem bedrohlichen Tisch noch unbedeutender gefühlt.

Im Villenviertel des *Rings*, dem Bereich zwischen innerer und äußerer Stadtmauer, hatten sie die Straße für sich und marschierten zu viert nebeneinander. Später ging das nicht mehr, weil Autowracks und Gerümpel die Straßen versperrten. Auf dem Säulenplatz, einst eine der größten Freiflächen der Stadt, gab es nurmehr gewundene Trampelpfade, so hoch stapelten sich Schutt und Müll, umrankt von jeder Menge Unkraut, das auch an den antiken Prachtbauten emporwuchs. Sie gerieten in einen Strom geschäftig wirkender Einheitsbewohner, die sich im Zentrum ihre Rationen für Essen und Equanimierer abholten. Luka war froh, dass er sich noch keine Sorgen darüber machen musste, die Heimkinder bekamen alles geliefert.

Sie erreichten das Tor zum Innenbereich. Um das Lyzeum im Norden des Rings zu erreichen, mussten sie das Zentrum durchqueren. Am Tor bildeten sich lange Schlangen. Einheitsmitglieder und solche, es werden wollten, drängten hinein. Die Drei-Tages-Tests, mit denen Außenstehende beweisen konnten, dass sie immun waren, begannen morgens an allen Stadttoren. Equanimierer waren knapp und schwer herzustellen, daher machte es Sinn, nur solche Neumitglieder von außen zuzulassen, die keine benötigten.

Zum Glück kannte Pip einen der diensthabenden Wächter, und sie wurden schnell durchgeschleust. Im Zentrum der Einheit war es deutlich sauberer und aufgeräumter – von hier waren schließlich all der Schutt und all die Autowracks entfernt worden, die den Ring verstopften. Trotzdem war es hier viel enger, wegen der Menschen. Mehr Einheitsmitglieder, aber auch viele Körperdiebe kreuzten ihren Weg. Die meisten wurden bewacht, aber einige bewegten sich frei, kehrten die Straße, tünchten Wände oder machten Besorgungen. Wieder dachte Luka an *ihn*. An den

Mann auf dem Zaun. Er wurde ganz sicher bewacht, wo auch immer er jetzt war.

»Und wenn schon, dann ist sie eben dabei«, riss Pip ihn aus seinen Gedanken. »Die alte Furche hat da nichts zu melden. Wirst schon sehen. Das ist 'ne große Nummer, da haben noch Ranghöhere das Wort.«

Ranghöhere. Die Heimvorsteherin war eine *V*, wusste Luka. Eine *Vertraute.* Ihr Meritenkonto umfasste mehr als zwanzigtausend Meriten. Jahrelanges Bürgen brachte mit höherem Rang immer mehr Meriten. Die Heimvorsteherin war über Jahre hinweg Bürgin Tausender Waisen gewesen. Darüber gab es nur noch eine Stufe: *K. Innerster Kreis.* Zweihunderttausend Meriten und mehr. Die allermeisten *Ks* waren seit den Anfängen der Einheit dabei, wie die drei Gründungsmitglieder natürlich. Oder hatten sich ihre Stellung durch besondere Leistungen um die Einheit verdient. Ob sich tatsächlich jemand aus dem Innersten Kreis mit einem Fall wie seinem befassen würde?

Ihm gefiel die Vorstellung schon, dass die Heimvorsteherin zum Schweigen verdonnert sein würde, während er, ein Anwärter mit mickrigen 1585 Meriten, gehört wurde. Luka wollte Pip antworten, aber ein lautes, lang gezogenes Quietschen schnitt ihm das Wort ab.

Luka drehte sich um und sah den Grund für den Lärm auf ihn zurollen. »Unser Glückstag, Jungs«, sagte Pip. »Wir nehmen die Tram.«

Die vier teilten sich neben den Gleisen auf. Luka erspähte ganz hinten eine offene Tür für den Sprung. Zuerst passierte ihn das Gespann von etwa zwei Dutzend kahl geschorenen, verschwitzten Körperdieben, die die Bahn zogen. An der ersten Tür wuchtete sich Panda hinein und quetschte sich in den Pulk darin. Luka hörte wütende Proteste von Pandas neuen Freunden. Er selbst unterschätzte die Geschwindigkeit und krachte mit der lädierten Schulter gegen den Türrahmen, schaffte den Sprung aber auch. Er ächzte und kniff die Augen zusammen.

»Was geben die denen zu fressen!«, lachte Pip, als Luka seine Freunde im Wagen wiedergefunden hatte. »Bei dem Tempo ist das ja lebensgefährlich!«

»Es geht hier auch bergab«, sagte Daniel. »Ich glaub, die Diebe sind mehr vor dem Ding davongelaufen, als dass sie es gezogen haben.«

»Hätten sie mal vorher ein bisschen gebremst«, antwortete Pip und schüttelte den Helm. Er sah zu Luka. »Alles okay bei dir?«

Luka nickte. Durch ein Fenster sah er am Himmel dünne Rauchschwaden aufsteigen. Er wusste, woher sie kamen. Sie kräuselten sich genau über dem Ort, wo das ganze Dilemma gestern seinen Anfang genommen hatte. Obwohl Pips Plan eigentlich narrensicher gewesen war. Eigentlich.

»Das ist *die* Gelegenheit«, hatte Pip gestern beim Frühstück gesagt. Luka hatte zigmal abgewiegelt, aber wenn Pip dieses Leuchten in den Augen hatte, war alles zwecklos. Dieses Feuer, wenn es darum ging, auf Beutezug zu gehen – oder der Heimvorsteherin eins auszuwischen. Und die Aktion, die er geplant hatte, vereinte beides.

»Niemand war da bisher drin« hatte er mit vollem Mund erklärt. »Bis gestern hats da noch gebrannt. Alle anderen sind bei der Versammlung. Es ist so einfach! Wir lassen uns zurückfallen, schauen kurz rein und holen uns alles, was zu gebrauchen ist. Das geht ganz fix. Du kennst doch die Furche. Bis die mit den anderen bei der Versammlung ist, haben wir alle Zeit der Welt. Es wird sein, als wären wir nie weg gewesen.«

Luka hatte lustlos vor sich hin gekaut und geschwiegen, was Pip nicht im Mindesten gestört hatte. »Überleg doch mal! Bis vor drei Tagen war das eines der größten Equanimierer-Lager im Zentrum. Dann räumen sie es in einer einzigen Nacht leer – wieso?« Wieder hatte Luka nicht geantwortet, innerlich aber zugestimmt. Das passte nicht zur Einheit. Ohne öffentliche Ankündigung und mitten in der Nacht.

»... und ein paar Stunden später steht das Ding lichterloh in Flammen! Ich muss wissen, was da passiert ist. Und vor allem, was da noch zu holen ist!«

Irgendwann hatte er ihn gehabt. Irgendwann hatte Pip Lukas Neugier so weit gekitzelt, dass er ja gesagt hatte. Luka kniff in der nun wieder im Schritttempo dahintuckernden Straßenbahn die Augen zu und schüttelte den Kopf. Wieso musste er sich nur immer wieder von ihm in so was hineinziehen lassen? Er stand doch schon längst auf der schwarzen Liste der Heimvorsteherin.

Eines aber musste man Pip lassen: Sein Plan hatte tadellos funktioniert. Sie hatten sich verdrückt, als der von der Heimvorsteherin angeführte Tross um eine Hausecke geschlurft war. Flink und leise waren sie durch die menschenleeren Straßen und in die verkohlte Ruine gehuscht. Im Erdgeschoss hatten sie nur Ruß und Dreck gefunden, doch im ersten Stock ... Luka erinnerte sich lebhaft an den süßlichen, dicken, furchtbaren Gestank der verbrannten Leiche, der ihm schon von der Treppe aus entgegengeweht war. Unwillkürlich schüttelte er sich und schluckte. Es hatte ihn große Überwindung gekostet, sein Abendessen nicht über dem armen Teufel zu entleeren. Mit der Hand vor dem Mund hatte er sich abgewandt und war schon wieder auf dem Weg nach unten gewesen, als Pip »Der war hier gefesselt!«, gerufen hatte. Luka hatte mit sich gerungen – aber er war umgekehrt.

Das verkohlte Skelett hatte einen befremdlich friedlichen Eindruck gemacht, wie es dort an einer Säule lehnte. Diesen Eindruck hatte Luka zumindest so lange, bis er begriff, dass seine Hände mit Draht dahinter festgebunden waren. Plötzlich bemerkte er noch etwas anderes. Irgendetwas glänzte an dem Skelett. *In* dem Skelett. Die letzten Abendsonnenstrahlen spiegelten sich an etwas, das in der Magengrube des ansonsten mattschwarzen Gerippes verborgen lag.

Während sich die Bahn von dem ausgebrannten Lager entfernte, kramte Luka in seiner Hosentasche. Seine Hand schloss sich um eine winzige Glasphiole. Sie war nicht länger als eine Fingerkuppe und dünner als ein Bleistift. Gedankenverloren ließ er sie durch die Finger gleiten. Hatte man den Gefesselten gezwungen, das Fläschchen zu verschlucken? Unwahrscheinlich. Er musste es vorher selbst hinuntergewürgt haben. Aber warum?

Das hatte ihn auch Pip gefragt, nachdem sie das Ding aus dem Skelett herausgefischt hatten. Luka, der schmalere Finger hatte, war es auf Pips Drängen hin vorbehalten geblieben, seine Entdeckung aus dessen Versteck zu befreien. Er hatte sich zur Leiche gekniet, die Luft angehalten, getastet … noch nie in seinem Leben hatte er sich so geekelt. Jedes bisschen warme, rußige Masse zerbröselte wie Staub, als er sie berührte. Endlich spürte er etwas anderes: Glas. Blitzschnell umschloss er es und zog seine Hand zurück. In sicherem Geruchsabstand präsentierte er Pip seinen Fund.

Obwohl er es gerade aus den verbrannten Innereien eines Toten geborgen hatte, fand Luka es vom ersten Moment an schön. Sein Inhalt schimmerte milchig grün. Luka dachte an den Moment zurück. Diesen einen Moment, an dem er sich gedacht hatte: Diese Schnapsidee hat sich doch noch gelohnt.

»Was glaubst du …«, hatte Pip noch hervorgebracht, als über ihnen etwas rumorte. Der ganze Raum erzitterte, worauf sich ein Ascheschwall von der Decke löste und die beiden Jungs und die Leiche mit einem schwarzen Film aus Sand, Staub und Ruß bedeckte. Dann passierten mehrere Dinge gleichzeitig. Ein größeres Stück Decke löste sich von der Oberkante der Säule, landete genau auf dem Skelettschädel und fegte diesen wenig pietätvoll vom Rückgrat des Gerippes. Luka hörte durch die offenen Fensterlöcher noch ein anderes Geräusch. Ein helles Klatschen, als ob ein Tonkrug zerbarst. Er brauchte einen Moment, bis er begriff, dass es Keramikschindeln sein mussten, die vom Dach fielen und auf der Straße in tausend Teile explodierten. Luka und Pip tauschten einen Blick. *Alles bricht zusammen!*

Sie stürmten zur Treppe. Pip nahm drei Stufen auf einmal und war schon zur Hälfte unten, als Luka ins Straucheln kam, sich überschlug und auf der obersten Stufe liegen blieb. Panisch versuchte er, sich wieder aufzuraffen, doch der Sturz war sein Glück. Als er aufblickte, krachte ein meterdicker, schwarz verkohlter Holzbalken der Länge des gesamten Treppenhauses mit ohrenbetäubendem Donnern nur eine Handbreit vor ihm auf die Treppe. Instinktiv zuckte er zurück und schlitzte sich an irgendetwas Scharfem den rechten Handrücken auf. Dann hatte er die todesmutige Rutschpartie in Pips Arme unternommen.

Und nun waren sie wieder hier. Es war nichts als ein Wunder, dass sie nur mit ein paar Schrammen überlebt hatten. Danach war so viel passiert, dass Luka das kleine Ding in seiner Hosentasche, bis eben vergessen hatte. Die einzig logische Erklärung – dass in dem ehemaligen Equanimiererlager eben Equanimierer zu finden waren – schied aus. Alle Equanimierer waren durchsichtig. Nur … was war es dann?

»Und wieder ein paar Meriten näher am Paradies. Nicht wahr, Stän?«

»Halt deinen Rand.«

Constantin, von allen nur Stän genannt, war nur ein paar Monate älter als Luka und hatte das Lyzeum vor Kurzem hinter sich gebracht. Wie alle Sechzehnjährigen durfte er eine Berufslaufbahn wählen. Völlig überraschend hatte er sich für einen Job im Lyzeum entschieden. Sein erster Posten dort war der des Torwärters. Der frisch gebackene *M* schlurfte missmutig zur Seite. Constantin war seit jeher ein denkbar leichtes Opfer für Pips Frotzeleien. Leicht beleidigt, aber harmlos. Eigentlich ein netter Kerl, doch als Respektsperson völlig fehl am Platz.

»He, ich mach hier nur 'n bisschen Konversation«, wiegelte Pip ab. »Wir sind schließlich nicht alle so weit wie du, Stän.« Constantin brummelte etwas Unverständliches in seine Gasmaske.

»Hey *Stähhn*«, leierte Pip und deutete auf den Schlagstock an Constantins Gürtel. »Haben sie euch auch gezeigt, wie ihr die benutzen könnt …?«

Bevor Constantin verstand, dass Pip ihm mit einer Geste bereits eine Anwendungsmöglichkeit für den Stock demonstrierte, zerrte Luka seinen Freund weg. Es war unwahrscheinlich, dass Constantin gerade heute explodierte, aber eine Eskalation konnte Luka jetzt wirklich nicht gebrauchen. Wenn seine, Lukas, Zeit hier vorbei war, würde er nie mehr einen Fuß ins Lyzeum setzen, so viel war sicher. Dann war er endlich kein Anwärter mehr. Dann konnte er innerhalb der Einheit gehen, wohin er wollte. Kein Heim vierzehn mehr, keine Heimvorsteherin mehr, kein Lyzeum mehr. Zwei Monate noch. Adieu Luka 7213-A, hallo Luka 7213-M.

Er verstand beim besten Willen nicht, was Constantin dazu bewogen hatte, ausgerechnet hierzubleiben. Die bröckeligen Außenwände des dreistöckigen, schmutzig-gelben Gebäudekomplexes waren über und über mit Graffiti beschmiert. Viele der Rundbogenfenster im ersten Stock waren zerbrochen. Der Haupteingang war unbenutzbar, denn in der gläsernen Drehtür steckte noch immer ein roter Kleinbus. Das verrostete Heck an der frischen Luft war von Wind und Wetter arger in Mitleidenschaft gezogen worden als die Front. Diese war dafür von innen überall bekritzelt und verkratzt worden. Hier, unweit des Zentrums, sah man eigentlich kaum noch Autowracks. Die Einheit ließ sie alle in die Außenbereiche schaffen. Für einfache Körperdiebe ohne Werkzeug wäre dieses Gefährt wohl zu aufwendig zu beseitigen gewesen. Überhaupt schien hier niemand irgendetwas instand zu halten. Die Einheit brauchte ihre Körperdiebe bestimmt anderswo. Wahrscheinlich war der Grund dafür der äußere Mauerring, mutmaßte Luka. Für das Großprojekt setzte die Einheit schon jahrelang eine Vielzahl ihrer Körperdiebe ein. Die sichere Zone der Einheit würde sich um ein gutes Stück vergrößern … falls die neue Mauer denn einmal fertig würde. Es war ein unausgesprochenes Geheimnis, dass es den Ranghohen nicht schnell genug ging.

Er hatte einmal gehört, dass das Lyzeumsgebäude vor dem Blitz eine renommierte Universität beherbergt hatte. Heute bot der mausgraue Herbsthimmel einen allzu passenden Hintergrund für die Farb- und Hoffnungslosigkeit dieses Ortes, die ihn jedes Mal überkam, wenn er hier war. Einzig der Anblick einer Person, die am Rand des ausgetrockneten Brunnens saß, erhellte sein Gemüt.

Das Mädchen auf dem Brunnenrand sah kugelrund aus, aber Luka wusste, dass Emma eigentlich dünn und klein war. Ihr war nur immer eiskalt, egal, wie viele Schichten sie trug. Stets war sie zudem in grellgelben Gummistiefeln unterwegs, starrte mit angezogenen Beinen ins Wasser und strich sich eine Strähne ihrer wilden, dunklen Rastas hinters Ohr. Seine drei Freunde gingen weiter. Pip konnte nichts mit ihr anfangen, so wie die meisten. Luka aber mochte sie. Er setzte sich zu ihr.

»Hey, Emma.«

»Verschlucken, verschlucken«, murmelte sie.

»Was?« Luka dachte unwillkürlich an seinen Fund, die verschluckte Glasphiole in seiner Hosentasche.

»Diese verschlucken sie nicht. Sie hören nicht auf mich. Obwohl sie ganz ähnlich aussehen. Schade.« Sie blickte immer noch in den Brunnen. Wie immer trug sie keine Maske. Luka beugte sich vor. Im Brunnenbett stand das Wasser nur noch eine Handbreit. Algen und andere Wasserpflanzen hatten sich gebildet, ein Wasserläufer huschte über die Oberfläche. Jetzt entdeckte Luka auch, was Emma so fasziniert fixierte. Einen dunkelgrauen, augapfelgroßen Frosch.

»Sie sind einzigartig, weißt du. Sie verschlucken ihre eigenen Eier. Dann brüten sie sie im Magen aus. Kein anderes Landwirbeltier macht das.«

Luka runzelte die Stirn und stellte sich einen Frosch vor, der wild schnappend seinen eigenen Nachwuchs verspeiste. Der Frosch im Brunnen rührte sich hingegen nicht einen Zentimeter.

»Aber sie sind ausgestorben, hab ich gelesen. Die gab es auch nur in Australien. Rheobatrachus. So heißen die. Ich dachte, ich versuch's mal. Ich erklärs ihm. Damit er es irgendwann auch so macht. Aber er will nicht. Alles Einzigartige stirbt wohl irgendwann aus.« Sie sprach leise, langsam, aber ohne Traurigkeit in der Stimme. Es war eine Feststellung, nichts weiter.

»Neun?«, fragte sie.

»Hm.«

»Wie war er? Der, den du gestern Nacht enttarnt hast?« Der Frosch kraulte langsam aus ihrem Sichtfeld.

»Dachte ich mir, dass dich das interessiert.« Für jemanden, der im Lyzeum die meiste Zeit allein verbrachte, war Emma immer blendend informiert. Sie strich sich wieder eine Rastasträhne hinters Ohr. Luka schaute sich um. Niemand war in ihrer Nähe.

Wie er war? Luka suchte nach dem richtigen Wort. Vor seinem geistigen Auge hechtete sich der Fremde mit seiner unmenschlichen Schwerelosigkeit vom turmhohen Zaun.

»Er war ... ziemlich beeindruckend. Er hat sich mit solcher Leichtigkeit bewegt. Eine Körperkontrolle hatte er wie ... na ja, ein Frosch im Wasser. Wenn man sich das vorstellt: Das war gar nicht sein eigener Körper! Ich könnte mich niemals so bewegen.«

»Dein Körper ist eben nicht für so etwas gemacht. Aber er hat gut gewählt. Er hat sich genau den richtigen Körper ausgesucht, wenn er darauf aus war, den Wächtern zu entkommen.«

Luka schaute sich noch mal um. Niemand. Mit Emma wagte er sich oft auf gefährliches Terrain. Aber zum Glück wusste sie genau, wem gegenüber sie offen reden konnte. Sie war die Tochter des Panschers, dem nach dem Ersten wohl einflussreichsten Mann in der Einheit. Ihr Vater sorgte mit seinen Tränken dafür, dass die Bewohner der Einheit ruhig schlafen konnten, ohne Angst um ihre Körper. Seine Tochter hingegen war – trotzdem oder gerade deswegen? – von Körperdieben über alle Maßen fasziniert. Luka schob Donald nach oben, legte ihn auf den Brunnenrand und sah sie an.

»Ja, er war beeindruckend. Aber er hatte auch Angst. Ich weiß ja nicht, wie viel du schon weißt. Aber er hätte es getan. Er wollte springen. Wir waren beim Damm. Er wollte sich ins Wasser stürzen, und das hätte er nicht überlebt. Er wollte lieber sterben, als sich schnappen zu lassen. Kannst du das glauben?«

Sie schwiegen für eine Weile. Emma blickte weiter verträumt auf die Stelle, wo der Frosch gesessen hatte. Als ob sie die Stelle schon lange zuvor angeschaut hatte … und der Frosch erst später dazugekommen war, um ihr einen Gefallen zu tun.

»Lieber der Tod als noch einen Tag länger ein Sklave der Einheit«, sagte sie langsam.

»Ich verstehe es auch nicht. Aber als ich dann … Na ja, als ich gesagt habe, er hätte sich bei mir freiwillig gemeldet … ich weiß auch nicht, ich musste doch irgendwas tun. Er konnte es gar nicht fassen. Das konnte niemand. Ich ja auch nicht.« Emma ließ die Stelle im Wasser nicht aus den Augen. Über ihre Lippen huschte ein Lächeln.

»Du bist süß, Neun. Aber wenn sie ihn haben wollen, wirst du ihn nicht retten können. So ist es nun einmal.«

Luka kamen noch einmal Jos Worte in den Sinn. *»Wenn alles seine Richtigkeit hat, dann hat er nichts zu befürchten. Und du auch nicht.«*

»Heute Abend muss ich zum Tribunal.« Auf einmal wurde ihm bewusst, dass es nur noch ein paar Stunden bis dahin waren, und er hatte immer noch keinen Plan. Er musste schwer atmen und schluckte. »Ich … fürchte mich, Em. Was denkst du, machen die mit mir?«

Endlich schaute Emma auf und sah ihn mit ihren tief liegenden, haselnussbraunen Augen direkt an. Mit beiden Händen band sie sich ihre Strähnen in einem dicken Pferdeschwanz hinter den Kopf.

»Hör zu. Die werden gar nichts mit dir machen«, sagte sie ohne den geringsten Zweifel in ihrer Stimme. Luka zwang sich zu einem durchschaubaren Lächeln.

»Ich erklär's dir«, sagte sie. »Denk jetzt mal an das Schlimmste, was passieren könnte. Meistens liegen die Dinge selbst im schlimmsten Fall gar nicht so schlimm.«

Er runzelte die Stirn, aber Emmas Blick blieb unnachgiebig. Also tat er es. In seiner Vorstellung erschien ein vermummter Richter in schwarzer Kutte, der anklagend mit dem Finger auf ihn zeigte. Er wedelte kurz mit der Hand, und fünf grobschlächtige Wächter tauchten auf. Zwei davon packten ihn mit spielerischer Leichtigkeit. »Machts kurz, Jungs«, kicherte der Richter. »Wir können nicht wegen jedes kleinen Wichtigtuers den halben Tag verplempern. Ersäuft ihn einfach.«

»Das Schlimmste wäre doch«, riss ihn Emma aus seinen Gedanken, »dass dein Enttarnter jemand Wichtiges war. Jemand Bedrohliches. Ein Feind der Einheit, dem du geholfen hast. Jemand, der von der Einheit gesucht wird. Jemand, der möglicherweise sogar beim *Widerstand* ist.« Wieder schaute sich Luka um. Niemand. Er atmete durch.

»Selbst dann – hast du der Einheit einen Gefallen getan. Wärst du nicht gewesen, wäre er gestorben. Das hätte niemandem genützt. So aber ist er in ihrer Gewalt. Du hast eines der Grundprinzipien der Einheit befolgt. Jeder Körper ist wertvoll und kann der Einheit potenziell nützen.« Da hatte sie natürlich recht. Jeder Körper mehr konnte etwas für die Gemeinschaft tun. Einen Körper sterben zu lassen, käme einer Verschwendung gleich, was ganz und gar der Denkweise der Einheit widerspräche. Auch wenn er es nicht deswegen getan hatte. Aber das wusste sie so gut wie er.

Wirklich beruhigt war Luka immer noch nicht. Aber Emma kannte die Mechanismen der Einheit besser als die meisten. Im

Haus des Panschers gingen die einflussreichsten Männer der Einheit ein und aus. Vielleicht kam er ja doch mit allem durch.

»Okay. Danke, Em. Wird schon schief gehen.« Er lächelte, diesmal nicht gequält, sondern dankbar. »Ich glaube, wir sollten langsam rein.«

Sie nickte, befreite ein paar Strähnen aus ihrem Zopf, strich sie dann aber direkt wieder hinters Ohr. Als Luka losgehen wollte, umarmte sie ihn lange und eindringlich. Er fühlte sich besser. *Das war hoffentlich keine Abschiedsumarmung*, schoss es ihm durch den Kopf.

Als er sich nach Donald bückte, sah er den Frosch. Die kleine Amphibie hatte sich bis zum Brunnenrand gekämpft und bewegte sich in Zeitlupe vorwärts.

»Hey, Em. Vielleicht ist er ja doch nicht ausgestorben. Der Rheo…wasweißich. Ich meine, seitdem dein Buch geschrieben wurde, hat sich so viel verändert in der Natur. Wer kann das schon so genau wissen, stimmt's?«

Sie lächelte matt. »Rheobatrachus. Ja … vielleicht. Vielleicht überlebt Einzigartiges manchmal ja doch.«

So wenig Luka das Äußere des Lyzeums auch gefiel – die große Haupthalle faszinierte ihn immer wieder aufs Neue. Sein Blick ging jedes Mal automatisch nach oben zum Licht, wenn er hineintrat. Über die Wände einer Kuppel wurde das Tageslicht eines einzigen monumentalen Rundfensters reflektiert. Genau hier, auf der Freifläche des Foyers, empfing sie Medusa. Der Kopf der Gorgone mit den Schlangenhaaren war das zentrale Motiv des Bodenmosaiks. Luka mochte die Geschichte aus der griechischen Mythologie. Die Schlangenhaare verflochten sich in seinen Gedanken mit Emmas Rastas. Auch im Gehen konnte sie nicht die Finger von ihren dicken Strähnen, ihren *Biestern*, wie sie sie nannte, lassen. Daran würden wahrscheinlich auch Schlangenhaare nichts ändern.

Plötzlich fiel ihm auf, wie seltsam still es hier war. Unruhig sah er sich um. Von oben kam Licht, aber die Ecken waren dunkel. Er nahm Emma am Arm und beschleunigte seine Schritte.

»Nicht so schnell!«, rief eine schneidende Stimme von hinten. Luka zuckte zusammen, Emma rührte sich nicht. Als er sich umdrehte, traten Jan und Simon, der kleinere seiner beiden Kumpane, hinter den beiden überlebensgroßen Statuen an der Treppe hervor.

»Ich dachte schon, ihr zwei Turteltäubchen taucht gar nicht mehr auf«, sagte Jan. Luka fragte sich, ob sie davonrennen konnten. Dann erst bemerkte er das zweite Skelett. Kim, der sich trotz seiner Masse erstaunlich lautlos von vorne angeschlichen hatte. Sie waren umstellt.

»Schwirr ab, du Vogelscheuche«, fauchte Jan hinter seiner Drachenmaske zu Emma, die zu Luka sah. »Schon okay … ich komm' klar«, versicherte er ihr, obwohl er sich weit weniger mutig fühlte, als er sich anhörte. Jan ließ Emma in Ruhe, immerhin war sie die Tochter des Panschers. Aber Luka wollte sich nicht hinter ihr verstecken. Und hier, mitten am Tag im Foyer … würden sie ihm wohl kaum das Genick brechen. Emma taxierte Jan mit einem eisigen Blick und schritt erhobenen Hauptes davon.

»Lass mal sehen«, sagte Jan. »Ich denke, wir machen eine Spritztour.«

Bevor Luka auch nur mit der Stirn runzeln konnte, hatte ihn Kim grob von hinten gepackt. Sein Oberarm wurde brutal verdreht, er ging in die Knie und sog scharf die Luft ein. *Natürlich wieder dieselbe Schulter.* Kim schubste ihn vor sich her. Sie bewegten sich zur Treppe zurück. Simon kicherte bei jedem von Kims Schubsern hell und giftig. Eine Spritztour – jetzt dämmerte es Luka. Der Rote Bus im Haupteingang.

Kim schubste Luka gegen das Wrack. Es war von oben bis unten vollgekrakelt, was sich im Lyzeum zur Tradition entwickelt hatte. Auch Lukas Signatur stand hier irgendwo. Gleich an seinem ersten Tag hatte er sie hineingeritzt. Es war auch der Tag gewesen, an dem er Jan begegnet war. Feuerrote Haare, so wie seine Mutter. Das kam Luka jedes Mal seltsam vor, wenn er sich an den Tag zu erinnern versuchte. Das Bild von Jans Mutter war, obwohl es ihre einzige Begegnung war, haften geblieben. Besonders ihr hüftlanger roter Zopf. Der achtjährige Luka war stehen geblieben und hatte die vollkommene Haarpracht und ihre wunderschöne Trägerin mit offenem Mund bewundert. Was danach kam, war verblasst. Verschwommen. Jan hatte ihn blutig geschlagen. Hatte ihn beschimpft. *Körperdiebssohn* hatte er ihn genannt.

Die Schiebetür war intakt. Innen war man abgeschieden, nicht selten sah Luka Pärchen im *Roten Bus* verschwinden. Als Luka durch einen letzten Tritt auf die Ladefläche stolperte, dachte er nur: *Hier drin wird meine Schreie niemand hören können.*

»Oh nein. Du stiehlst dich nicht davon!« Luka spürte, wie ihn jemand auf die Füße stellte und festhielt. Er wollte die Lider heben, aber es ging nicht. Er war müde. So müde.

Luka hörte ein Klatschen. Seine linke Wange flammte auf. Sie brannte kurz, aber es war nur ein Zündholz im Vergleich zu dem Höllenfeuer in seiner linken Schulter. *Ist sie gebrochen?* Er fühlte seinen Arm an seiner Seite baumeln. Schlapp und nutzlos hing er herab wie ein abgeknickter Ast.

Noch eine Welle schwappt über das Geländer. Die Hände des Körperdiebs sind fort. Komm jetzt rauf, wenn du kannst.

»Der ist gleich weg«, krächzte eine helle Stimme.

Kalt. Luka riss die Augen auf. Er atmete schnell, sein Gesicht war voller Wasser. Der Rote Bus. Vor ihm Jan und Simon. Zitternd drehte er den Kopf in alle Richtungen.

»Na also! Da ist er wieder.« Noch ein Schwall traf Luka mitten in die Augen. Er kniff sie instinktiv zusammen, aber zu spät. Seine Hornhaut fühlte sich an, als schabte sie ihm jemand mit einer groben Feile ab. Er schnaufte heftig. Vorsichtig wagte er zu blinzeln. Zuerst verschwommen, dann klarer nahm er eine leere Wasserflasche in Simons Hand wahr.

»Aber warte … bist du's auch?«, fragte Jan und bohrte mit seinem Daumen nur ganz leicht in Lukas linkes Schlüsselbein, wo der Schmerz leuchtend aufflammte. Er riss Mund und Augen auf und stieß einen stummen Aufschrei aus. »Wie heißt du? Sag schon!«

»Lu…«, stammelte er. Mehr brachte er nicht heraus.

»Na also. Absetzen.« Kim ließ ihn los und er plumpste wie ein nasser Sack zu Boden. Jan kniete sich zu ihm herunter. Die Maske hatte er abgestreift. Seine roten, zurückgekämmten Haare und seine hohe Stirn glänzten verschwitzt. Kim hatte Luka festgehalten, aber die »Arbeit« hatte Jan selbst erledigt.

»Mund auf«, kommandierte er und hielt Luka ein Glasfläschchen mit einer durchsichtigen, zähflüssigen Masse darin an die Lippen. »Damit du auch schön hierbleibst.« Luka schluckte. Was blieb ihm auch für eine Wahl? Es schmeckte leicht bitter, wie sein eigener allabendlicher Körperschutz. Der größte Unterschied war die Konsistenz. Jans Equanimierer war kein Getränk, sondern eine Pampe. An der Zähflüssigkeit ließ sich ablesen, wie sicher man sich beim nächsten Schlaf sein konnte, seinen Körper zu behalten. »Wie verdünnte Suppe«, sagte Pip darüber, »das A-Zeug ist praktisch so wirksam wie Wasser, wenn du mich fragst.« Es war das erste Mal, dass Luka andere Equanimierer als die für Anwärter kostete. Auf diesen Moment hatte er sich eigentlich gefreut.

»Brav so«, lobte Jan. »Damit wir uns richtig verstehen. Es gibt nur einen Grund, warum ich dich am Leben lasse.« Jan fuhr sich mit der Hand über den Bartansatz. Luka erwiderte Jans fordernden Blick matt und kraftlos.

»Ich bin neugierig.« Der Sohn des Ersten lächelte. »Ich bin zu gespannt, was sie mit dir machen. Ja, ich geb's zu. Ich bin schon ganz aufgeregt!« Beim letzten Wort drosch er mit der Faust gegen die Autowand. Luka zuckte zurück. Simon gackerte wieder sein helles Hennenlachen.

»Und das solltest du auch sein. Immerhin bist du der Erste, der so dreist versucht, die Einheit bei diesem Mist an der Nase herumzuführen. Wer sich diese Regel ausgedacht hat, gehört zu den Müllsuchern geschickt. Freiwilligenmeldung.« Jan spuckte verächtlich in die Ecke. »Als ob irgendjemand denen, die damit durchkommen, über den Weg trauen könnte.

Wie heißt es so schön: Einmal Körperdieb, immer Körperdieb. Müsstest du doch am besten wissen. Du und deine kleinen Wanzenfreunde aus dem Heim, die noch nicht mal irgendwelche Körperdiebschlampen gewollt haben.«

Jan lächelte weiter, fast aufmunternd blickte er Luka an. »Ich würde mir an deiner Stelle nicht zu viele Sorgen machen. Es geht normalerweise ganz schnell. Alle werden gehört, dann kommt das Urteil ... und dann werden die Leichen abtransportiert.«

Lukas Augen weiteten sich. Jan und Simon prusteten übertrieben los. »Nein, im Ernst. Der Tod wäre für die Verurteilten viel zu gut. Außerdem hast du ja noch einen strammen Körper!« Er patschte Luka scheinbar respektvoll mit seinen Pranken auf die Oberarme. Bei der Berührung durchzuckte Lukas Schulter erneut ein stechender Schmerz. Er biss die Zähne zusammen. Fast hätte er losgeschrien. Viel fehlte nicht mehr.

»Der ist bestimmt noch für irgendwas gut. Sklaven braucht die Einheit doch immer, oder?«

Luka sagte nichts. Das Wasser war von seinem Gesicht heruntergetropft. Er war wieder voll bei Bewusstsein, aber wagte es nicht, sich zu rühren.

Jan wurde wieder ernst. »So. Ich geb' dir noch eine letzte Chance, mir zu sagen, wer der Kerl ist. Eine. Sag mir, ob er sich wirklich bei dir gemeldet hat. Oder wieso zum Teufel du dir das ausgedacht hast, wenn nicht.« Er sprach betont ruhig. Als Luka stumm blieb, verfinsterte sich seine Miene.

»Also gut. Wie du willst.« Er holte aus und ließ seine Faust auf Lukas Gesicht niederfahren, aber stoppte im letzten Moment ab. Die beiden sahen sich in die Augen. Offenbar war Jan eines klar: Wenn er Luka noch mehr zusetzte, würde es sowieso kein Tribunal mehr geben. Er patschte auf Lukas Wange und lachte. Er erhob sich, zog sich seine Maske auf und ging zur Schiebetür. Dort drehte er sich noch einmal um.

»Ich bin schon fast neidisch auf dich, weißt du. Immerhin bist du dabei. Ich habe alles in Bewegung gesetzt, um zusehen zu können. Aber Regeln sind nun mal Regeln. Ich würde ja sagen, erzähl mir hinterher, wie's war. Aber … Na ja.« Er lachte erneut, zog krachend die Tür zu und hüllte Luka in Dunkelheit.

Klopfen, Klopfen, Pause, Klopfen. Und von vorn. Das vertraute Signal … Luka öffnete die Augen.

Nachdem Jan weg war, hatte er zunächst versucht, aufzustehen. Alleine dafür waren einige schweißtreibende Minuten verstrichen. Umsonst – die Wagentür ließ sich nicht öffnen. So war er wieder auf den Boden gesunken und hatte behutsam seine wunden Stellen abgetastet. Die Schulter war die schlimmste, aber gebrochen war sie wohl nicht. Er war fast eingedöst. Immerhin hatte er noch Schlaf nachzuholen und war dank Jans Equanimierer so gut geschützt wie nie. Doch das Klopfen machte ihn mit einem Schlag hellwach.

Luka klopfte seine Antwort zurück. Sofort hörte er etwas an der Tür schaben. »Pip?« Wieder dieses metallische Kratzen. Dann ein unterdrücktes Fluchen. Luka runzelte die Stirn. »Pip?«

»Ja, verdammt. Hier steckt ein verfluchter Schlüssel drin! Und das Mistding ist zur Hälfte abgebrochen.«

»Woher haben die denn einen Schlüssel für den Roten Bus?«, fragte er die Innenseite der Tür.

»*Das* ist sicher *nicht* der Schlüssel für den Bus«, kam es unter weiterem Scharren und Kratzen zurück. »Das ist irgendein anderer verdammter Schlüssel. Irgendein anderer verdammter *halber* Schlüssel. Der wurde mindestens so einfühlsam in dieses verfluchte Schloss gerammt wie dieser verfluchte Bus in die verfluchte Tür.«

Luka lächelte. Es musste Präzisionsarbeit nötig sein, um das abgebrochene Metallteil zu entfernen. Wenn Pip sich konzentrierte, fluchte er noch mehr als gewöhnlich. Aber Luka war zuversichtlich. Es wäre das erste Mal, dass ein Schloss Pip widerstand. Im Moment war er nur froh, dass er da war.

»Wir haben hier auf dich gewartet«, sagte Pip. »Aber die haben alle in die Aula gebracht. Es war klar, dass Jan dahintersteckt, ich hab gesehen, wie er sich verdrückt hat. Tut mir leid, Mann.« Pip rüttelte an dem Schloss, was die Tür erzittern ließ.

»Die hätten mich irgendwann sowieso erwischt«, erklärte Luka der Tür, auf die Pip nun einhämmerte, während er dem Schloss und dessen Mutter mit weiteren Fluchtiraden zusetzte.

»Die wollten, dass du da drin um Hilfe quiekst«, röchelte Pip. Er schnaufte schwer. »Bis dich einer vor versammelter Mannschaft mit 'nem Brecheisen rausholt. Aber nicht mit mir. Nicht – mit – mir!« Bei jedem Wort drosch er auf das Metall ein. Einem letzten lauten Krachen folgte ein vor Anstrengung unterdrückter Jubelschrei. Die Tür schwang auf, und ein verschwitzter Pip hielt Luka triumphierend die Hälfte eines schwer verbogenen Schlüssels entgegen. »Mistding«, sagte er und pfefferte seinen Sparringspartner über die Schulter, ehe er zu Luka in den Wagen stieg.

»… dank des Ersten haben wir die Sicherheit, dass …« Der Mann an der Tafel hielt inne, als Pip und Luka den großen Hörsaal betraten. Geräuschvoll zog er sich die Nase hoch. »Ah, ‚657-A. Und … ‚2 … 13-A«, sagte er stotternd zu Luka. Er musste es gewusst haben, verstand Luka sofort. Er hatte Angst vor Jan, Angst vor seinem Einfluss, und hatte es einfach zugelassen. Ausbilder Eugenius zögerte kurz und fuhr sich mit der Hand an die Nase. »Da … da sind Sie ja endlich. Setzen Sie sich, setzen Sie sich!«

Der Schnief, wie ihn jeder nur nannte, wirkte nervös, doch anders kannte ihn Luka nicht. Er hatte noch keine paar Sekunden in seiner Gegenwart zugebracht, in denen er sich nicht verhaspelte, auf und ab trippelte oder sich an die Nase fasste. Sein Riechorgan war immer feuerrot und überreizt. Der Rest seines Gesichts war mit einer Sturmhaube und einer Augenmaske verdeckt. Ob seine rote Nase also nun den rötesten Mittelpunkt eines roten Gesichts bildete oder ob sie aus ansonsten bleichen Zügen herausstach wie ein Leuchtfeuer im Schnee, darüber konnte man nur spekulieren. Während seiner Monologe hatte man dafür Unmengen an Zeit. Die Heimvorsteherin regierte mit sadistischen Strafen und eiserner Disziplin. Eugenius dagegen regierte überhaupt nicht. Er ließ das die quälende Langeweile erledigen. Luka wusste beileibe nicht, was ihm lieber war.

Er und Pip kletterten einen der Gänge hinauf. An jeder Reihe hörte Luka Getuschel. Er meinte, Worte wie *Körperdieb* und *Tribunal* herauszuhören. Auf den Balkonen sah Luka sich anstupsende Schläfer, die unverhohlen mit dem Finger auf ihn zeigten.

Sie setzten sich in die vorletzte Reihe zu Daniel und Panda. Luka erspähte Emma und lächelte ihr zu, woraufhin sich ihr besorgter Blick etwas verflüchtigte. Bestimmt sah er immer noch schlimm aus. Er seufzte und schüttelte sich in einem Versuch, seine bleierne Müdigkeit loszuwerden. Dann widmete er seine Aufmerksamkeit der Tafel.

Keine Minute später war er eingeschlafen.

»Komm schon, Neun. Zeit zu gehen«, sagt Emma.

Die gelbe Tür steht in der Mitte des ausgetrockneten Brunnens. Der ist voller Phiolen. Er gleitet, watet, schwimmt durch die kleinen Glasbehältnisse, die blaugrün, violett und orange schimmern. Wie sanft, geschmeidig und kühl sie sich anfühlen. Dann sieht er Emma. Emma! Er hat sie ganz vergessen.

Ihre Biester stehen in alle Richtungen ab. Sie sind lebendig. Kleine, sonnengelbe Schlangen, die nacheinander schnappen.

Emma geht durch die Tür. Ihre Gummistiefel quietschen auf den Fliesen, die dahinter liegen. Diese herrlichen Fliesen! Luka beugt sich hinunter, um die mysteriösen, fantastischen Wirrungen der Muster nachzuziehen.

»Was ist, kommst du?« Ach. Emma. Sie ist ja auch da. Also schön. Er steigt auf die Schwelle. Hier liegen keine Phiolen, der Wind hat sie weggeblasen. »Flieg zu mir«, schlägt Emma vor. Wieso eigentlich nicht? Er stößt sich ab. Luka spürt den Wind unter seinen Kleidern, er ist eine leichte, flatternde Fahne.

»Hast du noch nicht genug?«, fragt sie. Er genießt es so sehr, dass er sie wieder vergessen hat. Also gut. Er will zu ihr fliegen. Aber dann erzittert die Tür und alles um ihn herum. *Rumm.*

Es donnert. Blitzt. Kaum hat er sich zum Licht gedreht, packt ihn der Wind. Krachend landet er in den Phiolen. Viele zersplittern, und die farbige Essenz entweicht. *Rumm. Rumm. Rumm.*

Irgendetwas war seltsam an diesem Donner. Er war so … gleichförmig. Nach jeder halben Sekunde krachte es, als ob die Welt unterging. So geplant. Es klang wie tausend Soldaten, die im Stechschritt marschierten. Im ewig gleichen Takt rammten sie ihre eisenbeschlagenen Stiefel in den Boden.

Langsam kam Luka zu sich. Nicht der Boden vibrierte, sondern der Tisch, auf dem sein Oberkörper lag. Er öffnete die Augen. Pip und Daniel droschen mit den Fäusten auf die lange Arbeitsplatte vor ihnen. Was war hier los?

Er richtete sich auf. Praktisch jeder im Hörsaal klopfte im Gleichtakt auf die Tische. Daniel mit den Fingergelenken, Panda benutzte beide Fäuste, Pip seine Ellenbogen. Manche trugen Ringe. Das also waren die eisenbeschlagenen Stiefel.

Pip bemerkte, dass Luka wach war. Unter großen Gesten versuchte er, ihm etwas zu erklären, aber unter dem Krach hörte Luka nur »Anna – elde – ief – agen« heraus. Schließlich zeigte

Pip nach vorne. Luka erkannte genau zwei Menschen, die sich nicht am Weltuntergang beteiligten. Der Schnief war seiner Tafel zugewandt. Ein Mädchen mit Eichhörnchenmaske, Johanna, tat etwas für eine Schnief-Stunde derart Ungewöhnliches, dass es selbst das Donnerwetter toppte. Sie meldete sich.

Es war nicht so, als würde sich in Eugenius' Unterricht nie jemand melden. Nur eben anders. Eugenius drehte sich von Zeit zu Zeit zu seinem dösenden Publikum um und erteilte denen, die sich *auf die Tür zeigend* meldeten, mit einem Nicken die Erlaubnis, den Raum zu verlassen. In dringenden Fällen klopfte derjenige kurz auf den Tisch. Johanna aber zeigte nicht auf die Tür, sie wollte nicht hinaus. Sie wollte etwas fragen. Wie alle anderen wollte Luka die Frage nun hören und stimmte in das Klopfen mit ein. Wenn der Schnief sich derart sträubte, erst recht. Außerdem machte es einfach Spaß, gemeinsam Krach zu machen.

Eugenius war erstarrt. Mit dem Rücken zum Saal, eine Hand an der Kreide, eine an der Nase. Mitten im Wort hatte er gestoppt, *Equanimi* stand nun da zu lesen. Luka konnte nicht sagen, ob Eugenius eher schreiend hinauslaufen oder weinend in sich zusammensinken würde. Beides hätte er ihm zugetraut.

Der Lehrer drehte sich um. Luka sah, wie er schwer atmete. Eugenius blickte auf und hob – scheinbar unter Aufbietung seiner gesamten Willenskraft – die Rechte mit der Handfläche nach oben in Richtung Johanna. Er rief sie auf!

Sofort ebbte das Beben ab. Nach minutenlanger Beschallung klingelte es in Lukas Ohren. Die plötzliche Stille war so angenehm wie das Gefühl, wenn Leben in einen eingeschlafenen Fuß zurückkehrt.

»Ja, ,692-A«, sagte Eugenius mit leicht zitternder Stimme. Johanna nahm die Hand herunter. Alle im Raum starrten sie an.

»Ich wollte fragen, wie das ist, wenn jemand fälschlicherweise einen Freiwilligen meldet.«

Nun waren alle Gesichter Luka zugewandt.

Unruhig rutschte er auf seinem Platz hin und her und blickte möglichst gleichgültig nach vorne zu Eugenius. Seine Hände vibrierten vor Nervosität. Er dachte an das Tribunal. Wenn er unter Gleichaltrigen schon derart ins Schwitzen kam, wie sollte das dann erst heute Abend werden?

Eugenius schien überrascht von der Frage. »Nun ja, also gut … (die Nase) … sicher wissen Sie, wir haben ja schon Ähnliches diskutiert (die Nase, zweimal).« Er räusperte sich. »Die Einheit hat diese Methode ersonnen, um den Menschen zu helfen.« Er sprach mit festerer Stimme, schien sich seiner Sache sicherer. Er mochte ein miserabler Lehrer sein, aber die Regeln der Einheit herunterzubeten, war seine Paradedisziplin. »Wenn ein Equanimierer bei einem unserer Mitglieder versagt und er sich bei erster Gelegenheit einem anderen Mitglied zu erkennen gibt, erhält er eine zweite Chance. Zwar muss derjenige dann mit einem neuen Körper vorliebnehmen, doch immerhin darf er weiter unter uns weilen. Er hat aber auch Auflagen zu …«

»Sie haben meine Frage nicht beantwortet«, schnitt ihm Johanna das Wort ab. »Was passiert, wenn man *fälschlicherweise* einen Freiwilligen meldet? Also wenn der sogenannte Freiwillige gar niemand aus der Einheit ist, sondern ein Körperdieb?« Eugenius schluckte. Einen Moment lang hatte Luka den Eindruck, er sähe genau zu ihm hinauf.

»Zufällig weiß ich, dass die Freiwilligenmeldungen meist unproblematisch verlaufen. Der Fall, den Sie nennen, ist höchst unwahrscheinlich. Geradezu lächerlich. Wieso sollte jemand das tun?« Er lachte gekünstelt. Seine hohe Stimme überschlug sich fast. Die Nase.

»Reden Sie nicht drum herum, Sie wissen doch genau, was sie meint. Und *wen* sie meint«, rief ein Junge – Luka glaubte, er hieß Marlon – von ganz vorne verärgert auf. Luka spürte die Blicke auf sich und sank immer tiefer in seine Bank hinein.

»Ja verdammt, erzählen Sie's uns!«, platzte es aus Pip heraus. Luka blickte ihn entgeistert an, bewunderte seinen Freund aber im nächsten Moment für dessen Kühnheit. Pip drosch mit beiden Fäusten wieder auf den Tisch. Prompt fand er Nachahmer, und der Radau begann von vorne.

Eugenius schaute erst auf Marlon, dann auf Pip. Er zog eine Mappe aus seiner Tasche und legte zwei Akten daraus fein säuberlich nebeneinander auf den Tisch. Das Beben erstarb fast augenblicklich. In die plötzliche Stille hinein hörte man seinen Stift in großen Schwüngen auf dem Papier kratzen.

».657-A, .801-A, Sie wissen, dass ich dazu verpflichtet bin.« Zwischenrufe waren ein glasklarer Verstoß, der Meritenabzug zur Folge hatte. Das darauffolgende Schweigen im Saal war bedrückend. Eugenius seufzte. Die Nase, zweimal. Dann sagte er: »Jetzt entsinne ich mich tatsächlich an einen Fall, der dem von Ihnen Beschriebenen ähnelt.« Luka zog überrascht die Augenbrauen hoch. Unterdrücktes Gemurmel folgte, während sich Eugenius, der durch seine Machtdemonstration erleichtert wirkte, auf sein Pult setzte.

»Ich war Zeuge eines Falles, in dem sich ein Körperdieb freiwillig meldete. Alles schien zunächst ordnungsgemäß zu verlaufen. Er wurde durch Codes bestätigt, erhielt aber selbstverständlich auch das Mal.« Er deutete auf seinen rechten Handrücken. »Aber er durfte den Platz eines ranghohen Familienvaters einnehmen, dessen Körper als vermisst galt. So war er allem Anschein nach wieder dort, wo er hingehörte.« Der Saal lauschte gebannt. Noch niemals hatte Eugenius solch ungeteilte Aufmerksamkeit genossen.

»Kurz darauf passierte es wieder. Die Familie wurde von einem weiteren Körperdieb heimgesucht, der sich des neuen Körpers des Vaters bemächtigt hatte. Seine Frau und sein Sohn entkamen diesmal nur knapp mit dem Leben.« Luka fragte sich, wie Eugenius so viel über diesen Fall wissen konnte. War er bei dem Tribunal dabei gewesen?

Der Ausbilder redete nun ungebremst, als wolle er diese Geschichte schon eine ganze Weile lang loswerden. »Ob Sie es glauben oder nicht, wenige Tage später ging eine erneute Freiwilligenmeldung ein. Wieder war der Familienvater angeblich der Leidtragende und meldete sich in einem anderen Körper bei einem Einheitsmitglied. Wieder kam es zum Tribunal. Diesmal aber wurde der Freiwillige nicht bestätigt.«

Er hielt kurz inne, als ob er sich nicht sicher wäre, ob er auch den Rest erzählen wollte. Als weiterhin keiner der Jugendlichen einen Ton von sich gab, setzte er erneut an. »Selbstverständlich wurde der Körper des falschen Freiwilligen ebenfalls als zerrissen gekennzeichnet und dient seitdem der Einheit. Doch auch das Mitglied, bei dem er sich freiwillig gemeldet hatte, wurde einer genauen Überprüfung unterzogen.« Er prüfte seine Nase erneut ausgiebig. Eugenius schaute sich einmal zu jeder der großen Seitentüren um. Mit etwas gedämpfter, aber fester Stimme sprach er langsam weiter: »Es stellte sich heraus, dass die beiden den Körperdiebstahl *geplant* hatten. Fragen Sie mich nicht, wie so etwas möglich ist«, sagte er und hob abwehrend die Hände, »aber der Körperdieb konnte wohl … in irgendeiner Art und Weise … steuern, in welchem Körper er erwacht.«

Ein Raunen ging durch die Reihen. Gerüchte über Körperdiebe, die sich gezielt ihre Opfer aussuchen konnten, gab es immer wieder. Von einem derart prominenten Beispiel aber hörte Luka zum ersten Mal. Er sah Daniel seine Maske zurechtrücken, viele Weitere taten es ihm gleich. Luka schüttelte sich. Konnten Körperdiebe das wirklich? Er war plötzlich ziemlich froh über Jans Pampe.

Eugenius fuhr fort: »Ich weiß nicht, was mit demjenigen passiert ist, der dieses Verbrechen gemeinsam mit dem Körperdieb geplant hatte. Mit dem also, der die falsche Meldung entgegengenommen hatte. Aber Sie können sich sicher sein, dass er in angemessenem Maße zur Rechenschaft gezogen wurde.«

Luka dachte nach. Der Körper des falschen Freiwilligen war zum Sklaven geworden. Was mit dem Komplizen, dem falschen

Melder, passiert war, wusste Eugenius nicht. So, wie sich das für Luka anhörte, hatte diesen noch ein schlimmeres Schicksal ereilt. Unwillkürlich fasste er sich wieder an den Hals und schluckte.

Eugenius wirkte erleichtert. Er ließ sogar die Füße vom Pult baumeln. Niemand sprach. Die Nase, einmal, zweimal. Vorne erhob sich eine Hand – es war wieder Johanna. Der Schnief nickte ihr zu. »Woher wussten die es?«, fragte sie. »Ich meine, woher wusste die Einheit, dass er mit dem Körperdieb unter einer Decke steckte?«

»Er gestand es«, sagte Eugenius, und wieder meinte Luka, er blickte einen Wimpernschlag lang genau zu ihm herauf. »Er gestand alles.«

Als hätte er nicht schon genug Angst vor dem Tribunal, musste sich Luka zuvor auch noch mit Helena herumschlagen. Als er am Haupteingang auf die Heimvorsteherin warten musste, traf er auf die Adjutantin der Alten, die ihre schlechte Laune an ihm ausließ. Seine Freunde würden oben gewiss schon um seine »armselige Habe« würfeln, meinte sie. Was Luka stark bezweifelte – ohnehin war das einzig Interessante, das er besaß, die grüngelb schimmernde Phiole, sicher in seinem Geheimlager über einer Deckendiele versteckt.

»Sie war nicht immer so, weißt du. Aber sie ist ehrgeizig und ich sterbe einfach nicht.«

Die Furche hatte in der Autofahrt bisher geschwiegen. Zwei Rote Wächter und ein Achtergespann Körperdiebe hatte die Einheit geschickt, um sie zu holen. Zwei Zigaretten hatte sie bislang geraucht. Danach hatte sie jedes Mal mit ihrem Stock gegen die schwere Trennscheibe geklopft, und die Wächter hatten die Körperdiebe und die Limousine zum Stehen gebracht. Einer der beiden war ausgestiegen und hatte die Tür geöffnet. Sie hatte den Stummel nach draußen geworfen. Dann ging es weiter.

»Dabei tue ich doch allem Anschein nach mein Bestes, eh?« Sie hüstelte unterdrückt und nestelte schon wieder an ihrer Zigarettenschachtel. Ihre Füße baumelten einige Handbreit über den Fußmatten. Oben fehlten ihr bis zu den Kopfstützen noch mindestens zwei Köpfe. Deswegen musste sie auch klopfen, wenn sie etwas von den Wächtern wollte. Im Rückspiegel konnten sie sie nicht sehen. Deswegen – und weil es ihr ganz offenbar Spaß machte, mit dem Knauf ihres Stocks gegen das dicke Plexiglas zu poltern. Nach jedem Mal, wenn die Tür mit einem *Rumms* wieder zuflog, kicherte sie in sich hinein. Die schreckliche Heimvorsteherin *kicherte*. Wie ein Schulmädchen.

»Na ja. Kann ich ihr nicht verdenken«, sagte sie in etwas ernsterem Ton. »Helena will eine Aufgabe im Leben. So wie jeder von uns.«

Luka betrachtete sie verwirrt. Genüsslich paffend stieß sie Rauchkringel aus. Keine Schimpftiraden, keine Einschüchterungen, keine Gehässigkeiten. Entweder war sie auf Drogen, oder sie wollte ihn in Sicherheit wiegen und sparte sich ihr Feuerwerk noch auf. Oder sie hatte tatsächlich Mitleid mit ihm.

Sie nuckelte sie am nächsten Glimmstängel. Keine zwei Minuten später hieb sie erneut auf die Scheibe ein. Der Wagen stoppte, auch wenn es diesmal schon deutlich länger dauerte, bis sich die Roten dazu bequemten, sie wahrzunehmen. Wieder stieg einer der beiden aus dem Wagen in die Kälte, riss ruckartig die Tür auf und knallte sie zu, als der noch qualmende Zigarettenstummel noch nicht mal den Straßenboden erreicht hatte. Diesmal lachte sie sogar laut auf, verschluckte sich und hustete ausgiebig.

»Rote Hampelmänner. Kein Respekt mehr vor dem höheren Rang. Was meinst du, ob wir ihn dazu kriegen, dass er sie mir wegnimmt?«, fragte sie und kicherte erneut. Luka konnte sich ein kleines Grinsen nicht verkneifen.

Verwirrt schüttelte er den Kopf. Vielleicht nahm sie an, seine Tage waren gezählt. Wenn er niemandem mehr hiervon erzählen konnte, musste sie ihn auch nicht mehr einschüchtern.

Im Mondlicht rauschten die Häuser vorbei. Jeder Meter brachte ihn dem Tribunal näher. Er gab sich einen Ruck.

»Wie wird das ablaufen? Muss ich alles noch mal erzählen?«, fragte er vorsichtig. Er wandte sich der Alten zu. Sie musste doch irgendwas wissen! Die Heimvorsteherin jedoch schwieg. Sie legte ihre zerfurchte Stirn in noch tiefere Falten.

Luka ließ den Kopf sinken. »Was machen die mit mir?«, flüsterte er verzweifelt.

Die Zigarette neigte sich dem Ende zu. Die Heimvorsteherin nahm sie zwischen Daumen und Zeigefinger, drückte sie an der Innenseite der Tür aus und schnippte sie zielgenau in eine Ecke des Wagenbodens. Keine Spur eines Lächelns lag mehr auf ihren Zügen. Sie wandte sie sich Luka zu und holte Luft, als ob sie etwas antworten wollte. Aber sie schüttelte nur den Kopf und blieb stumm.

Sie waren da. Die Heimvorsteherin deutete mit einem Kopfnicken auf die offene Wagentür. Luka duckte sich hindurch – und geriet ins Stolpern. Die Furche hatte ihn mit ihrem Stock kräftig geschubst. »Heute noch«, keifte sie heiser aus dem Wagen. Ganz die Alte, dachte er, und spürte eine Art Erleichterung. Die Heimvorsteherin würde ihm nicht helfen. Wie dumm von ihm, daran zu zweifeln. Er fing sich gerade noch rechtzeitig und blickte auf.

Vor ihm lag eine gepflasterte Freifläche, an dessen Ende ein dunkles Gebäude mit zwei Türmen in den Nachthimmel ragte. Der Mond beschien es von hinten, also brauchten Lukas Augen etwas, bis er die Farben wahrnahm. Der linke Turm war backsteinrot, oben thronte eine rostgrüne Zwiebelkuppel über dem hellen Ziffernblatt der Uhr. Der rechte Turm war breiter, und nichts als eine mattgraue, glatte Wand. Diese gehörte aber nicht zum Turm selbst, sondern umspannte ihn. Dieser Turm war von oben bis unten in Baugerüst-Planen verpackt, und das schon seit dreiunddreißig Jahren. An vielen Stellen wehten die zerrissenen Abdeckungen umher, einige Gerüststangen hingen lose herab. Die ehemalige Kathedrale war das höchste Gebäude innerhalb der Mauern der Einheit und für Normalsterbliche Sperrgebiet. Schon oft hatte er diese Türme aus der Entfernung erspäht. Aus dieser Nähe wirkten sie bedrohlich und düster. Die schiere Größe ließ ihn sich klein und unbedeutend vorkommen. Die Böen spielten mit den Stangen eine unstete, triste Melodie. Luka zitterte vor Angst und Kälte zugleich.

Auch die beiden Wächter rieben sich schlotternd die Hände, als sie die Heimvorsteherin und ihren Begleiter in Richtung der Türme dirigierten. Die vor ihrem Auto eingespannten Körperdiebe schnauften schwer, dampften heiße Luft in die kalte Nacht und hielten sich die Seiten. Der Schweiß auf ihren kahl geschorenen Schädeln glänzte. Zwei waren erschöpft zu Boden gesunken. Die Roten führten Luka und die Heimvorsteherin an ihnen vorüber zum Haupteingang. Dort warteten zwei weitere Wächter, die die Gruppe mit dem Einheitsgruß empfingen.

Einer der beiden Torwächter bestieg die kleine Treppe vor dem Eingangsbereich unter einer spitz zusammenlaufenden Fassade. Er drosch dreimal mit der Faust gegen die schwere Holztür. Luka hörte gedämpfte Widerworte aus dem Inneren, und der linke Türflügel schwang auf. Dann verschluckte ihn die Finsternis.

Diesmal gewöhnten sich Lukas Augen schneller an die Dunkelheit. Im Ameisentempo hatte er genug Zeit, sich umzusehen. Er befand sich in einer Art Vorraum zum großen Hauptteil des Kirchenschiffs, der in der Breite die Ausmaße des Ballsaals im Heim hatte. Vier Steinsäulen vom Umfang kleiner Häuser trugen je einen der Zwillingstürme. Das Mondlicht kam von vorne und tauchte vor allem das lang gezogene Hauptschiff, das durch einen hohen Gitterzaun vom Vorraum getrennt war, in silbrigen Glanz. Rund um Luka sorgten nur einige Kerzen für spärliche Beleuchtung.

Ihre langsamen Schritte und das abgehackte Kratzen der eisernen Stockspitze der Heimvorsteherin auf dem Marmor waren die einzigen Geräusche in der plötzlichen Totenstille. Es war unheimlich – kein Blätterrauschen, keine Nachtvögel, keine Autoreifen, keine keuchenden Körperdiebe, nichts, die Schwärze hatte alles Leben verschluckt. Einzig ihr Echo antwortete.

Luka fühlte sich immer winziger. Nach oben schienen die Säulen gar kein Ende zu nehmen. Im helleren Hauptschiff erkannte er bunte Fenster, gelbe und violette Farbtupfer im fahlen Mondschein. Er richtete die Augen überallhin, nur nicht vor seine eigenen Füße. Auf dem glatten Boden klaffte eine plötzliche Lücke, er stolperte, landete auf dem Bauch und rutschte auf dem staubigen Marmor ein paar Handbreit weiter.

»Lass dich nicht mit dem Teufel ein, mein Junge, sonst treibt er's übel mit dir«, sagte eine tiefe Stimme. Etwas packte Luka und zog ihn auf die Beine. »Na also«, sagte ein unförmiger Umriss vor ihm und klopfte ihm grob, aber freundschaftlich auf die – zum Glück rechte – Schulter. »Diesmal hat er dich noch nicht gekriegt.«

Vor ihm stand ein korpulenter Mann, der ihn mit einem äußerst markanten Schnauzer und weit auseinanderstehenden Augen auf den ersten Blick an ein Walross erinnerte. Einzig ein kleines Kinnbärtchen trübte dieses Bild. Seine Maske hing lose an einer Schnur um seine vielen Kinne. Das Hemd war aus seinem überstrapazierten Gürtel geflohen und flatterte hin und her. Er schenkte Luka ein breites Lächeln. Dann sah er …

»Agnes. Agnes, Agnes, meine Teuerste, meine Liebste«, säuselte der Klops in melodischem Singsang und nahm ihren Arm zum Handkuss. Der Dicke schmatzte der Furche satt und feucht auf die Hand. Luka schmunzelte.

»Aber bitte, bitte, liebste Agnes, wir wissen doch alle, dass du dich nicht zu bedecken brauchst«, sagte er und stand auf. »Du am allerwenigsten. Schenk uns zumindest du etwas Licht in dieser Finsternis.« Agnes streifte ihre eben erst übergezogene Maske ab und entblößte ihre Faltenpracht.

»Du bist um keinen Tag älter geworden«, gluckste er und strich ihr über die Wange.

»Es ist … schön, dich zu sehen, Anton«, krächzte sie leise. Luka war sich bei den praktisch nicht existenten Lichtverhältnissen nicht sicher, aber wurde die Furche gerade ein bisschen rot?

»Es ist viel zu lange her. Immerzu bleibst du in deinem Heim, für die Kinder, ewig fleißig. Dass es erst solcher Umstände braucht, damit wir uns wiedersehen«, schäkerte er weiter. »Und wen bringst du uns«, fügte er an und musterte Luka. »Einen deiner Jungs, und der will sich gleich mit dem Teufel anlegen. Das ist Courage, ganz wie die große Agnes selbst«, blökte er und lachte herzhaft.

»Siehst du, mein Junge, dort unten hat der Teufel seinen Fußtritt hinterlassen.« Er zeigte auf die Ausbuchtung im Boden, über die Luka gestolpert war. »Der Baumeister hatte mit Luzifer persönlich paktiert, damit seine Kirche so schnell wie möglich gebaut würde. Im Gegenzug versprach er dem Herrn der Finsternis die Seele des ersten Besuchers der Kathedrale, sobald diese fertig war. Am Tage der Eröffnung aber«, sagte er und breitete die Arme aus, als wären sie Türflügel, »als der Teufel sich die Seele holen wollte, sagte der Baumeister nein. Der Teufel habe schlechte Arbeit geleistet, in der Kirche gäbe es ja gar keine Fenster. Als unser ziegenbärtiger Freund die Kirche inspizierte, stand er genau auf deiner Stolperfalle. Von da aus kann man wegen der Säulen, die die Türme stützen, keines der Fenster sehen. Der Teufel kochte vor Wut und trat mit aller Macht in den Boden!« Auch Anton tat es ihm nach, der Boden erzitterte entgegen Lukas Erwartungen nicht, als Anton sein mächtiges Bein auf die Marmorplatte hieb und grollend lachte. »Sieh es dir nur an, mach schon«, polterte er weiter und schubste Luka aufmunternd zu der Stelle, um sich wieder Agnes zuzuwenden.

Nein, zuzubücken. Luka spähte hinüber. Die kauzige Schrumpfgreisin und der lachende Fleischberg. Ob die beiden wirklich einmal …? Er schnaubte. Ein ungleicheres Paar konnte er sich kaum vorstellen.

Anton führte die Heimvorsteherin und Luka zum Gittertor und winkte einen Roten heran. Dieser öffnete und ließ sie passieren. Mit mehr Licht begriff Luka nun erst die wahren Ausmaße des Gebäudes, das in der länglichen Haupthalle noch deutlich höher war. Links und rechts des Mittelgangs reihten sich Dutzende Holzbänke. Dahinter ragten Mammutbäume in den Himmel, dicke, massive, helle Säulen, die die rund zulaufende Decke trugen. Die bunten Fenster verliehen den kleinen Seitenkapellen eine individuelle Stimmung, von Stahlblau und Blasslila bis Ockergelb. Die Bilder zeigten augenscheinlich Ausschnitte aus Geschichten, und er hätte gern mehr darüber erfahren. Ein Mann kam oft darauf vor, eine mysteriöse goldene Scheibe schwebte in jeder Abbildung über seinem Kopf.

Vorne war das Mondlicht am hellsten, außerdem brannten viele Kerzen und Fackeln. Den vordersten Bankreihen folgten eine kleine Freifläche und eine terrakottafarbene Treppe. Auf der höheren Ebene stand ein gleißend weißer Marmorblock – der Richtertisch, schoss es Luka durch den Kopf. Im Hintergrund erspähte Luka eine ganze Reihe Roter Wächter in Reih und Glied.

Links und rechts vom Richtertisch saßen einige ältere Einheitsmitglieder auf bequemen Lehnstühlen. Luka erkannte den Panscher, Emmas Vater, einen hageren Mann mit hoher Stirn, leicht ergrauten Geheimratsecken und rabenschwarzen Augen. Fünf der neun Richter waren maskiert. Mit den vielen Schattierungen des Halbdunkels wirkten selbst sonst vielleicht heitere Masken finster und bedrohlich. Am markantesten trat dieser Effekt aber beim unmaskierten Panscher hervor. Die Schatten seiner hohen Wangenknochen warfen den unteren Teil des Gesichts fast vollständig in Dunkelheit. Es sah aus, als bestünde er nur aus schwarzen Augen, die nach einem Opfer suchten.

Anton deutete auf das äußere Ende der ersten, leeren Bankreihe auf der linken Seite. Die Heimvorsteherin und Luka setzten sich.

Rechts waren die ersten fünf Reihen besetzt. Einen Mann darunter erkannte Luka – es war Jo, der Rote Wächter vom Damm. In der Mitte über ihren Köpfen schwebte ein gigantisches dunkles Holzkreuz, an das ein überlebensgroßer Halbnackter genagelt war. Luka lief es kalt den Rücken hinunter. Stammte das alles von vor dem Blitz? Oder zeigte die Einheit allen, die hier vorsprechen mussten, wie sie endeten?

Während er sich umgesehen hatte, hatte sich auch Anton einen Platz gesucht. Luka staunte darüber noch mehr als über alles andere. Er hatte es sich hinter dem Richtertisch bequem gemacht.

Anton blickte von seiner erhöhten Position aus munter in die Runde. »Wunderbar, dann sind ja alle da«, sagte er und grinste noch einmal besonders breit in Lukas und Agnes' Richtung.

»Bringt also nun das Subjekt!«, tönte er dann, deutlich lauter und geschäftsmäßiger. Zwei der Wächter marschierten zügig an Luka vorbei. Sie bogen auf halber Strecke zum Eingang nach rechts ab. Etwas quietschte wie ein schlecht geöltes Scharnier. Sekunden später traten die beiden mit dem Körperdieb zwischen ihnen zurück in den Mittelgang. Hatte er hier die ganze Zeit ausharren müssen? Die kleinen Seitenräume … jeder davon war ebenfalls durch hohe Gitterzäune versperrt gewesen. Dieser Ort wurde ihm immer unheimlicher.

Der Körperdieb sah schlecht aus. Schlank war er schon vorher gewesen, sonst wäre er bei seiner spektakulären Flucht nie so weit gekommen. Jetzt wirkte er nur noch ausgemergelt, zwischen seinen breitschultrigen Bewachern umso mehr. Er schlurfte. Die Wächter eskortierten ihn bis vor die Treppe. Auf der rechten Seite tuschelten die Zuschauer und reckten die Hälse. Anton hob die Hand und es wurde still.

»Ich heiße Sie alle Willkommen. Nun, dann wollen wir mal«, sagte er und blickte in die Unterlagen, die er vor sich auf dem

Block verteilt hatte. Er räusperte sich, der Walrossbart wippte auf und ab.

»Ich, Anton Bonifaz 204-K, leite dieses Tribunal.« Luka schluckte. Anton war tatsächlich ein *K*. Innerster Kreis. Der höchste Rang der Einheit.

»Meine geschätzten Kollegen neben mir stehen mir zur Seite.« Der Panscher und die anderen sieben verzogen keine Miene. Soweit Luka das erkennen konnte, war nur eine Frau darunter.

»Subjekt Nummer vierzehnhunderteinundsiebzig«, sagte Anton, »Sie stehen vor uns, weil Sie sich in einem Zwischenfall gestern Nacht auf Regelung Nummer hundertzweiundfünfzig der Statuten der Einheit berufen haben. Wir alle kennen sie als ›Freiwilligenmeldung‹. Dazu bedarf es eines Melders, den wir in …« – er raschelte mit seinen Papieren – »in Luka 7213-A« – er deutete mit der geöffneten Hand auf Luka, woraufhin die Zuschauer sich gierig zu ihm wandten – »hier vor uns sehen. Der Melder lebt in einem der Heime der Einheit, Heim Nummer vierzehn, sein Bürge Agnes 176-V steht diesem vor.« Er schenkte Agnes ein erneutes Lächeln.

»So, wir haben ein Subjekt, wir haben einen Melder, natürlich brauchen wir noch einen Vermissten. Zu diesem Zweck wurden heute Morgen alle Familien benachrichtigt, die eine Vermisstenmeldung für den Geist eines männlichen Verwandten abgegeben hatten.« Luka wandte sich der rechten Bank zu. Das erklärte auch, wieso so viele Frauen darunter waren. Bei der Nennung ihrer eigenen Funktion verstummten sie, sodass in dem Gemäuer wieder vollständige Stille einkehrte.

»Nun denn«, fuhr Anton fort. »Ich nehme an, für einige von Ihnen ist dies das erste Tribunal dieser Art. Im Prinzip läuft es recht einfach.

Das Subjekt nennt seinen ursprünglichen Namen innerhalb der Einheit. Dann muss es seinem bisherigen Bürgen den Alpha-Code bestätigen. Hat alles seine Richtigkeit, wird das Meritenbuch auf den neuen Körper überschrieben.« Luka sah hoffnungsvolle Blicke unter den Menschen auf der rechten Bank. Wie oft einige von ihnen wohl schon hier gewesen waren? »Natürlich gibt es einiges, das diese Veränderung mit sich bringt«, sagte Anton in strengerem Ton. »Denn auch wenn der Fehlgeleitete weiter ein Teil der Einheit sein darf, verliert er jegliche Ämter und wird als unsicher markiert. Doch dazu kommen wir, wenn es so weit ist.« Er schaute wieder auf den Körperdieb, der weiter stehen musste. Bereits das schien ihm große Mühe zu bereiten.

»Vortrefflich. Dann ist nun der Zeitpunkt gekommen. Subjekt, nennen Sie uns jetzt ihren vollständigen Namen. Welchen Körper bewohnten Sie bis vor Kurzem in der Einheit?«

Alle Köpfe waren nun dem Körperdieb zugewandt. Es war totenstill. Luka fühlte sich seltsam ruhig. Sein Herz schlug schneller, das schon. Aber er hatte gedacht, er würde vor Nervosität tot umfallen, wenn es so weit war. Jetzt war es ihm, als schwebe er. Als sähe er von oben auf sich selbst und den Körperdieb herab. Er wollte es einfach wissen. Der Fremde würde über ihrer beider Schicksal entscheiden, so oder so.

Der Genannte ließ sich Zeit. Dann, in einer schnellen, fließenden Bewegung, als habe er plötzlich wieder etwas von seiner Kraft zurückerlangt, richtete er seinen Kopf auf. Es wirkte fast, als hätte ihn jemand an einem unsichtbaren Drahtseil in die Höhe gezogen. Er stand kerzengerade. Ruhig und behutsam atmete er einmal aus.

»Ich … bin … Anton Bonifaz 204-K«, sagte er leise, aber in der Stille für jeden überdeutlich hörbar. Er stand noch kurz aufrecht, dann sackte er wieder in sich zusammen.

Einen Moment lang dauerte es, bis alle das Gehörte verarbeitet hatten. Der Körperdieb behauptete, Richter Anton zu sein! Luka schnappte von der rechten Bank Halbsätze auf wie »so einen dreisten Vogel hab ich ja noch nie gesehen«, »für so eine Farce lassen sie uns hier antanzen« oder »ich dachte wirklich, diesmal ist er's«. Einzig das Gesicht des Panschers verblieb ein Eisblock, während er in den Gesichtern der unverhüllten Nebenrichter echte Überraschung las. Auch Luka war völlig verdutzt. Er hätte dem Fremden viel zugetraut. Lügengeschichten, Schweigen … oder einen halsbrecherischen Fluchtversuch, bei dem er sich von Kronleuchter zu Kronleuchter schwang. Aber das?

Richter Antons ewiges Lächeln war mit einem Schlag erstorben, die plötzliche Unordnung irritierte ihn. Aber er brauchte nicht lange, bis er sich fasste: »Ruhe! Oder ich lasse jeden Einzelnen von euch brandmarken!«, bellte er mit eisiger Kälte in der Stimme. Das Gebrabbel endete wie abgehackt.

»Und nun zu dir, du Schluck Wasser«, sagte er und fixierte mit glühenden Augen den Körperdieb. »Für diese Frechheit alleine müsste man dir schon die Haut abziehen. Aber nein. Du wirst uns noch gute Dienste leisten … schafft ihn mir aus den Augen!«, kommandierte er und wischte mit einer scharfen Bewegung durch die Luft, als wollte er dem Fremden noch eine schallende Ohrfeige mitgeben. Die beiden Wächter packten ihn grob an den Schultern. Wie eine leblose Strohpuppe ließ er es über sich ergehen.

»Einen Moment«, sagte die Nebenrichterin und hob die Hand. »Dieser Mann hat, wie jeder Freiwillige, das Recht, dass sein Gesuch zumindest in erster Instanz geprüft wird.« Die mit einer zierlichen Adlermaske verhüllte Frau erhob sich von ihrem Platz. »Es tut mir leid, Anton«, sagte sie mit fester Stimme und an den Richter gewandt, »aber du kennst die Regeln so gut wie ich. Da der genannte Körper anwesend ist, lässt sich das doch im Handumdrehen klären. Wir sind nicht so weit gekommen, um wegen jedes Freiwilligen, der sich einen grotesken Spaß mit dem Vorsitzenden erlaubt, vom Protokoll abzuweichen.«

Anton stierte sie mit weit aufgerissenen Augen an. »Theodora«, sagte er und rang sichtlich um Fassung. In ihm brodelte es, aber er beherrschte sich nach Kräften. Theodora war offenbar niemand, den er so leicht herumkommandieren konnte. »Du kannst doch nicht ernsthaft ...«

»Ich weiß, es scheint unmöglich«, fuhr sie ihm dazwischen. »Aber denkt einmal alle nach, wenn ihr in diese Situation kämt. Wir haben zu viel erlebt, um jedes Risiko ausschließen zu können.«

Ihre sieben Kollegen schwiegen betreten. Die beiden Wächter waren mit dem Körperdieb in ihrer Mitte verharrt. Sie schauten auf den Richter, genauso wie Luka und das faszinierte Publikum.

Anton schüttelte ungläubig den fleischigen Kopf, sah mit offenem Mund vom Körperdieb zu Theodora und wieder zurück. »Ich kann nicht glauben, was ich hier höre!«, rief er. »Das ist lächerlich!«

»Tu einfach, was sie sagt, Toni« meldete sich der Panscher. Er hatte die Finger übereinander gekreuzt. Seine ölige Stimme verriet keine Gefühlsregung. »Eher gibt sie doch keine Ruhe. Es ist sicher ... unüblich. Manche würden gar von einer Respektlosigkeit sprechen, immerhin steht sie im Rang unter dir«, sagte er und fuhr sich mit einer Hand über eine Augenbraue, als wolle er einen lästigen Käfer wegwischen. Theodora, die genau neben dem Panscher saß, wandte sich kaum merklich von ihm ab. Luka meinte, ein verstimmtes Funkeln in ihren Augen erkennen zu können. »Aber natürlich«, fuhr der Panscher aalglatt fort, »hat sie recht.«

Anton schwieg. Anders als bei Theodoras Einwänden blickte er nun finster zu Boden. »Schön«, sagte er frostig.

»Hast du heute bereits gebürgt?«, fragte ihn Theodora.

»Ich muss nicht jeden Tag bürgen, wie du sehr wohl weißt. Schließlich bin ich im Gegensatz zu dir im Innersten Kreis! Ich bin im Innersten Kreis, verdammt, kein dahergelaufener Strauchdieb!«, entfuhr es ihm. Er klatschte mit seiner massigen Pranke flach auf den Steinquader.

»Bitte, Toni, das ist es nicht wert«, rief ihn der Panscher zur Beherrschung auf. Selbst Luka merkte, dass er eigentlich nicht *es* sagen wollte, sondern *sie*. Zwischen dem Panscher und Theodora klaffte eine Lücke, die weit größer war als die paar Zentimeter, die ihre beiden Stühle trennten. Und noch etwas fiel ihm auf. Bei einem Seitenblick auf den Körperdieb meinte er, ein flüchtiges Grinsen in dessen schlaffen Winkelzügen auszumachen. Wenn der Fremde vorgehabt hatte, Zwietracht zu säen, war das gelungen. Ob es ihm half, war eine andere Frage.

»Natürlich, natürlich, du hast recht«, stellte Anton klar. Seine Worte klangen fügsamer, seinen bockigen Unterton wurde er aber nicht so schnell los. Er atmete einmal tief durch.

»Verzeiht mir. Nein, ich habe nicht gebürgt. Wie gesagt ist das gemäß meinem Rang auch nicht meine tägliche Pflicht.«

»Wer ist dein Bürge?«, hakte Theodora nach.

»Auch das weißt du bestimmt. Levin ist es.«

»Darf ich dich dann bitten.«

Anton zögerte kurz, als ob er noch nach einem letzten anderen Ausweg suchen würde. Er hievte er seine ganze Masse mit einem Ruck nach oben und stampfte an Theodora vorbei. Auf der ihr abgewandten Seite blieb er beim Panscher stehen und flüsterte ihm etwas ins Ohr.

Das lange Gesicht von Levin, dem Panscher, verblieb ohne jede Gefühlsregung. Konnte es am Ende wirklich sein, dass der Geist des Richters im Körperdieb steckte? Das schien Luka zu unglaublich. Und wenn ja – wessen Geist verbarg sich dann in diesem Moment in Antons Körper?

»Er ist bestätigt«, sagte der Panscher knapp. »Natürlich ist er das«, fügte er eisig hinzu.

Anton stapfte mit hoch erhobener Nase zum Marmorblock zurück und ließ sich mit einem Krachen in seinen Stuhl fallen.

»Nachdem wir das gemäß des Protokolls hinter uns gebracht haben«, sagte er zähneknirschend, »zurück zu dir.« Er fixierte den Fremden mit finsterem Blick. »Körperdieb«, fuhr er voller Abscheu in der Stimme fort. Diesmal unterbrach ihn niemand. »Du hast dir deine letzte Frechheit erlaubt. Weg mit ihm!«, donnerte er. Die Wächter zögerten keine Sekunde. »Und lasst ihn nicht abtauchen.« Sie schliffen ihn den Mittelgang entlang aus Lukas Blickfeld.

»Viel besser«, sagte er, »aber das war ja noch nicht alles. Diese Freiwilligenmeldung war demnach eine Falschmeldung. Befassen wir uns nun also mit dem Melder. Tritt vor, du halbe Portion!« Er klang gehässig, als hätte er Blut geleckt. Im Austeilen war er in seinem Element.

Luka schoss mit einem Mal das Blut in den Kopf. Er hatte die ganze Zeit nur dagesessen, fasziniert den Machtspielen der Ranghohen zugesehen, den Körperdieb bewundert. Was das alles für ihn bedeutete, hatte er völlig ausgeblendet. Zitternd und mit wackeligen Beinen erhob er sich.

»Was hast du dazu zu sagen, eh?«, fragte der Fleischklops ungeduldig. »Dein sogenannter Freiwilliger war ein stinknormaler Körperdieb!«

Was konnte er jetzt noch sagen? Dass er alles erfunden hatte? Dass er Mitleid gehabt hatte?

»Ich … äh … ich …«, setzte er an. Hilfesuchend schaute er sich um, aber er blickte ausschließlich in anklagende, finstere Gesichter.

»Stottere nicht vor dich hin! Was hat es damit auf sich? Hat er sich nun bei dir gemeldet oder nicht?«, herrschte Anton ihn an. Er schien mit seiner Geduld am Ende.

»Bitte, Anton, tu mir den Gefallen«, krächzte die Heimvorsteherin neben Luka. Sie hatte sich ebenfalls erhoben, auch wenn ihr Kopf damit dem Boden näher war als zuvor. »Setz den Jungen nicht so unter Druck. Sonst kriegst du gar nichts aus ihm heraus, siehst du nicht, wie er zittert?« Luka starrte sie entgeistert an. Von ihr hatte er als allerletzte Hilfe erwartet.

Anton ließ ein ungeduldiges Grunzen verlauten, doch er nickte. »Natürlich, Agnes. Du hast recht.« Er zwang sich zu einem durchschaubaren Lächeln. »Sag schon, Junge. Lass dir Zeit.«

Luka dachte nach. Auf einmal schossen ihm Emmas Worte in den Kopf. *Du hast der Einheit einen Gefallen getan. Ohne dein Einschreiten wäre er gestorben. Das hätte niemandem genützt. So ist er in ihrer Gewalt.*

»Er wäre gesprungen! Ich meine … ich wollte nicht, dass …«

»Lauter! Hör auf, zu nuscheln!«, keifte die Heimvorsteherin und hieb ihm ihren Stock leicht ans Knie.

Luka nickte und räusperte sich. »Also, wir waren im Industrieviertel. Es war Nacht. Da sahen wir ihn plötzlich. Wir haben ihn verfolgt, bis zum Staudamm. Er wollte entkommen, aber er hat gemerkt, dass er es nicht schafft. Es hat geregnet, es war … ein großer Sturm, und er wollte in die Fluten springen. Das hätte er niemals überlebt. Also ich … ich hab bei mir gedacht, dass es für die Einheit ein verlorener Körper wäre. Also hab ich das mit dem Freiwilligen erfunden. In der Hoffnung, dass er sich ergibt. Es war einfach … Intuition.«

Schweigen. Luka hatte vor allem mit seinen Füßen gesprochen und lugte nun vorsichtig nach oben. Die meisten der Ranghohen ließen nicht erkennen, ob sie sein Handeln guthießen. Dem nachtkalten Blick des Panschers konnte und wollte er ohnehin nicht standhalten. Einer von ihnen, ein grimmiger kleiner Greis mit grauen Kraushaaren und Backenbart, lächelte ihm zu. Immerhin. Anton hatte die Stirn krausgezogen und legte sich die Finger an die Schläfen. »Du sagst also, du hast verhindern wollen, dass er sich selbst tötet.«

»Ja.« Wieder spürte Luka den Stock an seinem Knie. »Ich meine ja … Herr Vorsitzender.«

»Zum Wohle der Einheit, allem Anschein nach, damit der Körper noch genutzt werden kann.«

»Ja, Herr Vorsitzender.«

»Hm«, brummte Anton. »Hat es sich so zugetragen? Es gab einen Zeugen, der …« Er suchte in seinem Papierkrieg herum, ein paar Blätter wehten vom Richterblock. »Wächter … Johannes 677-M« las er vor.

Jo erhob sich, ohne zu zögern, aus der Bank in der ersten Reihe und zeigte den Einheitsgruß. »Ich kann das bestätigen. Alles, was ich gesehen habe, deutet darauf hin, dass der Junge die Wahrheit spricht.« Anton nickte und Jo setzte sich wieder.

»Hm«, kam es wieder vom Richter und der Walrossbart vibrierte, als er kräftig Luft ausstieß. »Das erklärt zwar dein Handeln«, sagte er und seufzte. »Dein Motiv ist ebenfalls nachzuvollziehen, denn ja, der Körper ist noch nutzbar.« Luka sah sich um. Die meisten nickten. Emmas Ratschlag war Gold wert gewesen.

»Dennoch«, fuhr Anton mit lauterer Stimme fort. »Es bleibt die Tatsache, dass du bis jetzt geschwiegen hast. Du hast uns im Dunkeln tappen lassen.« Er seufzte erneut, schloss kurz die Augen und atmete geräuschvoll ein.

»Aber« sagte er mit erhobenem Zeigefinger, »Es ist und bleibt eine Falschmeldung. Ein schweres Vergehen.« Er strich sich über den Bart und ließ seinen Vorwurf wirken.

»Gibt es dazu andere Meinungen?«, fragte er und sah sich mit hochgezogenen Augenbrauen zu Theodora um. »Von mir nicht«, sagte sie prompt. »Du triffst es auf den Punkt. Der Junge mag mit ehrbaren Absichten gehandelt haben, aber eine Falschmeldung bleibt es.«

Anton nickte und seufzte. »Dann tut es mir leid, mein Junge. Mir bleibt keine andere Wahl, als das volle Strafmaß anzuwenden.«

Zwei oder drei der Frauen in der Bank schluchzten unterdrückt. Das volle Strafmaß. Bedeutete das …? Luka wollte gar nicht darüber nachdenken. Wollte es nicht wissen. Er sah, dass Anton mit ernstem Gesichtsausdruck zwei Wächtern zunickte, die aus dem Hintergrund neben Luka traten.

»Der Bengel hat das Richtige getan!«, meldete sich der Greis, der Luka zugelächelt hatte. »Er hat Schneid bewiesen, hier drin und da draußen. Die allermeisten hätten den Körperdieb ersaufen lassen, und was hätte das gebracht? Gar nichts! Nun haben wir doch den Dieb! Da muss man doch auch mal Regel Regel sein lassen!« Er sprach mit sanfter Stimme, aber mit Nachdruck. Er nickte bestimmt, als wäre das Thema für ihn damit erledigt. Mit seinen weißlichen Knöcheln klopfte er dreimal auf die Stuhllehne.

Ein Moment verstrich. Anton ließ den anderen offenbar Zeit, mit Klopfen die Meinung des Alten zu unterstützen, aber nichts geschah, bis doch jemand Laut gab – die Zuschauer. Zunächst verhalten, dann deutlicher wagten es mehrere, öffentlich für Luka zu klopfen! Er fasste wieder Mut. Anton hob die Hand, und das Klopfen ebbte schnell ab. Nach seinem Ausbruch vorhin hatte er den Saal wieder voll im Griff.

»Ich danke Ihnen«, sagte er. »Und ich danke dir, Ignaz, für deinen Einwand. Aber wenn keiner deiner Kollegen deine Einschätzung teilt, sind wir hier fertig.« Er nickte den Wächtern erneut zu.

Luka spürte eine feste Hand, die seinen Nacken packte. Ein zweiter ergriff gleichzeitig seinen rechten Arm und verdrehte ihn gekonnt nach hinten. Lukas Magen faltete sich zusammen. Sie hatten ihn. Es war vorbei. »Vorwärts«, sagte einer von ihnen und gab ihm von hinten einen leichten Impuls. Er schritt mit hängendem Kopf los, unfähig zu protestieren, zu jammern. Sein Bewacher steuerte ihn zum Mittelgang. Einige der Zuschauer blickten mitleidig zurück, andere, wie Jo, wichen aus und stierten kalt und hart nach vorne.

»Haaalt!«

Jemand sprintete Luka und seinen beiden Schatten entgegen. Er schärfte seine Augen und erkannte noch einen Roten Wächter. Mit jedem klatschenden Schritt erzeugte er ein Echo, das vielfach an den Kathedralenwänden widerhallte.

Viele der Zuschauer wandten sich um. Der Neuankömmling, ein junger, hoch aufgeschossener Kerl mit leuchtenden Augen und blondem Pferdeschwanz, bedeutete seinen Kollegen mit einer Handbewegung, einzuhalten. Er wich ihnen aus, nahm die Stufen nach oben im Laufschritt, umrundete den weißen Richterblock und lehnte sich an Antons Stuhl. Der Richter musterte ihn verdutzt, doch der junge Wächter verlor keine Zeit. Er flüsterte Anton aufgeregt und eindringlich gestikulierend etwas zu. Die Augen des Richters weiteten sich mit jedem Wort. »Bist du sicher?«, fragte er ihn.

Der Junge nickte eifrig und fügte seinem geflüsterten Bericht noch etwas hinzu. Anton grübelte. Er strich sich über den Bart. »Nun gut. Zurück auf deinen Posten«, sagte der Richter. Der Bote machte kehrt, schien aber nichts von seiner Dringlichkeit verloren zu haben. Er lächelte Luka breit zu, als er wieder an ihm vorbeihastete.

Lukas Bewacher schauten nun fragend zum Richter. »Wie ich soeben erfahren habe«, sagte dieser, »stand der Körper des Subjekts auf der Gesuchten-Liste der Einheit.« Die Zuschauer murmelten aufgebracht. Luka hörte das Wort »Terrorist« heraus.

»Diese Nachricht erreichte mich soeben von allerhöchster Stelle«, fügte Anton an und zog die Augenbrauen hoch. »Anscheinend besteht ein Zusammenhang mit dem Brand vor zwei Tagen.« Selbst einige der Nebenrichter lehnten sich nun zu ihren Nachbarn und tuschelten. Erstmals sah Luka im Gesicht des Panschers etwas anderes als kühle Gelassenheit, er war sichtlich überrascht und zupfte sich geistesabwesend am Kinn.

»Der Geist des Subjekts soll ausgiebig untersucht werden und steht unter dem dringlichen Verdacht, Hochverrat an der Einheit begangen zu haben«, fuhr Anton ernst fort. Er wandte sich wieder Luka zu, und sein Gesicht hellte sich auf.

»Ich denke, nun liegen die Dinge anders. Widersprechen Sie mir, geschätzte Kollegen, aber meiner Meinung nach haben wir es hier mit einem Körperdieb-*Fund* zu tun, den unser junger Freund der Einheit präsentiert hat.« Ignaz nickte eindringlich, auch die anderen machten keine Anstalten, Anton zu unterbrechen.

»Na bestens! In dem Fall gebührt, wie wir alle wissen, dem Finder ein Lohn. Fünfhundert Meriten«, sagte er. Breit lächelnd zwinkerte er Luka zu. »Wenn ich deinen Meritenstand richtig im

Kopf habe, hast du damit die zweitausend Meriten überschritten. Glückwunsch, Luka 7213-*M*. Du bist nun vollständiges Mitglied der Einheit. Die Sitzung ist geschlossen.«

Die Zwiebeltürme gefielen ihm aus der Ferne viel besser.

Luka hatte Pip, Panda und Daniel alles vom Tribunal erzählt. Seitdem hatten sie geschwiegen. Es war kalt auf dem Dach, aber auch herrlich, endlich wieder frei atmen zu können. Der Mond war verdeckt, aber Millionen Sterne tauchten die dunkle Stadt und die Kathedrale mit ihren markanten Türmen in silbriges Dämmerlicht. Im Süden konnte man in der Ferne sogar die Berge erahnen. Nach einer Weile war Panda kurz nach unten geklettert und, hatte Decken geholt und seine persönliche Notration präsentiert. Eine zugeschweißte Tafel Schokolade von vor dem Blitz. Es schmeckte himmlisch.

»Wir hätten viel öfter hier hochkommen sollen«, sagte Luka. »Wie kamst du überhaupt auf die Idee?«

»Ich wollte auf der Treppe auf dich warten«, antwortete Pip, »aber die Giftspritze tauchte immer wieder auf. Von hier aus hatte ich alles im Blick.« Er streckte sich im Liegen und gähnte herzhaft.

Helena, klar. Luka lächelte bei dem Gedanken an ihr bedröppeltes Gesicht bei seiner Rückkehr – als sie ihm auf Anweisung der Heimvorsteherin einen *M*-Equanimierer, ein *Boot*, aushändigen hatte müssen. »Ich muss morgen noch mal zu ihr, zu Helena«, sagte er. Er hatte sich bisher davor gedrückt, seinen Freunden seine andere Neuigkeit zu erzählen.

»Da bist du zu bemitleiden«, sagte Pip. »Wieso?«

Kurz zögerte Luka. Er seufzte. »Mein Meritenbuch abholen. Ich ziehe morgen aus.«

Pip blieb liegen, doch die anderen beiden wandten sich ihm zu. »Wirklich?«, fragte Panda.

»Quatsch«, antwortete Pip an Lukas Stelle. »Du bist zwar jetzt ein *M*. Ich kann verstehen, dass du wegwillst, denn jeder Tag mit der Furche und der Giftspritze unter einem Dach ist ein schlechter. Aber das erlebst du nicht, bevor …« Er brach ab. Ruckartig setzte er sich auf.

»Warte mal. Was ist nach dem Tribunal passiert?«, fragte Pip.

Luka atmete tief ein und aus. »Der Junge, der alles aufgehalten hat. Der Junge, der dem Richter die Nachricht gebracht hat. Er hat auf mich gewartet.«

Die drei schwiegen gespannt. »Und?«, hakte Pip nach.

»Er … er hat mir gratuliert, wie die anderen vorher auch. In ihrer Truppe könnten sie jemanden wie mich gebrauchen, hat er gesagt, und ob ich nicht Lust hätte, Wächter zu werden. Ich … ich war noch perplex vom Tribunal. Und dann das. Aber ich hab mir gedacht, es gibt sicher schlimmere Aufgaben in der Einheit. Ich wusste nicht, ob sich so was noch mal ergibt. Ich meine ihr, ihr hattet immer einen Plan. Du, Pan, du wolltest immer in die Versorgung. Daniel, bei dir ist auch klar, dass du es in der Forschung versuchen wirst. Und Pip. Du sprichst ja fast von nichts anderem mehr als von der Arena. Aber ich … keine Ahnung. Also ja. Ich hab zugesagt.«

Er seufzte. Die anderen blieben stumm, er fing nur Pandas verdutzten Gesichtsausdruck auf.

»Deswegen ziehe ich morgen aus. Morgen muss ich mein persönliches Meritenbuch bei Helena abholen. Dann mein Arbeits-Meritenbuch aus dem Lyzeum. Tagsüber soll ich dem Kommandanten vorgestellt werden. In der Arena. Stellt euch das vor.«

Er zwang sich, Pip anzusehen. »Am Abend ist dann … der offizielle Bürgertausch. Danach zeigt er mir meine neue Wohnung. Der Junge, er heißt Doll. Er ist echt nett, ein guter Kerl. Du wirst ihn mögen. Er übernimmt mich. Du … musst dann natürlich auch da sein, Pip.«

Während Panda ihn schon wieder umarmte, versuchte er, Pips Gesichtsausdruck zu deuten. In einem Hinterstübchen seines

Kopfes hatte er befürchtet, dass besonders Pip, der der eigentliche Grund von Lukas unerwartetem Meritenglück war, eifersüchtig sein könnte. Pip wollte in die Arena, und dafür musste er Wächter werden. Gänzlich unverhofft war Luka ihm zuvorgekommen.

Aber nein. Die vor heller Überraschung geweiteten Augen seines Freundes entspannten sich. Er lächelte, und Luka grinste erleichtert zurück. Das Heim würde er wohl kaum vermissen … aber seine Freunde dafür umso mehr.

Die gelbe Tür steht am Ende des Stegs. Links und rechts dunkles, schummriges Wasser.

Er geht los. Der Steg wird schmaler. Mit jedem Schritt wird es knapper.

Oder liegt das an ihm? Er sieht genau hin, der Steg ist so breit wie zuvor. Wieso tapst er blindlings am Rand herum?

Rasch dreht er sich wieder der Tür zu. Zu rasch, er bleibt an seinem eigenen Fuß hängen und plumpst auf die Planken. Wie ein nasser Sack. Reiß dich zusammen!

Er müht sich auf. Wieder nimmt er ein paar Schritte. Bis er erneut auf den Brettern liegt. Die Tür ist jetzt weiter entfernt als vorher.

Als er sich aufrappeln will, sieht er in ein freundliches Gesicht. Mit Schnauzbart. Ein dickes Walross lugt aus dem Wasser. Bevor er reagieren kann, spritzt es ihn von oben bis unten nass. Es lacht polternd los.

Mehrmals muss er sich aufraffen, aber irgendwie schafft er es zur Tür. Aber wieder ist sie verschlossen.

Na toll. *Er durchkramt seine Hosentaschen. Nichts.*

Jetzt reicht es ihm. Er schreit. Tobt. Er donnert gegen das Holz. Haut sich den großen Zeh an. Er kratzt. Aber es ist zwecklos. Er nimmt Anlauf, stürmt auf die Tür zu … und verfehlt sie. Mit einem satten Platschen landet er im moosschwarzen Wasser.

Kapitel 3

Lies mich

JAU, DU STEHST AUF der Liste. Einmalige Sondergenehmigung.«
Constantin schlurfte zur Seite.

Luka war früh dran. Obwohl er mit seinen Freunden bis tief
in die Nacht auf dem Dach gesessen, geredet und Pandas Zucker-
zeug gefuttert hatte, war er beim ersten Sonnenlicht wach gewesen. Noch vor Manni. Alles war anders. Luka sparte sich den
Ballsaal, denn als *M* musste er nur jeden zweiten Tag bürgen. Die
ihm nun ranggleiche Helena war tatsächlich nett zu ihm gewesen,
als sie ihm sein persönliches Meritenbuch anvertraut hatte. Mit
angedeutetem Knicks hatte sie ihn, den künftigen Wächter, ver-
abschiedet. Und das Beste: Er durfte sich alleine in den Straßen
der Einheit bewegen, nicht nur zum Lyzeum und zurück. Er war
sogar ein wenig gehüpft, so aufgedreht fühlte er sich. Obwohl er ja
trotzdem zum Lyzeum unterwegs war.

Nur Constantins Laune war dieselbe. Luka versuchte vergeblich, dem bedauernswert missmutigen Wachposten etwas von
seiner Hochstimmung abzugeben. »Verscheißern kann ich mich
alleine«, war Stäns Reaktion auf Lukas Erklärung, wieso er als *M*
auf der Liste stand. Er glaubte ihm die Geschichte mit den fünfhundert Meriten nicht. Wer konnte ihm das verdenken?

Emma saß wie gestern auf dem Brunnenrand und winkte
ihm zaghaft zu. Es musste das erste Mal sein, dass er sie nicht
gedankenverloren beim Tagträumen ertappte. Aber klar – sie
erwartete Neuigkeiten. Und er würde liefern.

»Hey, Em.«

»Neun.«

Sie schwiegen. Typisch Emma – die Engelsgeduld in Person. Sie wusste, dass Luka darauf brannte, seine Neuigkeiten loszuwerden. Vermutlich konnte sie es selbst kaum erwarten, alles zu erfahren. Aber stressen ließ sie sich deswegen nicht. Stattdessen blätterte sie in einem abgegriffenen Buch. Vorne drauf stand in großen Lettern *Lies mich*. Luka grinste. Seine abgedrehte beste Freundin würde er auf jeden Fall vermissen.

»Also, wegen gestern«, fing er an. Er schüttete alles aus. Die seltsame Fahrt mit der Heimvorsteherin, seine Eindrücke von Anton, Theodora und Emmas Vater, dem Panscher. Der unvorhergesehene Trick des Körperdiebs. Doll, seine Rettung und seine neue Berufung. Emma hing an seinen Lippen. Im Gegensatz zu sonst, wenn sie Brunnen oder Frösche oder alles andere interessanter zu finden schien. Kein Wunder, dachte sich Luka. So eine Story hatte er noch nie zu bieten gehabt. Als er fertig war, lächelte sie und kritzelte wieder in ihr Buch. »Und das willst du wirklich machen? Wächter sein?«

»Ja. Ich weiß, du hältst nicht viel von denen. Aber so eine Gelegenheit bekommt nicht jeder. Und ich kann mir mit der Entscheidung nicht ewig Zeit lassen. Fünfzehn Tage ist die Frist. Wenn ich bis dahin keinen Arbeitgeber habe, stünde ich ganz ohne Equanimierer da.«

Sie nickte. »Aber du wärst frei«, sagte sie. »Du bist es jetzt schon. Du kannst dein Schicksal selbst bestimmen.« Luka sah sie an. Sie blickte fordernd zurück. So direkt kannte er sie gar nicht.

»Wir haben doch gestern über Constantin geredet, weißt du noch?«, fragte sie in ihr Buch vertieft. »Nun, das ist dasselbe. Sein Vater ist im Innersten Kreis. Ihm untersteht das Lyzeum und alles, was mit Bildung zu tun hat. Und jetzt sieh ihn dir an.«

Luka tat wie geheißen. Constantin, der zu dieser frühen Stunde nichts zu tun hatte, stapfte unruhig hin und her. Immer wieder kontrollierte er seinen Schlagstock und seine Liste. Als ob er bloß nichts falsch machen wollte. Ihm fiel ein Blatt aus seinem Klemmbrett, und er fischte es fluchend aus dem Staub.

Du wärst frei. Luka verstand. Emma war die Tochter des Panschers. Ihr würde es bald genauso ergehen, wie Constantin – sie durfte sich ihre Karriere nicht aussuchen.

»Wann musst du … damit anfangen?«, fragte er.

»Mal sehen, wann er mich dazu beruft. Immerhin ist das, was er macht, von ganzeinheitlicher Sicherheit. Mit den Equanimierern steht und fällt die Einheit. Er will sich sicher sein, dass ich dazu bereit bin. Was auch immer das heißt.«

Luka überlegte. Sie tat ihm leid. Aber, Absicht von Emma oder nicht, jetzt fühlte er sich erleichtert. Sein Weg war nicht vorgegeben. Ob er seine Wahl bereuen würde, würde sich zeigen.

»Musst du nicht rein? Wegen deines Meritenbuchs?«, riss sie ihn aus seinen Gedanken.

Er nickte. »Bin gleich wieder da.«

Luka stand auf und steuerte auf einen der Nebeneingänge zu. Er sann über Emmas schweres Schicksal nach. Bevor er hineinging, blickte er sich zu ihr um. Er stockte.

Sie versuchte, ihre wilden Rastas zu zähmen. Das war an sich nichts Neues, eigentlich hatte er sich schon gewundert, dass sie ihrer Marotte heute nicht nachging. Jetzt tat sie es – aber ganz anders als sonst. Sie kämpfte richtig mit ihnen. Sie zerrte und zupfte, versuchte, sie hinters Ohr oder in ihren dicken Pferdeschwanz zu zwängen. Wie immer vergeblich, denn ihre *Biester* hatten schließlich ihren eigenen Willen. Aber sie liebte es eigentlich, sie geduldig wieder in Form zu streicheln. Tausende Male hatte Luka sie dabei beobachtet, sie tat es bewusst, unbewusst, einfach ständig. Jedes Mal, wenn ihr wieder eine dicke Locke ins Gesicht fiel, fasste sie das als Liebesbekundung ihrer Haarpracht auf – zumindest konnte man das meinen, so inbrünstig und geduldig kraulte sie sie immer wieder zurück. Jetzt schien sie geradezu frustriert. Verzweifelt knotete sie einzelne Strähnen aneinander.

Luka traf es wie ein Blitz. *Das ist nicht Emma.*

Jemand hatte ihren Körper gestohlen.

Luka versteckte sich hinter der Eingangstür und behielt Emma im Auge. Als alle Dreads endlich fest auf ihrem Schädel fixiert waren, wandte sie ihren Kopf in seine Richtung. Er zuckte zurück. Langsam trottete er weiter ins Gebäude und lehnte sich gegen den Bus. Er schloss die Augen und ordnete seine Gedanken.

Das konnte doch nicht sein. Ein fremder Geist in Emma? Fieberhaft dachte er nach. Es gab keine Beweise. Sie ordnete sich die Haare anders, na und? Sie war wohl plötzlich unzufrieden damit. Vielleicht schneidet sie sie morgen ab. Leute tun so was.

Aber nicht Emma. Ihre Rastas waren der Ausdruck ihres Wesens. Unkonventionell, wild, und doch weich und verspielt. Das da draußen konnte unmöglich Emma sein. Sie hatte an ihnen herumgerupft wie ein betrunkener Gärtner.

Wurde er langsam verrückt? Es waren doch nur Haare. Vielleicht stieg ihm seine erste Enttarnung zu Kopf. Ab morgen war er außerdem Wächter. Da war Verdächtiges aufzuspüren sein Beruf. War er innerlich schon so darauf getrimmt, dass er selbst seinen Freunden nicht mehr vertraute?

Jedenfalls hatte sie gesprochen wie Emma. Sie hatte alles gewusst. Sogar von ihrem Gespräch von gestern über Constantin hatte sie gewusst. Natürlich war sie es. Sie hatte ihn sogar erkannt. Hatte ihn her gewunken, als er angekommen war.

Allerdings winkte Emma sonst nie. Oder wie sie ihn direkt auf das Wächtersein angesprochen hatte. Oder wie sie bei seiner Geschichte an seinen Lippen gehangen hatte. All das war nicht Emma.

Und doch war sie die ganze Zeit über tiefenentspannt geblieben. Wie Emma eben war. Sie hatte Dinge gewusst, die nur Emma wissen konnte. Vom Panscher, von ihren Pflichten, von ihrem unausweichlichen Schicksal.

Aber die Haare. Die Haare.

Eigentlich ergab es sogar Sinn. Die unzufriedene Tochter des Panschers. Ihr Weg ist vorbestimmt, aber sie will ihn nicht gehen.

Was macht sie also? Vergisst mal eben ihren Equanimierer. Und schon ist sie weg. Emma, der Freigeist. Sie will die Welt entdecken, die sie bisher nur aus ihren Büchern kennt.

Gestern hatte sie ihn noch umarmt. Es hatte sich wie eine Abschiedsumarmung angefühlt. Aber war es nicht sein Abschied gewesen, den sie vorausgesehen hatte, sondern ihrer?

Wenn es wirklich so war. Wenn er gerade mit einer Körperdiebin gesprochen hatte. Wieso sollte diese hierher zurückkommen? Wenn, dann wäre sie heute Morgen in Emmas Körper erwacht und wäre beim Bürgen von Emmas Eltern enttarnt worden. So einfach war das. Auch Körperdiebe konnten nicht zaubern.

Die Gedanken rasten durch seinen Kopf. Hin und her, wie eine dem Untergang geweihte Schiffscrew, die verzweifelt die Schlagseite ausgleichen will, aber ihr Gefährt bei jedem Versuch wieder zur anderen Seite kippen lässt. War sie es? Oder nicht?

Stechende Kopfschmerzen breiteten sich in ihm aus. War es am Ende etwas Körperliches? Immerhin hatte er gestern zum ersten Mal ein *Boot* geschluckt. Vielleicht vertrug er den *M*-Equanimierer nicht. Heute hatte er außerdem noch nichts gegessen oder getrunken. Er war bestimmt dehydriert. Außerdem gestresst. Die vielen Veränderungen. Das Tribunal. Er sah schon überall Gespenster. Beziehungsweise Körperdiebe.

Fakt war: Sie redete wie Emma, sie verhielt sich wie Emma, sie kannte ihn. Ihre Haare nervten sie, das war alles. Er würde sie darauf ansprechen, dann würde sich das klären. Das Mädel war verrückt, deswegen mochte er sie ja. Wahrscheinlich gab es einen ulkigen Grund dafür. Sie war sauer auf ihre Haare, vielleicht hatten sie irgendetwas angestellt. Er kicherte in sich hinein. Etwas Verzweiflung lag darin. So musste es doch aber sein … oder?

Nun hatte er zwei versiegelte Meritenbücher im Rucksack. Auch das war problemlos vonstattengegangen, perfekt organisiert. Nun musste er sich dem widmen, was ihn wirklich beschäftigte. Wie sollte er es angehen? Wie ihr entgegentreten? Wenn tatsächlich eine Körperdiebin in ihr steckte, würde er sie melden? Wieso auch nicht? Für seine Karriere wäre das der nächste enorme Beschleuniger.

Aber nein, stopp. Sie war ja Emma. Emma mit unartigen Haaren. Er schüttelte sich. Er musste diese Spinnerei aus seinem Kopf bekommen, sonst drehte er noch durch.

Als er wieder nach draußen kam, lächelte sie ihm zu. Lächelte ihm Emma sonst so oft zu? Natürlich, sie waren Freunde. Freunde tun so was.

»Erledigt«, sagte er, setzte sich wieder neben sie und klopfte auf seinen Rucksack. Sie nickte und schrieb weiter. Sein Herz klopfte schneller. Wie nur konnte er sie herauslocken?

Das Buch! Emma hatte oft Bücher dabei. Aber konnte es sein …? Zog sie all ihr Wissen über Emma aus dem Buch? Konnte das ein Tagebuch sein? Das Tagebuch der echten Emma?

»Was liest du eigentlich da? Beziehungsweise schreibst?«, fragte er möglichst beiläufig.

»Was mir so einfällt. Sind wir neugierig, Herr Wächter?« Wieder lächelte sie. »Hier, willst du sehen?«

Sie hielt ihm das Buch hin. Es war keine Schrift, es war gezeichnet. Eine Stadt, die in Flammen stand. Skelette auf den Straßen. Verzweifelt aufschreiende Männer und Frauen, die bei lebendigem Leibe verbrannten. Alle Leidenden hatten verbundene Augen. Selbst die Skelette, deren Fleisch vom Körper geschmort war, trugen unversehrte weiße Augenbinden. Luka schüttelte sich. Es wirkte befremdlich realistisch. Sie musste schon lange daran gearbeitet haben. Er gab es ihr zurück.

»Und?«, fragte sie.

»Fürchterlich … gut«, antwortete er langsam. Ja, das war Emma. Wie konnte er auch nur für eine Sekunde daran gezweifelt haben.

»Hör zu, Em. Ich muss leider los. Wir sehen uns sicher bald.«

»Mh-hm«, brummte sie, ohne aufzuschauen. Luka packte sich

den Rucksack auf den Rücken. »Ach, Em. Wie hieß er noch mal? Der Frosch, der seine Eier isst. Der aus Australien.«

Für einen winzigen Moment zögerte sie. »Rheobatrachus. Komm schon, Neun, so schwer ist das nicht.« Luka schmunzelte, und auch seine letzten Zweifel waren endgültig beseitigt. Er kam sich ziemlich dumm vor.

»Klar. Bis bald, Em.«

»Viel Glück.«

Er machte kehrt und ging auf Constantin zu, der unbeholfen mit seinem Schlagstock herumfuchtelte.

»Warte, Luka.«

Er drehte sich um. Emma hielt ihm ihr Buch hin und blickte ihn aus ihren großen, kastanienbraunen Augen an. »Kann ich dir noch was zeigen?«

Seltsam, sonst nannte sie ihn nie Luka. Er nahm das Buch entgegen und setzte sich. Diesmal war es Schrift.

Neun,

Wenn du das liest, habe ich es geschafft!

Du hast es vielleicht schon länger geahnt. Jetzt darfst du dich für mich freuen! Ein Leben in der Einheit wäre wahrscheinlich einfacher gewesen. Für die meisten. Aber nicht für mich. Ich muss frei sein, Neun. Das weißt du so gut wie ich.

Wer auch immer dir nun gegenübersitzt, hat mit Sicherheit große Angst und braucht dringend deine Hilfe. Sie war aber sehr mutig. Sie vertraut dir oder zumindest meinem Urteil über dich. Ich habe zu Hause alles so hinterlassen, dass diejenige, die statt mir in meinem Körper erwacht, eine Chance hat. Eine Chance auf einen schönen Tag in der Einheit. Ja, so etwas soll es geben!

Sieh es als mein letztes Kompliment an dich. Du warst eines meiner wenigen Lichter. Oder sieh es als Weckruf. Du hast das Tribunal überstanden. Vielleicht haben sie dich sogar belohnt?

Auch du kannst frei sein. Wohin du auch gehst, ich weiß, du tust das Richtige.

Emma.

PS: Ich bin mir darüber bewusst, was früher oder später mit meinem alten Körper passiert. Mach dir darüber keine Gedanken. Wenn er diese Nachricht überbracht hat, hat er seinen letzten Dienst für mich erfüllt. Grüße meine Biester. Em.

Luka ließ das Buch sinken. Ganz langsam.

Er schaute das Mädchen vor ihm an. Er kannte sie – und kannte sie doch nicht. »Wie …?« Mehr brachte er nicht heraus.

Noch einmal las er den Brief von vorne bis hinten. Er kannte Emmas krakelige Handschrift. Aber ein Test war unerheblich. Niemals würde sie sich einen solchen Scherz mit ihm erlauben. Emma war fort.

»Wie … heißt du?«

»Mein Name ist Alea. Deine Freundin, diese Emma, sie hat mir alles aufgeschrieben. Selbst für den Fall, dass ich es dir nicht sagen will.« Sie zog eine Strähne, die sich gelockert hatte, nach hinten, und pustete über die Oberlippe nach oben, obwohl ihr gar nichts ins Gesicht hing. Sie musste sonst kurze Haare haben, die sie sich so aus den Augen blies, dachte Luka. Zu mehr Gedanken war er immer noch nicht im Stande. Wie festgefroren saß er mit dem Buch auf dem Schoß auf dem Brunnenrand.

»Danke«, sagte sie. »Dass du nicht … du weißt schon. Schreiend davonläufst und mich verrätst.« Sie schien sich leicht zu entspannen und lächelte schüchtern. Bei *schreiend davonläufst* breitete sie die Finger aus und zog die Augenbrauen hoch, als würde sie selbst panisch fliehen. Eine kleine Geste nur, aber Luka fiel sie sofort ins Auge, weil Emma niemals gestikulierte. Sie hatte gut geschauspielert bis eben, das musste man ihr lassen.

»Ich weiß nicht, was sich diese Emma dabei gedacht hat, aber als ich alles gelesen hatte – und heilige Karotte, sie hat viel geschrieben – da hab ich mir gedacht, wenn sich jemand für mich schon so einen wahnsinnigen irrsinnigen Plan ausdenkt, dann kann ich ihr auch den Gefallen tun, dass ich es zumindest versuche. Ich meine, ich hatte ja keine Ahnung. Ich dachte, ich hätte Ahnung, und davon jede Menge. Aber ich hatte nur jede Menge keine Ahnung. Ich hab davon gehört, weißt du, schon oft. Aber was hier drin abgeht, ist nur noch hart schräg. Diese Passwörter, alles ist so durchgeplant, ich meine, ich denke, dem wollte sie gerade entkommen, aber ihr eigener Plan war genauso haarklein geplant. Und ja, deswegen. Ich finde es toll, was sie getan hat. Einfach etwas Nettes, weißt du. Sie wollte weg, aber sie hätte ihren Körper auch einfach da liegenlassen können. Aber ja. Ich rede zu viel. Das weiß ich. Ich halt jetzt mal die Klappe.«

Sie war immer schneller geworden. Luka hatte sie fasziniert angestarrt. Er klappte seinen Mund zu. Er hatte Emmas Lippen sich noch nie so schnell bewegen sehen. Wenn Dinge wie h*eilige Karotte, wahnsinnig irrsinnig* oder *hart schräg* herauskamen – so sprach Emma nicht. Und die Gesten. Die Haare, mit denen sie kämpfte. Sie kritzelte sie mit ihrem Stift auf ihrem Unterarm herum. Nervös. Ganz *unemmahaft*. Es war nicht zu glauben.

Erst nach über einer Minute fiel ihm auf, dass er sie immer noch stumm und in Gedanken fixierte. Er schüttelte sich.

»Das machst du oft, oder?«, fragte sie ihn, bevor er etwas sagen konnte, und grinste.

»Dass du 'n bisschen träumst und dich dann in die Realität zurückschüttelst, mein ich. Sorry, du wolltest was sagen und ich palavre schon wieder. Bitte.« Sie biss sich auf die Lippen.

»Ja, also … schon. Wahrscheinlich mach ich das ab und zu. Es ist nur … gerade schwer zu glauben. Das alles.« Er zwang sich zu einem freundlichen Gesicht, aber viel mehr als ehrlich verwirrt, brachte er nicht fertig.

Sie aber lächelte breit, strahlte erstmals fast. »Bin ich aber froh, dass es dir auch so geht. Ich war noch niemals hier, weißt du. Hier in eurer Stadt. In der Einheit, wie ihr's nennt. Ich hab davon gehört, und ich dachte, ich könnte mir das vorstellen, aber« – sie pfiff und machte eine Geste mit zwei Fingern, als wäre ihr das alles viel zu hoch. Sie pfiff noch zweimal. »Hey, mit dem hier kann ich pfeifen! Astrein! Das hatte ich bisher erst einmal!« Sie strahlte übers ganze Gesicht und pfiff erneut. Sie bemerkte Lukas fragenden Blick.

»Oh, tut mir leid. Du siehst, das ist alles auch noch neu für mich. Ich hatte erst einmal einen Körper, mit dem ich pfeifen konnte. Also außer meinem Original. Mit dem kann ich's meisterhaft«, sagte sie stolz. Wieder pfiff sie, einmal hoch, einmal tief, als lote sie ihr neues Instrument aus.

Luka betrachtete sie kopfschüttelnd. Sie war wirklich eine Körperdiebin. Was sollte er jetzt nur tun?

Luka kannte Emmas Körper als Insel der Ruhe. Ihre verträumten, weltfernen Blicke. Jetzt saß sie da, pfeifend, feixend, mit leuchtenden Augen. Das hier war anders. Aber gut anders. Ihm wurde eines klar: Er würde sie nicht verraten. Sonst hätte er es längst getan. *Verdammt, Em. Du kennst mich zu gut.* Er seufzte.

Ein paar Lyzeumsgänger schlenderten an ihnen vorbei. Die Zeit! Es musste kurz vor neun sein. Bald würde es hier nur so wimmeln von fragenden Gesichtern. Er wusste nicht, wie viel Emma ihr geschrieben hatte. Die Gefahr, dass sie sich verriet, war groß. Außerdem musste er hier weg. Er musste den Kommandanten treffen. Doch konnte er sie hierlassen? Er verfluchte Emma.

»Alles okay mit dir?«, fragte sie. »Du wägst ab, was du mit mir machst, oder?« Sie legte den Kopf schief. Das wiederum brachte ihr Haarmikado aus dem Gleichgewicht.

»Wie kann irgendwer nur mit diesem Vogelnest rumlaufen? Ich meine, ich liebe diese Emma. Aber hat sie eigentlich einen an der Waffel?« Sie kämpfte, sie knotete, aber es war vergeblich. Immer neue Dreads plumpsten ihr entgegen. Frustriert gab sie auf und zog eine Schnute. Luka stieß lachend Luft aus, es war zu komisch. Er traf eine Entscheidung.

»Wir müssen hier weg«, sagte er. »Jetzt. Bevor noch mehr kommen.« Er schaute zum Tor. Besonders Jan oder Pip und die Jungs konnte er kaum umgehen, wenn sie kamen. »Ich muss den Kommandanten der Roten Wächter treffen«, sagte er. »Also du kannst natürlich hierbleiben. Aber ich muss auf jeden Fall gehen.«

Sie sprang auf. Schnell und leichtfüßig, und stand mit verschränkten Armen vor Luka. »Dann los!«, sagte sie. Es war immer noch zu seltsam. Emmas Körper bewegte sich sonst traumwandlerisch langsam.

»Du kannst doch gut schauspielern. Mich hast du vorhin überzeugt. Kannst du bitte wieder … Emma sein?«

»Oh«, sagte sie und deutete sich wissend an den Kopf. »Natürlich. Clever.«

Sie schloss die Augen, um sich zu konzentrieren. Als sie sie wieder öffnete, nahm sie langsam und mit trübtraurig-melancholischem Gesichtsausdruck das Buch aus Lukas Hand und klemmte es sich unter ihren Arm. Sie nickte, abermals mit aller Ruhe. »Gehen wir, Neun?«

Luka nickte zurück. *Schon besser.* Er deutete auf den Ausgang. »Lass mich reden«, sagte er.

Der missmutige Constantin bereitete ihm einige Sorgen, gerade weil Luka bei seiner Ankunft unabsichtlich dessen Zorn auf sich gezogen hatte. Ihn würde er zwar durchlassen müssen, doch Emma hatte eigentlich keinen Grund, das Lyzeum zu verlassen. Fragen waren unausweichlich, aber die Zeit drängte.

Constantin fertigte gerade ein paar Neuankömmlinge ab. Zwei davon kannte Luka. Johanna und Marlon, die bei der Diskussion gestern den Schnief so auf Trab gehalten hatten. Sie erkannte Luka und flüsterte Marlon aufgeregt etwas zu. »Kommt schon, der Nächste, kommt schon«, trieb Constantin Johanna ungeduldig an, als sie an der Reihe war.

Luka erkannte seinen Moment. Als Stän in seine Liste vertieft war, Johannas Namen suchte und sie ihm ihre volle Aufmerksamkeit zuwandte, nahm Luka die Körperdiebin bei Emmas Hand und schlüpfte mit ihr an dem kleinen Pulk vorbei.

Sie entfernten sich mit schnellen Schritten vom Zaun, ohne sich umzusehen. Luka bog erleichtert um die nächste Ecke. Er meinte, Constantins protestierende Stimme zu hören. Aber verlassen konnte der Wachtposten den Eingang wohl kaum. Er hatte sich zuallererst um die zu kümmern, die hineinwollten.

»Gut gesprochen«, scherzte die Körperdiebin.

»Tja, manchmal heißt es eben besser handeln als verhandeln.« *Vor allem mit Constantin.*

»Ich wusste gleich, du bist ein Draufgänger.«

Luka schnaubte und blickte sich um. Die Menschen auf den Straßen wurden mehr. »Da lang«, sagte er und deutete auf eine schmale Gasse in Richtung Norden. »Hör zu, Emm… wie heißt du noch mal? Tut mir leid, es ist immer noch sehr seltsam.«

»Alea. Denk dir einfach Allee-A«, sagte sie und breitete die Arme aus, als würden sie eine mit Pappeln gesäumte Prachtstraße entlangspazieren. »Eine Allee, ein schöner Weg, ein Klasse-A-Weg, den wir heute gehen dürfen, du und ich. Ach ja, und meine Hand hätte ich übrigens gerne wieder.«

»Wie lange bist du schon so ... unterwegs?«, fragte Luka, als sie den Stadtkern hinter sich gelassen hatten und durch ein Villenviertel spazierten. »Hast du irgendwo noch Familie? Wie lange ist es her, seit du sie gesehen hast?«

»Zwei Jahre ungefähr«, sagte sie knapp, schaute zu Boden und trat gegen einen Tannenzapfen, der den Teerboden entlangschlitterte. Bei ihrem sonstigen Redeschwall vermutete Luka, dass er diesmal die Kurzfassung erhalten hatte.

»Und ja – meine Ma. Aber wenn du's genau wissen willst, wir haben uns gezofft«, fügte sie unbehelligt an. »Von daher bin ich ganz froh, dass ich nicht gerade bei ihr aufwache. Du bist sozusagen Teil meines Urlaubs von ihr.« Sie lächelte wieder, ihr Unmut schien schnell verflogen. »Danke noch mal, dass du mich mitgenommen hast. Und ich das alles hier sehen darf.«

Sie deutete auf eine dreistöckige Villa mit Pool, die etwas unterhalb der Straße lag. Das typische Türkisblau des Beckens schimmerte durch die Jahre der Verwitterung nur noch an wenigen Stellen durch. Altes Laub und etwas, das aussah wie die untere Hälfte eines Dreibeingrills, schwammen lustlos im knöcheltiefen Regenwasser. »Ich hab schon ein paar ganz nette Plätzchen gesehen, seit ich so *unterwegs* bin, wie du sagst.« Sie machte Lukas bedeutungsschwangeren, zögerlichen Ton nach. »Aber in einer richtigen Stadt bin ich das erste Mal. Wohnen denn hier auch Menschen, die zu euch gehören? Zum zivilisierten Volk, sozusagen?«

»Möglich«, antwortete Luka. »Wir sind hier zwischen den beiden Mauerringen. Da wohnen viele Mitglieder. Aber das hier sieht nicht bewohnt aus, wenn du mich fragst. Ich würde mich nicht zu nah an die Häuser heranwagen.« Er hielt sich in der Mitte der Straße, die ihm Doll vorgeschlagen hatte. »Was man so hört, soll es gerade in den Villenvierteln Hausbesetzer geben, die erst schießen und später fragen«, fügte er im Flüsterton hinzu.

»Aber du sagst doch selbst, es sieht unbewohnt aus«, entgegnete sie und näherte sich bereits wie magisch angezogen dem Anwesen. In der Hecke klaffte eine mannsgroße Lücke, als ob dort einmal ein Kunstwerk, eine Statue vielleicht, gestanden hätte. »Warte«, sagte Luka. »Du kannst doch nicht …« Aber sie konnte, und sie tat. Mit zwei schnellen Schritten war sie von der Straße, mit einem kurzen Satz in der Lücke verschwunden.

Und jetzt? Er dachte an den Termin mit dem Kommandanten. Sie hatten nicht ewig Zeit. Natürlich konnte er einfach gehen. Aber er hatte sie nicht mitgeschleift, um sie beim ersten Problem alleinzulassen.

»Alea?«, fragte er in die Hecke und schalt sich, sie in der Öffentlichkeit Emma zu nennen. »Bitte, wir müssen weiter!«

Stille. Dann ein Kratzen, als ob Metall über Stein schleifte. Ein angestrengtes Keuchen. »Alles okay da drin?« Vor seinem inneren Auge erschienen drei Vermummte, die sie mit vorgehaltener Waffe wegzerrten.

»Komm rein, ich hab was gefunden!«, rief sie.

Er rang mit sich und schaute sich um. Niemand war zu sehen. »Wir haben keine Zeit. Kannst du nicht …«

»Komm rein, dann haben wir mehr Zeit«, schnitt sie ihm das Wort ab. Sie klang nicht verärgert, aber schon bestimmter.

Er zog die Stirn kraus. *Mehr Zeit*? Was sollte das nun schon wieder heißen? Luka seufzte. *Danke auch, Em.* Er drückte ein paar Zweige zur Seite und zwängte sich hinein.

Biester – das waren sie wirklich. Luka verstand nun ansatzweise, was es hieß, Emmas Dreads tagein, tagaus im Gesicht herumflattern zu haben.

»Kannst du bitte mal stillsitzen? Oder dich kleiner machen? Die Haare, ich … das macht es nicht gerade einfacher!«

»Ich weiß, ich hab dieses Monster auf meinem Schädel nicht im Griff, aber ich werde besser, versprochen. Ich lerne, wie man ein Vogelnest bedient, und du, wie man einem ausweicht. Wir gewinnen beide!«

»Mm-hm.«

»Komm schon, das macht doch Spaß! Sag nicht, du hast noch nie ein Rad gedoppeldeckert?«

Alea saß vor ihm auf der Querstange des Fahrrads, das sie in der Villa gefunden hatte. Das alte hatte unter feuchten Planen vor sich hin gerostet. Aber es hatte Lukas zaghafte Testfahrt überstanden, und trotzte zu seiner Überraschung auch ihrer beider Gewicht.

Nur hielt sie einfach nicht still. Immer wieder entdeckte Alea etwas, das sie so faszinierte, dass sie sich auf der Stelle drehen und wenden musste, um es im Vorbeifahren zu bewundern. Sei es eine Hochhaussiedlung, Körperdiebe bei der Maisernte, oder nur ein Eichhörnchen. Das Resultat war stets dasselbe: Biesterangriff.

»Nein«, antwortete er. »In der Einheit gibt es nicht mehr so viele Fahrräder.« Vielleicht würde er als Wächter jedoch bald ein eigenes besitzen. Es war die schnellste Art, sich fortzubewegen, ohne auf ein Gespann Körperdiebe angewiesen zu sein.

»Hey, ist da unten ein Fluss?« Sie bog sich gefährlich weit nach links. Luka balancierte das Gleichgewicht notdürftig aus und trat auf die Bremse. Sie kamen zum Stehen.

»Was ist?«, fragte sie erstaunt.

»Wir gehen zu Fuß weiter. Ich kann so nicht fahren, und wenn wir uns die Knochen brechen, kommen wir auch nicht schneller an.«

»Dann lass mich mal fahren. Ich bin Expertin.«

»Bitte. Tu dir keinen Zwang an. Aber ich steige nicht auf.« Er hielt ihr das Rad hin.

Sie nahm es und setzte sich. Mit einem Mal schien sie aber jede Selbstsicherheit verlassen zu haben. Ungewohnt vorsichtig trat sie in die Pedale, aber nicht richtig durch. Sie balancierte und war im Begriff, schon nach einem Meter wieder umzukippen. Luka sprang zu ihr und hielt den Sturz im letzten Moment auf.

Sie blickte völlig konsterniert drein. »Ich versteh das nicht. Es fühlt sich so ... anders an.«

»Schon gut«, sagte Luka und half ihr vom Sattel.

Ihr Gesicht hellte sich auf. »Achsooo! Sag das doch gleich!«, sagte sie und gab ihm einen Klaps auf die Schulter.

»Was?«

»Dass deine liebe Emma noch nie in ihrem Leben auf einem Rad gesessen hat. Wie soll ich denn mit diesem Material arbeiten?«

»Du meinst ... nur, weil es Emmas Körper noch nie getan hat, kannst du es auch nicht?«

»Klar. Ist ne motorische Fähigkeit, die bleibt im Körper haften. Lernt ihr denn gar nichts in eurem Lyzeum?«

»Du meinst also ... du kannst nichts tun, das Emma nicht auch getan hat?«, fragte er, nachdem sie ihre alten Positionen wieder eingenommen hatten. Diesmal hatte sie die Dreads fest vertäut und zuckelte kaum noch. Der Respekt vor einem Sturz war anscheinend zurück, seitdem sie selbst fast gefallen war.

»Na ja, so ungefähr. Natürlich kommt es auf den Körperreisenden an. Mit viel Erfahrung spürt man besser, was man unbekannten Körpern zumuten kann. Ich fahre nur so super gerne Rad und da dachte ich, versuch ich's einfach mal. War dann ein Reinfall, aber, dass diese Emma so ne fade Nuss ist, konnte ich ja nicht ahnen.«

»Den ... Körper*reisenden*?«

»Ja klar. Der den Köper bereist eben. Sag mal, wisst ihr denn gar nichts?«

»Doch, doch. Aber bei uns heißen die anders.« Noch im selben Moment biss er sich auf die Lippe.

»Ach ja? Und wie?«

Er seufzte. Sie würde doch keine Ruhe geben, bis sie es erfahren hatte. Und wenn sie eines konnte, dann keine Ruhe geben. Außerdem ging es nur um einen Tag, danach würde er sie nie wiedersehen.

»Körperdiebe.«

»Oh. Wie … furchtbar.« Sie schwieg.

»Ich weiß ja nicht, wie das bei euch ist«, versuchte er zu beschwichtigen. »Aber in der Einheit sind die Leute eben nicht so heiß darauf, ihre Körper zu verlieren. Von daher … betrachten sie es als Diebstahl, wenn es passiert. Ist das nicht nachvollziehbar?«

»Hm«, brummte sie und schwieg erneut. Aber nicht lange. »Lass mich dich mal was fragen – wem gehört dieses schöne Rad hier?« Sie klopfte auf die rostige Stange, auf der sie saß.

»Na ja … im Moment dir und mir.«

»Und wie haben wir es bekommen?«

»Es lag eben da rum … worauf willst du hinaus?«

»Haben wir es vielleicht gestohlen?«

»Hm … gestohlen würde ich das nicht nennen. Das Haus war verlassen.«

»Ah-ha! Denk mal drüber nach.«

Luka meinte, zu verstehen. Leute von draußen dachten einfach anders. Wenn man davon ausging, dass der Geist den Körper ohnehin verließ, und dieser dann leer war … dann hatte sie nicht Unrecht. Diese Frage war älter als die Einheit. Was kam zuerst? Der Geist, der freiwillig weiter zieht – oder der des Körperdiebs, der den alten Geist rücksichtslos verdrängt? Glaubte man dem Schnief, existierte nur Zweiteres. Außerdem war ein Fahrrad nicht dasselbe wie der eigene Körper. Er würde nicht wollen, dass ein Wildfremder seinen Körper benutzte. Er befürchtete, dass das nicht die letzte Konversation dieser Art mit Alea sein würde, aber entschied, es vorerst auf sich beruhen zu lassen.

»Okay. Ich versteh schon, wie du das meinst. Aber damit du's weißt, Emma war keine fade Nuss«, sagte er, um das Thema zu wechseln.

Sie lachte. »Natürlich nicht. Sag mal, du und sie. Ihr wart nicht …?«

»Nein«, antwortete er. »Sie war … eher wie meine große Schwester.« Er lächelte wehmütig.

»Sie ist es noch«, stellte Alea klar.

»Ja ... das stimmt. Sie ist es noch.«

»Wenn dich jemand fragt, du bist Emma 7209-M«, flüsterte Luka Alea zu.

»Klar.«

»Hast du alles verstanden?«

»Ich bin doch nicht von gestern. Keine Sorge, das geht schon glatt.«

Luka wischte sich den Schweiß von der Stirn. Er hatte hin- und herüberlegt, was er mit ihr machen würde, sobald sie zur Arena kamen. Und ihr verschwiegen, was sie dort erwartete. Sie irgendwo warten zu lassen, schien zunächst die ungefährlichste Alternative. Aber jetzt nicht mehr. Sie waren umringt von Einheitsbewohnern, die allermeisten zu Fuß, und alle strömten zur Arena. Auch einige Wächter waren dabei und beäugten das junge Duo auf ihrem Rad misstrauisch. Also ließ er es möglichst unauffällig irgendwo stehen. Als er sich kurz darauf umsah, stritten sich schon zwei andere Einheitsmitglieder darum. Immerhin bedeutete es fünf Meriten, wenn man es damit bis zu einer Sammelstelle schaffte.

»Wir gehen rein, ich bin eine *M* und ich darf das«, wiederholte Alea. »Du triffst deinen Kommandanten, ich warte irgendwo. Wenn jemand fragt, wir kennen uns nicht.«

»So ist es.« Luka nickte. »Falls ich es nicht schaffe, zum Treffpunkt zurückzukommen ...«

Jemand packte ihn grob am Nacken. Sein Herz pochte wie wild, und er fuhr herum.

»Hab ich dich erwischt!« Es war Doll, und er war außer Atem. Er hatte sich durch die Menge zu Luka gekämpft. »Wer ist deine Freundin?«, fragte er.

Luka starrte ihn an. »Sie ...«, setzte er an, aber wusste nicht, wie der Satz weiter ging. Mit halb offenem Mund stand er da. Dolls Grinsen wich.

»Emma 7209-M«, sagte Alea und hielt ihm ihre Hand hin, als ob sie einen Handkuss erwarte. Doll aber schüttelte sie beherzt. Luka öffnete den Mund, um etwas zu sagen, aber ihm fiel immer noch nichts ein.

»Luka, mein Schatz, alles in Ordnung?« Sie legte ihre Hand auf seinen Oberarm.

Er schluckte. »Ja … Liebling. Alles gut. Ich war nur … ja.«

»Die Nacht, in der er den Körperdieb erwischt hat, du verstehst«, erklärte sie Doll. »Sie kommt ab und zu zurück. Oh, er war ja so tapfer!«

Doll nickte. »Ja, du kannst stolz auf ihn sein. Dass du oft daran denkst, verstehe ich gut«, fügte er an Luka gerichtet hinzu. »Manchmal dauert es, bis man einen Einsatz verarbeitet hat.«

»Mh-hm«, antwortete er. Er fühlte Sturzbäche seinen Nacken herunterlaufen. Mittlerweile stand die Sonne hoch am wolkenlosen Himmel. Er sah zu Alea. Sie hatte ihn gerettet. Und wie ruhig sie dabei blieb.

»Ich hab dich schon gesucht«, sagte Doll. »Kommandant Boris kann dich erst nach den Kämpfen sehen. Also wenn du, ich meine ihr, wollt, dann sehen wir uns alles gemeinsam an, und ich bring dich dann zu ihm.«

Lukas Herz pumpte wie verrückt. Wie sollte das gut gehen? Er war jetzt ganz und gar abhängig von Aleas Improvisationstalent. Er versuchte, sich nichts anmerken zu lassen, und nickte Doll zu. »Klingt gut.«

Nach der Brücke türmte sich das Stadion vor ihnen auf. Es war so überwuchert von Efeu und wildem Wein, dass von der Außenhülle kaum mehr etwas zu erkennen war. Der Zugang wurde von einer Gruppe Wächter bewacht. Deswegen staute sich hier also alles. Meritenbücher wurden überprüft. Nur *M*s und Höherrangige durften hinein. Was nun? Emma war immer noch eine *A*.

Doll erkannte einen der Roten und klatschte mit ihm ab. »Die gehören zu mir, das ist der Neue«, erklärte er. Luka konnte sein Glück kaum fassen, als sie durchgewunken wurden. Schon erreichten sie die Öffnung im Pflanzenteppich. Die vielzackigen, dunkelgrünen Blättchen raschelten millionenfach im Wind.

Die Menschenflut presste sie unaufhaltsam nach innen. Alea griff nach seiner Hand. Er ließ es geschehen. Als sie an der dunkelsten Stelle angekommen waren, wisperte Doll ihm zu: »Luka, ich hatte ja keine Ahnung! Respekt, Junge!«

Die Menschentraube teilte sich innen wieder auf. Doll führte sie eine Betontreppe hinauf. Als sie oben ankamen, stand ihnen die Mittagssonne genau gegenüber. Luka hielt sich die Hand vors Gesicht und blinzelte hindurch. Alles war grün. So grün!

Er blickte auf eine Freifläche, auf der das Gras teilweise fast mannshoch stand. Die größten Sonnenblumen hätten die Heimvorsteherin locker um das Doppelte überragt. Selbst Bäume wuchsen hier, Luka sah eine Gruppe schlanker Buchen. Auch vor dem Sitzbereich hatte die Natur keinen Halt gemacht. Von den oberen beiden Rängen hingen wie vom Dach dicke Pflanzenteppiche herab, die in voller Blüte standen. Der mit Abstand größte Teppich spannte vom Dach bis zum Unterrang, er versperrte fast einer gesamten Kurve die Sicht. Er blühte in zartem Blasslila, Tausende Blütenstände hingen daran herab wie überdimensionale Tannenzapfen. Auch in Lukas unmittelbarer Umgebung blühte es wild: Aus allen noch so kleinen Löchern krochen Blumen, Farne und Ranken dem Sonnenlicht entgegen und umschlangen die hochgeklappten Plastikschalensitze, als wären sie mit Dünger durchtränkt.

»Wunderschön hier«, entfuhr es Alea, die über beide Backen strahlte. »Ich liebe Blauregen!« Sie meinte die Tannenzapfenblüten, verstand Luka.

Es gab aber auch Widerstand gegen die Natur. Einige Körperdiebe kamen den Rankenteppichen mit Heckenscheren bei. In der Feldmitte bearbeiten sie das wilde Wuchern mit Sensen und Handrasenmähern – natürlich unter strenger Aufsicht, scharfe Werkzeuge wurden Körperdieben nur unter großen Vorsichtsmaßnahmen anvertraut. In einer Ecke sah Luka gefällte dünne Bäumchen aufgestapelt. Mit Abstand am gründlichsten entgrünt worden war ein kleiner Teil des Sitzbereiches, auf halber Höhe einer Längsseite.

»Da sitzen die Ranghohen«, erklärte Doll, als er Lukas Blick bemerkte. »Der Kommandant auch. Da wirst du ihn später auch treffen.« Er musterte sie beide. »Ihr wart noch nie hier, oder? Mann, dein zweiter Tag als *M*, und sofort ein Kampf! Was hast du für ein Glück! Ich musste fast nen ganzen Monat warten. Und gleich der Koloss!«, rief er aus. »Aber wartet, davon habt ihr keinen Plan, oder?« Er blickte in zwei ahnungslose Gesichter.

»Ha! Macht euch auf was gefasst. Lass mal sehen, was müsst ihr wissen … also, die Kämpfe werden erst seit zwei Jahren hier ausgetragen. Vorher hat man's auf verschiedenen Plätzen in der Stadt versucht, aber es ging immer etwas schief. Es war zu gefährlich, die mitten unter uns aufeinander loszulassen.« Er strich über seinen Bartansatz. Luka hatte davon gehört. Es hatte verletzte Einheitsmitglieder gegeben.

»Hier dagegen ist der perfekte Ort dafür. Findet ihr nicht? Man ist als Zuschauer sicher, auch wenn die Kämpfer Waffen bekommen. Ohne wäre es ja auch fad. Die Bäume und das Grünzeug, das schafft eine ganz andere Atmosphäre als auf 'ner abgesperrten Kreuzung.«

Luka dachte an Pip. Es war immer dessen Traum gewesen, die Arena zu sehen. Hier zu arbeiten. Luka hatte sich nie besonders für die Kämpfe interessiert, geschweige denn bei Pip gewettet. Auch wenn er jetzt gespannt war, was ihn erwartete. Seine Hauptsorge aber betraf Alea und das Treffen mit dem Kommandanten. Doll hatte sie schon um den Finger gewickelt, wie Luka schmunzelnd beobachtete. Mit großen Augen beugte sich der junge Wächter zu ihr herunter und lauschte voller Andacht, wo er in freier Wildbahn Blauregen finden konnte. Wenn der Kommandant auch so ein Pflanzenfreund ist, dachte Luka, haben wir keine Probleme.

Die Ränge füllten sich rasch und bis zum letzten Platz. Alea hatte Glück, dass vor ihr zwei Frauen standen, die Männer waren weit in der Überzahl. »Es ist so weit!«, rief Doll und zeigte auf eine Stadionecke, der plötzlich alle Gesichter zugewandt waren. »Da kommen sie!«

Luka reckte den Hals. Aus dem Gang trat eine Prozession aus insgesamt vierzehn Paaren. Jeweils ein Roter Wächter ging hinter einem Kämpfer, denn nichts anderes konnten die Gestalten sein, die mit hinter dem Rücken verbundenen Armen zur Feldmitte geführt wurden. In der Mehrheit waren es große, kräftige Männer, doch auch zwei Frauen waren darunter. Die Köpfe der Kämpfer waren mit Säcken verhüllt. Nun wurde es nun richtig laut. Luka sah auch sofort, wen Doll vorhin gemeint hatte: Den Koloss.

Die Menge feiert ihn frenetisch. »*Rho-dos, Rho-dos*!«, meinte Luka herauszuhören. Der Mann war ein wahres Monstrum. Sein Bauchumfang war vergleichbar mit Antons. Aber schon an der Art, wie er sich bewegte, konnte man erahnen, dass dieser Gigant im Gegensatz zum Richter nicht nur Fett mit sich herumtrug. Sein behaarter Oberkörper strotzte vor Muskeln. Die Bewacher hielten ihn zwar fest, aber ihre Körpersprache verriet Furcht.

Andere Kämpfer bereiteten den Wächtern mehr Probleme als der ruhig dahinstapfende Koloss. Ein kleiner, wendiger Typ wehrte sich. Er zuckte hin und her und versuchte vergeblich, sich zu befreien. Die Menge lachte, als er stolperte und ihn sein Bewacher wieder auf die Füße zog. »Das passiert schon mal«, erklärte Doll. »Die sind nervös. Für die ist es auch das erste Mal – für alle, außer für den Koloss. Er hat beim letzten Mal gewonnen. Darum muss er wieder ran. Wenn ein Kämpfer gewinnt, wird das Publikum gefragt, ob sein Geist für den nächsten Kampf bleiben soll oder nicht. Wenn sie dagegen sind, geben sie ihm keine Equanimierer mehr.« Luka schluckte. Er war wenig erpicht darauf, schon wieder über irgendjemandes Schicksal zu entscheiden. Auch Alea blickte wie versteinert.

»Letztes Mal war die Abstimmung richtig knapp«, fuhr Doll fort. »Die Leute sind begeistert von ihm, das merkt ihr ja. Viele würden es ihm gönnen, dass er nicht mehr hier antreten muss. Aber noch mehr wollten, dass er weiterkämpft. Ich bin da selbst unentschlossen. Einerseits liefert der Typ ein solches Spektakel. Was der schon veranstaltet hat …« Er hob bedeutungsvoll die Augenbrauen. »Aber ich fände es auch spannend, wie sich jemand anderes mit dieser Plauze schlagen würde … hey, wer ist das?«, fragte er und zeigte in die Mitte, wo sich die Einmarschierenden aufreihten. »Der Zweite in der vorderen Reihe, der Dünne! Ich hab mir die Kämpfer gestern angeschaut, bevor ich gewettet hab, aber der war nicht dabei. An den würde ich mich erinnern. Was wollen sie denn mit diesem Hänfling?« Er schüttelte verächtlich den Kopf.

Luka schaute genau hin. Er konnte es nicht fassen. Es war der Körperdieb vom Damm. *Sein* Körperdieb.

Er war es. Sack über dem Kopf oder nicht, Luka hätte diesen schlurfenden Gang, diesen drahtigen Körper aus Tausenden wiedererkannt. Das also machten sie mit ihm. Wollten sie ihn nicht eingehend untersuchen? Wenn sie das getan hatten, waren sie schnell zu einem Ergebnis gekommen. Er schärfte noch einmal seinen Blick. Luka meinte, auf seiner Brust rote Linien zu erkennen, wie frische Wunden. Luka schüttelte sich. Dafür hatte er ihn also vor den Fluten bewahrt. Er war gefoltert worden. Und nun musste er in der Arena sterben, während sein sogenannter Retter dabei zusah.

Alea sah ihn besorgt an. »Alles okay bei dir?«, rief sie ihm über das Rauschen der Menge hinweg ins Ohr. Er nickte, doch nicht einmal sich selbst konnte er damit überzeugen. Er fühlte sich furchtbar.

»Wird wohl gestern Nacht einer gestorben sein«, vermutete Doll. »Es braucht eine gerade Anzahl. Siehst du, wie sie aufgereiht sind?« Doll hatte es aufgegeben, sie im Plural anzusprechen, sondern brüllte nun direkt in Lukas Ohr. Alea, die seit dem Einmarsch immer unbehaglicher dreinblickte, hörte nicht mehr hin. Luka fühlte sich schuldig, sie mitgeschleppt zu haben, aber er musste Interesse zeigen. Doll sollte nicht misstrauisch werden.

»Es sind immer zwei Gruppen, Schwarz gegen Weiß! Sieh hin!« Luka tat es. Die Wächter hatten die vierzehn Kämpfer in zwei Reihen aufgestellt, die sich nun mit einem Abstand von etwa fünfzehn Metern gegenüberstanden. Sie waren dabei einer unübersehbaren Ordnung gefolgt: Der Größe nach. Der Koloss stand am Ende der einen Reihe, ihm gegenüber der Größte der anderen Gruppe. Lukas Körperdieb, der in derselben Reihe stand wie der Koloss und demnach zu dessen Gruppe gehörte, stand dem Nervösling gegenüber, der über seine eigenen Füße gestolpert war.

»Es geht nicht nur um die Größe«, erklärte Doll auf Lukas Nachfrage, »sondern eher um die Überlebenswahrscheinlichkeit. So soll eine möglichst ausgeglichene Schlacht zustande kommen. So heißt der erste Teil der Kämpfe, die Schlacht. Man kann auf Einzelkämpfer, oder auf Gruppensiege wetten. Pass auf, jetzt markieren sie sie.«

Luka sah vier mit Eimern bewaffnete Körperdiebe hinzutreten. Je zwei gingen zu einer Gruppe. Ein Eimerträger klatschte dem Koloss einen dicken Batzen weiße Farbe auf die behaarte Brust und verstrich sie. Auf dem Rücken erhielt er dieselbe Behandlung. Auch Lukas Körperdieb wurde weiß markiert. Die Reihe der anderen sieben wurden pechschwarz markiert. Die beiden Frauen waren die letzten der Reihen. Unter dem Gejohle vieler Männer ließen sich die Körperdiebe bei ihnen besonders viel Zeit, ihre Farbe aufzutragen. Alle Kämpfer trugen nur khaki-farbene Shorts, die Frauen immerhin BHs. Die beiden sportlich gebauten Kämpferinnen ließen das Ritual ungerührt über sich ergehen. Luka schluckte und schaute auf Alea. Sie starrte mit leerem Blick nach vorne.

»Nun noch die Waffen!«, rief Doll. Einige weitere Körperdiebe betraten die Freifläche und steckten Messer, Schwerter, Äxte und lange Stäbe auf einer Linie zwischen den Gruppen in den Boden. Die Wächter befreiten die Gefangenen von ihren Fesseln. Keiner rührte sich, offenbar war ihnen das vorher eingebläut worden. »Sie müssen warten, bis sie die Säcke abnehmen dürfen«, erklärte Doll. Jetzt erkannte Luka auch, dass es rund um die Freifläche nur so von bewaffneten Roten wimmelte, die im Notfall bereitstanden. Sein Herz schlug schneller. Würde so bald sein Alltag aussehen? Körperdiebe zur Strecke bringen, falls sie nicht spurten?

Als der letzte der Wächter vom Feld verschwunden war, wurde es still. »Sobald das Signal ertönt, dürfen sie die Säcke abnehmen«, sagte Doll. »Dann gehts rund!« Er zeigte auf eine Stelle unterhalb des Boss-Bereichs neben dem Feld. Luka erkannte einen Wächter mit einer Trompete. Er ließ einen schönen, lang gezogenen Ton erklingen. Noch während er spielte, rissen sich die Kämpfer die Säcke vom Kopf. Augenblicklich tobte die Menge wie entfesselt.

Die Säcke hatten vierzehn kahl geschorene Schädel verborgen. Der Koloss hatte dunklere Haut als die anderen, auf Luka wirkte er südländisch. Die meisten der Kämpfer sahen sich zuerst um. Sie nahmen die Arena wahr, die Zuschauer, ihre Gruppenmitglieder und ihre Gegner.

Der Körperdieb vom Damm dagegen handelte sofort. Pfeil-schnell drehte er sich und schoss auf die Buchen zu. Auch der schwarze Nervösling sprintete los, allerdings nach vorne, in Rich-tung der anderen Gruppe. Er erreichte die Waffen, beachtete sie jedoch nicht. Blindlings rannte er weiter und auf die Lücke zu, die der Körperdieb in der weißen Reihe gelassen hatte. Der weiße Koloss schrie etwas, und zwei der anderen Weißen stürmten dem schwarzen Einzelgänger hinterher. Panisch blickte sich dieser um. Er wollte einen Haken schlagen, stolperte aber über das erste größere Gestrüpp, das die kurz gemähte Freifläche eingrenzte. Die beiden Schwarzen stürzten sich auf ihn. Im erhöhten Gras sah Luka außer den Zuckungen der beiden Weißen nichts. Dennoch wusste er genau, was passierte. Seine Füße wurden zu Eis. Es war das erste Mal, dass er jemanden sterben sah.

Die Menge johlte, Doll pfiff mit zwei Fingern. »War klar, dass der es nicht lange macht«, brüllte er. Alea nahm Lukas Hand. Er schaute sie nicht an, aber drückte fest zu.

Dem Körperdieb erging es bei seinem Fluchtversuch besser. Leichtfüßig wie in der Nacht auf dem Damm erreichte er im Sprint die Buchen. In einer flüssigen Bewegung sprang er mindestens so hoch, wie er selbst maß. Er schwang er den Sack, den er noch in der Hand hielt, um den Stamm. Das andere Ende fing er mit der anderen Hand auf, packte zu und stemmte sein Fliegengewicht in den Baum.

Er ging den Baum nach oben. Nach jedem Schritt, bei dem er minimalen Halt für seine Füße fand, löste er den Sack und schwang ihn ein stückweit höher. Dann legte er wieder sein Gewicht in den Sack. Es sah so einfach aus, als würde er mit einem Stock spazieren gehen, auf den er sich ab und zu abstützte. »Schaut euch den Affen an!«, rief ein Mann mit quadratischer Holzmaske und lachte.

In der Mitte waren die Weißen nur noch zu viert, weil zwei ihrer Männer dem Nervösen nachgesetzt hatten und auch der Körperdieb fehlte. Die sechs Schwarzen erkannten ihre Chance. Angeführt von der schwarzen Frau liefen sie auf die Waffen zu. Auch der weiße Koloss gestikulierte wild und spurtete los wie ein Berserker. Die Schwarzen erreichten die Waffen dennoch zuerst. Die schwarze Anführerin warf einem ihrer Gruppenmitglieder drei Stäbe zu und zeigte auf den Koloss. Als erste Weiße erreichte die Frau die Mitte, doch bevor sie die Waffen erreichte, surrte ein Messer durch die Luft und traf sie in der Magengrube. Die schwarze Frau hatte es geworfen. Die Weiße sank mit einem gellenden Schrei zu Boden.

Sechs Schwarze kämpften in der Mitte nun gegen drei Weiße, doch der weiße Koloss beschäftigte alleine schon drei Gegner, die ihn mit Stäben mit Mühe auf Abstand hielten. Noch ein anderer Weißer fiel im Schwertkampf gegen zwei Schwarze und dann noch einer, als die Schwarze Frau ihn von hinten erdolchte. Der Koloss stand nun alleine gegen sechs Schwarze. Die Schwarze Frau schickte zwei ihrer Gruppenmitglieder zum Koloss, um den anderen dreien zu helfen. Als sie sich gerade umgedreht hatten, zückte sie ein weiteres Messer und rammte beiden mit jeder Hand eine Klinge in den Nacken.

Luka verstand die Welt nicht mehr und sah zu Doll. »Es geht los!«, brüllte er mit glühenden Augen. »Nur die vier Überlebenden der Schlacht gehen in die Duelle, die Farbe ist jetzt egal! Was für eine falsche Natter!«

Der erste Mord an den eigenen Farben veränderte alles. Plötzlich trauten sich die drei, die dem Koloss mit den Stäben in Zaum hielten, nicht mehr gegenseitig. Der Dicke nutzte das aus, schnappte sich einen der Stäbe, zog den Schwarzen daran zu sich und ließ seine Stirn auf den Kopf seines Gegners niederfahren. Die anderen beiden bekamen es mit der Angst, einer ließ seine Waffe fallen. Der Koloss reagierte sofort. Er schwang den Stab knapp über den Boden und räumte beide auf einmal ab. Flink und präzise packte er jeweils einen der beiden am Hals. Aber er begnügte sich nicht damit, sie auf dem Boden zu erdrosseln – er hob sie an. Er stand da wie eine Statue, seine Opfer baumelten hilflos herab, als er zudrückte. Luka sah ihn wie verrückt brüllen. Hören konnte er ihn nicht, weil die tobende Menge ihn übertönte. Langsam hörten ihre Körper auf zu zucken. Der Koloss ließ sie achtlos fallen und gab seinem Kopfstoß-Opfer mit einem Stab den Rest.

Wieder ertönte die Trompete. Die Schlacht war vorüber – das bedeutete, dass nur noch vier Kämpfer lebten. Die Schwarze Frau wischte ihre beiden blutigen Messer an ihrer Hose ab. Einer der beiden Weißen, die dem Nervösen nachgestellt hatten, stand in der Nähe des Kolosses, und starrte ihn – wie das restliche Stadion – wie gebannt an. Sein Kollege lag tot vor den Waffen, auf halbem Weg. Er hatte ihn selbst umgebracht, eine andere Erklärung gab es nicht.

Das waren drei. Der Vierte saß auf einer Buche.

Luka war erschüttert und zugleich fasziniert. Die Menge, die sich während des spektakulären Dreifachmords des Kolosses in einen Blutrausch gesteigert hatte, beruhigte sich langsam wieder. Alea hatte sich zum Schluss weggedreht, aber Luka hatte nicht anders gekonnt, als zuzusehen. Er hatte Doll und die anderen innerlich schnell verurteilt, und Pip gleich mit. Aber selbst war er nicht besser gewesen.

»Hab ich zu viel versprochen?«, rief Doll aus und klopfte Luka auf die Schulter. »Kolossal, eine kolossale Show.« Er wischte sich den Schweiß von der Stirn. »Und zweimal sehen wir ihn ja noch. Es geht gleich weiter. Zuerst die beiden Duelle, dann das Finale.«

Noch drei Kämpfe also, bis sie den Kommandanten sehen konnten. Luka suchte Aleas Blick. Sie sah zerrüttet aus, deutete aber ein zerknautschtes Lächeln an, was er als *Ich übersteh' das schon* deutete.

»Die schwarze Schlange hat ganze fünf Stück erledigt«, erklärte Doll. »Die meisten Morde gegen die wenigsten, deswegen muss sie jetzt gegen den Kraxler ran. Aber ich wette mit dir, wir sehen sie im Finale gegen Rhodos. Was sagst du? Hundert Meriten?«

Luka schüttelte den Kopf. »Ich wette nicht. Wenn ich verliere, bin ich kein *M* mehr!«

Doll lachte prustend los. »Ach ja! Das hab ich ganz vergessen. In dem Fall, nur um die Ehre.«

»Also gut«, antwortete Luka. »Aber die Frau kommt nicht ins Finale.«

»Ha! Du setzt auf den Baumjungen? Glaub mir, ich hab schon einige Kämpfe gesehen. Fliehen bringt dir Zeit. Aber für das Finale braucht es Killerinstinkt.«

Der Körperdieb und die Schwarze Frau standen bereit. Doll erklärte, dass sich jeder vor Kampfbeginn eine Waffe aussuchen dürfe. Die Restlichen schleppten die Träger wieder vom Feld. Luka überraschte es nicht, dass die Schwarze wieder das Messer gewählt hatte. Sie spielte damit herum, nahm es an der Spitze, warf es nach oben und fing es geschickt wieder auf. Der Körperdieb dagegen stand ohne Waffe da. Er sah wenig furchteinflößend aus. Einige lachten. »Der gibt schon auf!«, hörte Luka von irgendwoher.

Die Trompete ertönte. Die Kämpfer, die diesmal weiter voneinander entfernt standen, liefen aufeinander zu. Die Frau eher gemächlich, als wolle sie abwarten, was ihr waffenloser Gegner vorhatte. Der Körperdieb setzte wie zuvor noch während des Tons zum Vollsprint an. Die Frau wurde noch langsamer und stoppte ganz ab. Der Körperdieb rollte sich einmal ab, bevor er wie angezündet weiterflitzte. Wenige Meter trennten sie nur noch, da ließ sie das Messer fliegen. Der Körperdieb wich aus, die Klinge rauschte haarscharf an ihm vorbei. Sie stand schutzlos da, als er mit voller Wucht in sie hineinkrachte – Kopf voraus in den Bauch. Sie gingen zu Boden und überschlugen sich. Gemeinsam landeten sie hart auf dem kurz geschorenen Gras, sie auf dem Bauch, er auf ihr, mit einem Knie zwischen ihren Schulterblättern. Blitzschnell schlang er einen Sack um ihren Hals und zog ihren Kopf nach oben. Sie strampelte kurz, merkte aber schnell, dass es sinnlos war. Die Zuschauer wussten zuerst nicht recht, wie ihnen geschah, dann jubelten sie ihm zu. »*Sackmann, Sackmann!*«, hörte Luka sie rufen.

»Den Sack hat er sich in der Mitte geholt! Ich hab schon gedacht, er ist ausgerutscht!«, brüllte Doll über die Menge hinweg. »Respekt, du hast es gewusst!«

»*Tod, Tod*«, forderten nun viele und stampften mit den Füßen auf. Der Körperdieb musste den tödlichen Sack nur etwas fester ziehen. In seinem Kopf sah Luka schon, wie ihr Genick tonlos knackste und ihr Kopf schlaff herunterhing. Aber der Körperdieb löste den Griff und stand auf. Die Schwarze Frau sank erleichtert zu Boden.

Alle rund um Luka redeten wild durcheinander. Der Mann mit der Holzmaske war erbost. »Das kann er nicht machen! Das ist gegen die Regeln!« Aber er meinte auch Stimmen für den Körperdieb zu hören. »Sackmann, der Barmherzige!«, riefen die beiden Frauen vor Alea.

Zwei Wächter nahmen den Körperdieb in Gewahrsam. Zwei weitere packten die Schwarze und schleiften sie in die Mitte. »Entscheidung!«, brüllte Doll, wie viele andere auch. Einer der Wächter nahm den rechten Arm der Schwarzen und riss ihn in die Höhe. Doll klatschte, die beiden Frauen auch. An Luka gerichtet sagte Doll: »Wenn ihr wollt, dass sie überlebt und beim nächsten Kampf wieder dabei sein soll, klatscht!«

Luka und Alea sahen sich an – und feuerten die Hände zusammen, bis sie brannten. Als die Wächter danach ihren linken Arm nach unten rissen, klatschten weniger als zuvor. Sie wurde abgeführt. »Dein Baumjunge hats in sich«, sagte Doll. »Aber ich bin froh, dass die Messerstecherin wiederkommt.«

Der Lärmpegel war fast auf dem Nullpunkt, als würden alle Luft holen für die letzten beiden Kämpfe. In die Stille hinein bemerkte er ein anderes Geräusch. Krähen. Sein Blick wanderte nach oben, wo bereits ein gutes Dutzend davon dunkle Kleckse auf den strahlend blauen Himmel malten. Unter dem Dach landeten einige. Die Aasvögel hätten auch beim Arm nach unten geklatscht, wenn sie gekonnt hätten. Ein Festmahl würde es für sie aber heute ohnehin geben.

Luka wusste nicht, ob er das Finale noch überstehen würde. Die Zuschauer grölten, aber er hatte genug gesehen. Genug Tod für einen Tag. Auch das zweite Duell war kurz gewesen. Kurz und grauenvoll.

Der Weiße hatte gewusst, dass es alleine gegen den Koloss hoffnungslos war. Auch er hatte auf eine Waffe verzichtet, er hatte sich vor dem Koloss hingekniet und den Kopf gesenkt. Seine einzige Hoffnung war ein schneller Tod gewesen. Der Koloss aber hatte gelacht, gegrunzt hatte er, zumindest in Lukas Kopf. Seine Waffe, eine massige, doppelschneidige Axt, hatte er weggeworfen und sein wehrloses Opfer mit den bloßen Fäusten erledigt. Es dauerte, bis der Körper nicht mehr gezuckt hatte. Nun war der Koloss nicht mehr weiß, sondern leuchtend hellrot, wegen der weißen Grundierung. Er sah aus wie ein blutrünstiger Geisterdämon. Jetzt stand er *Sackmann* gegenüber.

»Noch ein Kampf, dann sind wir hier raus«, flüsterte Luka Alea zu. Sie nickte, aber brachte nicht einmal mehr ein aufgesetztes Lächeln zustande.

Die Trompete ertönte. Der Körperdieb flitzte los, wieder waren die Buchen sein Ziel. Mithilfe seines getreuen Sackes war er oben, noch lange, ehe sein massiger Gegner an der Baumgruppe ankam.

»Das war sonnenklar«, sagte Doll altklug. »Aber er kann sich da nicht ewig verstecken!« Das Publikum grummelte und diskutierte. Der Koloss erreichte den Stamm. Er schaute hoch und auf die Axt in seiner Hand. Dann fing er an zu hacken.

Er hackte, wie er tötete. Das Holz splitterte meterweit weg, er holte bereits beim ersten Streich so weit aus, als wolle er den Baum mit einem Mal fällen. Bei jedem Treffer feuerte ihn das Publikum lauter an. *Flock* – »Hey« ... *Flock* – »Hey!« ... *Flock* – »Hey!« Der Körperdieb saß auf dem untersten Geäst und schaute dem Riesen zu, als säße er selbst im Publikum. Aber der Baum widerstand. Auch nach zehn Minuten hatte er noch nicht einmal gewankt. »Wie kann er nur immer auf dieselbe Stelle einhacken«, brüskierte sich Doll. »Er muss mit Schlägen von oben und von unten das Loch vergrößern!«

Mit dieser Meinung stand er nicht alleine da, überall im Publikum wurde gefachsimpelt, wie man einem solchen Baum am schnellsten beikam. Der Koloss aber hörte in seiner Rage niemanden. Zwanzig Minuten verstrichen. Anfeuerungen oder Jubel gab es keinen mehr. Alea, die sich etwas erholt hatte, machte sie darauf aufmerksam, dass der Baum nun wankte.

»Schubs ihn um! Schubs ihn um, du dummer Fettwanst!«, brüllte der Mann mit der Holzmaske. Luka sah, dass er recht hatte: Der Baum war so lädiert, dass er mit einem gezielten Impuls wohl umgekippt wäre. Mit dem mächtigen Koloss als Impulsgeber ganz gewiss. Aber der hackte weiter, als wäre weder der Körperdieb noch der Baum, sondern diese eine Stelle im Stamm sein ausgemachter Erzfeind.

»Wir wollen Kämpfe sehen, Holz hacken kann ich zu Hause!«, schrie jemand von hinten. Gelächter folgte. Doch der nächste Ruf brachte plötzlich alle zum Schweigen. »Baum fällt!«

Der Köperdieb klammerte sich ans Geäst. Unten splitterte das Holz von alleine, die Buche wankte hin und her. Nun endlich verstand der Koloss. Er drückte seine Axt gegen den Stamm. Die Buche senkte sich schneller. Luka starrte auf den Körperdieb, und er wusste, was kommen würde, denn er hatte ihn so schon einmal gesehen: Er sprang.

Er ließ sich nicht nur fallen, sondern stieß sich kurz vor dem Aufprall ab. Er rollte sich in seiner unnachahmlichen Art ab, als hätte er gar kein Gewicht, und stand schnell auf den Füßen. Sofort wetzte er wieder los. Er erreichte die nächste Buche, wendete sein patentiertes Baumspazier-Manöver an und blickte auf den schwitzenden Koloss herab. Der dicke Kämpfer spähte nach oben und schien nicht recht zu wissen, wie ihm geschah.

Luka grinste. Er konnte nicht anders. Trotz des Blutes, der Morde, der Krähen, die die Leichen aufpicken wollten, trotz Alea, Emma, dem Kommandanten oder Doll. Er lachte los, es war einfach zu gut. Ob er nun übergeschnappt war, ob es eine Art war, die Schrecken der letzten Minuten zu verarbeiten, es war ihm egal. Er prustete vor Lachen. Und er war nicht allein. Binnen weniger Sekunden lachte die ganze Arena.

Als sich alle wieder beruhigt hatten, war die Stimmung umgeschlagen. Nun dominierte »*Sack-mann, Sack-mann*!«. Die Zuschauer waren plötzlich auf der Seite des Körperdiebs. Der Koloss hingegen wütete. Er warf seine Axt weg und wollte den Baum mit bloßen Händen umschubsen. Erneutes Lachen brandete auf. Der Riese wandte sich an den nächsten Wächter, zeigte auf seinen Gegner im Baum. Aber keiner der Roten reagierte. Das Finale gehe bis zum Tod, erklärte Doll, oder zumindest bis zur Aufgabe. Aber in einem Finale sei es dazu noch nie gekommen.

Also machte der Koloss weiter. Er holte die Axt zurück und hackte, hackte, hackte. Kein Jubel, kein Grölen begleitete die Schläge, doch still war es nicht. Die Spannung war greifbar. Würde Sackmann noch einmal so eine waghalsige Flucht schaffen? Luka glaubte daran. Der Dünne hatte jedes Mal viel Zeit, sich zu erholen. Der Koloss dagegen geriet sichtlich außer Atem. Wenn sich sein Gegner nicht beim Sprung die Beine brach, würde das noch lange so weiter gehen. Luka zählte insgesamt acht Buchen.

Der Koloss verstand immerhin langsam, wie er vorzugehen hatte, und brauchte nur noch etwa die Hälfte der Zeit, um den zweiten Baum zu fällen. Wie vorauszusehen, wiederholte sich das Spiel: Der Körperdieb sprang rechtzeitig ab, landete galant (und unter einigem Jubel) und flitzte zum nächsten Baum. Luka freute sich darüber, sah aber auch, dass sich am Feldrand nun doch etwas tat. Zwei Wächter mit Handfeuerwaffen näherten sich dem ungleichen Zweikampf. »Das lassen sie nicht mehr lange zu. Der Sackmann macht den Kampf zu einer Farce!«, meinte Doll.

Der Koloss bekam von all dem wenig mit, sondern hackte sichtlich erschöpft, aber emsig weiter. Die Wächter zielten auf den Körperdieb. Erneut handelte dieser aber schneller als alle anderen. Flink und trittsicher kletterte er bis fast ganz nach oben. Als er den letzten größeren Ast erreicht hatte, blickte er nach unten. Dann sprang er.

In perfekter Körperspannung und ausgestreckten Füßen voraus landete der dürre Kerl mit voller Wucht auf dem Genick des Kolosses, als dieser gerade tief gebeugt Luft holte. Der Körperdieb nagelte den Hals des wankenden Riesen auf dem Boden fest. Luka war zu weit weg, aber er meinte trotzdem, unter all den Geräuschen des Publikums das Genick des Kolosses brechen zu hören. Ganz unspektakulär, wie ein Ast auf einer Bordsteinkante. Das Monstrum erschlaffte und blieb regungslos liegen. Der Koloss war tot.

Für einen Moment war alles still. Der Koloss hatte noch Sympathien bei den Zuschauern, denn sein Ende löste keinen Jubel aus. Luka sah Doll schlucken. Erst nach und nach erhöhte sich der Lärmpegel wieder. »*Entscheidung!*«, hörte Luka ringsum. Luka fiel mit ein. Er würde klatschen, als ginge es um sein Leben. Er spürte die ungeahnte Hoffnung in sich aufkeimen, dass er *seinen* Körperdieb endlich retten konnte. Zumindest für heute.

Die Wächter steckten ihre Pistolen weg und deuteten auf die Mitte. Sackmann trottete langsam und behäbig zum Zentrum. Luka machte sich bereit. Sobald er den rechten Arm heben würde, würde er mit solchem Feuereifer losklatschen und stampfen, wie der Koloss gehackt hatte.

Der Turniersieger ließ sich Zeit. Langsam führte er seine rechte Hand nach oben. Luka klatschte vor allen anderen, aber hielt gleich wieder inne. Der Körperdieb führte die Rechte zum Mund. Er trank irgendetwas. Die Wächter schrien sich etwas zu. Zwei Schüsse fielen, aber trafen ihn nicht. Langsam sank der Körperdieb zu Boden. Es sah aus, als würde er im Wasser schweben. Halb steuerte er noch, wie er sich bettete, halb knickte er ohne Kontrolle um.

Sie erreichten und schüttelten ihn. Er schreckte auf und schaute sich völlig perplex in alle Richtungen um. Er breitete die Hände aus, als wolle er den Wächtern etwas erklären. Als sie nicht reagierten, wollte er wegrennen, aber stolperte schon nach einem Schritt über seine eigenen Füße.

Er war nicht mehr derselbe – das erkannte Luka wie jeder im Stadion auf den ersten Blick. Er hatte keine Ahnung, wie das möglich war. Aber eines stand fest: Sackmann war fort.

»Damit konnte nun wirklich niemand rechnen, nicht wahr?«

Die Adlerfrau kräuselte die Lippen. Luka blieb stumm. Was sollte er auch antworten? Dass er ihnen gleich hätte sagen können, dass an dem Kerl etwas Besonderes war?

»Na ja, vielleicht nicht niemand«, sagte sie und musterte Luka neugierig. »Immerhin hast du ihn schon vorher gesehen. Aber es nicht für nötig befunden, noch einen Ton über seine … Fähigkeiten zu verlieren.«

Luka erwiderte immer noch nichts. Er fühlte sich ins Tribunal zurückversetzt. Unruhig rutschte er hin und her. Das Leder auf der Rückbank der Limousine, die sich langsam von der Arena entfernte, knarzte. Ein Treffen mit dem Kommandanten war in dem Chaos, das der Körperdieb mit seiner ungeahnten Flucht hinterlassen hatte, ausgeblieben. Stattdessen sah sich Luka den Fragen von Theodora ausgesetzt. Die Frau mit der Adlermaske, die ihm gestern noch auf einem der Richterstühle gegenübergesessen hatte. Mit Doll hatten sie in dem heillosen Aufruhr nach dem Kommandanten gesucht. Da hatte Theodora Luka erkannt. Keine zehn Minuten später war alles organisiert. Das Okay des Kommandanten, die Limousine, das Zehnergespann Körperdiebe, das sie zog. Luka müsse ja zu seinem Bürgentausch. Und sie fahre ohnehin in die Stadt.

»Entschuldigung«, meldete sich Alea, die neben Luka saß. »Aber wie hätte Luka denn wissen können, dass der Körperdieb so einen seltsamen Trank hat? Werden die Teilnehmer der Kämpfe denn vorher nicht durchsucht?«

Theodora schürzte die Lippen, diesmal aber anders. Als hätte sie auf eine Zitrone gebissen. »Natürlich werden sie das«, sagte sie abfällig, »das war einer untolerierbaren Sicherheitslücke geschuldet. Die Verantwortlichen haben ihren letzten Gefangenen bewacht, seid gewiss.« Sie atmete durch. Der eisige Blick, den sie beim Gedanken an die Schlamperei für einen Moment ausstrahlte, wich wieder aus ihren stahlblauen Augen.

»Aber sprechen wir lieber über deine Großtat vor zwei Tagen.« Sie zückte ein Notizbuch und einen Stift. »Ich notiere mir das für unseren Rundbrief. Die Leute wollen schließlich mehr über dich erfahren, musst du wissen. Der Junge aus dem Heim, der einen Gesuchten enttarnt – und zum jüngsten Wächter aller Zeiten wird«, sagte sie mit leuchtenden Augen und strich mit einer Hand vor sich durch die Luft, als würde sie die Schlagzeile vor sich sehen. »Du musst immer noch mächtig stolz auf dich sein.«

Luka schaute sie an. Stolz? Es war Glück gewesen, großes Glück, wie er aus der Nummer herausgekommen war. Sogar belohnt worden war. Und der Körperdieb – Sackmann – zu dem er eine nicht abzustreitende Verbindung spürte, hatte auch überlebt. Von daher, ja. Er war froh, wie alles gelaufen war. Doch einer Ranghohen konnte er das wohl kaum erzählen. Zumal einer, die es mit den Regeln allzu genau nahm. Im Tribunal musste wegen ihr sogar Richter Anton bürgen. All das ging ihm durch den Kopf, aber heraus brachte er: nichts.

»Du brauchst nicht nervös zu sein. Ich beiße nicht.« Sie lächelte und zeigte ihre schneeweißen Zähne. »Warum stellst du mir nicht deine entzückende Begleitung vor?« Ihre Stimme klang freundlich, aber sie konnte nicht verbergen, dass sie wohl lieber alleine mit Luka gesprochen hätte. Alea schaute Luka erwartungsvoll an und streichelte sich zwei Rastas aus dem Gesicht. Liebevoll. *Ganz wie Emma*, dachte er, beeindruckt von so viel Selbstsicherheit. Er räusperte sich.

»Das ist … meine Freundin Emma 7209-M.« Er schluckte. Weder war sie seine Freundin, noch hatte sie den *M*-Rang. »Emma, das ist Theodora …«

»… 854-K«, ergänzte diese und schüttelte Aleas Hand. »Es freut mich außerordentlich. Meine liebe Emma, du bist ja wirklich zu beneiden mit so einem mutigen jungen Mann an deiner Seite. »Darf man fragen, wie ihr euch kennengelernt habt? Stammst du vielleicht auch aus dem Heim? Das wäre umso herzzerreißender. Zwei Waise, die auf Körperdiebjagd gehen …« Sie blickte wieder in die Ferne, auf ihre nächste imaginäre Schlagzeile.

Alea machte ihr einen Strich durch die Rechnung. »Ich stamme nicht aus dem Heim, sondern aus einer Familie in der Einheit. Wie wir uns kennengelernt haben, nun … das bleibt unser Geheimnis.«

»Oh, wie romantisch«, gab sie zurück und hielt sich die beiden Hände an die schmale Brust. »Das kann ich gut verstehen, meine Liebe«, fügte sie an. Luka entging aber die abermals geschürzte Lippe nicht. Ein Glück, dass er Alea dabeihatte. Er selbst hätte sich mit ziemlicher Sicherheit schnell verplappert.

»Luka unterstützt bald unsere wackeren Wächter«, sagte sie. »Darf ich fragen, welchen Weg du gewählt hast?«

»Leider gibt es da nichts zu berichten«, sagte Alea. »Ich habe erst vor Kurzem die zweitausend Meriten überschritten. Noch habe ich nicht entschieden, wie es weitergehen soll. Es tut mir leid, dass ich nicht hilfreicher sein kann.« Sie setzte ein ehrlich betrübtes Gesicht auf. Luka schmunzelte innerlich. Sie ließ sie schön abblitzen, und schmierte ihr gleichzeitig Honig ums Maul.

Theodora lächelte wenig glaubhaft. »Mach dir keine Gedanken, Herzchen. Das kommt früh genug.« Sie wandte sich wieder Luka zu.

»Dann befassen wir uns lieber mit dir. Der Fund soll sehr dramatisch gewesen sein. Der Regen, der Damm … könntest du deine Gefühle beschreiben, als ihr ihn euch gepackt habt?« Ihre Finger schlossen sich schnappartig, als finge sie eine imaginäre Fliege.

»Ich weiß nicht … es ist alles so schnell gegangen«, fiel ihm nur ein. Als er hochblickte, fixierte sie ihn mit hochgezogenen Augenbrauen. *Nein*, schien ihr Blick zu sagen. *Gib mir endlich Futter.*

Die Tür fiel ins Schloss. Er war mit Alea allein in seiner neuen Wohnung. Sie hatten es tatsächlich geschafft!

Niemand hatte sie erkannt. Bis auf Pip, der Emma natürlich nur zu gut kannte. Aber der hatte sich vor Helena und Doll nichts anmerken lassen. Obwohl er zuerst verdutzt aus der Wäsche geschaut hatte, als er Luka gemeinsam mit Emmas Körper aus der Limousine aussteigen sah. Den Bürgentausch hatten sie noch vor der Wohnung abgewickelt. Pip wurde von Helena bestätigt und überreichte Lukas Meritenbuch symbolisch an Doll. Der wiederum wurde von seinem Bürgen, einem älteren Wächter namens Wotan, bestätigt. Doll trug seinen Namen und Lukas neue Adresse ein. Pip warf Luka einen letzten Blick zu, der zu sagen schien: *Was hier auch abgeht – ich will es verdammt noch mal wissen!* Dann musste er mit Helena zurück ins Heim. Doll führte Luka zu seiner Wohnung, gab ihm die Schlüssel und verabschiedete sich ebenfalls, nachdem Luka ihm auch sein Arbeitsmeritenbuch übergeben hatte.

Alea pfiff schon wieder. »Nette Bude«, sagte sie, als sie ihren Rundgang beendet hatte. Sie ließ die befreiten Rastas fliegen, während sie barfuß durch die Wohnung tapste. Sie spielte mit den Biestern – Emma wäre stolz gewesen.

Von seiner neuen Bleibe war Luka überwältigt. Gestern noch hatte er in einer engen Viererkammer im Stockbett über einem schnarchenden Pip geschlafen. Heute war er Herr über vier geräumige, bis in die letzte Ecke blank polierte Zimmer, zweifellos das Werk fleißiger Körperdiebe. Die Zimmer waren größtenteils leer, wie leider auch die Bücherregale. Das Ecksofa im Wohnzimmer lud zum Faulenzen ein, und das breite Doppelbett im Schlafzimmer duftete nach frisch bezogener Wäsche. Sein Kleiderschrank war prall gefüllt mit Klamotten in seiner Größe, darunter seine rote Uniform. Die Worte des Hausmeisters über das Bad hallten Luka noch in den Ohren. Der Alte, ein untersetzter Typ mit Einsteinmaske und gefährlich überdehnter Latzhose, hatte lustlos die Hausordnung heruntergeleiert – aber ihm nachdrücklich eingeschärft, unter keinen Umständen die Toilettenspülung zu ziehen. »Und wenn es noch so stinkt. Lass die Finger davon. Du kannst dir die Sauerei nicht vorstellen. Nicht nur bei dir, sondern im ganzen Haus. In diesem Teil der Stadt is' nix mit Wasser aus der Leitung. Mach's so wie alle. Mach dein Geschäft in einen Eimer und ruf den Stockwerksdieb. Du bist im dritten Stock, ruf also einfach nach dem Dreier. Der kommt und erlöst dich davon. Einmal am Tag klopft er und macht sauber. Egal, was du brauchst, auch wenn's nur Frischwasser ist, ruf den Dreier. Solang es nach neun Uhr morgens ist, vorher sind die noch nicht so weit. Wenn er nicht spurt, komm zu mir. Dann kriegt er ein paar mit dem Stock. Aber das wär das erste Mal, der Dreier macht nie Probleme.« Er hatte seine Maske leicht angehoben und herzhaft auf die Seite gespuckt.

Der kleine Balkon war sofort Lukas Lieblingsplatz: Er ragte von der Küche aus in den Hinterhof. Beim Anblick der Buchen dort konnte er nicht anders: Er dachte erneut an Sackmann.

Was hatte er für eine Show hingelegt. Und erst dieser Abgang! Ein Schluck – und weg war er. Luka ertappte sich bei einem Lächeln. Es war ihm zu gönnen, nach all dem, was seit dem Damm passiert war. Er war sicher glücklich über seine Freiheit, doch Luka konnte sich gut vorstellen, dass der kecke Fremde bestimmt auch gerne die Gesichter ringsum gesehen hätte, als er abgetaucht war.

Mit seiner unvorhergesehenen Flucht hatte er in der Arena ein ziemliches Chaos ausgelöst. Alle Zuschauer schrien wild durcheinander, als ihnen klar wurde, dass der Turniersieger in

Sekundenschnelle seinen Körper verlassen hatte. Luka las in vielen Gesichtern Ärger und Verwunderung, aber auch Angst. Von so einem Körperdieb hatte auch Luka noch nie gehört. Die Roten Wächter marschierten auf, mehr als zuvor und schwerer bewaffnet, aber sie hatten trotzdem Mühe, der wild gestikulierenden, aufgebrachten Menschenmenge Herr zu werden. Luka schauderte, wenn er daran dachte, sich bald selbst in dieser Situation wiederzufinden.

Niemand hatte seine Wetten gewonnen, erklärte ihnen Doll. Das brachte die allermeisten auf die Palme, Sympathie für die Kämpfer hin oder her. Meriten gingen verloren, und da war mit den Leuten nicht mehr zu spaßen. Viele hatten auf den Koloss als Sieger gesetzt. Auf den Körperdieb als Turniersieger hatte ohnehin niemand wetten können, weil er erst so kurzfristig zu den Kämpfern gestoßen war. Doll selbst nagte vermutlich auch an einer verlorenen Wette, so auffällig ruhig, wie er danach geworden war.

Theodora gegenüber hatte Luka die Nacht auf dem Damm schließlich doch noch einmal zum Besten gegeben. Und das nicht einmal schlecht, wie er fand. Pip war zum heimlichen Helden des Körperfunds avanciert, was nicht einmal falsch war. Ohne ihn hätte Luka den Fremden erst gar nicht verfolgt. Damit schien Theodora zufrieden. Luka, der Junge aus dem Heim, ein bescheidener Held. Dass er den Körperdieb eigentlich nicht enttarnt, sondern fälschlicherweise freiwillig gemeldet hatte, wusste sie ohnehin aus dem Tribunal. »Mach dir keine Sorgen deswegen, das bügel' ich schon glatt«, hatte sie gesagt und zufrieden in ihren Notizblock gekritzelt. Ihr Ärger, was den Aufruhr um Sackmann anging, schien vergessen.

Wie hatte er das überhaupt angestellt? Das war die Frage, die Luka am meisten beschäftigte. Was hatte er da getrunken? Eine Art Anti-Equanimierer? Laut Doll waren die Kämpfer vollgepumpt mit Equanimierern, doch deren Wirkung war verpufft. Abzutauchen war eigentlich unmöglich. Dennoch konnte er fliehen. Und wieso erst zum Schluss? Wieso hatte er seinen befreienden Schluck nicht schon vor dem Kampf getrunken? Hatte er etwa tatsächlich geplant, dass es so endete? Weswegen? Und wo ...

»Du denkst an ihn, richtig?«, fragte Alea, als er immer noch in den Hof starrte. »An Sackmann.«

Luka nickte. »Ja. Ich frage mich, wo er jetzt wohl ist.«

Luka kratzte den letzten Rest aus der Pfanne, verteilte ihn auf die beiden Teller und schlang seine Hälfte ebenso gierig herunter wie den Rest zuvor. Erschöpft ließ er sich nieder und lehnte sich gegen die Hauswand. Er streckte seine Füße aus und wärmte sie am Feuer, denn mittlerweile war es fast dunkel und die Luft wurde merklich kühler. Er war pappsatt.

»Das hab ich gebraucht. Ich hatte bei all der Aufregung ganz vergessen, wie hungrig ich war. Puh. Danke.« Er klopfte sich auf den Bauch und pustete geräuschvoll Luft aus seiner Lunge. Alea, die ihren Teil deutlich geduldiger verspeist hatte, war noch nicht ganz fertig. »Kein Thema. Dazu sind wir Körperdiebe ja da, oder?«

Es war nicht böse gemeint, das sah er an ihrem Lächeln. Ob sie aber eine Ahnung hatte, wie Recht sie damit hatte? Sich einen Hausdieb zu halten, war – mindestens ab dem *V*-Rang, aber auch schon bei vielen *M*s – eher die Regel als die Ausnahme. Vielleicht traf es irgendwann auch auf ihn zu. Zumindest für heute war er über ihre Hilfe froh. Wobei er eigentlich ihr geholfen hatte.

In einem Pappkarton in der Küche hatten die beiden Lukas erste wöchentliche Essensration als vollwertiges Einheitsmitglied entdeckt: Haferflocken, dunkles Brot, Rüben und Bohnen. Das gleiche hatte man ihm in den beiden Kombinationen »Pampe mit Brot« oder »Brot mit Pampe« tagein, tagaus im Heim vorgesetzt. Aber nicht alles darin war *A*-Essen. Sie fanden auch Kartoffeln, Äpfel und Zwiebeln, außerdem Knoblauch. Eine Flasche mit Öl. Dazu eine kleine Plastikbox mit weißem Pulver darin – Salz! Und tatsächlich eine stattliche Zucchini von der Dicke von Aleas Unterarm. Je verderblicher die Lebensmittel, desto seltener bekamen sie die unteren Ränge zu sehen. Besonders froh war Luka über das Salz. Weil das Gewürz so schwer zu beschaffen war, hatten die Mahlzeiten im Heim meistens in etwa so viel Pep wie die grauen Pantoffeln der Heimvorsteherin.

Kaum hatten sie entschieden, Lukas knapp bemessene Vorräte zu plündern, hatte Alea das Zepter in die Hand genommen. Sie ließ ihn das Gemüse schneiden, während sie auf dem Balkon aus gestapelten Blumentöpfen eine improvisierte Feuerstelle ins Leben rief. Wäre Luka alleine gewesen, wäre er wahrscheinlich mit rohen Salzzucchini froh gewesen. Kein Vergleich mit jetzt. Das saftige Stangengemüse hatte Alea mit viel Öl, Zwiebeln und Kartoffeln golden angebraten. Der fruchtige Apfel und der dominante, aromatische Knoblauch gaben dem ganzen einen süßlich-harzigen Nachgeschmack.

»Hast du so was schon mal gemacht?«, fragte er sie, nachdem er ihr platt und gesättigt bei ihren letzten Bissen zugesehen hatte.

»Du meinst unser Festmahl? Na ja, bei uns zu Hause hab ich mehr Zeug. Auch Gewürze. Thymian hätte gut gepasst. Das hier war eher Notfallmischmasch. Aber hier sitzt du nun und kannst dich für ein paar Stunden nicht mehr rühren, so, wie du das inhaliert hast. Bei euch in diesem Heim gab's nicht gerade viel, oder?«

»Ach, es war okay. Aber kein Erlebnis mit offener Feuerstelle und Ausblick wie hier. Wie ist denn das Essen bei euch zu Hause?« Fragen nach der Zeit vor ihrem ersten Körperdiebstahl – beziehungsweise ihrer ersten Körperreise, wie sie es genannt hätte – lagen Luka schon seit dem Moment auf der Zunge, in dem er sie enttarnt hatte. Wie war das Leben da draußen? Lange würde er die Gelegenheit nicht mehr haben, aus erster Hand etwas darüber zu erfahren.

»Es läuft meistens so ab wie hier. Zumindest im Sommer. Alle bringen ein paar Sachen mit, dann wird geschnippelt, dann setzen wir uns ans Feuer.«

»Klingt … ziemlich entspannt.«

»Ja, was hast du erwartet? Dass wir uns wegen jedem Möhrchen an die Gurgel gehen?« Sie gluckste und nahm sich ihre letzten Happen vor. Luka lächelte halbherzig. Nach all dem, was man über die Außenwelt so hörte, war es schwer, sich die Welt außerhalb der Einheitsmauern in irgendeiner Art zivilisiert vorzustellen. *Ohne Equanimierer keine Konstanz*, klingelte es ihm aus den Monologen des Schniefs in den Ohren. Keine Familie, keine Gemeinschaft. Keine Sicherheit, dass dein Nachbar am nächsten Tag noch er selbst war. Geschweige denn, dass du selbst am selben Ort warst. In einer Welt ohne Gesetze regierte der Stärkere. Oder das totale Chaos – als ob der Blitz nicht vor dreiunddreißig Jahren, sondern erst gestern eingeschlagen hätte.

»So, ich wär so weit«, sagte Alea und stellte ihren Teller beiseite. »Ich denke, ich sollte los.«

»Was meinst du, los?«

»Ach, komm schon. Tu nicht so, als wärst du nicht schon längst am Grübeln, wo du mich zum Schlafen hinverfrachtest. Ich nehm's dir nicht übel. Der Tag hat mir total gefallen. Aber morgen steckt jemand anders in deiner Emma, das weißt du so gut wie ich. Dann ginge der ganze Rhabarber von vorne los.« Routiniert zwang sie die Biester zu einem dicken Zopf, fast mit denselben Bewegungen wie Emma sonst. Erwartungsvoll schaute sie ihn an.

Luka seufzte. Sie hatte recht. Seitdem die Wohnungstür hinter ihnen ins Schloss gefallen war, hatte er genau gewusst, dass eine Entscheidung folgen musste. Aber er hatte diese Gedanken in seinen Hinterkopf verbannt. Er hatte noch viele Fragen. Und beim Inspizieren, Kochen und Am-Feuer-Fläzen zu viel Spaß gehabt.

»Also gut. Ja, ich habe darüber nachgedacht. Aber ich habe auch keine Lösung.« Er fuhr sich grübelnd mit der Hand über die zarten Bartstoppeln.

»Es stimmt, dass ich das wohl morgen nicht schaffen würde, wenn jemand anders in Emma aufwacht. Klar, ich könnte denjenigen melden. Dafür würde ich sogar Meriten bekommen. Aber wie würde ich erklären …« Er stockte.

»…, dass du den Körper der Tochter des Panschers bei dir in der Wohnung hattest?« Sie pfiff leise durch die Zähne. »Das wär wirklich ne Nuss.«

»Mh-hm«, brummte er. »Klar, ich könnte sagen, dass du mich angeschwindelt hast. Aber einen ganzen Tag lang? Die Leute wissen, dass Emma und ich uns kennen. Schlimm genug, dass uns jemand zusammen gesehen hat, wenn herauskommt, dass in ihrem Körper eine Diebin steckt.«

Alea zog beim Ausdruck kurz eine Schnute, sagte aber nichts.

»Tut mir leid. Eine Körperreisende.« Er zog die Stirn kraus und dachte nach. Es gab vielleicht doch eine Lösung.

»Denkst du, es wär möglich, dass du zum Haus des Panschers zurückgehst? Und Emmas Eltern noch einmal täuscht? Immerhin hast du die Codes.«

»Wie gesagt«, antwortete sie. »Ich wär so weit.«

Die Glut glomm nur noch spärlich. Sie warf trüboranges Licht auf ihre Füße. Ansonsten war es stockfinster.

Luka hatte es nicht eilig. Emmas Eltern würden heilfroh sein, ihre vermisste Tochter wiederzuhaben, ob es nun eine Stunde früher oder später war. Alea hatte alle Codes, selbst den Alpha-Code aus ihrem Meritenbuch hatte Emma notiert.

Aber noch nicht. Luka wurde das Gefühl nicht los, dass er noch nicht genug erfahren hatte. Einzig wie er sich ausdrücken sollte, wusste er nicht.

»Frag einfach«, kam es von Alea.

Er schaute über das Feuer hinweg zu ihr. Sie wirkte trotz all der Anstrengungen des Tages und dem bevorstehenden letzten

Täuschungsmanöver emmagleich tiefenentspannt. Alea fühlte sich in ihrem Körper wohl, das merkte man. Sie lag auf dem Rücken, benutzte die zusammengebundenen Biester als Kopfstütze und stierte in den Nachthimmel. Ihre Beine baumelten lässig zwischen den Gitterstangen des Geländers nach unten.

»Du willst mich noch nicht gehen lassen. Aber bleiben kann ich auch nicht viel länger. Also frag.« Sie wandte ihm ihr Gesicht zu, das in der Glut rötlich schimmerte.

Wie machte sie das? Das wurde ihm langsam unheimlich. So ein Satz hätte auch von Emma stammen können. Wurde sie schon zu ihr? Passte man sich als Körperreisender seinem neuen Körper an? Oder war er nur dermaßen durchschaubar? Oder alle Mädchen einfach Gedankenleser? Er schüttelte sich und konzentrierte sich auf die Frage, die ihm unter den Nägeln brannte.

»Wie … ist es so? In einem anderen Körper aufzuwachen? In vielen anderen Körpern?« Er sprach gedämpft. Zwar hatte er auf den anderen Balkonen niemanden gesehen. Aber man wusste ja nie. Alea, die seit seinem Schütteln wieder lächelte, kurz nach. Geistesabwesend malte sie mit dem Stift aus Emmas Tagebuch auf ihrem Arm herum. Das hatte er heute schon einmal beobachtet, aber noch nie bei Emma. Das musste ein Tick von ihr sein. So ganz Emma war sie also noch nicht.

»Ich weiß nicht, ob du das verstehen kannst«, sagte sie. »Ich glaube, der größte Unterschied zwischen euch und uns ist die Einstellung. Ihr habt einen Mordsbammel davor, zu verreisen. Es auch nur einmal zu versuchen. Okay, zugegeben, man kann es nicht nur einmal versuchen. Tust du's einmal, tust du's wahrscheinlich für immer. Ihr hier drinnen tut alles, um zu verhindern, dass es passiert. Wir, also zumindest dort, wo ich herkomme, wir wollen, dass es passiert. Zumindest die allermeisten.« Sie spielte wieder mit den Spitzen der Biester, die auf dem Boden lagen.

»Dass ich zwei Jahre unterwegs bin, war nicht ganz die Wahrheit«, gestand sie. »Ich schätze, ich … wollte nicht wie ein Frischling wirken, der von nix ne Ahnung hat. Eigentlich bin ich erst seit zwei Wochen unterwegs. Aber es fühlt sich viel länger an.«

Sie blickte wieder auf und ihm in die Augen. »Du fragst, wie es ist. Aber das kann ich dir nicht erklären. Es ist viel zu weit weg von dem, wie ihr hier so drauf seid.« Sie seufzte. »Manche beschreiben es als Neugeburt. Also, als ob man jeden Tag eine neue Chance dazu hat, das Leben aus einem neuen Blickwinkel zu erforschen. Klingt zwar kitschig, aber das trifft es ganz gut. Du erlebst die Welt jedes Mal vollkommen anders. Es ist nicht immer einfach. Das ist noch stark untertrieben. Ja, man hat Angst. Ziemlich oft sogar. Und jeder Tag könnte dein letzter sein, seien wir mal ehrlich.« Sie überlegte kurz. »Jemand, den ich sehr bewundere, sagt, dass es die einzig lebenswerte Art ist, seine Zeit auf der Erde zu nutzen.«

»Und hat er recht?«

Sie schnaubte. »Frag mich in 'nem Jahr noch mal. Zumindest denken nicht alle so. Manche nehmen die Körperreiserei auch als notwendiges Übel. Als das, was das Leben jetzt nun mal ausmacht – egal, was früher war. Wahrscheinlich kommt es drauf an, was man erlebt hat. Ist wohl so ne Halbleer-halbvoll-Sache. Wobei wenn's nach meiner Ma geht, knochentrocken.«

Luka erinnerte sich daran, was sie zuvor über ihre Mutter gesagt hatte. Urlaub hatte sie es genannt, und dass sie im Streit auseinandergegangen waren.

»Wollte sie nicht, dass du verreist? Deine Mutter?«

»Kann man so sagen. Sie wollte sogar … Na ja.« Sie seufzte. »Ist egal. Sie denkt, es wär zu gefährlich für mich. Pfff! *Die* hätte mich mal sehen sollen heute!« Sie lächelte ihn breit an und richtete sich auf.

»Das ist doch genau das, was ich meine. Wer hätte damit rechnen können, dass ich das alles erlebe?« Ihre Augen funkelten. Sie schaute ihn direkt an. »Diese Emma! Dieses Buch! Das war einfach …« Sie machte eine Geste, als würde ihr Kopf explodieren. Nun wieder ganz unemmahaft. »Und dann ihre Eltern. Diese Codes und alles.« Sie schüttelte den Kopf, worauf die Biester wieder wie wild zu tanzen begannen. »Und dann du! Dass du mich nicht verraten hast. Das war …« Sie schloss genussvoll die Augen, als würde sie sich die Erinnerung wie ein Lutschbonbon auf der Zunge zergehen lassen. »Und das Fahrrad! Und Blauregen!« Sie lachte laut auf. »So viel Blauregen. Und dann dieser … dieser furchtbare, furchtbare Kampf.« Ihre Gesichtszüge wurden wieder ernst.

»Und dann das hier.« Sie nahm ihren improvisierten Grillhaken – den längsten von Lukas Löffeln – und stocherte in den Glutresten herum. Der letzte Holzklotz zerfiel und Dutzende leuchtende Pünktchen schwebten in kurvigen Bahnen nach oben. »Das hat mir eigentlich am besten gefallen, hier mit dir abzuhängen.« Sie schenkte ihm ein weiteres Lächeln, stützte sich auf dem Geländer ab und schaute in die Ferne. Er stand auf und stellte sich neben sie.

»Ich kanns dir nicht besser erklären«, sagte sie. Die abendlichen Wolken hatten sich fast aufgelöst, die Nacht war klar und dunkel. »Ich fand es spannend, diesen Tag mit dir. Ich kann sogar meine Ma etwas besser verstehen. Sie hat mich gewarnt, was alles passieren würde, wenn ich hier mal aufwache. Eine andere Welt, das ist es wirklich. Aber eins kann ich dir sagen: Ich würd nicht mit dir tauschen wollen. Ich könnt das nicht. Jeden Tag gleich zu verbringen.« Sie atmete aus.

Luka wollte sie fragen, ob sie ihren eigenen Körper nicht vermisse. Ob sie sich nicht fragte, wo er war und was jemand anderes mit ihm anstellte. Aber er glaubte, zu verstehen, dass sie so gar nicht dachte. Auch ob ihr ihre Familie nicht fehlte, fragte er nicht. Ihre Freunde. Ob sie nicht einsam war. Entwurzelt. Nein, so kam sie ihm nicht vor.

Noch etwas versetzte ihm einen Stich. Für einen Moment hatte er überlegt, ob er ihr einen Equanimierer anbieten sollte. Neben den Essensvorräten waren M-Equanimierer für eine Woche für ihn in der Kiste. Er wusste nicht, wie und ob es funktioniert hätte. Aber sie hätten es versuchen können.

»Das war aber gar nicht deine Frage«, riss sie ihn aus seinen Gedanken. »Du wolltest wissen, wie das mit einem neuen Körper so ist. Lass mal überlegen. Es ist so ein bisschen wie Radfahren. Zu zweit. Mit einem Vogelnest vor der Nase.« Sie lachte und zwickte ihn spielerisch in den Oberarm.

»Man weiß, man hat so etwas in der Art schon einmal gemacht. Aber es ist total anders als sonst. Man probiert ein paar Sachen aus und ...« – sie schnipste mit einer Hand und blickte sie selig an, ähnlich wie nach ihrem ersten Pfeifen – »dann läuft es plötzlich doch. Also meistens.«

Luka wusste beim besten Willen nicht, was er darauf erwidern sollte. Auf eine abgedrehte Art machte das sogar irgendwie Sinn.

»So, jetzt bin ich dran mit fragen.« Alea überlegte kurz und zog eine Schnute. Sie legte ihren Kopf schief und blickte antwortsuchend nach oben in die Nacht. »Ah ja! Diese Masken!«

Sie machte große Augen. »Boah, ich bin fast tot umgefallen vor Schreck, als ich aus Emmas Zimmer raus bin. Da kommt mir doch tatsächlich ein Schaf entgegen! Also eine Frau mit 'ner Schafsmaske. Und keine süße Schafsmaske. Die hatte nen richtig bösen Blick. Lach nicht!«, sagte sie und schubste ihn protestierend, als sie Lukas Grinsen sah.

»Ich hatt ne Heidenangst! Und dann wollte sie den Code von mir. Ich hab geschwitzt wie sonst was, aber ich hab ihn noch gewusst.« Sie atmete erleichtert aus, als hätte sie die Szene erneut durchlebt. »Ich hab's nicht so mit Schafen. Die sind mir irgendwie nicht geheuer. Jetzt erst recht nicht mehr.« Luka nickte, sparte sich aber einen weiteren Kommentar. Die Vorstellung, beim ersten Mal in einer fremden Welt wie der Einheit als allererstes in ein Schafsgesicht zu blicken, war einfach zu witzig.

»Was zur guten Gurke hat es mit diesen Dingern auf sich? Mit diesen Masken?« Sie hob Donald auf und versuchte, ihn sich überzustreifen, scheiterte aber. Das Band war viel zu kurz für ihren Rasta-Schädel.

»Die Masken«, antwortete Luka, »tja. Das ist eine Art Glaubensfrage.« Er nahm ihr Donald ab.

»Manche glauben nicht, dass es etwas hilft«, erklärte er. »Dass sie wirklich vor Körperdieben schützen.«

»Wie soll ein Stück Plastik das auch tun?«

»Viele glauben daran, dass sich die Diebe vor allem die Körper aussuchen, deren Gesichter sie kennen. Sie wissen dann sozusagen, wo sie auftauchen können. Mittlerweile gehört es bei öffentlichen Veranstaltungen zum guten Ton, zumindest sein Gesicht zu verhüllen. Oder die Augen. Augen werden ja ›Fenster zur Seele‹ genannt. Deswegen tragen einige auch Sonnenbrillen. Andere wiederum gehen ganz auf Nummer sicher und verhüllen sich von Kopf bis Fuß. Jeder Zentimeter Haut, den ein möglicher Körperdieb nicht von dir kennt, verringert das Risiko. Glauben zumindest manche.«

»Und was glaubst du?«

»Ich musste bisher den Regeln des Heims folgen. Jeder muss eine Maske haben. Aber erzähl du's mir. Du bist doch hier die, die nicht in ihrem eigenen Körper steckt.«

»Sagen wir es mal so. Der Gedanke ist nicht ganz abwegig. Also, ich kann nachvollziehen, wie man darauf kommt. Woher haben sie denn diese Idee?«

»Die Einheit hat viele Körperdiebe dazu befragt. Wobei man denen eigentlich nicht trauen kann, wie du dir sicher denken kannst.«

Sie stieß durch die Nase Luft aus. »Ja, kann ich. Aber wenn diese Leute denken, dass das Auftauchen so simpel ist, haben sie sich getäuscht.«

»Hm«, meinte Luka dazu. Viel ließ sie sich nicht entlocken. Er hatte eigentlich noch nie viel auf diese Theorie gegeben. Aber offenbar war das Verhüllen doch nicht völlig umsonst.

»Hast du das eigentlich hier aufgeschnappt, oder nennt man bei euch auch so? Abtauchen und Auftauchen?«, fragte er sie. Er hätte nicht gedacht, dass die Meeres-Symbolik auch außerhalb der Einheitsmauern bekannt war.

»Nein!«, rief sie überrascht aus. »Da war ich auch total platt. Dass man das hier auch benutzt! Aber erklär mir mal – was heißt *Titanic*?! Das hab ich nicht gerafft.«

Kein Wunder, dachte er. Das war ein zu einheitsspezifischer Begriff. In der Symbolik war jeder Schlaf eine Reise aufs offene Meer. Wenn man Glück hatte, kehrte man am nächsten Morgen zum heimischen Strand zurück. Wenn nicht, war man abgetaucht und kam wahrscheinlich nie wieder dort an. Mit Equanimierern für Anwärter, auch als Schwimmflügel bekannt, war es nicht leicht, die Nacht auf dem Meer über Wasser zu überstehen, aber es gelang vielen. Für vollwertige Mitglieder mit *M*-Equanimierern, Booten, war die Erfolgsquote deutlich höher. *V*-Equanimierer für Vertraute bezeichnete man als Schiffe. Sie wurden an Sicherheit nur noch von *K*-Equanimierern übertroffen. Der Körperschutz des Innersten Kreises galt als »unsinkbar«. Wie eben die Titanic. Der Verweis auf den 1912 untergegangenen Luxusliner diente dem Zweck, dass selbst die besten Equanimierer versagen konnten. Das Meer oder die Welt, in die man nachts glitt, war zu unberechenbar.

Alea wollte noch mehr die vier Ränge wissen (»für das nächste Mal, wenn ich ohne Anleitung in diesem konfusen Gurkensalat aufwache«). Aber irgendwann hatte sie genug, und sie schwiegen, während die letzten Glutreste langsam verglommen.

»Diese Emma«, sagte Alea irgendwann.

Es war kalt geworden. Die Wärme der Glut war fort. Irgendwann hatten sie sich nebeneinandergesetzt. Wie spät es wohl schon war? Beziehungsweise früh. Fast schon erwartete Luka, über einem Hausdach die Sonne aufgehen zu sehen. Immer noch war sie da. Noch immer brachte er es nicht über sich, sie zum Gehen zu bitten.

»Emma hat ja fast ihr ganzes Leben in dem Buch niederge-schrieben«, fuhr sie fort. »Aber eines steht nicht drin. Wieso nennt sie dich Neun?«

Luka ballte mit der rechten Hand unwillkürlich eine Faust. Dann entspannte er sich, lächelte und schüttelte beim Gedanken an Emma den Kopf. Statt einer Antwort präsentierte er ihr seine ausgestreckten Finger. Alle neun.

»Oh, ich Rübenhirn!«, rief sie aus, lachte und patschte sich auf die Stirn.

»Natürlich!« Sie schaute auf seine Rechte. »Darf ich?«, fragte sie leise. Luka nickte.

Er musste sich zwingen, die Hand nicht zurückzuziehen, als sie sich ihm näherte. Nicht mal Pip oder Emma mit Original-geist hatte er erlaubt, was Alea nun tat. Sie näherte sich mit ihrem rechten Zeigefinger der Stelle, wo Lukas kleiner Finger hätte sein müssen. Nur war da nichts.

»Alles okay?«, fragte sie und zog sich wieder zurück, nachdem sie gemerkt hatte, wie Luka gezuckt hatte.

»Ja, es ist nur … ungewohnt.« Er nickte ihr auffordernd zu. Sie näherte sich der Stelle sehr langsam, und diesmal erreichte sie sie. Vorsichtig strich Alea mit ihrem Zeigefinger über die Kuppel. Es kribbelte. Sein Arm erzitterte leicht, doch diesmal zog sie ihre Hand nicht zurück.

»Wie …?«, fragte sie im Flüsterton und strich ein letztes Mal darüber. Sie entfernte ihre Finger wieder.

»Seit meiner Geburt.« *Zumindest hat man mir das erzählt.*

Irgendein Instinkt hielt seine vierfingrige Hand noch immer wie festgefroren in der Luft. Sie sah ihn einen Moment lang an, nahm seine Rechte behutsam am Handgelenk und hob sie noch ein Stück an. Ganz langsam lehnte sie ihr Gesicht zur Hand hinab, bis sein Nichtfingergelenk genau vor ihrem rechten Auge war. Sie zog ihn noch näher zu sich. Er bekam schon Angst um ihr Auge – bis er etwas anderes kribbeln spürte. Ein schwächeres Kribbeln, wie ein Gedanke ans Kribbeln. Er verstand. Sie blinzelte. Und sie war seinem Knöchel so nah, dass ihre Wimpern über seine Haut strichen. Er hielt den Atem an.

Sie ließ seine Hand sinken. Verdutzt sah er sie an, brachte aber kein Wort von sich.

»Das war ein Schmetterlingskuss. Für besonders empfindliche Stellen. Den hat meine Ma immer gegeben, wenn es mir schlecht ging.« Sie knautschte ihr Gesicht wehmütig zusammen.

»Danke für heute, Luka«, sagte sie. Im heller werdenden Mondlicht sah er sie sich zu einem Lächeln zwingen. War das eine Träne in ihrem Auge? Oder bildete er sich das nur ein?

»Ich denke, ich sollte nun wirklich los.«

Er wollte protestieren, aber sie war aufgestanden. Er tat es ihr gleich. Langsam trat sie an ihn heran und legte die Arme um ihn. Zum zweiten Mal innerhalb zweier Tage drückte er Emmas Körper an sich. Diesmal wusste er mit Sicherheit, dass es eine Abschiedsumarmung war.

Die Arena ist leer. Nur die Krähen sind da. Ohne das Gejohle der Zuschauer ist es angenehm friedlich. Er steht mitten auf dem Schlachtfeld. Da, wo der Koloss gestorben ist, unter dem Baum.

Er beobachtet die Krähen, sich darauf niederlassen. Er schaut hinauf ... und sieht sie. Die gelbe Tür. Schief, zwischen zwei Ästen. Mit dem Baum verwachsen. Die Farbe ist fast ganz abgeblättert. Wie am Stamm wächst an der Tür dunkles Moos.

Wäre ja besser, wenn sie hier unten wäre, statt dort oben. Hier, genau vor ihm, am Stamm.

Einer der Vögel kräht. Der Stamm ist jetzt unten viel dicker. Die Tür ist nicht mehr unerreichbar in der Luft, sondern auf Bodenhöhe.

Neugierig geht er darauf zu. »Na, na«, kräht einer der Vögel. Seine Stimme hat eine Ähnlichkeit mit Pips.

Die gelbe Tür ist da. Er kann sie öffnen, das weiß er. Aber jetzt ist er sich nicht mehr sicher, ob er das auch will.

»Luka! Komm rein«, hört er eine Stimme hinter der Tür. Sie klingt wie Emma ... nur irgendwie leichter.

Offen, *denkt er. Sie schwingt geräuschlos auf, und er lacht.* Praktisch! *Es dröhnt in seinen Ohren. Er fühlt sich großartig. Als könne er einfach alles schaffen.*

Wieder sieht er den Gang mit den gemusterten Fliesen. Kein Wind, kein Puddingregen, nichts hält ihn zurück.

»Worauf wartest du?«, fragt ihn ein anderer Luka, der neben ihm steht. Er hat Emmas Rastas, doch sie sind weiß statt dunkel.

»Es ... reicht mir, zu wissen, dass ich hineinkann«, versteht er plötzlich.

Der weißhaarige Luka schüttelt den Kopf. Mit einer ärgerlichen Bewegung lässt er die Rastas der aufgebrachten Krähen in der Luft zerfetzen, die auf ihn einpicken wollen.

»Dann ... willst du gar nicht die Bibliothek sehen?«

Luka späht in den Gang. Am Ende sieht er tatsächlich einen Stapel Bücher. Er stolpert. Hat ihn der zweite Luka geschubst? Es wird dunkler. Die Bücherregale verändern sich ... sie werden zu Palmen. Wasser rauscht, und plötzlich wälzt er sich mit einem anderen Jungen auf dem feuchten Boden. Seine Hände umfassen den Hals des anderen.

Seine Hände drücken zu.

Kapitel 4

Der weiße Elefant

L UKA SAH DIE TÜR noch vor sich, aber er wusste, dass es ein Traum gewesen war. Nur diesmal … anders. Nichts hatte ihn davon abgehalten, hineinzugehen. Kein Wind, kein schwarzer Regen. Er war nicht wild umhergetorkelt wie in dem Traum auf dem Steg. Er war so klar gewesen.

Langsam verblassten die Bilder. Ein Tier machte ein Geräusch, wie ein fernes Röhren. Da war ein Rauschen … wie Wasser. Regnete es draußen? Lag seine neue Wohnung neben dem Fluss? Das hatte er gestern gar nicht bemerkt. Er lag auf etwas Hartem.

Langsam öffnete er die Augen. Vor ihm ergoss sich ein Wasserfall. Eigentlich zwei Wasserfälle. Der obere fiel von der Höhe eines mehrstöckigen Hauses nach unten und füllte ein kleines, von ihm aus etwas erhöhtes Becken. Daraus floss das Wasser in einen kleineren, breiteren Wasserfall, welcher wiederum einen Fluss speiste, der träge neben Luka dahinfloss. Er selbst lag auf einem flachen Felsen am Ufer. Ringsum erstrahlte alles in saftigem Grün, ein Wald begrenzte das schmale Flusstal. Aber es war kein Wald, wie er ihn kannte. Es war alles so dicht. Farne umwucherten die Klippen, die das Flussbett einkeilten.

Es war … ein Dschungel. Wie war er hierhergekommen? Oder träumte er noch?

Sein Hals schmerzte, er schluckte. Das machte es noch schlimmer. Er fuhr sich mit der Hand darüber. Die Hand war … dunkel. Viel dunkler als sonst. Das lag nicht daran, dass er im Schatten saß. Sie war braun. Haselnussbraun.

Seine Fingergelenke waren außen wund. Die Haut war an

einigen Stellen aufgeplatzt. Er ballte die Hände zu Fäusten. Als er seine Rechte inspizierte, stockte er.

Da, wo sonst nichts war, war etwas. Ein kleiner Finger. Er hatte *zehn* Finger. Ungläubig strich er darüber. Jetzt erst verstand er. Es war passiert. Wirklich passiert.

Er träumte nicht mehr. Das war alles viel zu real. Er erhob sich, und mehrere Vögel, die in der Nähe saßen, stoben auf.

Es war passiert. Er war ein Körperdieb.

Luka schaute sich um. Niemand. Er war allein. Auf einem großen, flachen Stein neben einem Fluss. Irgendwo.

Er war kleiner als sonst. Nicht viel, aber doch. Vielleicht fünf Zentimeter. Er sah an sich herab. Außer ausgefransten Shorts und einem weißen Unterhemd trug er nichts. Sein Blick blieb an seinem Bizeps hängen. Er tastete ihn ab – steinhart. Ungläubig schüttelte er den Kopf.

Der Fluss plätscherte gemächlich an den Steinen vorbei. Ob er sein Gesicht darin erkennen konnte? Langsam wagte er sich auf der Platte nach vorne. Als er den ersten Schritt tat, verlor er das Gleichgewicht und rutschte aus. Bäuchlings lag er wieder auf dem Fels.

Unwillkürlich musste er an den Körperdieb aus der Arena denken. An *Sackmann*. Oder besser gesagt an denjenigen, der nach dessen Flucht im Stadion in Sackmanns Körper aufgewacht war. Auch er war bei seinen ersten Schritten auf die Nase gefallen. Damals hätte Luka gelacht, wäre die Situation nicht so angespannt gewesen. Jetzt konnte er ansatzweise verstehen, wie sich der arme Tropf gefühlt haben musste.

Er rappelte sich wieder auf. *Vorsichtig.* Er achtete auf die Gewichtsverteilung, sein Schwerpunkt lag tiefer. Mit seinen zehnfingrigen Händen stütze er sich ab. Dort, wo er aufgewacht war, hatten die Sonne den Fels erwärmt. Nun, da er sich dem Wasser näherte, wurde der Boden unter seinen nackten Füßen kühler. Luka beugte sich über das Nass.

Schemenhaft erkannte er einen stämmigen, dunklen Körper mit kurzen, schwarzen Haaren. Er wusste immer noch nicht genau, wie er aussah. Aber eins war sicher: Er war nicht Luka.

Plötzlich fühlte er sich schwindlig. Sein Magen machte seltsame Geräusche. Langsam und behäbig ließ er sich nieder. Mehr stolperte er, als sich bewusst hinzusetzen. Er lehnte sich gegen einen Stein. Luka fühlte sich erschöpft, als wäre er nicht eben aufgewacht, sondern hätte gerade für die Heimvorsteherin Equanimierer durch die halbe Stadt geschleppt.

Die Heimvorsteherin. Pip. Panda, Daniel. Seine Wohnung. Doll. Sein neuer Beruf. Das alles war nun unendlich weit weg. Er schnaubte, als ihm auffiel, dass er gerade beinahe die Heimvorsteherin vermisst hatte. Aber er konnte nicht anders, er dachte an das Heim. Ob sie wohl gerade im Ballsaal bürgten?

Langsam zog er die Füße an. Klumpige, sonnengebräunte Dinger. Er stützte den Kopf in die Hände. Wie konnte das passieren? Er hatte doch Equanimierer genommen! *M*-Equanimierer. Boote. Oder etwa nicht?

Doch. Ganz sicher sogar. Bevor er zu Bett gegangen war. Doch geholfen hatten sie nichts. Wie zur Bestätigung grölte wieder das Tier, das irgendwo akustisch sein Revier markierte. Luka war es einerlei. Sollte es doch den ganzen Dschungel haben. Er gehörte nicht hierher. Sein Kopf sank auf die Knie. Dann tat er etwas, das er schon eine lange Zeit nicht mehr getan hatte – er weinte.

Zuerst kullerten die Tränen nur zögerlich. Sie tropften an seinen Muskelbeinen herab und vermischten sich mit den Wasserpfützen.

Luka ließ los. Er schluchzte. Er heulte.

Es war egal. Es war nun alles egal.

Als es vorbei war, fühlte er sich besser. Es war so plötzlich über ihn gekommen. Wieder aufzuhören, war überraschend schwer gewesen. Luka wischte sich mit seinem Unterhemd übers Gesicht und zog die Nase hoch. Der dünne, fleckige Stoff war durchnässt und verklebt. Was für ein ruhmreicher Start in sein neues Leben als Körperdieb. Er selbst war es nicht mehr gewohnt, zu weinen. Ob es auch an diesem Körper lag, dass es passiert war? Vielleicht neigte sein heutiges Zuhause mehr zu Gefühlsausbrüchen.

Luka erinnerte er sich an den Tag, an dem er zum letzten Mal Tränen vergossen hatte. Panda hatte geschnarcht. Daran erinnerte er sich lebhaft, weil es so gut wie nie vorgekommen war. Aber sie hatten Fleisch zum Abendessen bekommen. Schmorbraten. Panda rasselte wie eine Baumsäge. Luka weckte ihn auf. Panda entschuldigte sich und drehte sich um, aber es war zwecklos. Pip war längst geflüchtet. Also krallte sich Luka sein Buch und huschte in den Ballsaal.

Durch die Kuppel drang gerade genug Licht, um die letzten Kapitel von *Der Alte Mann und das Meer* zu erkennen. Gerade als die Haie den hart erkämpften Fang von *Santiago* verspeisten, hörte Luka etwas klirren. Entgegen jeglichen Verstandes ging er auf die Lärmquelle zu. Er sah Pip, wie er in den Keller verschwand. Ein Stapel Papier lag auf dem Boden verstreut, einige Blätter rutschten vom großen Haufen hinunter. Pip musste ihn fallen gelassen haben. Im nächsten Moment blickte er in die weit aufgerissenen Augen der Heimvorsteherin. Sekunden später folgte Helena. Luka schaute genauer hin – das Papier auf dem Boden waren Hefte. Nicht irgendwelche Hefte. Es waren Meritenbücher. Was Pip damit angestellt hatte, wusste er nicht. Aber in dem Moment wurde Luka schlagartig klar – erwischten sie Pip, wäre es für ihn vorbei. Er hatte schon zu viel angestellt, zu oft den Mund aufgerissen, zu oft provoziert. Pip war nicht jedes Mal erwischt worden, aber oft genug.

Sie schrie. Schimpfte. Keifte. Der Kopf der Heimvorsteherin war kurz davor zu schmelzen. Sie wusste, dass Luka es nicht gewesen war. Und auch, dass er den wahren Täter kannte. Sie löcherten ihn stundenlang, doch Luka schwieg. Die Heimvorsteherin machte auch Helena zur Schnecke – für die Schlamperei, dass jemand die Bücher gefunden hatte. Zuerst drohte sie ihm Schläge an. Dann versuchte sie es mit Bestechung. Die Alte bot ihm ein eigenes Zimmer an. Bot ihm Meriten an. Wenn er nur den Namen des wahren Diebs verriet. Doch Luka blieb stumm. Er hatte sich noch nie etwas zu Schulden kommen lassen, da konnte sie ihn kaum rauswerfen.

Er behielt recht. Obwohl er sich später manchmal gewünscht hatte, sie hätte es getan.

Die letzten Stunden der Nacht ließen sie ihn im Loch sitzen. In dem stockdunklen, modrigen Kellerabteil fürchtete er sich wie noch nie in seinem Leben. Vor den Ratten. Und vor dem nächsten Morgen. Nach einer Ewigkeit in der gähnenden Finsternis führte ihn Helena vor den Ballsaal. Sie hatte einen Eimer Wasser dabei und stellte ihn vor den verschlossenen Türen ab. Er fragte sich schon, ob sie nun seinen Kopf unter Wasser halten wollten, bis er endlich gestand. Noch einmal fragte ihn die Heimvorsteherin nach der Wahrheit. Wieder hielt er dicht. Er wusste nicht genau, wieso er Pip schützte. Wahrscheinlich wollte er einfach nicht, dass die Furche ihren Willen bekam. Sie waren Zimmergenossen, ja. Freunde wurden sie erst nach dieser Nacht.

»Ich werde nicht dulden, dass die Sicherheit unserer Kinder gefährdet wird«, sagte Agnes, als er weiter stumm blieb. »Weißt du eigentlich, was passiert wäre, wenn heute ein Kontrolleur ins Haus gekommen wäre? Nein. Du kleines, dummes Balg. Für euch ist es nur ein Streich. Nur ein Witz, ja? Für diese Kinder da drin geht es ums Überleben. Sagst du zu jemandem auch nur ein Wort über letzte Nacht, sind deine und seine Tage hier gezählt. Dann könnt ihr sehen, wo ihr bleibt. Du weißt genau, wen ich meine.« Ihre faltige Fratze musterte ihn noch einen Moment. Sie nickte Helena zu.

»Ginge es nach mir, würdest du im Loch verrecken«, flüsterte ihm Helena ins Ohr. Sie nahm den Eimer und schüttete Luka einen Schwall warmer Flüssigkeit in den Schritt. Was immer es war, es stank abscheulich. Luka war zu müde, zu eingeschüchtert und zu überrascht, um zu reagieren. Im nächsten Moment öffnete sie die Tür zum Ballsaal und schubste ihn hinein. Helena zeigte auf ihn und lachte gackernd los. Er versuchte instinktiv, seinen Schritt zu bedecken, was das Bild nur noch mehr abrundete. Es dauerte nur ein paar Herzschläge, bis alle Heimkinder brüllend lachten. Und lachten. Und lachten.

Luka musste so, wie er war, bürgen. Und mit den anderen essen. Er sagte nichts. Er brannte innerlich vor Scham. Die Tränen kullerten stumm über seine Wangen.

So wie jetzt. Er wischte sich die letzten Tropfen weg. Er hatte das Heim und seine Tyranninnen überlebt. Er hatte versucht, unsichtbar zu bleiben. Bis vor Kurzem hatte das auch geklappt. Mehr sogar. Er war er früher als alle anderen ein *M* geworden. Sogar Roter Wächter. Und er wollte verdammt sein, wenn er jetzt klein beigeben würde. Wer weiß, vielleicht schaffte er es sogar zurück in die Einheit. Wer wusste schon, wo er morgen aufwachte? Freiwilligenmeldungen waren doch mittlerweile so was wie sein Spezialgebiet.

Ja. Das war doch ein Plan. Er musste herausfinden, wie das funktionierte. Gab es nicht Gerüchte, dass Körperdiebe steuern konnten, wo sie erwachten? Hier draußen mussten doch die Leute darüber Bescheid wissen. Er dachte an Alea und wie viele Fragen er jetzt noch an sie hätte.

Alea. Jetzt, da er darüber nachdachte … er hatte den Equanimierer genommen. Doch konnte es sein, dass sie ihn ausgetauscht hatte? Oder verdünnt? Um ihm die glanzvolle Erfahrung des Körperreisens nicht vorzuenthalten?

Nein. Das würde sie nicht tun. Das … nein. Da hielt er eine andere Möglichkeit für wahrscheinlicher. Vielleicht hatte ein Körperdieb seinen geschützten Körper gestohlen.

Er schüttelte sich (was sich seltsam anfühlte. Sein neues Ich war kein Schüttler). Alea war nicht da, aber er musste jemanden auftreiben, der ihm die ganze Sache erklärte. Nur war hier niemand. Eine Frage brannte ihm ganz besonders unter den Nägeln. Warum war er gerade hier aufgewacht? War das wirklich nur Zufall? Dann konnte er morgen in der Antarktis sein. Oder in der Sahara. Auf eine Rückkehr brauchte er dann gar nicht erst zu hoffen.

Heute war er erst einmal hier. Auf einem platten Stein mitten im Nirgendwo, umringt von grunzendem Getier und rauschendem Wasser. Noch dazu ganz allein. Da war eine andere Frage nicht fern – wieso schlief jemand ausgerechnet hier ein?

Luka schaute sich noch mal um. Dann sah er sie. Die Hand.

Er war doch nicht so allein, wie er gedacht hatte.

Die Hand. Vor drei Nächten hatte Luka eine andere Hand entdeckt. Die von Sackmann. Wie er sich verzweifelt am Geländer des Dammwegs festhielt. Diese Hand hier war aber anders. Sie war leblos. Das Wasser umspülte sie, während sie aus dem erhöhten Becken hervorlugte. Sie trennte das herabfließende Nass in zwei kristallene Vorhänge.

»Hey!«, rief Luka hinauf und hielt sich wieder den schmerzenden Hals. »Hallo!« Seine Stimme war tiefer als sonst. Noch etwas war anders, aber er konnte nicht genau sagen, was es war. Er war zu eingenommen von der Hand. Hatte sie sich gerade bewegt? Das konnte natürlich nur das Wasser gewesen sein. Aber vielleicht war der Besitzer der Hand doch noch am Leben. »Ich komme rauf!«, rief Luka, mehr zu sich selbst als zu der Hand. Dort oben hörte man wahrscheinlich ohnehin nur Rauschen.

Er ging los. Nach seiner ersten Erfahrung mit seinem neuen Arbeitsgerät war er nun vorsichtiger, doch schon nach wenigen Schritten über das felsige Ufer merkte er, wie erstaunlich sicher sein Stand hier war. Er war barfuß, aber das fühlte sich natürlich und richtig an. Seine Haut passte sich den glitschigen Felsen nahtlos an, als wäre sie dafür gemacht. Ein flaches Uferstück zwischen zwei Steinen übersprang er. Er flog sogar zu weit – er hatte die Kraft seiner stämmigen Oberschenkel unterschätzt. Dennoch landete er sicher. *So was machst du nicht zum ersten Mal*, sagte er in Gedanken halb zu seinem neuen Körper, halb zu seinem Vorgänger darin.

Luka stand vor der Felswand, die das Becken umschloss. Die Hand hing gut drei Meter über ihm in der Luft, noch immer leblos, mit der Innenseite nach oben. Kein gutes Zeichen. Wenn er den da oben retten wollte, musste es schnell gehen. Die Wand vor ihm war doppelt so hoch wie er selbst. Er sah kaum Halt. Wobei ... er war ja nicht mehr er selbst. Bis er einen Weg außen herum gefunden hatte, verging möglicherweise wertvolle Zeit. Sein neuer Körper war eindeutig besser für eine solche Klettertour geeignet als sein alter.

Es blieb keine Zeit zum Trödeln. Er setzte den ersten Fuß auf den Felsen. Seine Finger waren kräftiger, er konnte sich auch an kleinen Ritzen festhalten, während er die Füße nachzog. Ohne bewusst darauf zu achten, trugen seine Muskelbeine sowieso die meiste Zeit sein Gewicht. Mit jedem Schritt wurde er schneller, sicherer. In Windeseile hatte er die Wand bis fast ganz oben erklommen. Oben war der Felsen jedoch abschüssig und zu glitschig – er fand keinen Halt mehr, kräftige Finger oder nicht.

Was nun? Er konnte wieder runter steigen, aber dann hatte er umsonst Zeit verloren. Luka reckte den Hals nach oben, aber er sah nichts, das Halt bot. Das Einzige, das er von hier aus erreichen konnte, war die Hand.

Fieberhaft überlegte er. Ob er sich an der Hand nach oben ziehen könnte? Aber das wäre Wahnsinn. Im Wasserfall gab es keinen Halt für seine Füße. Die Hand konnte er nur erreichen, wenn er sich von seiner jetzigen Position aus streckte, und hatte dann keinen sicheren Stand mehr. Seine Arme waren zwar kräftig, aber zu kurz. *Jetzt ein Lukakörper mit längeren Armen*, dachte er. Noch einmal schätzte er die Entfernung zur Hand ab. Es gab noch eine Möglichkeit.

Luka holte tief Luft und spannte die Muskeln an. Mit der Linken hielt er sich, so gut es ging, am Felsen über ihm fest. Er stieß sich ab, schwang zum Wasserfall und packte die Hand. In einer fließenden Bewegung zog er einmal kräftig an dem glitschigen Ding, ließ sofort wieder los und schwang sich mit letzter Kraft zurück. Sein linker Arm und die linke Schulter, die sein ganzes Gewicht aushalten mussten, brannten vor Schmerzen. Aber sie trugen ihn. Erschöpft lehnte er sich gegen die Wand.

Die Hand war kalt und rührte sich immer noch nicht. Es war umsonst gewesen. Er hatte den Leblosen mit einem Ruck dazu bewegen wollen, sich zu lösen und von den Fluten nach unten gespült zu werden. Aber er steckte zu fest. Wurzeln, Gestrüpp, was auch immer. Wahrscheinlich schon tagelang. *Gut gemacht*, schalt er sich. *Du hättest dich fast selbst abgemurkst, um eine Leiche zu retten, Glückwunsch.* Die Stimme in seinem Kopf hörte sich dabei verdächtig nach Pip an.

Er machte sich auf den Weg nach unten. Bei dem Gedanken, gerade einem Toten die Hand geschüttelt zu haben, fröstelte es ihn innerlich. Von der Hälfte aus sprang er. Automatisch ging er beim Aufprall in die Knie, seine starken Beinmuskeln fingen sein Gewicht federnd ab. Dieser Körper fing an, ihm Spaß zu machen.

Nass. Plötzlich spürte er überall auf seinem Rücken Feuchtigkeit, und nicht nur von den Tröpfchen, die rund um den Wasserfall durch die Luft stoben. Er fuhr herum.

Es war der Tote. Er hatte sich doch gelöst – und war neben Luka in den Fluss gestürzt.

Schwer atmend ließ sich Luka auf einem Felsen nieder. Vor ihm lag eine Leiche.

Sie wäre ihm fast davongeschwommen. Aber er war hinterhergestürzt und hatte sie unter Aufbietung all seiner Kraft ins Trockene gehievt. Eines war nun sicher. Luka hatte den eiskalten, starren Körper nicht gerettet, sondern geborgen. Jede Hilfe wäre so oder so zu spät gekommen.

Er wollte ihm nicht ins Gesicht schauen. Jetzt, da er sicher war, dass es eine Leiche war. Er spielte einen Moment mit dem Gedanken, einfach abzuhauen ... aber eine nagende Neugier und ein vages Gefühl der Verbundenheit mit dem anderen wischten diesen Plan beiseite. Nein, er musste da durch. Er hatte ihn da runtergeholt. Jetzt war es auch an ihm, ihm ins Gesicht schauen.

Es war ein Junge. Ein Junge wie er selbst. Schwarze Haare, haselnussbraune Haut. Klein und dünn und mit noch weniger Kleidung am Leib. Rote Shorts. Der Rest befand sich vermutlich flussabwärts.

Luka atmete kräftig durch und richtete sich auf. Er wischte sich Schweiß von der Stirn. Trotz der vielen Schatten und dem Wasser war es schwül und stickig. Langsam näherte er sich dem Toten. Auf dem Rücken hatte er viele kleine Schrammen, vermutlich vom Gestrüpp. Er wusste nicht, wie gut Wasser Leichen konservierte, aber diese hier sah aus, als hätte sie gerade noch gelebt. Als er vorsichtig schnupperte, roch er nur die Frische des Wassers und ein Duftgemisch der Pflanzen ringsum, das ihm seltsam bekannt vorkam. Aber keine Fäulnis. Sanft zog er an einer Schulter und drehte ihn auf den Rücken.

Als er sein Gesicht sah, regte sich etwas in ihm. Als würde es ihm den Hals zuschnüren. Jeden Augenblick, in dem er diese toten, ausdruckslosen Züge länger ansah, zog sich die Schlinge enger. Er kannte dieses Gesicht nicht. Woher auch? Und doch ... diese breite Nase. Die langen, leicht abstehenden Ohren. Und die Augen. Schwarz. Pechschwarz, wie die Haare und die Augenbrauen. Er wandte sich ab. Er konnte nicht mehr länger hinschauen.

Dabei war es nicht nur der Ekel vor dem Tod. Er hatte in der Ruine die verkohlten Überreste gefunden, und sogar darin gestochert. Er hatte in der Arena Menschen sterben sehen. Das hier war anders. Es war hell, es war nah. Und er kannte denjenigen. Er wusste nicht, wie. Aber ...

Nein. Das konnte nicht sein. Das war unmöglich.

Nicht er kannte ihn. Sein Körper kannte ihn.

Er musste! Plötzlich fiel ihm alles auf einmal ein. Der Traum. Er hatte im Traum jemanden gewürgt. Er prüfte seine wunden Fingergelenke. Hatte er geträumt, was sein neuer Körper zuletzt durchlebt hatte? Die Wunden waren frisch. Luka konnte kaum sprechen, so weh tat sein Hals. Das alles ergab Sinn. Sein Vorgänger musste mit dem Toten gekämpft haben. Sie waren sich gegenseitig an die Gurgel gegangen. Und er hatte gesiegt. Natürlich – er war größer und so viel kräftiger.

Und diese Schuld, die er spürte. Dieses einschnürende Gefühl. Eine schwere, unheimliche Schwärze in seiner Brust. Mit jeder Sekunde, in der er den toten Jungen betrachtete, spürte er sie deutlicher. Die Schwärze drückte zu. Würgte ihn innerlich. Er konnte kaum atmen.

Das war für ihn Beweis genug. Er hatte es getan, er fühlte sich schuldig.

Nein, nicht er fühlte sich schuldig. Sein Körper fühlte sich schuldig. Sein Körper hatte den Jungen umgebracht.

Als Luka das bewusst wurde und noch einen Blick auf die friedliche Leiche warf, übergab er sich.

Mit jedem Schritt fühlte er sich besser. Nur weg. Weg von der Leiche. Weg von dem Ort, an dem er geweint hatte, an dem er dem Tod die Hand geschüttelt und sich übergeben hatte. Vor allem aber weg von der Schuld.

Er schaute sich um. Niemand. Keine wandelnde Leiche. Die Schwärze in seiner Brust dagegen wurde er nicht so einfach los. Er konnte sie ebenso wenig vergessen wie die leeren, toten Augen des Jungen. Noch immer musste er bei dem Gedanken daran schlucken. Das tat nicht nur emotional gesehen weh. Sein Hals war wirklich ziemlich ramponiert. Kein Wunder, wenn er und der andere sich bis zum Tod gewürgt hatten. Luka hatte am Fluss ein paar Schluck Wasser getrunken, die in seiner Kehle gebrannt hatten wie flüssiges Feuer.

Er schüttelte sich. Er musste die Gedanken an alles, was am Fluss passiert war, vorerst beiseiteschieben. Es gab Wichtigeres zu tun. Er musste herausfinden, wieso er hier war. Und wo er war. Der Dschungel war sein einziger Anhaltspunkt. Also nicht mehr Europa. War er in Lateinamerika, Afrika oder Südostasien? Oder Australien? Gab es in Australien Dschungel? Daniel hätte ihm weiterhelfen können, wäre er hier gewesen. Hätte es am Sonnenstand abgelesen oder sonst etwas Schlaues getan. Oder Emma. Sie hätte bestimmt das grunzende Etwas erkannt. Vielleicht stolperte er über einen von Emmas Rheosonstwas-Fröschen, wenn er wirklich in Australien war.

Nachdenken tat jedenfalls gut. Sofern er nicht an den Wasserfall dachte. Wie lange war er unterwegs? Zwei, drei Stunden? Zunächst hatte er sich an den Wasserlauf gehalten, aber schnell eingesehen, dass er den hellen Flussweg hinter sich lassen musste, als das Ufer immer dichter bewachsen wurde. Es blieb ihm nichts übrig, als es mit einem schattigen Dschungelpfad zu riskieren. Seine Muskelbeine machten ihm dabei immer mehr Spaß. Begleitet von ununterbrochenem, tausendkehligem Vogelgezwitscher sprang er mühelos über Steine, wich leichtfüßig Wurzelfallen aus und überging morsch wirkende Halteseile. Alles, ohne darüber nachzudenken. Er wurde schneller und schneller. Von Seitenstechen keine Spur. Laufen war gut, Laufen war noch besser als Nachdenken. Es brachte ihn weiter weg. Auch wenn er das nagende Gefühl nicht loswurde, dass das, worauf er zulief, ihm kaum besser gefallen würde als das, was hinter ihm lag.

Früher oder später würde er jemanden treffen. Das musste er, wenn er irgendetwas erfahren wollte. Aber sobald er jemandem über den Weg lief, der seinen Körper kannte, würde er sich erklären müssen.

Und lügen.

Falls er nicht mit seinem ersten Gespräch als Körperdieb einen Mord gestehen wollte.

Das Wasser war wärmer als die Luft.

Luka stand im zum ersten Mal in seinem Leben im Meer, und das Wasser war tatsächlich wärmer als die Luft. Er hatte sich oft ausgemalt, wie es sein würde. Aber damit hatte er am wenigsten gerechnet. Seine Füße hatten sich nach dem Laufen nach Kühlung gesehnt. Tja. Wahrscheinlich war es andersherum, und er kühlte mit seinem Schweiß gerade das Meer. Wie magnetisch angezogen war er vom Wald über den Strand ins Meer gelaufen und erst zum Stehen gekommen, als er überrascht feststellte, dass er im Wasser nicht mehr so schnell war. Jetzt kam er aus dem Staunen nicht mehr heraus. Er hatte viel über das Meer gelesen und sich oft gewünscht, es einmal zu sehen. Aber nie für möglich gehalten, dass es tatsächlich passierte.

Das Wasser war flach. Obwohl er mindestens dreißig Meter hineingewatschelt war, ging es ihm nur bis knapp unter die Knie. Seine Füße gruben sich in den feinen, weichen Sand und wirbelten bei jeder Bewegung dunkle Schlammwolken auf. Stand er still, kitzelten ihn Schwärme dünner, fingerlanger Fische auf der Haut. Es war windstill, das glatte Meer schimmerte in tausend Azurtönen. Es spiegelte den wolkenlosen, makellos hellblauen Himmel wider. Luka grinste, er staunte mit offenem Mund. Für einen Moment war alles, was schwer auf seinem Herzen lag, vergessen. *Das ist also das Paradies*, dachte er und fand den Gedanken daran nicht ein Stück kitschig. Es war eben so.

Er blickte zum Strand zurück. Ein gleißend heller, schmaler Strandstreifen stach hervor, doch schon nach wenigen Metern verdunkelten die Schatten des Palmenhains den weißen Sand. Das satte Grün der hohen Bäume setzte sich nach oben hin fort und Luka konnte erahnen, woher er gekommen war. Das Hinterland türmte sich zu Hügeln auf. Direkt am Strand nahm er das Grün der Pflanzen hell und freundlich wahr, doch weiter landeinwärts, besonders an den Hügeln, wirkte es moosig und dunkel. Irgendwo da hinten, wusste er, befand sich der Wasserfall. Und die Leiche.

Plötzlich fiel ihm etwas auf. Ein Seil, das von einer Palme am Strand herunterhing, bewegte sich trotz der Windstille. Der Grund dafür war ein Mann, der auf dem Stück Holz saß, das am Ende des Seils festgebunden war.

Er schaukelte. Und er winkte.

Als er sich näherte, fielen Luka als Erstes die dunklen Augenringe auf. Der junge Mann hielt sich erschöpft mit beiden Händen an den Seilen fest. Er ließ den Oberkörper hängen und strapazierte die Schaukel ziemlich, doch er schien der fragil wirkenden Apparatur zu vertrauen. Das Seil, das von einer hoch gewachsenen Palme nach unten hing, teilte sich nach einem Knoten in zwei Arme, die unten das Sitzbrett hielten. Die Dreiecksschaukel mit ihrem kraftlosen Passagier drehte sich wie fremdgesteuert ständig aus und ein. So konnte Luka nur alle paar Momente ins Gesicht des Fremden sehen. Ringsherum lagen Kokosnüsse, vertrocknete Früchte und allerlei sonstiges Treibgut.

»Da bist du ja«, sagte er, als Luka vorsichtig nähertrat. In seinem Kopf sah er wieder deutlich die schwarzen Augen des Toten am Wasserfall vor sich. Auch der Mann auf der Schaukel hatte dunkle Augen.

»Ja. Ich … hallo«, sagte Luka und kam sich recht einfallslos vor. Er dachte an Alea und wie sie ihm so lange glaubhaft vorgespielt hatte, sie sei Emma. Doch statt Hilfe in Form eines Tagebuches hatte er nur seine Schuld.

»Du musst nicht so tun«, sagte der Schaukler nach einer weiteren Drehung. »Ich weiß, dass du es nicht bist. Ich bin trotzdem froh, dich zu sehen.«

Luka wusste nicht, was er irritierender fand. Die wirren Bewegungen der Schaukel oder die Tatsache, dass er auch diesen Mann zu kennen glaubte. Sein Körper kannte ihn, natürlich. Luka fühlte sich nach seinen ersten Worten sicherer. Das lag nicht nur daran, dass er große Erleichterung darüber empfand, ihm nichts vorspielen zu müssen. Er war ... auf seiner Seite. *Du mochtest ihn,* sagte er in Gedanken zu seinem Vorgänger.

Luka räusperte sich. »Wie heißt du?«

»Keno«, sagte der Schaukler. Er drehte sich weiter im Uhrzeigersinn. Luka schaute nach oben: Bald würde das Seil ausgedreht sein und andersherum zurückdrehen.

Luka seufzte. »Wie ... heiße ich?«

Keno lachte herzhaft und schien aus seiner Lethargie gerissen. Er streckte sich durch und sprang ab. »Direkt zur Sache, wie? Na, das hast du schon mal mit ihm gemeinsam. Mit Saran.«

Saran, wiederholte Luka in Gedanken und fühlte seinen Körper vibrieren. Ja, Saran. So hieß er.

»Wenn du mich kurz entschuldigst. Jetzt, da ich dich ... ihn ... euch gefunden habe, muss ich mich kurz aufwecken. Ich sitze nur auf diesem vermaledeiten Ding, weil ich nicht einschlafen wollte.« Mit diesen Worten stapfte Keno zum Meer. Er tauchte seinen Kopf unter Wasser und patschte sich kräftig auf die Wangen.

»Ich hab letzte Nacht nicht viel Schlaf bekommen,« erklärte er. Er ließ sich im Schneidersitz neben Luka in den Sand plumpsen.

»Willst du mir erzählen, woher du kommst? Wie ist dein richtiger Name?«, frage Keno.

Luka, wollte Luka automatisch sagen, aber heraus kam nur ein glucksender Laut, der sich wie »Uahr« anhörte. Keno runzelte amüsiert die Stirn.

Luka schüttelte sich. Was war nur mit ihm los? Rennen und klettern konnte der Körper, aber sprechen schien nicht seine Stärke zu sein. Er schluckte schmerzhaft und räusperte sich ausgiebig.

»Lju – kahr«, würgte er unter großer Anstrengung heraus. Er spürte, wie seine Zunge rebellierte. Besonders außen wollte sie sich nicht richtig verbiegen.

Da verstand er. Sie rebellierte, weil sie sich noch nie so bewegt hatte. Noch nie diesen Namen ausgesprochen hatte. »So heiße ich«, hörte er sich hinzufügen. Das wiederum ging mühelos. Weil sein Mund gewohnt war, so zu sprechen.

Weil er nun wieder nicht mehr seine eigene Muttersprache sprach. Sondern Sarans.

Er konnte reden. Und wie.

Als er fertig war, waren seine Stimmbänder kratzig. Saran war so viel Redefluss wohl nicht gewohnt. Vermutlich gab sonst eher den muskulösen Schweiger. Mindestens eine halbe Stunde lang hatte er Keno alles erzählt. In einer fremden Sprache, wie ihm jetzt klar war, aber so einfach und flüssig, als hätte er ein Leben lang keine andere benutzt. Auf seinen Körper traf dies ja zu.

Luka hatte von der Einheit erzählt. Zum einen, weil er nur zu gerne über etwas anderes redete als über den Toten am Wasserfall. Außerdem schien Keno ehrlich an Lukas Heimat interessiert. Mit Fremdworten wie Lyzeum oder Tribunal tat sich Sarans Mund schwer, also umschrieb Luka sie, so gut es ging. Besonders das Konzept der Equanimierer fand Keno spannend. Auf dessen Nachfrage hin versuchte Luka, sich an die genaue Wortwahl des Schniefs zu erinnern.

»Körper und Geist sind eine untrennbare Einheit. Nur in einer solchen Einheit kann eine gesunde Seele wohnen. Equanimierer bewahren diese Balance und trotzen der widernatürlichen Veränderung, die die Menschen seit dem Blitz heimsucht«, rezitierte Luka. Auch die wörtliche Bedeutung fiel ihm noch ein, auch wenn er den lateinischen Teil gar nicht erst auszusprechen versuchte. *Equilibrate anima.* »Die Seele im Gleichgewicht halten.«

Keno nickte zum Zeichen, dass er verstand und darüber nachdenken musste. Ein Mann vorschneller Antworten war er gewiss nicht. Seine Nachfragen waren wohlüberlegt. Schweigend blickte er auf das windstille Meer hinaus. Luka fand es schwer, sein Alter zu schätzen. Er war körperlich jung … aber er wirkte müde, und über seine Stirn zogen sich tiefe Sorgenfalten. Seine Geheimratsecken und sein kaum noch behaarter Hinterkopf ließen ihn noch älter wirken, aber viele Jahre konnten zwischen Keno und Saran nicht liegen. Kenos Arme waren zwar nicht so muskelbepackt wie Sarans, aber allein beim Sprung von der Schaukel hatte Luka gesehen, dass viel Energie in dem ersten lebenden Menschen steckte, den er als Körperdieb getroffen hatte. Dieselbe Energie spürte Luka auch in sich. In Sarans Körper, besser gesagt.

Schweigsam und stark. Das waren sie beide. Auch die dunklen Augen hatten sie gemeinsam.

»Sind wir Brüder?«, fragte Luka, einem inneren Impuls folgend. Noch im selben Moment schalt er sich für seine Wortwahl. Natürlich war, falls er recht hatte, nicht er Kenos Bruder, sondern Saran. Es war alles so fürchterlich kompliziert.

Keno wandte sich ihm wieder zu. Erleichtert stellte Luka fest, dass sein Gegenüber lächelte. »So ist es«, sagte er. »Wir sind Brüder. Saran, ich und Jay.«

Als Keno den Namen des dritten Bruders aussprach, riss Luka die Augen auf. Die Bilder der Wasserleiche. Die Schuld. Alles drängte mit Macht zurück. Er hielt sich die Brust und schluckte.

Jay. Der Tote hieß Jay. Er hatte seinen eigenen Bruder umgebracht.

Eine Frau schrie. Zweimal, dreimal. Luka hörte leiser werdendes, kraftloses Gewimmer. Es folgte eine lange Stille.

Mindestens zwanzig Minuten lang saß er nun schon am Strand, seitdem er Keno alles erzählt hatte. Seitdem war der älteste der drei

Brüder fort. Unweit der Schaukel entdeckte Luka ein Holzhaus auf Pfählen. Von dort war der Schrei gekommen. Lukas Herz gefror zu Eis, als ihm bewusst wurde, dass es die Mutter gewesen sein musste. Sie hatte heute zwei ihrer Söhne verloren.

Keno dagegen war wegen Sarans Abschied nicht traurig gewesen. Es war, als hätte er erwartet, dass es irgendwann passiert. Als hätte er gewusst, dass er Saran eines Tages gegenüberstehen würde, ohne dass es noch Saran war. Mehr noch, er wirkte darüber sogar ein wenig erleichtert. Die Nachricht von Jays Tod dagegen wischte von einer Sekunde auf die andere alle Fröhlichkeit aus Kenos Gesicht. Seine schwarzen, von Lachfalten umschlossenen Augen erschienen Luka nun trüb und ausdruckslos. Keno hatte sich geduldig bis zum Ende angehört, was Luka zu sagen hatte. Dann war er aufgestanden und hatte Luka gebeten, zu warten.

Obwohl es schlimm war, Keno die Nachricht vom Tod seines jüngsten Bruders zu überbringen, hatte es auch gutgetan, mit jemandem darüber zu sprechen. Die schrecklichen Bilder in Worte zu fassen. Tief drinnen fühlte er sich verantwortlich für die Tragödie, aber seine – wie konnte man das nennen? Vernunft? Der Luka-Teil in Sarans Körper? Nun, dieser Teil schien nun langsam wieder die Oberhand zu gewinnen. Diese vernünftige Stimme machte ihm klar, dass es Saran gewesen war. Saran hatte ihn gewürgt. Getötet. Nicht er, Luka. Sich selbst das verständlich zu machen, war überraschend schwierig. Als wehre sich in ihm etwas dagegen. Es war kaum zu begreifen, aber die Gefühle seines Vorgängers schienen trotz dessen Abwesenheit noch tief in seinem ehemaligen Körper verwurzelt. Ein Teil von Saran war noch hier. Seine Seele war zerrissen worden, wie es in der Einheit hieß. Luka wollte sich gar nicht erst vorstellen, was das für ihn bedeutete. Er war jetzt selbst zerrissen. War er überhaupt noch er selbst? Welcher Teil von ihm war in seinem Lukakörper zurückgeblieben?

Ein paar Wortfetzen wehten vom Pfahlhaus zu ihm herüber. Was würden sie wohl mit ihm anstellen? Er hatte Saran verdrängt.

Seinen Körper gestohlen. Ob er es nun gewollt hatte, oder nicht. In der Einheit wäre er von jetzt an ein Sklave. Womöglich nahmen sie ihm seine Geschichte nicht ab. Vielleicht hielten sie ihn für den Mörder. Wer konnte schon wissen, ob Jay gestern Nacht gestorben war oder heute früh?

Er konnte weglaufen. Sicher war er schneller als Keno, und Sarans Körper würde schon wissen, wohin. *Nein, du musst nicht weglaufen. Du hast nichts getan*, mahnte die vernünftige Stimme. Außerdem überbrachte Keno der Familie die Nachricht. Der ruhige, besonnene Keno. Der ihm glaubte.

Da sah er ihn. Keno. Ihm folgten sechs Männer, sie bewegten sich in seine Richtung. In Kenos Hand blitzte etwas im Sonnenschein.

Es war die Klinge einer Axt.

Luka sprang auf. Sein Herz pumpte sofort wie wild. Zwei der Kerle hatten lange, dicke Holzstäbe geschultert.

Er schluckte. Sollte er doch losrennen? Unbewusst hatte er sich schon ein paar Schritte von den Neuankömmlingen entfernt. Doch es war zu spät. Keno allein wäre er vielleicht entkommen. Aber einem ganzen Jagdtrupp? Keine Chance.

Sie kamen näher. Einer hatte ein Seil umgeschlungen, ein anderer ein Fischernetz. Einer kam nicht direkt auf ihn zu, sondern machte einen Bogen um ihn. Sie kreisten ihn ein!

»Was soll das?«, fragte er Keno. Er machte noch einen Schritt nach hinten, stolperte über ein Stück Treibholz und wäre fast gestürzt, doch einer der sechs fing ihn auf. »Lass mich los«, fauchte Luka ihn an. Energisch schubste er ihn beiseite, traf ihn mit dem Ellenbogen im Gesicht. Erneut unterschätzte er dabei seine Kraft. Der schlaksige Kerl fiel um wie ein Grashalm. Das hatte sich gut angefühlt. Sollten sie doch kommen. So einfach würde er es ihnen nicht machen.

»Hey! Hey, Ljukar! Beruhige dich«, ging Keno dazwischen. Zwei der Männer halfen dem Gestürzten auf, dessen lange schwarze Haare voller Sand waren. Keno legte Luka eine Hand auf die Schulter. Er fühlte erneut Zorn in sich aufsteigen, widerstand aber dem Impuls, die Hand wegzuwischen. Wie zuvor hatte Kenos Stimme etwas Beruhigendes an sich. »Alles okay. Du bist unter Freunden.«

Er schaute sich die Neuankömmlinge an. Allen sechs stand eine Mischung aus Trauer und Neugier ins Gesicht geschrieben. Mehr noch! Er hatte den Eindruck, sie fürchteten sich vor ihm. Zögerlich blieben sie auf Abstand. Am meisten der Langhaarige, der sich die Nase hielt. Auf seinen Fingern und an seinem lachsfarbenen Hemd war Blut. Es war auch kein Mann, eher ein hochgewachsener Junge. Den er blutig geschlagen hatte.

»Tut mir leid«, sagte Luka automatisch. »Ich …«

»Schon gut«, antwortete Keno. »Es ist nichts passiert. Oder?« Das langhaarige Lachshemd nickte folgsam, bedachte Luka aber mit einem argwöhnischen Blick. »Mir tut es leid, dass es so lange gedauert hat«, fuhr Keno fort. »Wir mussten erst klären, wie wir das machen.« Er zog sich einen Rucksack vom Rücken und reichte Luka eine Flasche Wasser. »Hier. Du musst am Verdursten sein.«

Luka war noch immer nicht ganz sicher, was er hiervon halten sollte. Aber Keno hatte Recht, sein Mund war ausgetrocknet. Gierig trank er die Hälfte davon in einem Zug leer. Keno reichte die Flasche an den Blutenden weiter, der sich mit dem Nass das Gesicht abwusch.

»Wir wollen dich um einen Gefallen bitten«, sagte Keno. »Könntest du uns dorthin führen, wo du aufgewacht bist?« Er zeigte auf die Holzbalken und die Seile. »Wir wollen Jay nach Hause holen.« Die anderen senkten den Blick, als er den Namen des Toten aussprach.

Luka nickte und atmete erleichtert aus. »Natürlich.« Er schalt sich einen Narren. Sie wollten ihn nicht lynchen. Sie wollten die Leiche ihres Freundes bergen.

Schweigend trotteten die anderen hinter ihm her in den Dschungel. Er überließ dem Körper die Führung. Obwohl ihm die Bewegung guttat, ließen sich die Zweifel immer noch nicht verdrängen. War seine Beschreibung des Tatorts nicht genug? Wie viele doppelte Wasserfälle gab es in der Gegend? Wozu brauchten sie ihn wirklich? Und wieso eine Axt? Wozu braucht man eine Axt, um eine Leiche zu bergen? Die Holzstangen und das Seil mussten zweifellos für eine improvisierte Trage herhalten. Aber die Axt?

Als Luka das Wasserrauschen hörte, hielten sie auf einer kleinen Kreuzung. Keno und Luka blieben zurück, während die anderen unverzagt auf den Fluss zuhielten. »Wir wissen jetzt, wo es sein muss«, erklärte Keno. Wieder fiel Lukas Blick auf die Axt. Zu seiner Überraschung drückte Keno sie ihm in die Hand.

»Ich denke, ich kann dir so weit vertrauen, dass du mir nicht damit fortläufst«, sagte Keno. »Dort unten« – er deutete auf den Pfad, der die Abzweigung in Richtung eines Grabens verließ, »findest du eine Lichtung. Da sind mehr Werkzeuge und Trinkwasser. Warte dort auf mich. Die Jungs schaffen es zwar bestimmt alleine, Jay zu tragen. So schwer war er ja nicht.« Er versuchte zu lächeln, strahlte aber nur tiefe Trauer aus. »Aber ich denke, ich muss das sehen.« Er presste die Lippen aufeinander. »Dann treffen wir uns dort.«

Luka verstand überhaupt nichts mehr, aber er nickte. Keno klopfte ihm auf die Schulter und lief seinen Freunden hinterher.

»Gestern war ich auch hier auf dieser Lichtung, als mein Vater ankam. Er war völlig aufgelöst wegen Jay und Saran«, begann Keno.

Eine halbe Stunde hatte er Luka warten lassen. Danach hatten sie sich an die Arbeit gemacht. Sie hackten Äste von einem Baum, den Keno gestern gefällt hatte. Jeder bearbeitete das Holz mit einer Axt. Keno hatte verweinte Augen. Menschen sterben, hatte er gesagt. Die, die leben, bräuchten trotzdem Rankenstäbe für ihre Tomatenbeete. Seitdem hackten sie.

Zuerst stumm. Dann hatte Keno begonnen, von Jay und Saran zu erzählen. »Es war bei Weitem nicht das erste Mal, dass so etwas passierte«, sagte er. »Vater meinte, diesmal wären die beiden zu allem imstande. Sie hatten sich im Haus geprügelt. Obwohl Mutter dabei war. Ihr zuliebe trugen sie ihre Streitereien meistens irgendwo anders aus. Auch wenn sie natürlich alles darüber wusste.«

Er wischte sich den Schweiß von der Stirn und warf einen fertigen Ast zu den anderen. Luka warf seinen dazu. Obwohl er stärker war, arbeitete Keno schneller. Die Äste von den kleinen Zweigen zu befreien, fand Luka am mühsamsten. Saran hatte sich wahrscheinlich oft vor dieser filigranen Tätigkeit gedrückt. Luka spürte nicht, dass sich sein Körper an irgendetwas erinnerte. Umso mehr Spaß machte es ihm, neue Äste vom Stamm zu lösen. Mit voller Wucht ließ er die Axt durch die Luft sausen. Er dachte unwillkürlich an den Koloss und dessen Kampf mit den Buchen in der Arena.

»Saran war natürlich viel stärker als Jay«, fuhr Keno fort. »Aber Jay war fix und clever. Und sich nicht zu schade für Tricks.« Er lächelte flüchtig, aber sein Gesicht wurde sofort wieder ernst. »Sie haben den Esstisch in zwei Hälften gebrochen. Kannst du dir das vorstellen? Wir reden hier von einer massiven Hartholzplatte aus Teak! Ich weiß nicht, wie sie das überhaupt geschafft haben. Saran ist kurz benommen liegen geblieben, Jay ist abgehauen. Mutter hat versucht, auf Saran einzureden. Aber er war nicht zu bremsen und ist ihm nach.«

Keno schüttelte den Kopf, als begreife er selbst noch nicht, was passiert war. Es musste merkwürdig für ihn sein, das ausgerechnet

161

Sarans altem Körper anzuvertrauen, ging es Luka plötzlich durch den Kopf, in dem jede Szene, die Keno beschrieb, mit viel mehr Farben und viel mehr Details entstand. Es war ebenso faszinierend wie verstörend. Er spürte die Tischplatte auf seiner Brust, unter der er zu Boden gegangen war, und hörte die verzweifelten Schreie der Mutter, als stünde sie neben ihm. Er war so wütend auf Jay gewesen.

»Sie waren schon immer sehr verschieden. Trotzdem unzertrennlich. Immer zusammen unterwegs im Wald, das nächste Abenteuer vor Augen. Nirgendwo fühlte Saran sich wohler als unter den Bäumen. Manchmal blieben sie tagelang weg, um etwas Neues zu finden. Die ganze Insel haben sie erkundet, und so klein ist sie gar nicht.«

Eine Insel also, dachte Luka. »Aber wie das manchmal so ist, lebten sie sich auseinander. Jay hat ein Mädchen kennengelernt. Patchara heißt sie.«

In Lukas Kopf hallte der Schrei der Frau wider, den er am Strand gehört hatte. An diese Möglichkeit hatte er noch gar nicht gedacht, dass der Schrei nicht von der Mutter gekommen war. Er ließ die Axt erneut auf den Stamm niederfahren. *Patchara*. Dieser Name löste viel Unsicherheit und Schmerz in seinem Körper aus.

»Es ging so schnell. Bald schon verbrachte Jay praktisch all seine Zeit mit ihr. Und Saran? Nicht, dass er eifersüchtig war. Er hat Jay sein Glück schon gegönnt, glaube ich. Es war … schlimm für ihn. Jay fand von einem Tag auf den anderen seine Erfüllung. Er sprach sogar schon vom Kinderkriegen. Ganz der große Mann«, sagte er, nicht ohne Stolz in der Stimme. Die Verzweiflung, die Luka bei diesen Worten durchlebte, war greifbar. Schlimm war kein Ausdruck. Er war plötzlich allein gewesen, so furchtbar verlassen.

»Jay hatte eine scharfe Zunge. Er wusste genau, wie man Sarans Knöpfe drückt. Manche von Jays Sprüchen gingen unter die Gürtellinie. Saran war nie gut mit Worten. Manchmal wurde es ihm zu viel.« Luka spürte, wie sich seine Kiefer zusammenpressten. Oh ja. Die Wut auf Jay war noch so frisch, als wäre Saran noch hier.

Keno seufzte. »Saran wurde schweigsam. Er kapselte sich ab. Er trank. Ich wollte mit ihm reden, aber er blockte ab. Ich könne ihm nicht helfen, sagte er. Er wurde aggressiv. Hat sich geprügelt. Oft wegen Belanglosigkeiten.«

Auch diese Bilder schwirrten durch Lukas Kopf. Saran hatte es vergessen wollen, einfach nur vergessen. Kenos dumpfe Hackgeräusche echoten im Wald. Saran hat sich geprügelt, damit es ihm besser ging. Das glaubte Luka sofort. Er dachte an das Klettern am Wasserfall, das Sprinten durch den Dschungel und das Hacken. Körperliche Anstrengung wirkte bei Sarans Körper Wunder. Er dachte an den langhaarigen Lachshemdträger. Auch das war der Körper gewesen. Dem Lachshemd eine zu verpassen, hatte sich gut angefühlt. Auch, wenn er es im nächsten Moment bereut hatte.

Luka hörte auf zu hacken und schaute zu Keno hinüber, bis dieser auch stoppte. »Sie sind Zwillinge«, sagte Keno. »Auch, wenn man es ihnen nicht ansieht. Weißt du, was das bedeutet? Ich meine, was das Abtauchen angeht?«

Luka schüttelte den Kopf. Er war gleich dreifach verdutzt. Zum einen, weil er nicht gedacht hätte, dass die Meeres-Analogie auch hier benutzt wurde. Hier am Meer gingen die Leute immerhin wirklich tauchen. Außerdem hätte er Jay und Saran nie im Leben für Zwillinge gehalten, so verschieden, wie sie körperlich und vom Typ her waren. Und zum Dritten konnte er sich beim besten Willen nicht vorstellen, was Keno meinte. Was machte es beim Abtauchen schon für einen Unterschied, wenn man ein Zwilling war?

Keno fuhr fort: »Als ich dich heute Morgen im Meer stehen sah, habe ich sofort begriffen, dass Saran weg war. Zuerst habe ich mich für ihn gefreut. Für einen kleinen Moment hatte ich gehofft, dass es nicht so ist. Jetzt sehe ich ein, dass es doch wahr sein muss.«

»Das, was wahr sein muss?«

»Es heißt, kein Zwilling kann seinen Körper verlassen, wenn es der andere nicht auch tut. Zwillinge reisen gemeinsam – oder gar nicht.«

Da war es. Das Motiv.

Während Keno seine Ausbeute mit mehreren Seilen zu einem mannsgroßen Bündel vertäute, saß Luka stumm auf dem Stamm. In seinem Kopf ratterte es. Saran hatte Jay umgebracht, um seinen Körper verlassen zu können. Um frei zu sein.

Für Luka ergab nun alles Sinn. Saran, der frustrierte Abenteurer. Gefangen auf einer kleinen Insel. Jeden Tag muss er das glückliche Gesicht seines Bruders ertragen. Nur wegen ihm konnte er nicht weg. Vielleicht hatte er getrunken. Mehr als sonst. Vielleicht hatte ihn Jay wieder provoziert. Es war ihm zu viel geworden. Er hatte seinen Bruder verfolgt – und ihn am Wasserfall erledigt. Noch an Ort und Stelle hatte er sich dann hingelegt, um sich wegzuträumen. Der Mörder, der vom Tatort flüchtete. Luka war dann derjenige gewesen, der in seinem Körper erwacht war. Und Sarans Schuld ertragen musste.

War das wirklich denkbar? Konnte jemand so sehr Abtauchen wollen? Saran schien niemand zu sein, der halbe Sachen machte. Er hatte die ganze Insel erforscht. Jetzt wollte er mehr. Luka ertastete seine ramponierten Fingergelenke. So sehr, dass er dafür einen Mord beging? Sogar an seinem eigenen Bruder?

Luka blähte die Backen. Das war nicht zu glauben. Schon der Gedanke an die Gefahr, jemals ein Körperdieb zu sein, löste bei den meisten Einheitsmitgliedern Schweißausbrüche aus. Ihn bis vor Kurzem eingeschlossen. Und nun das. Menschen, die mordeten, um Körperdiebe zu sein.

Und Zwillinge. Sie waren Zwillinge! *Zwillinge reisen gemeinsam oder gar nicht.* Luka kannte keine Zwillinge. Noch weniger kannte er, was das Körperreisen anging, irgendwelche anderen … Regeln?

Zwillinge reisen gemeinsam oder gar nicht. Es klang wie ein Merksatz aus dem *Handbuch für Körperreisende.* Für ein Exemplar hätte er seine Seele verkauft.

Da kam ihm ein Gedanke. Blitzschnell drehte er sich zu Keno. »Woher weißt du das? Das mit den Zwillingen. Ich meine, gibt es Gesetze oder so etwas für das Abtauchen? Kennst du mehr davon?« Trotz des Kummers und der Schuld, die unterschwellig noch immer in ihm arbeiteten, trotz allen Mitgefühls für Keno und dessen Familie, war es das, was ihn wirklich beschäftigte, was er sich heute früh vorgenommen hatte. So viel darüber herauszufinden wie möglich. Der Tote im Wasser hatte nur alles leicht … verkompliziert.

Keno schüttelte den Kopf. »Tut mir leid, nein. Wir haben hier nicht so viel Erfahrung damit. Auf der Insel leben nur ein paar Dutzend und die meisten davon tauchen nicht.« Keno lehnte sein Bündel an den Stamm und fing an, ein zweites zusammenzutragen. *Klasse,* dachte Luka. *Ich wache natürlich dort auf, wo die Leute genauso wenig Ahnung davon haben wie in der Einheit.* Er dachte an Alea in Emmas Körper. *Wisst ihr hier eigentlich gar nichts?,* hatte sie gesagt. Und recht gehabt. Und doch …

»Die meisten?«, fragte er Keno.

»Na ja, es gibt hier eigentlich nur einen anderen Taucher. Du wirst ihn später vielleicht treffen, wenn wir zurück zum Haus gehen. Von ihm wissen wir das mit den Zwillingen.«

Luka spürte seinen Magen einen Sprung machen. Ein zweiter Taucher. Er war hier also doch nicht der einzige Körperdieb.

»Ich weiß nicht, wie sie reagieren werden. Es könnte sein, dass es noch zu früh für sie ist. Aber du brauchst was zu essen, das steht mal fest. Saran hätte mir nach so langer Zeit schon die letzten Haare vom Kopf gefuttert.« Keno lächelte, wenngleich wenig überzeugend.

Sie standen vor dem Stelzenhaus am Strand. Die Treppe ausgewaschener Latten, die Luka jetzt hinter Keno emporschritt, knarzte munter. Es kribbelte wieder in seinem Bauch. Nicht nur würde er einen anderen Körperdieb sehen, der möglicherweise Antworten auf seine Fragen hatte –, sondern auch Kenos Familie. Sarans Familie. Und damit heute irgendwie auch seine eigene. Sie kamen oben an der Veranda an, die einen herrlichen Blick über die Bucht bot. Mittlerweile stand die Sonne tief. Ob das Wasser immer noch wärmer war als die Luft?

Er folgte Keno ins Innere. Sofort fiel sein Blick auf eine ältere, rundliche Frau mit einem langen, marinefarbenen Kleid. Sie saß auf einem Stuhl am Bett und versuchte, einen Mann im Bett zu füttern. Es war die Mutter. Die gleichen schwarzen Augen blickten ihn an. Sie raffte sich sofort auf und flog mit offenen Armen auf Luka zu, als hätte sie ihr ganzes Leben darauf gewartet, ihn jetzt zu umarmen. Auch Luka breitete automatisch seine Arme aus. Er wollte das, er brauchte das. Sein Körper brauchte das. Sie weinte bereits, als sie sich berührten. Bald schon schluchzte sie herzzerreißend. Luka fühlte sich sogleich besser. Er wusste, dass sein Körper das schon lange nicht mehr gemacht hatte, obwohl er sich so danach gesehnt hatte. Zum ersten Mal in seinem Leben fühlte Luka, wie es war, eine Mutter zu haben.

»Was machst du denn?«, hörte er eine schrille Frauenstimme von der anderen Seite des Zimmers. »Bist du verrückt? Das ist nicht Saran! Und er hat Jay umgebracht!«

Die Mutter hielt in ihrem Schluchzen inne. Zitternd trennte sie sich von Luka, als müsse sie sich sehr beherrschen. Sie sah ihn an … aber plötzlich anders. Als wäre er ihr plötzlich völlig fremd. Luka spürte einen Stich in seinem Herzen. Langsam entfernte sie sich von ihm. Als die Berührung endete, fühlte er sich nur noch elend. Wie ein Ausgestoßener. Was war hier los? Wieso nahm ihn das alles so mit?

Er sah sich im Zimmer um. Das Gesicht des Mannes, den die Frau gefüttert hatte, war übel zugerichtet. Eine Augenbraue war aufgeplatzt und dick angeschwollen. Auf der linken Gesichtshälfte hatte er Schürfwunden. Was Luka aber am meisten überraschte, der Mann war blond und weiß. Weiß, wie er selbst es bis gestern noch gewesen war. War das der andere Taucher?

Auf der hellen Meerseite des Zimmers am zerbrochenen Teak-Tisch saß ein Mann, der nur der Vater sein konnte. Er war breitschultrig wie Saran und hatte Geheimratsecken wie Keno – auch, wenn seine Haare schon ergraut waren. Die platte Nase erinnerte Luka an Jays Gesicht. Neben ihm stand ein hochgewachsenes, schlankes Mädchen mit einer eleganten Hochsteckfrisur. Sie war hübsch, aber ihr dreieckig geformtes Gesicht und ihre weit auseinanderstehenden, großen Augen hatten etwas von einer Gottesanbeterin.

»Wieso ist der da hier?« Sie zeigte mit dem Finger auf Luka, der instinktiv ein paar Schritte nach hinten machte. Sie stolzierte wild gestikulierend auf Keno zu. »Was soll das?«, kreischte sie. »Scheiße! Was denkst du dir, Keno! Willst du uns absichtlich wehtun? Wieso tust du uns das an? Er hat ihn umgebracht! Umgebracht!« Sie stampfte wild auf. »Und was machst du? Du bringst ihn hierher! Was soll das?« Das Mädchen, das nur Jays Freundin Patchara sein konnte, schubste Keno.

»Schon gut, ich …«

»Was heißt hier *schon gut*! Wir trauern! Er ist gestorben! Jay ist tot! Und du, schau mich nicht an, du … Mörder!« Der letzte Teil richtete sich an Luka, der unbewusst bis an die Rückwand weiter zurückgewichen war. Er blickte zuerst zu Boden, drehte sich dann aber ganz um. Er hielt sich die Brust und schluckte schmerzhaft. Die Schwärze. Die Schuld. So stark hatte er sie nicht mehr gespürt, seit er Jay zum ersten Mal ins Gesicht gesehen hatte.

»Das ist genug, Liebes«, sagte der Vater. Er sprach langsam und in beruhigendem Ton. Luka, zunächst paralysiert von Patcharas Feuersturm, wagte einen ängstlichen Seitenblick und sah, dass er sie an den Schultern zurückhielt. Das wirkte. Ihr Gesicht war immer noch wutverzerrt, doch augenblicklich hielt sie mit

ihrer Schimpftirade inne. Der Alte nickte Keno mit zusammengepressten Lippen zu.

»Komm, Ljukar. Wir gehen besser«, sagte Keno. Patchara begann an den Schultern des Vaters zu wimmern.

Sie gingen. Als Luka an der Mutter vorbeikam und sie ansah,
stierte sie ausdruckslos neben ihn. Als wäre er jetzt unsichtbar.
Luka schluckte. Er spürte sein Herz pumpen, und eine Träne auf
seinem Gesicht herunterkullern. Dann passierte er den Körperdieb. Instinktiv ballten sich seine wunden Finger zur Faust. War er
das etwa auch gewesen? Hatte Saran auch ihn so zugerichtet? Er
richtete den Blick zu Boden und stapfte nach draußen zur Treppe.

»Zu früh«, sagte Keno nur, als sie unten angekommen waren,
und nickte seinen eigenen Worten abwesend zu. »Definitiv zu
früh.«

Immerhin eine Frage hatte sich im Haus geklärt. An einer Wand
hing ein enormer, rostroter Teppich mit einer Landkarte darauf.
Die in Sonnenblumengelb eingestickten Umrisse der Landesgrenzen
waren über den Hintergrund eines Tieres gestickt, an dessen Form
es erinnerte. Über einen Elefanten. Im Nordosten und Nordwesten
wurden zwei Rundungen zu den Ohren. Eine große Bucht im Zentrum fungierte als geöffneter Mund. Die dünne Landzunge im Süden
wurde zum geschlängelten Rüssel. Darüber stand in schnörkeligen
Lettern: *Thailand – Land of the White Elephant.*

Wirklich weiter half Luka diese Erkenntnis zwar nicht. Das
Einzige, was er mit dem Land verband, war das letzte Buch, das er
gelesen hatte. *Der Strand.* Aber das konnte doch wohl kaum der
Grund sein, wieso er hier war. Oder etwa doch? Gerne hätte er den
Körperdieb befragt. Vielleicht hätte der ihm weiterhelfen können.
Aber das hatte sich nach Patcharas Ausbruch schnell erledigt.

»Sie kann sehr aufbrausend sein«, sagte Keno. »Aber heute
kann ihr das niemand verdenken.«

Außerdem klärte ihn Keno auf, spreche der Körperdieb ohnehin kaum ihre Sprache. »Ein paar Fetzen Englisch, die mein Vater auch kann. Aber er lernt extrem langsam Thai. Ist ja auch kein Wunder, wenn jeden Tag jemand anders in ihm steckt.« Ein Tourist aus Russland sei er gewesen. Damals, vor dem Blitz. Und ja, bestätigte Keno, auch er war gestern Sarans Wut zum Opfer gefallen. Warum, wussten sie nicht. Vielleicht würden sie es nie erfahren.

Die Sonne tauchte gerade in den Horizont ein und färbte das Meer und den Himmel blutrot. Er saß gemeinsam mit Keno am Strand, bohrte seine Füße in den weichen Sand und genoss den letzten Nachgeschmack des Essens, das ihm Keno noch gebracht hatte. Süßer gebratener, klebriger Reis mit Mangos. Er hatte keine Ahnung gehabt, was Mangos waren. Aber es war ohne jeden Zweifel das mit Abstand Leckerste, was er in seinem Leben je gegessen hatte. Ob das nun daran lag, dass er ausgehungert war oder dass es vielleicht zufällig Sarans Lieblingsessen war – wer wusste das schon. Es war egal. Im Moment war sein Leben als Körperdieb gar nicht so schlecht. Doch da war noch etwas, das er Keno schon zuvor hatte fragen wollen.

»Du hast gesagt, hier reisen viele nicht. Wieso? Habt ihr auch Equanimierer? Oder was ist euer Trick?«

Keno schaute auf das glitzernde Wasser, nickte und dachte einen Moment nach. Er dachte fast immer einen Moment nach.

»Manche Menschen reisen einfach nicht. Sie tun es einfach nicht, sie bleiben für immer in ihren Körpern. Ganz ohne eure Equanimierer.« Das wusste Luka, natürlich wusste er das. Manche Menschen waren immun. So war immerhin die Einheit entstanden. Aber Keno war noch nicht fertig.

»Du hast mir erklärt, dass die Menschen bei euch in der Einheit froh sind, wenn sie ihre Körper behalten können. Solche Menschen gibt es überall. Nur eben bleiben sie manchmal ganz ohne irgendwelche Tränke. Sie bleiben, weil sie genau da hingehören, wo sie sind. Das ist zumindest meine Meinung. Sie sind dazu bestimmt, wenn du so willst. Bei Jay war das der Fall, glaube ich. Er war verliebt. Ich habe ihn noch nie glücklicher erlebt.«

Nach einem Blick auf Lukas fragendes Gesicht sagte Keno: »Du willst Antworten für deine Reise. Die kann ich dir leider auch nicht geben, aber ich bin auch nicht blind. Ich sehe viele Menschen hier, die nicht reisen. Viele sind glücklich, sind erfüllt. Sie haben eine Aufgabe. Nimm meine Eltern. Es ist schade, dass du sie nicht näher kennengelernt hast. Sie hätten dir mehr darüber erzählen können. Im Gegensatz zu mir haben sie die Zeit vor dem Blitz noch erlebt.«

Jetzt war es an Luka, nachzudenken. Kein Trick. Sie blieben einfach so hier. Wie viele Menschen kannte er, die ohne Equanimierer in ihren Körpern blieben? Und es ganz ohne Schwimmflügel, Boot, Schiff oder Titanic schafften, über Wasser zu bleiben? Er hatte keine Ahnung. Der Erste und die Gründungsmitglieder der Einheit, wie der Panscher, mal ganz sicher. Vielleicht auch die griesgrämige alte Heimvorsteherin. Waren sie glücklich? Erfüllt? War das der Grund? Oder hatten sie, wie er es bis jetzt immer gedacht hatte, einfach Glück gehabt?

Ob man Equanimierer nun wirklich brauchte oder nicht, damit ging man in der Einheit nicht hausieren. Natürlich nicht, denn dann wurde man noch am selben Tag vom Nachschub abgeschnitten. Das wollte niemand, denn Equanimierer bedeuteten nun mal Macht.

»Ich kenne viele, die ohne Equanimierer bleiben – aber nicht gerade wirken, als wären sie die glücklichsten Menschen auf der Welt«, warf Luka ein.

Keno nickte. »Es ist auch nur eine Theorie. Genauso wie das mit den Zwillingen nur eine ist. Wenn ich aber recht habe, ist die Frage doch aber die, Ljukar – ist man glücklich, weil man bleibt? Oder bleibt man, weil man glücklich ist?«

Luka schwieg. So hatte er das noch nie gesehen.

»Ist man glücklich, weil man alles hat, was man braucht? Oder hat man alles, was man braucht, weil man glücklich ist?« Abermals blieb Luka eine Antwort schuldig. Keno war aber jetzt so richtig in Fahrt.

»Ist man glücklich, weil man seine Bestimmung gefunden hat? Oder ...«

»Ich versteh schon«, wiegelte Luka ab. Er wusste beim besten Willen keine Antwort darauf, egal, wie Keno das formulierte. Alles, was er wusste, war das: Er beneidete alle, die sich um all das keine Sorgen machen brauchten. Ihn zum Beispiel, Keno. Er blieb schließlich auch, ohne etwas dafür zu tun. Als hätte er Lukas Gedanken gelesen, fuhr Keno fort: »Ja, bei mir ist es auch so. Ich bin zweiunddreißig Jahre alt und noch nie gereist. Ich denke, ich weiß, warum. Ich habe eine Aufgabe. Zumindest ... hatte ich eine. Jay und Saran. Das war meine Aufgabe. Ich war immer der, der in der Mitte stand. Mehr als einmal habe ich verhindert, dass sie sich die Schädel einschlugen. Ich habe vermittelt, habe sie an einen Tisch gesetzt. Ich habe Saran gut zugeredet und Jay klar gemacht, dass seine Worte Saran verletzen. Ich ... habe getan, was ich konnte. Aber ich habe versagt. Anders zwar, als ich dachte, aber dennoch.«

Luka drehte sich zu ihm um und zog die Stirn kraus. *Anders als er dachte?*

Keno sah Lukas Blick und erklärte: »Ich denke, du hast ein Recht darauf, das zu erfahren. Als wir Jay vorhin am Wasserfall geborgen haben, haben wir ihn untersucht. Du hast gesagt, du hättest ihn gewürgt. Also, Saran hätte ihn gewürgt. Aber wir haben an seinem Hals nichts gefunden. Keine Wunden, keine blauen Flecke oder Abschürfungen. Was wir aber gefunden haben, war das.«

Er holte ein dünnes, orangerotes Tuch mit blauen Musterungen hervor, das augenblicklich im Wind flatterte, der mittlerweile vom Meer zum Land wehte. »Jay hat dieses Kopftuch von Patchara bekommen. Es war ihr erstes Geschenk an ihn. Er ging nirgendwo ohne das Tuch hin, es war sein Glücksbringer. Wir haben es auf der Klippe oberhalb des Wasserfalls gefunden. Ganz oben, festgeknotet an einen Baum. Er konnte es nicht tun, ohne zu wissen, dass das Tuch in Sicherheit ist.«

Keno seufzte und schaute mit leerem Blick auf den Horizont, der gerade den obersten Rand der Sonne verschluckte. »Ich konnte zwar verhindern, dass sie sich gegenseitig umbringen. Aber das, was passiert ist, konnte ich nicht abwenden.«

Luka brauchte einen Moment, bis er begriff.

Selbstmord. Jay hatte sich von der Klippe in den Tod gestürzt.

Keno saß mit dem Rücken an eine Palme gelehnt am Strand. Er schlief. Luka gönnte ihm die Ruhe. Er hatte die ganze letzte Nacht nach seinen Brüdern gesucht. Deswegen war er bereits todmüde, als sie sich getroffen hatten.

Seine Aufgabe hier war vorbei. Ob es damit auch Kenos letzter Tag hier war? Luka hielt das für gut möglich. Er hatte neben der großen Trauer auch Erleichterung bei Keno gespürt. Es war kein schönes Ende für die gemeinsame Zeit der Brüder, aber immerhin war es ein Ende. Jay hatte keinen anderen Ausweg gesehen, als sich selbst zu töten. Damit Saran frei war.

Aus Liebe zu Saran also? Oder doch eher aus Angst vor ihm? Oder vielleicht fürchtete Jay, dass Saran in seiner Wut auch Patchara etwas antat. So oder so, Jay hatte Erfolg, wenn man das so nennen mochte. Saran war fort.

Luka beobachtete das Spiel der Wellen. Schon jetzt war er ganz vernarrt darin und fand es schade, dass er es womöglich morgen nicht mehr bewundern konnte. *Land of the White Elephant*. Ob die Geräusche im Dschungel wohl von einem gekommen waren?

Elefant, dachte er und sprach es aus. »Chang.«

Er grinste. Dieser Eine-Nacht-Sprachkurs faszinierte ihn. *Ich kann Thai*, dachte er. Die Sprache blieb also in den Körpern. Deswegen konnte sich der Russe immer noch nicht mit den anderen verständigen. Er selbst konnte – obwohl es nur sehr schwer ging –

Equanimierer auf Thai sagen, obwohl Saran es nie gesagt hatte. Die Vokabel *Equanimierer* hatte er also mitgebracht. Verrückt.

Er dachte an seine Begegnungen mit anderen Menschen. Die Leiche. Die Gefühle waren überwältigend gewesen. Später dann Keno. Hatte nur Saran ihn gemocht, oder wäre er Luka auch in seinem eigenen Körper sympathisch gewesen? Und Patchara … auch ihr Bild schoss ihm durch den Kopf. Und die Frage, ob nur er dachte, dass sie Augen hatte wie eine Gottesanbeterin, oder ob das auch Sarans Vermächtnis war.

Lukas wichtigste Erkenntnis des Tages war sehr beängstigend. Er fühlte, dachte und tat Dinge, die rein gar nichts mit ihm selbst zu tun hatten. Körpermotivierte Dinge. Das war unerklärlich, aber unverneinbar. Es war ein wenig so, als lebten zwei Personen in seinem Körper. Er selbst – und Sarans Schatten. Die Grenzen waren fließend. Ein dicker, undurchsichtiger Brei. Wie der aus der Heimküche.

Er dachte an Sarans Mutter. An das Gefühl, in ihren Armen zu liegen. An die Schmerzen, die sein Körper durchlitten hatte, als sie ihn zurückgewiesen hatte. Das war der Saran-Teil in ihm. Wenn er noch einen Beweis dafür gebraucht hatte, dass sich die Seelen zerrissen, das war er gewesen. Er selbst war nun einer von ihnen. Ein Zerrissener. Welcher Teil von ihm war im Lukakörper zurückgeblieben? Was fühlte derjenige, der seinem alten Körper gestohlen hatte? Fühlte er seine, Lukas, alte Gefühle? Dachte er seine alten Gedanken? Er schauderte bei der Vorstellung daran.

Einige wenige Fragezeichen über Lukas Kopf hatten sich aufgelöst. Gefühlt blieben immer noch viele Tausend. Überschattet wurden sie von einem großen. Ein Fragezeichen so hoch wie ein Wasserfall. Das wiederum war sehr spät entstanden, nach seinem kurzen Aufenthalt im Pfahlhaus. Er hatte sich bei Patcharas Beschimpfungen umgedreht. Als er die Wand vor sich gesehen hatte, hingen dort Fotos. Eines davon hatte seine Aufmerksamkeit sofort gefesselt. Instinktiv hatte er es eingesteckt.

Das Foto, das er jetzt im Mondlicht ansah, zeigte drei junge Menschen an genau diesem Strand. Im Hintergrund ragte das Pfahlhaus aus den Bäumen. Er meinte sogar, die clever konstruierte Palmenschaukel zu erkennen. Es war genau dort geschossen worden, wo er jetzt stand. Ein hellhäutiges Paar posierte auf dem Bild mit einer Thai, die nur Kenos Mutter in jüngeren Jahren sein konnte. Eine rothaarige, hellhäutige Frau kniete neben der Mutter. Die Hand der Frau ruhte auf dem runden mütterlichen Bauch und damit auf dem ungeborenen Keno. Vielleicht auch auf Saran und Jay, die gemeinsam auf ihre Geburt warteten.

Hinter der Rothaarigen stand ein Mann. Beschützend legte er beide Hände auf ihre Schultern. Er lächelte. Das Bild war verblichen, aber dieses Gesicht hätte Luka unter Tausenden wieder erkannt. Das Gesicht des Körperdiebs vom Damm. Aus dem Tribunal. Aus der Arena.

Das Gesicht von Sackmann.

Die rothaarige Frau sitzt gemeinsam mit Sackmann auf der Dreiecksschaukel. Sackmann steht auf, stellt sich hinter sie und wippt vor und zurück. Er lehnt sich mächtig in die Seile. Sie gewinnen rasch an Höhe, sie schlingern.

»Schneller! Noch höher!«, ruft sie und lacht laut auf.

Luka will zu ihnen gehen. Er will sie etwas fragen. Und auch schaukeln.

Schon tut er es. Er schaukelt. Der Wind pfeift ihm um die Ohren, aber es fühlt sich warm an, und seine Ohren dröhnen. Das kommt ihm bekannt vor.

Was, wenn sie lieber ungestört bleiben? Und ihn gar nicht dabeihaben wollen? Vielleicht bleibt er lieber hier und beobachtet sie noch ein Weilchen.

Da bemerkt er in seiner Hand ein Fernglas. Praktisch. Sobald er hindurchsieht, sind Sackmann und die Rothaarige verschwunden. Er hört sie noch lachen, er sieht ihre Schaukel sich weiterbewegen. Sogar das sanfte Hin- und Herwiegen der Palme kann er noch sehen. Aber die beiden Menschen nicht mehr.

»Das ist kaputt«, sagt er.

»Von wegen kaputt. Du hältst es falschrum!«, sagt Keno.

Er versucht es erneut. Er hielt die breiten Enden des Fernglases an seine Augen. Diesmal sieht er die Heimvorsteherin schaukeln. Sie lässt los, überschlägt sich zweimal, landet katzengleich auf dem Sand und spaziert in Sackmann-Manier eine Palme hoch.

»Schon wieder falsch!«, protestiert Keno kopfschüttelnd. Sein Elefantenrüssel wackelt. »Hier, ich zeig's dir.«

Er hält ihm das Fernglas hin. Nun schaut er seitwärts hindurch – und sieht die beiden wieder. Sackmann und die rote Frau. Aber nicht auf einer Schaukel, wo sie auf einer Bank an einem See sitzen, und die Sterne beobachten. Dann bemerken sie ihn. Zuerst fühlt er sich ertappt, aber sie lächeln und winken ihm zu. Er will zu ihnen, und fliegt los.

Als er landet, setzen seine Füße auf Fels auf. Luka wagt sich an den Abgrund und blickt auf einen dunklen, weitläufigen Wald herab. Am Rand einer Lichtung erkennt er ein stecknadelgroßes Haus. Es fängt an zu regnen, aber das macht nichts. In dem Haus ist er sicher.

Kapitel 5

Verkatert

N<small>ASS. DA WAR ETWAS</small> Nasses an seinem Finger. Umdrehen. Besser. Viel besser.

Aber da … war wieder etwas. An seinem großen Zeh. Etwas … wie spröder Gummi. Nass und warm. Er wandte er sich auf die andere Seite und wickelte die Füße in die Bettdecke. *Dummer Gummi.* Er schluckte. In seinem Mund schmeckte es süßlich-bitter. Seine Zunge fühlte sich mehlig an. *Seine Zunge.* Nass. Warm. Wie Gummi. Das Gummi war eine Zunge … es war dasselbe Gefühl wie … *auf seiner Nase!* Er öffnete die Augen.

Katze! Er zuckte zurück, doch das Tier blieb ungerührt. Nur eine Handbreit von seinem Gesicht ließ es sich in aller Ruhe auf dem Bett nieder. Die kleine Kreatur begann, sich gemächlich zu rekeln, ohne ihn dabei aus den grünen Augen zu lassen. Luka rieb sich den Schlaf aus dem Gesicht. Und die feuchte Nase.

Seine grauschwarz-gestreifte Bettgefährtin lag – und das fand er irgendwie irritierend – auf dem Rücken. Lagen Katzen sonst auf dem Rücken? Sie trat mit den Füßen um sich, als wollte sie Fliegen verscheuchen. Fast so, als wolle sie ihn in seinem Halbschlaf imitieren. Er setzte sich auf.

Die Katze maunzte protestierend und sprang vom Bett, als er sich aufrichtete und ihr seine Aufmerksamkeit entzog. Das Zimmer war von Vorhängen verdunkelt. *Nicht Thailand.* So viel war mal sicher. Er befand sich innerhalb von Wänden aus Stein, keiner Holzhütte am Meer. Obwohl er meinte, etwas rauschen zu hören – vielleicht aber doch nur in seinem Kopf. Der tat ziemlich weh. Von unten kam noch mehr empörtes Miauen. »Hey, nicht beleidigt sein, Kenny. Ich muss nur mal ...«

Kenny? Er kannte die Katze. Den Kater. Also sein Körper. Oder?

»Kenny?«, fragte er das Tier. Doch für Kenny, wenn er so hieß, war Luka schon wieder uninteressant geworden. Die Katze schlängelte sich durch die Beine eines Hockers zum Fenster. Dort angekommen, spielte sie mit den Kordeln der Vorhänge. Sonnenstrahlen blitzten durch den Stoff. Luka blinzelte, als sich einer davon über den Spiegel auf der anderen Zimmerseite in sein Gesicht verirrte. Instinktiv schloss er die Augen. Der zarte Lichtstrahl mutierte in seinem Kopf zu einem gleißend hellen Blitzschlag. Er hielt sich die Stirnseiten. Als er versuchte, sich aufzusetzen, wurde erneut alles weiß. Er räusperte sich. Süß. Pappig süß in seinem Mund.

»Gute Idee, mein Junge, aber ich bin noch nicht so weit«, sagte er. Vorsichtig tastend massierte er sich die Schläfen und öffnete langsam ein zweites Mal die Lider.

Der Tanz der Sonnenstrahlen hatte aufgehört. Luka blickte zum Spiegel. Er schluckte, als ihm klar wurde, dass eine Premiere bevorstand. Er würde es endlich sehen können. Endlich sehen, wie er als Körperdieb aussah. Gestern hatte er den ganzen Tag vergeblich darauf gewartet. Ein echtes Spiegelbild – nicht nur ein vager Umriss im Flusswasser. Bei dem Gedanken daran spürte er sein Herz schneller schlagen. Jetzt, da er diese Möglichkeit nur ein paar Schritt weit vor sich hatte, war er sich nicht mehr sicher, ob er das auch wollte. Ob er dafür schon bereit war. Am Wasserfall hatten ihn beim ersten Anblick eines Gesichts schlagartig und erbarmungslos die Schuldgefühle übermannt. Auf einen solchen Start konnte er heute gerne verzichten.

Schritt für Schritt. Kenny miaute wieder ungeduldig, doch Luka schloss erneut die Augen und legte sich wieder hin. Er zog sich die mollig warme Decke bis über den Kopf. Dann tastete er sich ab. Er fühlte einen schlanken Körper unter einem T-Shirt aus Baumwolle und Boxershorts. Arme und Beine ... eher drahtig als muskulös. Kein Vergleich mit Saran. Selbst Luka war stärker als … Luka. Also Luka von bis vor zwei Tagen war stärker als Luka heute. Er seufzte. Ob er sich wohl jemals an diese Denkweise gewöhnen würde?

Kenny maunzte erneut, und er richtete sich auf. Das Stechen in seinem Kopf kehrte zurück, aber statt eines Blitzschlags flackerte nur ein fernes Leuchten auf. Er strich sich mit der Linken über den pappigen Mund. Sein Bart kratzte auf seiner Handfläche. Wieder stockte er kurz, als er die fünf Finger zählte. Daran würde er sich bestimmt nie gewöhnen.

Kenny, der auf der Kommode vor dem Spiegel saß, beobachtete ihn erwartungsvoll. Entschlossener als er sich fühlte, stand Luka mit einem Ruck auf. Er dachte an seine ersten Schritte am Wasserfall. Diesmal hielt er sich zumindest aufrecht. Nach drei wackeligen Staksern hielt er sich mit beiden Händen an der Kommode fest. Dann blickte er in den Spiegel.

Das Bild im Spiegel war haarig und dunkel. Nicht nur wegen der spärlichen Beleuchtung. Er hatte helle Haut, das schon. Aber seine üppige, lockige Haarpracht war so tief dunkelbraun wie der Tentakeltisch der Heimvorsteherin.

Ihm war gar nicht klar gewesen, dass man als junger Mann einen solchen Bartwuchs entwickeln konnte. Im Gesicht seines Lukakörpers spross kaum mal ein Härchen. Er schätzte sich heute etwa in seinem eigenen Alter (*ja, es war kompliziert*). Sein gesamtes Gesicht war so zugewachsen wie die Arena mit Efeu und Blauregen. Er hatte einen Backenbart, der ihn an den uralten Richter Ignaz erinnerte. Der Mundbereich war größtenteils frei, aber eingerahmt von einem abgerundeten Haar-Viereck. Luka zog die Linien mit den Fingern nach. Irgendwie … lässig.

Grünbraune, tief liegende Augen lächelten ihn jetzt an. Die Augen hatten auch ihre Art Bärte, was ihm bis zum heutigen Tag noch nie aufgefallen war. Dicke, buschige, noch dunklere Brauen. Der Junge im Spiegel wirkte verschlafen und hatte Mühe, seine Lider oben zu halten. Aber ansonsten machte er einen gesunden Eindruck. Luka fand sich selbst, wenn man das so sagen konnte, sogar sympathisch. Vielleicht sprach das für ein gutes Selbstbild seines Vorgängers. Allmählich entspannte er sich. Keine Würgeträume, keine abgeschürften Handgelenke, keine Schuldgefühle. Keine Wein- und Würgereflexe. Und vor allem keine Leichen. Sein zweiter Morgen als Körperdieb toppte den ersten bereits jetzt um Welten.

Er war bestimmt nicht mehr in Thailand, oh nein. Im Gegenteil, es war kalt. Luka schaute sich um, während er gedankenverloren Kenny hinter den Ohren kraulte. Lagen da Klamotten auf dem Boden? Er stakste zurück – nun schon etwas sicherer – und schnappte sich Jeans und Pulli.

Beim ersten Versuch zog er sich beides falsch herum an. Er schob das mal auf die Ungeschicktheit seines neuen Körpers. Oder auf die Eingewöhnungsphase. *Ausreden findet man als Körperdieb wohl immer genug*, dachte er und schmunzelte. Die Jeans war zu groß und rutschte ihm sofort hinunter, also hielt er sie fest. Wieder blendete ihn ein Sonnenstrahl, diesmal direkt von den tanzenden Vorhängen aus. Die Kordeln waren anscheinend wieder in. »Gute Idee, Kleiner. Bringen wir Licht in die Sache. Ich brauche noch Schuhe und …«

Als er den Vorhang mit einem Ruck zur Seite zog, klappte Lukas Kinnlade herunter. Er hatte noch nie im Leben etwas so Großes gesehen. Vor ihm türmte sich ein Berg auf. Hätte er direkt am Fuß des Berges gestanden, hätte er diesen nicht in seinem ganzen Ausmaß wahrnehmen können. Durch das kleine Tal heller, saftiger Wiesen und sanft ansteigender Hügel, das zwischen ihnen lag, wirkte das dunkle Monstrum im Hintergrund noch massiver. Im unteren Teil des Bergwaldes stachen viele hellgrüne Laubbäume hervor. Weiter oben beherrschten dunkle Nadeln das Bild. Die lebendigen Grüntöne verwandelten sich mit ansteigender Höhe zu einem aschfarbenen Braun. Schließlich wichen auch die letzten lebendigen Farben, totem, grauschwarzen Stein. Auf der kantigen Spitze meinte er, dünne Schneestreifen zu erkennen, und es lief ihm kalt den Rücken hinunter.

Er kam sich winzig und unbedeutend vor, wie auf dem Hocker im Büro der Heimvorsteherin, nur hundertfach verstärkt. Sein Blick haftete wie magnetisch angezogen auf dem bedrohlich-majestätischen Gebirge. Es war ein wenig wie beim Koloss. Der Gigant aus der Arena war herzlos und gewalttätig, aber wie er sich trotz seiner Masse bewegt hatte, hatte alle in einen hypnotischen Bann gezogen. Der Unterschied war, dass dieser felsige Riese hier seit Tausenden von Jahren unverwüstlich den Elementen trotzte, während der kolossale Kämpfer von einem Windhauch von einem Menschen zur Strecke gebracht worden war. Einem Windhauch namens Sackmann.

Sackmann. Er hatte versucht, die Gedanken an ihn beiseite-zuschieben. Gelungen war ihm dies kaum, erst tief in der Nacht war er am Strand zur Ruhe gekommen. Auf eines hatte er sich nach endlosem Brüten immerhin festgelegt. Es konnte kein Zufall sein. Luka hatte ihn am Dammweg gerettet. Ihn fälschlicher-weise freiwillig gemeldet. Dann stellte sich heraus, dass er von der Einheit gesucht wurde. Und dann, nachdem Luka zunächst für seinen Fang belohnt, die spektakuläre Flucht des Gesuchten mitangesehen und prompt selbst zum Körperdieb wurde, traf er ihn wieder. Nicht ihn selbst, aber ein Foto, das mindestens dreißig Jahre lang auf ihn gewartet hatte. In Thailand, am anderen Ende der Welt. Niemals konnte das Zufall sein. »Es gibt keine Zufälle«, sagte Daniel immer. Nur verzerrte Wahrnehmung.

Luka hatte versucht, sich zu einzureden, er täusche sich. Aber jedes Mal, wenn er das Foto im Mondlicht herausgeholt hatte … war er es. Jünger, ja. Mit einer Frau an seiner Seite und lächelnd. Eine glücklichere Version aus einer anderen Zeit.

Er wandte sich vom Fenster ab. Zum ersten Mal nahm er nun auch das Zimmer wahr. Das Tageslicht fiel auf einen Schreibtisch und ein gerahmtes Foto, das darüber hing. Luka tappte vorsichtig darauf zu und wich Kenny und einem Paar Wanderschuhen aus, mit deren Schnürsenkeln der Kater spielte. *Schuhe, stimmt ja.* Kenny war wie ein Kompass und Luka immer einen Schritt voraus. Dennoch zog es ihn zu dem Foto. Schemenhaft erkannte er darauf die Umrisse eines Menschen. Die Gedanken an Sackmann noch im Kopf, wischte er den Staub vom Glas. »Es gibt keine Zufälle«, flüsterte er dabei.

Das Foto zeigte eine dürre Gestalt. Sackmanndürr. Und er flog.

Luka schloss die Augen. *Das kann doch nicht wahr sein.* Sein Herzschlag legte wieder an Frequenz zu. Luka nahm das Bild von der Wand und hielt es ins Licht. Der Mensch in dem Ganzkörperanzug auf dem Foto trug einen Helm mit dunklem Visier. An seinen Füßen klemmten lange Bretter, die wie ein weit geöffnetes V auseinandergespreizt waren. Sein vollkommen durchgestreckter Körper stand wie ein Brett in der Luft. Über seinem Anzug trug er eine Art weißes Unterhemd, auf dem in dicken schwarzen Ziffern die Zahl elf prangte. Luka horchte in sich hinein, doch er spürte nichts. Sein Körper kannte denjenigen nicht. Er selbst auch nicht. Geschweige denn wusste er, was zum Henker der Fotografierte dort tat.

Luka schnaubte und schüttelte sich (was sich auch in diesem Körper komisch anfühlte – das war wohl wirklich eine Macke von ihm allein). Er hängte das Bild wieder an die Wand. *Sackmann hin, Sackmann her.* Paranoid zu werden, half ihm auch nichts. Es war egal, wer das auf dem Bild war. Vielleicht war alles doch nur ein Zufall gewesen. »Was weiß Daniel schon«, sagte er trotzig zu Kenny.

Der Kater schaute ihn an, als wollte er sagen: Darauf antworte ich lieber nicht.

Kenny und Luka schauten sich noch in die Augen, als etwas klirrte. Hell, wie dünnes Glas auf Stein. Es kam von unten. Der Kater machte einen Satz und flitzte unter das Bett. Auch Luka fuhr zusammen.

Eine Männerstimme. Er hörte sie nur gedämpft, aber er hatte zu viel Zeit mit Pip verbracht, um nicht zu erkennen, dass sie fluchte. Alle Vorsicht vergessend, machte er zwei schnelle Schritte zur Tür, stoppte aber ab. *Keine gute Idee.* Irgendjemand war da unten, aber dieser Jemand wusste vielleicht noch nichts von Luka. Sobald er sich bemerkbar machte, war sein Vorteil dahin. Falls der da unten nicht gut auf ihn zu sprechen war, und es gar zu einem Kampf kam. Zumal war er barfuß, und irgendetwas lag dort in tausend Scherben.

Fieberhaft schaute er sich um. Das Zimmer sah nicht dauerhaft bewohnt aus, denn überall lag Staub. Er erkannte nichts wieder – Kenny mal ausgenommen. Aber zu Hause fühlte er sich hier nicht. Unten traf er also wahrscheinlich nicht auf besorgte Eltern, die von ihm den täglichen Code erwarteten. Aber wer konnte es dann sein? Und wollte er das überhaupt herausfinden?

Er könnte sich wieder hinlegen, denn sein Körper sehnte sich ohnehin nach Schlaf. Einen Ausweg gab es hier oben nicht, er war im zweiten oder dritten Stock. Als Saran hätte er in Erwägung gezogen, aus dem Fenster zu klettern. Heute war dieser Gedanke geradezu lächerlich abwegig. Sein Körper war zwar schlank und drahtig, aber heute würde er nicht mit sportlichen Großleistungen glänzen können. Er wünschte er sich nichts als Ruhe für seinen Brummschädel.

Kenny spazierte wieder unter dem Bett hervor und zeigte ein stummes Gähnen. Und ließ seine langen Eckzähne aufblitzen.

Schon wieder richtig, Kenny. Eine Waffe. Er brauchte eine Waffe. Dann konnte er sich hinunter wagen. So leise er nur irgend konnte, tapste er zu den Schuhen und schlüpfte hinein. Die ausgetretenen alten Dinger waren ihm etwas zu klein, aber für Komfort blieb keine Zeit. Erneut hörte er unten etwas rumoren. Kam es näher?

Luka schaute sich um. In einer Ecke standen zwei Wanderstöcke aus Plastik. Unten waren sie spitz. Reichte das? Wahrscheinlich verbogen sich diese notdürftigen Speere beim ersten Kontakt mit irgendetwas anderem als Luft. Er nahm sich einen und stieß damit probeweise zu. Dann legte er ihn in die andere Hand. *Besser.* Sein heutiges Ich war Linkshänder.

Er drückte die Türklinke. Kaum war sie eine Handbreit offen, flitzte Kenny hinaus. Luka schloss die Augen und schalt sich für seine Dummheit. Kenny würde ihn verraten! Luka hörte auf zu atmen und lauschte.

Zuerst nichts. Der Kater tapste vermutlich lautlos nach unten. Vielleicht schlich sich Kenny ja unbemerkt nach draußen.

»Hallo! Na, wer bist du denn? Und wo kommst du her?«, hörte er die Stimme. Es war nah. Näher, als er gedacht hatte. Noch etwas schoss Luka durch den Kopf: *Er kennt Kenny nicht!* Es musste ein anderer Körperdieb sein.

»Du hast bestimmt Hunger, hm? Geht mir genauso. Wollen mal sehen, ob wir hier irgendwas finden.« Luka hörte Schritte … die aber langsam leiser wurden! Er spürte ein Grinsen über seine bärtige Wange huschen. *Kenny, du Tiger.* Von wegen ihn verraten – er sorgte für ein Ablenkungsmanöver. Wie hatte er nur jemals an ihm zweifeln können? Langsam und geräuschlos verbreiterte er den Spalt und folgte seinem tierischen Komplizen Speer voraus durch die Tür.

Luka stand auf einer morschen Barke, die bei jedem Ruderschlag auseinanderzubrechen drohte. Zumindest fühlte er sich so. Wie Kenny war er zwei Treppen still hinuntergeschlichen. Doch auf der Treppe ins Erdgeschoss verursachte jedes Gramm Gewicht ein so durchdringendes Quietschen, dass jeder im Haus davon alarmiert werden musste. Also harrte er aus: Zwei Schritte nach oben, etwa zehn nach unten. Aber in jede Richtung: Lärm.

Er lauschte weiter, aber sekundenlang hörte er nichts, außer seinen einen, ungleichmäßig und heftig trommelnden Herzschlag. Nichts. Es polterte plötzlich, und sein Griff um den Stock festigte sich. Das klang wie … Blech. Eine Blechschüssel, die langsam auf einem Steinboden ausrollte.

»Ah! Jetzt haben wir was für dich!« Der andere hatte nichts vom Treppenquietschen bemerkt – nein, er suchte weiter Essen für Kenny!

»Moment, gleich komme ich ran!«

Holz. Das klang wie Holz, das über einen harten Untergrund gezogen wurde. Ein Stuhl? Instinktiv machte Luka zwei vorsichtige, aber doch zügige Schritte nach unten. Solange der andere selbst Krach machte, konnte er ihn nicht hören. Theoretisch ein guter Plan, doch die nächste Stufe jaulte unter seinem Gewicht wie ein getretener Hund. Er kniff die Augen zu, als könnte dies das Geräusch irgendwie dämpfen. Wieder stoppte er und hielt den Atem an.

»Ich … komm fast hin!« Der andere keuchte angestrengt. Was passierte da unten? »Fast … aber es … ist so weit hinten … Moment … so, jetzt …« Wieder polterte etwas Holziges auf Stein. *Weiter!*

Unten krachte es. Luka hörte Holz splittern, der Mann schrie auf. Luka sprang, nahm zwei Stufen auf einmal und landete auf dem Teppichboden des Flurs.

Noch in der knienden Position, in der er aufgekommen war, schaute er sich um. Er sah zwei Türen. Links die angelehnte Haustür. Vor ihm die Küche, wo sein Blick über den mit Scherben übersäten Fliesenboden wanderte und an einem Messerblock hängen blieb. Aus Küchentür war gedämpftes Stöhnen zu hören. Luka erkannte zuerst nur einen Schatten, als jemand zu ihm auf den Flur trat.

Kenny tapste ungerührt auf Luka zu, schmiegte sich kurz an sein linkes Bein und verschwand geräuschlos durch die Haustür. Luka sah ihm hinterher. Er konnte Kenny einfach folgen. Dann fiel sein Blick wieder auf den Messerblock. Ein echtes Messer war schon etwas ganz anderes als sein Plastikspeer.

»Mistvieh«, grummelte es aus der Küchentür. Luka spürte etwas. Die Stimme. Zum ersten Mal hörte er sie deutlich. Das Gefühl war nur schwach, aber es war da: Er kannte sie und freute sich, sie zu hören. Luka entspannte sich, trat an die Tür, stellte den Stockspeer daneben ab und räusperte sich. »Hallo ... äh ... brauchst du Hilfe?«

Der Junge auf dem Boden war gerade dabei, sich aufzurappeln, und blickte Luka zunächst erschrocken an. Nach einem Wimpernschlag entspannten sich auch seine Züge. Er setzte ein ertapptes, fast schelmisches Grinsen auf, das Luka automatisch erwiderte. Ja, er kannte ihn. Und er mochte ihn. Luka half ihm auf.

»Danke. Ich hätte es wissen müssen. Sah schon ziemlich brüchig aus, das Teil.« Kopfschüttelnd und deutete er auf die zerborstenen Überreste des Stuhls, die nun auf dem Boden verteilt lagen. Den Rest konnte sich Luka zusammenreimen. Das Wandregal, das oberste Fach war geöffnet ... Kenny hatte ihm irgendwie zu verstehen gegeben, wo er etwas Essbares für ihn finden konnte.

»Alles okay bei dir?«, fragte Luka.

»Mir gehts gut. Nur ... schwindlig.« Der andere setzte sich bedächtig auf einen der anderen Stühle. Dass er sich fast den Hals gebrochen hatte, um den Kater zu füttern, wertete Luka als weiteres Zeichen dafür, dass man ihm trauen konnte. Er war größer und kräftiger als Luka heute, wohl nur ein paar Jahre älter als er selbst, aber wirkte erwachsener. Sein dünner Schnurrbart war ordentlich getrimmt. Auch seine eckige Brille trug ihren Teil dazu bei. Lukas Blick wanderte über die Gegenstände, die auf dem Boden verteilt lagen.

»Hast du denn noch was für Kenny erwischt?«

»Nein, was … woher weißt du, wie die Katze heißt? Bist du etwa von hier?« Die Augenbrauen des anderen verengten sich.

»Nein. Ich war hier noch nie.« Luka fühlte sich ertappt.

»Hm. Seltsam.« Der Brillenträger überlegte einen Moment. »Oh!« Sein Blick hellte sich auf. »Dann kannst du Körperlesen?«

»Ich kann was?«

»Körperlesen. Ich hab mal einen getroffen, der es konnte. Verwirrter Typ. Aber irgendwie hat er Dinge gewusst, die eben nur sein Körper hätte wissen können. Das war echt … gespenstisch.«

»Aber auch manchmal ziemlich praktisch!«, fügte er schnell an, als er sah, wie Lukas Augen sich weiteten. »Hast du noch nie davon gehört?«

Luka schüttelte den Kopf. »Gehört nicht, aber …« Er überlegte. Erlebt hatte er es, gestern. Obwohl er fand, dass die Bezeichnung Körperlesen arg hinkte. Am Wasserfall war er nicht gerade meditativ in sich gegangen, hatte ein paar Seiten durchgeblättert und mal eben so Sarans Gefühle für die Leiche erforscht. Nein. Sie hatten ihn übermannt. Überschwemmt. Fast weggeschwemmt. »Ist das denn nicht … normal?«, fragte er vorsichtig.

Der andere lachte. Ein herzliches, breites Lachen. »Sagen wir so, in den zwei Jahren, in denen ich jetzt schon unterwegs bin, bist du der Zweite, den ich treffe.« Luka nickte. Er jubilierte innerlich: *Zwei Jahre!* Er hatte zwei Jahre Erfahrung als Körperdieb! Endlich würde er ein paar Dinge über diese verworrene Sache herausbekommen.

»Also, wenn du mich fragst«, fuhr der Gestürzte fort, »sollten wir das ausnutzen. Uns auf das verlassen, was du aus deinem Körper ziehen kannst. Also, falls du nicht alleine losziehen willst.« Luka verneinte energisch, aber nicht nur wegen möglicher Geheimnisse über die Körperreiserei. Er fühlte sich in seiner Gegenwart wohl, außerdem war er gestern nun wirklich genug auf eigene Faust im Dschungel umhergeirrt.

»Freut mich«, sagte sein Gegenüber und lächelte erleichtert. »Übrigens, ich bin Georg. Nenn mich Geo, das tun alle.« Auch Luka stellte sich vor – er spürte keine Proteste seiner Zunge, also war er seiner Heimat vermutlich bei Weitem nicht so fern wie in Thailand. Er schüttelte Geos kräftige Hand.

»Ich weiß ja nicht, wie's dir geht, Luka, aber ich hab einen Mordshunger. Ich musste mich schon zusammenreißen, nicht die Katze zu essen. Wo, denkst du …«, sagte Geo, als er aufstehen wollte – aber stoppte abrupt, ließ sich wieder auf den Stuhl fallen und hielt sich den Kopf. Luka trat besorgt zu ihm. »Hast du dich bei dem Sturz doch verletzt?«

»Nein, das ist es nicht«, antwortete Geo mit zusammengekniffenem Gesicht. »Das sind eher die … anderen Nachwirkungen. Ich weiß ja nicht, wie es dir geht, aber mein Typ hat sich gestern ordentlich volllaufen lassen.« Er seufzte und massierte sich die Schläfen. »Verdammte Körpervandalen.«

So fühlte es sich also an, einen Kater zu haben. Und damit war nicht Kenny gemeint.

Luka war an Alkohol gewohnt, schließlich hatte er in den letzten Jahren täglich welchen konsumiert. Es war ein offenes Geheimnis, dass die Equanimierer für die Anwärter, die *Schwimmflügel*, zu einem großen Teil Alkohol enthielten. »Von wegen geheime Rezeptur«, pflegte Pip zu sagen, »ich wette, viel mehr als Wasser und ein bisschen Stoff ist es nicht.« Die genaue Zusammensetzung der verschiedenen Körperschützer kannten nur der Panscher und seine Gehilfen. Und ob Pip recht hatte oder nicht – sie funktionierten. Na ja, bis sie es eines Tages nicht mehr taten, und man im Dschungel aufwachte.

Wie angekündigt überließ Geo Luka die Führung, als sie das leer stehende Haus hinter sich ließen. Es befand sich am Übergang der großen Lichtung in einen hochgewachsenen Buchenwald.

Friedlich wie Arme auf den Schultern eines alten Freundes lagen die Äste der vordersten Bäume auf dem Dach. Ein einziges Zimmer bildete den dritten Stock – das dem Wald abgewandte Turmzimmer mit Bergblick, in dem Luka aufgewacht war.

Wie gut Lukas Dienste als menschliche Wünschelrute für Essbares sein würden, konnte er nicht abschätzen. Andere Häuser, idealerweise bewohnte, schienen die logische erste Anlaufstelle zu sein. Fürs Erste wandte sich Luka vom Berg ab, und sie versuchten ihr Glück auf einem Waldweg.

Viel besser ging es Luka in seinem verkaterten Körper nun immer noch nicht. Doch einen flauen Magen, einen pochenden Schädel und einen pappigen Mund zog er Wellen unerklärlicher Schuldgefühle jederzeit vor. Trotzdem hatte Geo recht. *Verdammte Körpervandalen.* Seinen Körper in einem schlechten Zustand zum Schlafen zurückzulassen, war ziemlich rücksichtslos. Das erlebte er nun schon zum zweiten Mal am eigenen Leib, und er nahm sich vor, künftig darauf zu achten. Am Morgen war man in neuen Körpern schon aufgewühlt genug.

Interessant fand Luka, dass selbst die große Menge Stoff, die sein und Geos Vorgänger sich eingeflößt hatten, nicht ausgereicht hatte, um in den Körpern zu bleiben. Wenn sie das überhaupt vorgehabt hatten. Nur Alkohol war eben kein echter Equanimierer aus der Einheit. Diese waren angeblich extrem aufwendig herzustellen. Ein ganzes Viertel mit alten Brauereien war für die Rezepturen des Panschers umgebaut worden. *Kontinuierliches Destillieren* und *Doppelbrandverfahren* waren Fachworte, die Luka ab und an aufschnappte. Es war nur gerecht, dass sie so für die Körpersicherheit der Einheitsbewohner sorgten, die sie sonst im Schlaf bedrohten, hieß es, und diese Logik hatte sogar etwas für sich, hatte Luka immer gedacht.

Seinen neuen Gefährten hatte es weit schlimmer erwischt als ihn, was den Kater anging. Als sie an einem weiß gefliesten Badezimmer vorbeigekommen waren, zog ihn Geo weiter. »Da willst du nicht rein. Außer, du willst dir den Appetit verderben.«

Mit dem Kopf auf der Schüssel sei er aufgewacht, bestätigte Geo zerknirscht.

Luka kam auf das Thema Körperlesen zurück. Auf seine Frage hin gab Geo zu, dass er zumindest ein paar Gefühle von seinem Körper erspüren konnte. »Das passiert schon mal«, sagte er mit zusammengekniffenen Augen und rückte seine Brille zurecht – wobei Luka mutmaßte, dass diese automatisch wirkende Bewegung von Geos Körper ausging. »Du warst mir zum Beispiel gleich sympathisch«, sagte Geo. »Ich könnte mir gut vorstellen, dass die Originalbesitzer unserer Körper befreundet waren.«

Luka nickte. Das war ziemlich offensichtlich. Er wurde das Gefühl nicht los, dass Geo das Thema unangenehm war. Sein Blick, als er realisiert hatte, dass Luka diese scheinbar ungewöhnliche Fähigkeit besaß ... für die Dauer eines Herzschlags war alle Freundlichkeit, die Geo sonst ausstrahlte, aus seinen Zügen gewichen.

Aber Luka sorgte sich nicht weiter darüber. Er war heilfroh, dass er nicht allein war. Geo war freundlich und hilfsbereit – er trug Luka tatsächlich seinen Plastikstock hinterher, weil er dachte, Luka war mit einer Verletzung aufgewacht. Wieso sollte er auch sonst einen Gehstock mit sich herumschleppen?

Geo stammte aus dem Umland der Einheit, erzählte er auf dem Waldweg. Ein paar Mal sei er schon in die Nähe der Stadtmauern gekommen, wo seine Familie Brennholz und Fische für Equanimierer eingetauscht hatte. »Ich habe lange gehofft, immun zu sein«, sagte Geo. »Meine ältere Schwester und meine Mutter sind immun. Wir konnten uns die Equanimierer so schon kaum leisten. In den letzten Jahren sind sie immer teurer geworden. Irgendwann haben wir es bei mir riskiert. Es ging einfach nicht anders. Na ja. Den Erfolg dieses Versuchs kannst du dir ja denken.«

»Hast du ... deine Familie seitdem wieder gesehen?«, fragte Luka vorsichtig.

»Nein. Vor ein paar Monaten bin ich im Nachbardorf aufgewacht. Ich hab's bis abends in das Haus geschafft, in dem wir
gewohnt haben. Es war leer, aber sah bewohnt aus. Die Feuerstelle
war warm. Sie waren nur nicht da. Ich hab nicht auf sie gewartet.
Zum Glück.« Stirnrunzelnd drehte Luka ihm den Kopf zu.

»Was denkst du, wäre wohl passiert, wenn ich dort eingeschlafen
wäre? Dann hätten sie sonst wen bei sich im Haus gehabt. Ich bin
so weit von da weg, wie ich konnte. Selbst wenn sie rechtzeitig
zurückgekommen wären – hätten sie mir überhaupt geglaubt? Und
was dann? Hätten sie mir Equanimierer abgegeben?« Er schüttelte
den Kopf. »Vergiss es. Das würde ich auch nicht tun.«

Geo schnappte Lukas mitleidigen Blick auf. »Ist schon okay«,
sagte er schnell. »Klar hab ich für einen Moment gehofft …« Er
stockte. »Ich hab mich damit abgefunden«, fügte er mit festerer
Stimme an. »Ich bin allein. Sobald man das akzeptiert, hat man
das Schlimmste überstanden. Glaub mir.«

Luka schwieg. Er hatte sich nie bewusst gemacht, wie das
Leben außerhalb der Stadtmauern ablief. Wie privilegiert er war,
ohne sein Zutun an Equanimierer zu kommen. Er kam sich
ziemlich naiv vor. Gleichzeitig sah er seine Hoffnungen, in die
Einheit zurückzukehren, schwinden. Einmal in zwei Jahren im
Nachbardorf!

Er schluckte. Vermutlich hatte Geo recht. Er war allein. Alles
andere war Tagträumerei.

Sie stapften weiter hangabwärts, bis sie die Quelle des Wasser-
rauschens erreichten. Ein schnell fließender Bergbach hatte sich
tief in die Waldsenke eingegraben. Eine ganze Weile folgten sie
einem breiten Sandweg am Bach entlang. Der Weg führte über
eine Brücke, doch kurz zuvor bog Lukas Körper entschlossen links
ab und verließ ihn zugunsten eines Trampelpfads. Geo nahm es
kommentarlos hin.

Anfangs war der Pfad gut ausgetreten. Die hochstehende Sonne blitzte durch die teilweise schon herbstlich-bunten Blätter und Nadeln der hohen Bäume, und Geo und Luka scherzten über ihre missliche Lage. Er fragte sich, ob so nun sein Leben aussehen würde, wie Frodo und Sam aus *Der Herr der Ringe* durch die Wildnis zu streifen. Wie der Ringträger war Luka froh über seinen Begleiter. Er hoffte nur, dass er ihn wirklich zu etwas Essbarem führen konnte, und sie nicht versehentlich in Mordor landeten.

Sie näherten sich einem lang gezogenen Berghang. Schatten ersetzten die Sonnenstrahlen, und es wurde kühler. Blattwerk, Gestrüpp und umgestürzte Bäume auf dem Weg ließen Luka immer häufiger anhalten und überlegen, wo es weiterging. Der Körper kannte sich hier bei Weitem nicht so gut aus wie Saran auf der Insel. Seine zu kleinen Schuhe drückten auf die Fersen, und ihn nervte seine zu große Hose, die er sich immer wieder hochziehen musste. Auch Geo half ihm nicht gerade dabei, an Sicherheit zu gewinnen. Einige Male stolperte sein Weggefährte und richtete sich grummelnd wieder auf. Ebenso blieb Luka nicht verborgen, wie er suchend den Hals reckte – vielleicht wollte er den Sandweg erspähen. Sein Vertrauen in Lukas Führung schien zu bröckeln.

»Was ist eigentlich mit dem anderen Körperleser passiert?«, fragte Luka, um Geo von ihrem Irrgang abzulenken. »Hast du ihn mal wieder getroffen?«

»Nein. Ich hab gehört, die meisten werden irgendwann verrückt. Oder sterben, weil ihr Gehirn damit nicht fertig wird.«

Luka stoppte ab und drehte sich um.

»Bestimmt nur Geschichten«, wiegelte Geo ab, als er Lukas Blick sah. »Die Leute denken sich das sicher nur aus, weil sie …«

»Ja?«

Geo war nun sichtlich unwohl. »Ach, ist egal. Nur Geschichten.«

»Ich kenn sie nicht. Du würdest mir einen Gefallen tun. Ich bin ja erst seit gestern … so was«, sagte Luka.

Geo seufzte und nickte verständnisvoll. »Manche sagen, in Körpern zu lesen sei … falsch. Unmoralisch. Die Erinnerungen gehören immerhin eigentlich den Originalbesitzern. Deswegen, na ja … manche sagen, die Körperleser verdienen es nicht anders, als irgendwann durchzudrehen.« Luka nickte. *Manche.* Luka vermutete, dass Geo auch so dachte, aber es ihm schwerfiel, das zuzugeben, weil ihre Körper befreundet waren.

Schweigend trotteten sie weiter, bis sie unter einer mannsgroßen Wurzel hindurchkriechen mussten, die zwischen zwei Felsen hervorragte. Luka legte die Hand auf das Holz und meinte, etwas Bekanntes zu erspüren. Er war erleichtert. In den letzten Minuten hatte er schon ernsthaft mit dem Gedanken gespielt, umzukehren. Luka half seinem Gefährten hindurch und richtete sich auf. Er stand am Abgrund eines steilen Ufers. Vorsichtig beugte er sich nach vorne.

Es war vermutlich derselbe Bergbach wie vorhin, aber hier war das Wasser in einer deutlich engeren Rinne zusammengepfercht. In Hunderten gurgelnden Kaskaden bahnte sich das Nass einen Weg zwischen den weißen Felsen hindurch. Er bewunderte das Schauspiel für einige Momente, dann zog er sich zurück. Das Rauschen dort unten erinnerte ihn an die Nacht auf dem Damm. Der heutige Anblick schlug den beschmierten Betonklotz zwar um Welten, doch eines hatten sie gemeinsam – ein Sturz würde auch hier tödlich enden.

Es ging nicht mehr. Er konnte nicht weiter. Sein Blick war ebenso wie seine Gliedmaßen zu Eis erstarrt. Er haftete bleischwer auf der tödlich-pittoresken Felsenformation unter ihm.

Luka stand in der Mitte einer Drahtseilbrücke über dem Bach. Ihn überkamen zwei Erkenntnisse über das Körperlesen. Erstens, sein Wissen darüber reichte bei Weitem nicht aus, um eine Entscheidung zu treffen, die vielleicht über Leben und Tod entschied. Und zweitens, sein heutiger Körper hatte Höhenangst.

Der Übergang bestand nur aus zwei fingerdicken, rostschwarzen Drahtseilen. Eines unten, für die Füße, eines verlief knapp über seinem Brustbein, als Halteseil für die Hände. Eine simple Konstruktion, die sein Gewicht auszuhalten schien – wenn man nicht zu lange auf einer Stelle stand. Unglücklicherweise tat er seit einer gefühlten Ewigkeit genau das.

Er sah den Draht reißen. Es würde ganz langsam beginnen, so langsam, wie Blumenknospen sich entfalteten. Stück für Stück würden sich die kleinen Drähtchen an der Stelle zwischen seinen Füßen auseinanderkräuseln, bis sein Gewicht nur noch von ein paar Fasern getragen würde. Dann – *tchhh*. Ein metallischer Riss, oder mehr ein rostiges Brechen. Ein letzter Peitschenhieb, bevor die beiden losen Drahtseilenden nur Augenblicke später lustlos am Uferrand hingen. Dann wäre nur noch das Halteseil da. Er spürte schon jetzt, wie das raue Metall seine weichen Handflächen aufschürfte. Keine paar Sekunden würde er durchhalten. Er war nicht Frodo. Er war Gandalf, der in den Abgrund stürzte.

Von irgendwoher hörte Luka etwas. Eine Mädchenstimme. Er konzentrierte sich, und sie drang zu ihm durch.

»… hängt er da jetzt schon?«, fragte sie.

»Mehr als eine halbe Stunde«, antwortete Geo.

»Ich wollte euch auf dem anderen Weg erwischen. Ypsilon hatte da so eine Ahnung. Ich will auf keinen Fall die Letzte sein, die zu Hause aufkreuzt. Die Jungs sind bestimmt schon fast dort.«

Die beiden Stimmen schwiegen.

»Hey, du! Adrian!«, rief sie.

»Er heißt doch Luka«, warf Geo ein, doch der Trick des Mädchens funktionierte. Luka, eben noch wie festgefroren, hob wie fremdgesteuert den Kopf und wandte ihn ihrer Stimme zu. *Adrian*, dachte er. Ja, er hieß Adrian. Er sah sie jetzt. Ein kleines Mädchen mit krausen dunklen Löckchen und Pferdeschwanz. Von oben bis unten war sie eingedeckt mit Schmutzflecken. Auf ihrem Arm ließ sich Kenny eine Streicheleinheit gefallen.

»Hallo, Kenny. Hallo, Raffaella«, sagte Luka. Die Kleine lächelte und präsentierte eine stattliche Zahnlücke, flankiert von zwei winzigen Grübchen auf ihren Wangen.

»Du kennst mich also. Magst du nicht zu mir kommen?«

Luka versuchte, zurückzulächeln. Sein Körper hatte die Kleine lange vor ihm ins Herz geschlossen. Trotzdem brachte er nicht mehr hervor als ein Lippenzucken. Langsam ließ er den Kopf wieder sinken. Die Fluten zogen seinen Blick wieder an. Ein Holzscheit kam angeschwemmt, prallte auf einen Felsen und wurde von den schäumenden Fluten verschluckt. Würde es ihm so auch ergehen?

»Nein, nicht! Es wird reißen!« Das war Geo. Luka spürte eine Erschütterung.

»Ist schon gut«, hörte er plötzlich Raffaellas Stimme. Sie war nah. Sie klang zutraulich, als spräche sie zu einem störrischen Pferd. »Es ist sicher, weißt du. Adrian ist das nur nicht gewohnt. Und ich verrat dir noch was. Ich darf eigentlich nicht hier drüber. Aber meine große Schwester sagt, ich bin eigentlich alt genug. Und es stimmt! Ich kann es! So wie du!«

Er spürte ihre Hand auf seiner.

Wie aus einem Bann befreit, atmete er jäh ein. Neben sich sah er Raffaella. Sie musste sich ganz durchstrecken, um den oberen Haltedraht zu erfassen. »Kannst du dich bewegen?«, fragte sie.

Er atmete tief ein und aus. Probeweise versuchte er, einen Fuß anzuheben. Es gelang.

Sie strahlte ihn an. Zahnlücke. Grübchengrinsen. »Das hast du gut gemacht«, sagte sie und klang ehrlich beeindruckt.

Raffaella lotste sie aus dem Schatten des Berghangs in die Sonne. Bald schon trafen sie auf einen anderen verwachsenen Sandweg am Bachrand. Das Wasser murmelte hier gemächlich über die runden Felsen.

Sie erklärte ihnen, dass der wackelige Drahtseil-Übergang »von allen« ständig benutzt wurde – nur von Adrian nicht. »Er hatte Angst davor. Ich hab ihn mal gefragt wieso, aber er wollte es mir nicht sagen. Dabei ist es doch okay, Angst zu haben. Das sagt auch meine große Schwester. Ich vermisse Adrian. Ich hoffe, er kommt mal zurück. Aber er ist schon sehr lange weg.«

Die Kleine erzählte ihnen, sie habe sie den ganzen Morgen gesucht, sie aber auf dem Sandweg vermutet. *Taucherkörper* – Luka verstand, dass Körper von Körperdieben gemeint waren – Taucherkörper benutzten den Drahtseilübergang fast nie. Sie fanden ihn nicht. Luka schon.

»Dass du das gelesen hast, darauf kannst du dir was einbilden. Das musst du unbedingt Ypsilon erzählen«, meinte sie. Dass Luka sich mit seiner falschen Körperleserei in Lebensgefahr gebracht hatte, fand sie scheinbar vernachlässigbar nebensächlich. Es sei eben Pech gewesen, dass sein Adriankörper den Übergang zwar kannte, aber nicht benutzte. Und wer Ypsilon war? »Nur der beste Körperleser, den es gibt.«

Geo stolperte immer noch, obwohl man auf dem flachen Sandweg kaum Wurzeln oder Steinen ausweichen musste. Luka dachte an sein Missgeschick am Morgen – vermutlich war er einfach tollpatschig. Als er erneut ausrutschte und um ein Haar auf der Nase landete, zupfte Raffaella Luka am Ärmel. Sie flüsterte ihm ins Ohr: »Wieso hast du eigentlich seine Schuhe und Hose an und er deine?«

Luka schüttelte schmunzelnd den Kopf. Dass sie darauf nicht selbst gekommen waren! Auch Geo lachte, wenn auch eher gequält. Auf seinem Gesicht stand *Verdammte Körpervandalen!*, geschrieben, doch er beherrschte sich in Gegenwart des Kindes. Sie tauschten also. Lukas Füße jubilierten fast hörbar, und Geo konnte endlich damit aufhören, sich die Hose aus dem Schritt zu ziehen.

»Da sind Tom und die anderen. Wir sind fast da«, sagte Raffaella irgendwann. Luka erkannte zwischen den Bäumen fünf Erwachsene, die hinter drei Jungen hertrotteten. »Das sind Tom und die anderen. Die sind vor uns da. Wir müssen noch außenherum.« Nach ein paar Schritten endete der Wald abrupt.

»Außen worum? Wo wollen die alle hin? Wohin führst du uns überhaupt?«, fragte Geo.

»Na nach Hause«, sagte sie und deutete vor sich.

Im allerersten Moment dachte Luka, es sei eine Sinnestäuschung. Er sah zwei Bergmassive. Ein normales und ein zweites – darunter. Das untere wuchs von oben nach unten.

Es war eine Spiegelung in einem Bergsee. Die Natur zauberte ein makelloses Abbild des imposanten Hintergrunds auf das kristallklare Wasser. Am Ufer gruppierte sich ein knappes Dutzend Häuser mit Dachgeschossen aus Holz. Andächtig staunten Luka und Geo einige Momente lang, auch wenn der Körper den Anblick kannte.

Ein paar Minuten später erreichten sie die Häusergruppe auf der anderen Seeseite. Die anderen »Abfangjäger«, wie Raffaella sie nannte, hatten den Weg über das »Hexenhaus« genommen und waren schon am Ufer angekommen. Luka bemerkte, dass alle Blicke dem Wasser zugewandt waren. Er sah hin, doch was er sah, ergab keinen Sinn. Jemand ging übers Wasser.

»Ach, das ist Oskar. Der trainiert schon wieder.« Raffaella fing die verständnislosen Blicke der beiden auf.

»Willkommen zurück, ihr zwei. Willkommen zurück in Atlantis.«

Der Junge ging nicht wirklich auf dem See. Er hüpfte.

Dabei ließ er sich sogar Zeit. Er stand für ein paar Sekunden, als überlegte er, wie es weiter gehen sollte. Er drehte sich, nahm einen halben Schritt Anlauf, sprang, landete – und blieb wieder stehen. Er musste kaum balancieren, stand ganz ruhig. Im Wasser.

Eine Sache fiel Luka dabei erst auf den zweiten Blick auf. Der vollbekleidete Wasserläufer hüpfte zwar in einer generellen

Richtung – er näherte sich dem Ufer – aber er machte selten zwei Sprünge in dieselbe Richtung.

Sie gingen ein Stück weiter. Raffaella wandte sich vier alten Männern zu, die es sich auf einer Sitzbank in der Nachmittagssonne gemütlich gemacht hatten. Luka behielt den See im Auge und erkannte, dass der Junge sich ein Tuch um die Augen gewickelt hatte. Er konnte nichts sehen!

»Was …!?«, sagte er nur und deutete auf den Jungen. *Zu viele Fragen.*

»Was, was, was«, äffte ihn der Alte nach, der ihm am nächsten saß. »Drück dich klar aus, Junge!«

Luka deutete hilflos auf den Wasserspringer, der soeben einen weiteren Satz nach vorne machte. Ein unbedeutender Platscher auf der ansonsten windstillen Wasseroberfläche folgte, mehr nicht. Er stand einfach da. Blind. Auf dem Wasser.

»Nimm's ihm nicht krumm, mein Sohn. Der alte Peter hat heute einen besonders grantigen Gast«, erklärte der zweite und fülligste der Vier, der halb rechts saß. Seine roten Wangen schimmerten wie zwei tief stehende Sonnen. Er schob seine Hornbrille zurecht und tätschelte seinem Nachbarn nachsichtig die Schultern. Der alte Peter, ein weißhaariger, krummgebückter Greis mit Stützstock, war also ein Körperdieb.

»Ich heiße Paule«, sagte der Rotwangige. »Wer bist du, bist du zum ersten Mal in Adrian? Ein netter Junge, der Adrian.«

»Ich …«

»Von wegen grantiger Gast. In dem alten Gauner vergrantelt doch jeder«, merkte der Alte von ganz links außen an.

»Das sagt gerade der richtige«, meinte der Vierte, der halb links saß, und lachte gehässig. Linksaußen stimmte mit ein, doch sein Lachen entwickelte zu einem röchelnden Husten.

»Wer ist der alte Peter?«, fragte der, der Luka angesprochen hatte. Er stupste Luka mit seinem Stock, um seiner Frage Nachdruck zu verleihen.

»Äh, ich dachte, Sie sind …«

»Früher, da haben sich die Jungen noch zuerst vorgestellt«, schnitt wieder Linksaußen Luka das Wort ab.

»Was weißt du schon noch von früher«, konterte Halblinks.

»Mehr als du, du Blindfisch.«

»Besser ein Blindfisch als ein kahler Schlot.«

»Ach weißt du … deiner Schwester gefällt's.« Linksaußen strich sich imaginäre Haare aus der blank polierten Glatze, nuckelte an seiner Holzpfeife und grinste genüsslich. Seine Zähne waren gelblich verfärbt, aber weil er im Gegensatz zu jedem anderen in Lukas Sichtfeld pechschwarze Haut hatte, wirkten diese trotzdem hell.

»Nur in deinen Träumen«, sagte Halblinks und winkte ab. Beide lachten wieder, und der Raucher hustete noch stärker.

»Der gute Adrian, jaja. Er hat mir immer mit Peter geholfen, weißt du«, sagte Paule, als Luka sich von dem Quartett schon abwenden wollte. Mit vorgehaltener Hand fügte er im Flüsterton an: »Es geht nicht mehr so gut mit seiner Hüfte.«

»Pah! Hüfte. Der alte Bock kanns halt nicht lassen!«, rief Linksaußen dazwischen und machte eine unmissverständliche Geste mit seiner Pfeife. Halblinks prustete, und der Glatzkopf keuchte röhrend. Auch die anderen beiden stimmten mit ein.

In diesem Moment wehte ein Johlen von der kleinen Gruppe herüber, die sich weiter vorne am Steg versammelt hatte. Luka riss den Kopf herum und sah und hörte ein Wasserplatschen. Welche Magie der Junge bisher darüber gehalten hatte, sie hatte aufgehört zu wirken.

»Hab gleich gesagt, er ist noch nicht so weit«, konstatierte der alte Peter.

»Aber er hat es bis zur Insel geschafft«, meinte Paule. »Das ist doch schon was.«

»Na und? Was hilft das schon«, fauchte Linksaußen und spendete dem Schwimmer eine abwertende Geste. »Für die Spiele braucht es gutes Material!«

»Na dann probier's du doch! Soll ich dich hinfahren? Können wir sofort machen«, schlug Halblinks vor.

»Dem da würd ich's zeigen. Aber wenn du mich hinfährst, kann das nix werden. Du findest ja doch nicht den Anfang. Oder du kippst mich absichtlich in den See.« Linksaußen winkte ab. Luka sah er genauer hin. Der Glatzkopf saß gar nicht auf der Bank, sondern auf einem Rollstuhl daneben. Und Halblinks ... trug eine dicke schwarze Sonnenbrille. War er blind?

»Ah, du kennst mich zu gut, alter Fuchs«, gab Halblinks zu und grinste.

Luka räusperte sich. »Entschuldigung, aber ... wieso konnte er gerade noch auf dem Wasser gehen – und jetzt nicht mehr?« Er sah den ehemaligen Wasserspringer die letzten Meter bis zum Ufer schwimmen. Der Rollstuhlfahrer antwortete:

»Neugierig, was? Na, sagen wir es so. So finden wir heraus, ob jemand was *taucht*. Und der da« – er nickte in Richtung See – »der taucht noch nix.« Wieder lachten alle vier lautstark. Luka sah Raffaella an, die die Augen verdrehte. »Kommt mit, wir gehen weiter«, sagte sie. »Und Sepp, wenn du die Pfeife jetzt ausmachst, erzähl' ich Ellie nichts davon.«

»Du bist ein Goldstück, Kleines«, sagte der Raucher. Er legte seine Falten in ein ungewohnt herzliches Lächeln und klopfte folgsam die Pfeife aus.

»Wenn ich siebzig Jahre jünger wäre, weißt du ...«, merkte der Raucher an und zwinkerte ihr zu.

»Siebzig? Mach eher hundert draus«, meinte Halblinks. Wieder lachten alle vier. Luka meinte, von seinem Körper etwas zu empfangen. Auch Sepp war ein Körperdieb, genau wie Peter. Die anderen beiden nicht. Trotzdem verhielten sie sich wie alte Freunde.

Eines verstand er langsam. Sein bisheriges Weltbild war hier draußen so nutzlos wie ein Meritenbuch aus der Einheit.

Am Ufer herrschte rege Betriebsamkeit. Mehrere Männer werkelten an einem Ruderboot, das sie mit dem grasgrünen Rumpf nach oben aufgewuchtet hatten. Eigentlich arbeiteten aber nur zwei. Die anderen standen darum herum, deuteten, rauchten, fachsimpelten. Ein paar Leute sammelten an einem Hang Beeren oder Kräuter. Dort grasten auch Schafe und Kühe. Ein paar Frauen hängten Wäsche auf. Nicht weit davon entfernt ernteten zwei junge Kerle auf Leitern die Apfelbäume ab, am Boden kümmerten sich Kinder um das Fallobst. Hinter dem größten der Gebäude, von dessen Balkon aus eine griesgrämig dreinblickende Alte einen Teppich ausschüttelte, vermutete Luka einen Garten. Ein alter Mann schob eine Schubkarre mit Erde, zwei Mädels zogen einen Leiterwagen voller Kürbisse. Ein pausbäckiger Rotschopf feuerte einen freistehenden Ofen an. Luka erschnupperte frisch gebackenes Brot.

Es schien eine wohlgeordnete Gemeinschaft zu sein. Die Frage war nur, wie viele dieser Leute waren Körperdiebe? Niemand schien andere Arbeiter zu beaufsichtigen. Natürlich konnten die Diebe schon am Morgen eingewiesen worden sein. Luka dachte daran, was sein Hausmeister über seinen Stockwerksdieb gesagt hatte. *Wenn er nicht spurt, komm zu mir. Dann kriegt er ein paar mit dem Stock.*

Bei genauerem Hinsehen … konnte sich Luka das nicht vorstellen. Dafür machten zu viele einen zu heiteren Eindruck. Körperdiebe schauten doch meist aus der Wäsche wie sieben Tage Regenwetter. Die beiden Kerle auf den Apfelbäumen ließen sich Zeit, mampften, warfen ihre Ernte in hohen Bögen in die Körbe. Und beobachteten die Wäschefrauen. Zwischen den Apfelkörben jagten sich die Kinder mehr gegenseitig, als dass sie beim Sammeln halfen. Die beiden Gartenmädels lachten schrill auf, als sich der oberste Teil ihrer Kürbispyramide löste und einen sanften Abhang herabrollte. Der alte Schubkarrenschieber hastete dem entflohenen Gemüse heroisch hinterher. Nach einem Zweimetersprint hielt er sich die Seiten und stoppte hechelnd ab. Die beiden jungen Frauen ließen den Kürbis Kürbis sein und kümmerten sich um den Alten, führten ihn tätschelnd zu einer Sitzgelegenheit am Haus. Er machte nicht den Eindruck, als sei er unglücklich mit dieser Wendung, während die Alte vom Balkon noch mürrischer dreinblickte. Seltsam fand Luka, dass sich drei der an dieser Szene Beteiligten die Nase zuhielten. Nur einen Moment lang, aber doch wie abgesprochen. Zuerst eines der beiden Mädels, dann der Kürbisjäger, dann die Teppichschüttlerin.

Viele schienen sich zu kennen. Luka selbst spürte bei dem einen oder anderen Gesicht, wie sein Körper auf die eine oder andere Art reagierte. Er nahm leichte Entspannung oder Unbehagen wahr, aber insgesamt konnte er die vielen verschiedenen vagen Impulse kaum auseinanderhalten. Es waren bestimmt nicht nur Körperdiebe ... aber er konnte sich auch nicht vorstellen, dass es nur Immune waren.

Sie erreichten den Strand, und den klatschnassen Jungen, der soeben aus dem Wasser watschelte. Die wilden Haare und Koteletten verliehen seinem Aussehen etwas unverkennbar ... Wölfisches. Außerdem er hatte auch den Hundeblick gut drauf. Obwohl er eben noch die Attraktion gewesen war, stand er nun etwas verlassen da. Etwas in ihm fand den Wasserwolf sympathisch und machte ein paar Schritte auf ihn zu. So nah am Wasser sah er nun auch, wie die Magie funktionierte.

Oskar, wie Raffaella ihn genannt hatte, war nicht auf dem Wasser gegangen. Da war etwas im Wasser. Was hatte der glatzköpfige Sepp noch zu dem Blinden gesagt? »Du findest ja doch nicht den Anfang.« Luka hatte ihn gefunden. Auch aus kürzester Entfernung musste man dafür schon genau hinsehen. An einer Stelle am Ufer war die Wasseroberfläche nicht glatt, sondern gerastert. Die sanften Wellen hoben und senkten einen Teppich aus fingernagelgroßen Vierecken. Ein schwimmendes Netz aus durchsichtigen Drähten. Aus Plastik? Es sah fast aus wie Glas. Was es auch war, anscheinend war es stark genug, um Oskars Gewicht auszuhalten, der den Umstehenden soeben die behaarte Brust und stramme, tätowierte Schultermuskeln präsentierte. Lukas Blick folgte dem Netz in den See hinaus. Es sah so aus, als ob das Netz nach ein paar Metern eine Kurve beschrieb. Deshalb war Oskar also nicht auf geradem Weg zum Ufer zurückgesteuert. Es gab keinen geraden Weg.

Die Spiele hatten es die Alten genannt. *Der trainiert schon wieder*, waren Raffaellas Worte. Luka wollte ihn fragen, um welche Art Wettbewerb es sich drehte. Was es mit dem Netz auf sich hatte. Was das überhaupt für ein Ort war. *Atlantis*. Stattdessen fragte er:

»Wieso hast du dein Hemd nicht vorher schon ausgezogen?«

»Lustig, dass du das fragst. Das war Adis Idee. Adrians. Ich weiß nicht, ob du … du weißt, dass du in ihm …?« Luka nickte.

»Oh, okay, gut.« Er spuckte herzhaft in den See und wrang sein Hemd aus. »Jedenfalls ham' Adi und ich oft zusamm' trainiert, bevor er weg is. Wir andern sin' immer mit Badesachen raus. Aber er hat immer alles anbehalt'n. Sommer, Winter, ob's kalt war oder warm. Wieso, hab ich ihn gefragt. Die andern ham' ihn ausgelacht. Aber er hat gesagt: ›Oskar‹, hat er gesagt, ›es kommt auf die Einstellung drauf an.‹

Wenn du todsicher wärst, dass du's diesmal schaffst, würdest du dir dann für nix und wieder nix die Badehose anziehn? Wenn du eh wüsstest, du wirst nich nass?« Oskar zog die Augenbrauen hoch. Luka realisierte erst nach ein paar Momenten, dass er eine Antwort erwartete.

»Nein.«

»Nee, würdest du nich'! Du sagst es. Hab ich auch gesagt. Tja, und glaub's mir oder nich', da is' echt was dran. Als ich zum ersten Mal mit Klamotten raus bin, hab ich's direkt bis zur Insel geschafft. Seitdem mach ich's nur noch mit Klamotten. Die da glauben nich', dass es hilft«, sagte er und nickte in Richtung der Jungs, die auch aus dem Wald gekommen waren. Luka meinte, ein paar vorgehaltene Hände in Richtung Oskar auszumachen. »Sie sagen, hast du heut wieder Waschtag, Oskar, und so was. Aber die könn' sagen, was sie wolln.« Luka konnte nicht umhin, sein Selbstvertrauen zu bewundern.

»Ich weiß, dass es hilft«, fügte Oskar an. »Es hilft dir hier.« Er tippte sich mit zwei Fingern an die Schläfe. »In der Birne.«

Alle drehten sich zu Luka um. Raffaella hatte ihn eilig hierhin gelotst, sich nun aber genauso schnell wieder verdrückt. Sein Puls beschleunigte sich. Er stand in der obersten Zuschauerreihe eines natürlichen Amphitheaters, und fühlte die Blicke von gut zwei Dutzend Menschen auf sich, die in den untersten Reihen im Halbkreis um einen unscheinbar wirkenden Mann herum saßen. Er hatte grau melierte Haare, trug eine zerknitterte beige Weste und ausgewaschene Jeans.

»Nun, dann heiße ich auch den letzten Teilnehmer unseres Nachmittagskurses willkommen. Die meisten hier nennen mich Ypsilon. Namen finde ich in unserer Zeit überbewertet. Buchstaben hingegen mag ich. Du darfst mich also bei jedem anderen Buchstaben nennen, solange du mir dein Lieblingswort mit diesem verrätst.«

Einige schmunzelten, als hätten sie das schon einmal gehört. Luka fühlte sich zunehmend unwohl. Sollte er darauf wirklich antworten? Vielleicht war das hier keine gute Idee. Andererseits hatte Raffaella ihn bei seiner Neugier gepackt. Im Kurs gäbe es alles, was man als Körperreisender wissen müsse. Geo hingegen hatte abgewunken und die Küche vorgezogen.

»Nun?«, sagte Ypsilon mit seiner nasalen Stimme. »Wer von euch nannte mich noch ›Hab‹? Das gefiel mir, das hab ich nicht oft.«

»Holunderblütensirup!«, sprudelte es aus einer älteren Frau heraus. Einige lachten, und der Redner nickte zufrieden.

»Wunderbar. Ich danke dir, Elsbeth.« Er fasste sich an die Nase, zuckte kurz zusammen, als hätte ihn irgendetwas überrascht, und ließ die Hand wieder sinken. Ringsum wiederholten die Zuschauer diese seltsame Geste. Die Frau mit dem Holunderblütensirup nicht, sie starrte nur ihre rechte Hand an, als sähe sie sie eben zum ersten Mal.

Was in aller Welt passiert hier?

»Also, Adrian, kannst du nicht … ich meine, verzeih, ich habe noch gar nicht gefragt, wer du heute bist. Also, wenn du die Güte hättest? Wie möchtest du gerne genannt werden?«

Luka schluckte. Er versuchte zu sprechen, scheiterte, räusperte sich. »Lu … Luka.«

»Brillant, Lulukar. Du brauchst nicht nervös zu sein. Offenbar warst du noch nie hier, sonst wärst du's nicht.«

Luka korrigierte ihn mit festerer Stimme.

Ypsilon lächelte schelmisch und wandte sich mit offenen Armen nun wieder an alle: »Wir haben schon einiges geschafft. Ich finde, jetzt täte uns noch ein Energiepulskreis ganz gut. Was meint ihr?« Luka sah freudige Augen und zustimmendes Nicken, und innerhalb weniger Sekunden hatte sich ein enger Kreis geformt. Ypsilon lud Luka mit einer Geste ein, die letzte Lücke zu schließen. Er setzte sich rechts neben Ypsilon und links neben Elsbeth.

»Wir sehen einander«, sagte er, und betonte das *Sehen* mit einer Geste, bei der er sich die Hände an die Schläfen legte. Er nickte einem Jungen zu, der zu seiner Linken saß. Der wiederum wandte sich prompt seinem nächsten Nachbarn zu. Er ließ seinen Blick langsam durch die Runde wandern. Luka runzelte die Stirn, aber dann erkannte er, was geschah. Bei jedem, den der Junge ansah, verharrte er einen Augenblick. Mit jedem hielt er kurz Blickkontakt, manchmal weniger, manchmal mehr. Aber alle schauten ihn an. Die meisten lächelten. Auch Luka sah ihm in die Augen, als er bei ihm angelangt war. Sofort reagierte sein Körper, er mochte ihn, und es freute ihn, dass er auch ihn anlächelte. Als der Junge schließlich jedem im Kreis einmal in die Augen geschaut hatte, strahlte er über beide Wangen. Das Ganze wiederholte sich für jede Person einmal. Als Luka schließlich an der Reihe war, hatte er zu jedem im Kreis zumindest im Ansatz ein Gefühl entwickelt.

Nun war er an der Reihe, obwohl er nicht mehr fand, dass das jetzt noch nötig war. Er hatte doch bereits jeden gesehen. Aber gut, er tat es also. Er schaute zu Ypsilon. Dann wieder zu dem Jungen. Und zu dessen Nachbarin. Er wurde mal schneller, mal langsamer, aber er spürte, wie sich etwas veränderte. Das Gefühl, dass jeder im Kreis plötzlich nur ihn anschaute ... die Welle der Blicke, die er selbst auslöste ... er fühlte sich wie der Mittelpunkt der Welt. Als er am Ende ankam, schlug sein Herz schneller. Er lächelte ungläubig. *Energiepulskreis.* Ja, der Name passte.

»Wundervoll«, sagte Ypsilon, der nun mit jeweils einer Hand den Nacken zweier Teilnehmer massierte. »Hör zu, Luka. Ich bin für die ›Ab-ins-kalte-Wasser‹-Methode. Und wie's der Zufall will, brauchen wir ein Beispiel. Deshalb verrate uns doch, was du in der letzten Nacht geträumt hast. Oder in den letzten zwei Nächten.«

Luka zog die Stirn kraus. *Ist das ein Scherz?* In den Gesichtern ringsum las er nur echtes Interesse. Keiner lachte. Was für eine Art Selbsthilfegruppe war das hier?

»Bitte, junger Mann. Wir würden es wirklich gerne hören«, bestätigte der Mann neben Elsbeth und stand auf. Jedes seiner Worte unterstrich er mit einer bedeutungsschwangeren Geste. Er trug einen schrillbunten Federhut. Außerdem hatte er ein Kissen um seinen Nacken gebunden.

»Es ist für jeden irgendwann das erste ...«

Im nächsten Moment schloss der Hutträger die Augen und sank in sich zusammen. Elsbeth fing ihn gemeinsam mit seiner anderen Nachbarin auf und bettete ihn behutsam auf seinem Kissen. Niemand wirkte schockiert. Nur Lukas Augen waren weit aufgerissen. Ypsilon räusperte sich und fasste sich an die Nase. Alle folgten wieder seinem Beispiel, bevor sie sich erneut Luka zuwandten. Der verstand die Welt nicht mehr.

»Ist er ... in Ordnung?«

»Er schläft nur. Alles gut. Wenn du nun die Güte hättest, mit deiner Traumerzählung anzufangen, mein Lieber«, meinte Ypsilon.

»Eigentlich hatte ich gedacht, dass ich erst mal nur zuhören …«
Er suchte die Umstehenden auf ein verständnisvolles Gesicht ab,
fand aber nur erwartungsvoll hochgezogene Brauen. Der Kursleiter nickte ihm aufmunternd zu.

»Ich will eigentlich nur nach Hause zurück. Ich will wissen, ob
das möglich ist.«

Ypsilon lächelte wieder. »Sag mir, was du geträumt hast. Dann
sage ich dir, ob du zurückkehren kannst.«

Luka seufzte. Dann fing er an zu erzählen.

Einmal angefangen, konnte Adrians Körper ganz schön ins Reden
kommen.

Anfangs zögerlich rezitierte Luka den Traum der letzten Nacht.
Er erzählte von der Schaukel am Strand, von Sackmann und seinem
Mädchen. Irgendwann fand Luka sogar Spaß daran, lächerliche
Details zu erwähnen. Wie das Fernglas, durch das er seitwärts hin-
durchgesehen hatte. Er erinnerte sich auch deutlich, wie er los-
geflogen war, wie er es manchmal im Traum tat. Auch das Haus auf
der Lichtung sah er noch vor sich. Als er nach zwanzig Minuten
fertig war, hatten seine Zuhörer noch nicht genug. Also fügte er
auch noch den Traum von der Tür im Baum an. Sie war plötzlich
auf Bodenhöhe gewesen, und er war hindurchgegangen. Ganz ohne
Hindernisse, gar nicht so wie in seinen Träumen zuvor.

Danach war sein Mund trocken. Er hatte jede Einzelheit aus
seinem wirren Nachtleben der letzten beiden Tage breitgetreten.
Bis auf den Mann mit dem Federhut, der im Schlaf schmatzte,
herrschte eine fast andächtige Stille. Sie wirkten geradezu gefesselt.

Das wissende Lächeln in Ypsilons Gesicht war verschwunden.
Er strich sich abwesend über die Wangen. »Darf ich dich fragen,
wann du das erste Mal abgetaucht bist?«, fragte er. Zum ersten
Mal überhaupt klang seine Stimme nicht mehr aufgesetzt oder be-
lustigt, sondern ernst.

»Vor zwei Tagen.«

»Das ist also dein zweiter neuer Körper? Und ... du warst noch niemals hier, oder? Und hast noch nie jemandem deine Träume erzählt? Oder sie aufgeschrieben?«

»Das stimmt«, antwortete er. Einige der Anwesenden murmelten aufgeregt. Luka seufzte und schüttelte resigniert den Kopf. Er sah jetzt ein, dass es töricht gewesen war, auf echte Erklärungen zu hoffen. Was hatte er nur gedacht? Dass er auf magische Art genau dort aufwachen würde, wo ihm jemand eine todsichere Methode für eine Rückkehr in die Einheit verriet?

Nein. Es war, wie Geo sagte. Er war allein. Diese ... Versammlung wunderlicher Gestalten, die sich neue Namen gaben, ihre Träume erzählten und danach über ein Glasnetz über den See wanderten. Und das Ganze sicher nicht ohne den nötigen Berauschungsgrad. Einer von ihnen war umgekippt, während er gesprochen hatte! Er schnaubte. Wegen so einer Zirkusveranstaltung war er nervös geworden.

»Also ... ich geh' dann jetzt«, sagte er und wandte sich um.

»Warte! Du begreifst nicht ...« sagte Ypsilon. Luka hörte nicht hin. Er wollte zum See. Vielleicht etwas essen. Dieser Geo hatte oft die klügsten Einfälle.

»Bitte, bleib doch hier.«

Das war eine andere Stimme. Vorsichtig. Kaum hörbar. »Du hast eine Gabe«, sagte ein Mädchen. »Das denken hier alle.« Sie erntete zustimmendes Nicken. Luka hatte das seltsam wirkende Mädchen schon beim Energiepulskreis kaum zuordnen können. Sie hatte weiße Haare. Kurze weiße Haare und Augenbrauen. Lediglich ein Schimmer Blassrosa auf ihren Wangen verlieh ihr etwas ... Menschliches. Der Rest von ihr war gespenstisch farblos. Sie lächelte nicht. Er konnte diesen leicht trübsinnigen Gesichtsausdruck nicht deuten. Adrian kannte sie, ja. Aber da war noch etwas ... anderes. Etwas irritierend Vertrautes an ihr.

Ypsilon räusperte sich. »Luka, wie ich eben sagen wollte, verstehst du nicht ganz, warum wir ... nun, offen gesagt, sprachlos sind.« Er seufzte und kratzte sich hinter beiden Ohren. »Erlaubst du mir noch eine Frage, bevor ich versuche, dir die Sache zu erklären? Ich habe da so eine Ahnung.«

Luka seufzte. Aber er nickte und setzte sich wieder. *Also gut. Was kommt jetzt noch?*

»Eigentlich sind es sogar noch zwei Fragen. Ich würde gerne wissen, wo du herkommst. Und wo du gestern aufgewacht bist.«

Luka sagte es ihm. Die Einheit musste er nicht weiter erklären, sie schienen sie alle zu kennen. »Und gestern war ich auf einer Insel in Thailand«, setzte er hinzu.

Einige Teilnehmer murmelten. Ypsilon nickte lächelnd. »Also gut. Ich denke, ich weiß, wie wir das machen.« Er hatte einen geradezu feierlichen Ausdruck im Gesicht.

»Elsbeth!«, rief er plötzlich aus und ließ einige der Anwesenden zusammenzucken. »Einer der drei Träume, die wir heute Vormittag analysiert haben, stammte von dir. Bitte, erzähl ihn noch einmal. Möglichst mit allen Details, an die du dich erinnern kannst. Jede noch so kleine Feinheit ist wichtig.« Die rundliche Frau mit den kastanienbraunen Locken wirkte kurz überrascht. Dann schien sie zu verstehen. »Ich war in meinem Elternhaus«, sagte sie. »Zumindest sah es ungefähr so aus. Da war ein Hund … glaube ich. Ich meine, mich wegen irgendetwas schuldig gefühlt zu haben. Aber weswegen …?« Sie zuckte hilflos mit den Schultern. Ypsilon blickte kurz auf Luka.

»Theo. Jetzt du.« Der dünne Junge mit den kurzen, blonden Haaren war kaum älter als Luka. »Also ja … ich heiß' Reto und nicht Theo.« Ypsilon hob entschuldigend die Hand. »Und mein Traum …« Er legte die Stirn in tiefe Falten. Dann hellte sich sein Blick auf. »Genau, da war ein Mann. Er sah so aus wie … jemand von zu Hause. Den hab ich schon ewig nicht mehr gesehen. Ich wollte ihm irgendwas zeigen. Aber da war auch meine Mama. Und …« Auch er stockte. Wieder das angestrengte Brüten. Dann: »Mehr weiß ich immer noch nicht.«

Schließlich nickte Ypsilon der Weißhaarigen zu. »Ich träumte von jemandem, den ich kannte«, sagte sie. »Ich brachte ihn in große Gefahr und fühlte mich deswegen schlecht. Aber irgendwie wusste ich, dass er es schaffen wird. Es war alles sehr schemenhaft.«

Für einen Moment herrschte Stille. Ypsilon blickte Luka erwartungsvoll an. »Verstehst du? Es sind die Träume. Die Träume sind das Wichtigste«, sagte er.

Luka seufzte. Seine Geduld war am Ende. *Die Träume sind das Wichtigste.* Was sollte das alles? Dabei waren es kaum mehr als Traumfetzen, die die anderen noch gewusst hatten. Nur bei ihm war …

»Moment, ist es das, was ihr meint? Meine Gabe? Dass ich mich an Träume erinnern kann?«

»Du hast es erfasst«, sagte Ypsilon. »Ich weiß nicht, ob ich jemals jemanden mit einer so ausgeprägten untrainierten Traumerinnerung getroffen habe. Setze jetzt noch das letzte Puzzleteil zusammen. Denk an das Ende deiner letzten beiden Träume. Nur das Ende vor dem Aufwachen.«

Luka seufzte und schloss die Augen. *Also schön.* Bevor er in Thailand aufgewacht war … hatte er im Traum jemanden gewürgt. Er hatte lange gedacht, es war Saran, der Jay gewürgt hatte. Aber Jay hatte Selbstmord begangen. Dennoch hatte er jemanden gewürgt. Im Dschungel. Vor dem Wasserfall.

Und heute Nacht … die Schaukel am Strand. Dann der Berg. Er war geflogen. Zu dem Haus auf der Lichtung.

»Das Ende des Traums ist der Anfang des Morgens«, sagte er mit ausdruckslosem Gesicht. Er fühlte einen Schauer über seinen Rücken laufen, als ihn diese Realisierung traf. »Der Traum … wird wahr.« Er stockte. »Stimmt das? Man träumt von dem Ort, an dem man aufwacht. Oder … von dem Menschen, in dem man aufwacht?«

»Grob vereinfacht, ja«, bestätigte Ypsilon. »Doch es gibt noch etwas, das du nicht weißt.« Luka schaute ihn an. Jetzt genoss er definitiv seine ungeteilte Aufmerksamkeit.

»Je besser man sich an seine Träume erinnern kann, desto wahrscheinlicher ist es, dass man sie steuern kann. Träume zu steuern, ist für jeden erlernbar, musst du wissen. Aber es ist ein langer, beschwerlicher Weg. Viele Körperreisende – praktisch alle, die wir hier unterrichten – arbeiten jahrelang darauf hin.«

Steuern, wo man aufwacht. Luka kannte die Gerüchte über Körperdiebe. Die Träume waren die Lösung. Die Verbindung. »Was wir dir sagen wollen, ist«, fuhr Ypsilon fort, »du hast es bereits getan. Du erinnerst dich jetzt schon an fast jedes Detail. Das allein schon ist außergewöhnlich. Du hast deine Träume auch schon gesteuert. Nicht immer bei ganz klarem Bewusstsein, aber du hast es getan.«

Er schritt hin und her, wirkte aufgedreht. »Denk mal über deine Träume nach. Du hast dir die Tür von oben auf den Boden gewünscht – und …« – er machte ein *Plopp*-Geräusch mit den Lippen und zeigte vor sich, als wäre die Tür gerade vor ihm selbst erschienen – »schon war sie da. In einem anderen Traum hast du dir das Fernglas gewünscht und …« – *Plopp* – »da war es.« Er lächelte und tippte sich an die Nase. »Und wieder in einem anderen Traum wolltest du fliegen – und schon bist du abgehoben.« Er breitete die Arme zu Schwingen aus. »Du hast beschrieben, wie real es sich anfühlt. Beim Klarträumen wirken die Sinne oft um ein Vielfaches verstärkt. Auch das Dröhnen in deinem Hinterkopf hast du erlebt. Das fühlen viele im Moment der Realisierung. Danach geht alles wie von selbst. Warum? Weil du es dann bist, der aktiv bestimmt, was passiert. Nicht mehr dein Unterbewusstsein oder der Zufall.«

Luka schluckte. Das ergab irgendwie Sinn. Ja, er konnte das. Er träumte oft so … aber konnten die anderen nicht …?

»Und das ist immer noch nicht alles«, erklärte Ypsilon. Wir haben uns vorher auch ausgetauscht, woher wir kommen und wohin unsere erste Reise ging. Würdet ihr drei ihm auch das noch verraten? Er machte eine einladende Geste in Richtung Elsbeth.

»Meine erste Reise ging von Altötting nach Burgkirchen«, erklärte sie. »Das sind zwei Stunden zu Fuß.«

»Ich komme aus Bad Gonten«, sagte Reto. »In der Schweiz. Und meine erste Reise … Appenzell. Keine halbe Stunde ist das von da weg.«

»Ich stamme wie du aus der Einheit«, fügte die Farblose an. »Für mich ging es in der ersten Nacht bis nach Paris. Zwanzig Tagesreisen, meinte jemand. Darüber haben heute früh alle noch gestaunt.« Sie zupfte sich an den Haaren.

Und meine erste Reise ging nach Thailand, durchfuhr es Luka. *Um die halbe Welt.*

»Du bist eben etwas Besonderes«, sagte die Weißhaarige, als könne sie seine Gedanken vervollständigen. Zum ersten Mal huschte ein flüchtiges Lächeln über ihr bisher so ernstes, schneeweißes Gesicht. Ihre Augen, die Luka im ersten Moment für Grau gehalten hatte, waren violett. Wie einsame Veilchen hinter einer trüben Glaswand.

»Das warst du doch schon immer, Neun. Das warst du doch schon immer.«

Neun. So nannte ihn nur eine Person auf der Welt: Emma. Es war nicht zu glauben.

Gleichzeitig war es auch irgendwie nicht Emma. Sie hatte sich am Anfang ihres Spaziergangs mit ihrem nackten Arm bei Luka eingehakt. Sie trug ein asymmetrisches violettes Oberteil, das lediglich ihren anderen Arm komplett bedeckte. Emma hatte ihn in all den Jahren kaum einmal berührt, mit Ausnahme der Abschiedsumarmung vor drei Tagen. Sie schwebte meist in ihrer eigenen Welt.

Jetzt war sie anders. Sie beide waren das. Es war schön, sie zu spüren. Aber das konnte natürlich auch an den Gefühlen liegen, die sein heutiger Körper für ihren heutigen Körper hegte.

Einige Fragen waren unumgänglich. »Wieso hast du nichts gesagt?«, wollte er wissen. »Wieso musstest du mich so dermaßen überraschen?«

»Du hast dir deine Frage selbst beantwortet«, sagte sie. »Deine Überraschung und deine natürliche Reaktion waren eine große Motivation für mich, es so zu wagen.« *Klar*, dachte er. *Erschreck mich das nächste Mal gleich zu Tode.* Aber er nickte. Es war zweifellos ein Erlebnis gewesen.

Auch für sie war es der erste Tag in Atlantis. Sie schritten die gesamte Länge der kleinen Siedlung einmal ab. Seite an Seite flanierten sie auf der Seepromenade zurück. Er schüttelte sich. Sie hatten viel geredet und eine Weile geschwiegen. Emma schmunzelte. Sie grinste gar ganz unemmahaft.

»Was ist?«, fragte er. Sie hielt den Kopf schief und zupfte an ihren Haaren herum. Sehr emmahaft.

»Es sieht nur viel wilder aus, wenn du dich in diesem Körper schüttelst. Du hast ja eine richtige Löwenmähne. Da kann man schon neidisch werden.« Sie griff ihm an seinen Bart. Plötzlich blickte sie dann ausdruckslos in die Ferne.

»Em? Alles okay?«

»Ich hoffe nur, meinen Biestern gehts gut.« Ihr Blick wanderte zu ihm zurück. »Zumindest an dem Tag, nachdem ich weg war, haben sie ihren Spaß gehabt, stimmt's?«

Luka nickte. Emma und die Haare. Ihr erster neuer Körper habe ihr sehr gefallen, erzählte sie. Hüftlange, wallende blonde Locken habe sie gehabt. Eine nette Familie, in deren Tochter sie aufgewacht war, habe sich in Paris um sie gekümmert. Dass sie sich nach ihren Haaren, ihren Biestern, erkundigte, während sie ihre eigenen Eltern mit nicht einem Wort erwähnte, war ihre emmahafteste Tat.

»Willst du jemals zurück?«, fragte er sie. »In die Einheit, meine ich.«

Sie schaute ihn an, wie nur Emma es konnte. Ein Blick, der alles sagte: *Also bitte. Ich wollte doch nie etwas anderes als weg.* Was hatte sie in ihrem Brief geschrieben? *Ich muss frei sein, Neun. Das weißt du so gut wie ich.*

Er nickte. »Verstehe.«

»Aber du schon, ja?« Anderer Körper oder nicht, durchschauen konnte sie ihn noch immer. Ja, er wollte zurück. Natürlich wollte er das. Ihr nächster Blick fragte: *Und wieso?*

Wieso? Auch wenn sie nicht perfekt war, blieb die Einheit seine Heimat. Dort war Pip. Und Panda und Daniel. Er musste in seinen Körper zurück. Aber was dann? Eine neue Laufbahn wählen? Ginge das überhaupt? Er atmete kräftig ein und aus. Alles, was er wusste, war, dass das Gefühl, dass er zurückmusste, unbestreitbar war.

»Ich denke einfach, dass ich dort hingehöre«, sagte er. »Du wolltest immer weg. Aber ich ... hm. Also ... als ich Wächter wurde, da ... hm.«

»Du dachtest, du hättest endlich deine Aufgabe gefunden.«

»Ja.« Das traf es sogar ziemlich gut. In der kurzen Zeit, in der diese Karriere für ihn am Horizont erschienen war, hatte er sich erstmals in seinem Leben so gefühlt, als hätte er einen Weg vor sich. »Ganz genau. Eine Aufgabe.« Er dachte an Keno, der am Strand davon gesprochen hatte. Keno glaubte, dass er nicht abgetaucht war, weil er eine Aufgabe hatte. Sich um Saran und Jay zu kümmern. Er verstand allmählich, was es war, dass ihm Angst einjagte, wenn er sich vorstellte, sein restliches Leben als Körperdieb zu verbringen.

»Ich könnte mir nicht vorstellen, ewig so weiterzumachen. So ein Leben ist doch sehr ... zusammenhangslos. Gestern Thailand, heute hier ... in der Einheit gibt es immerhin eine Gemeinschaft. Die Aufgaben dort sind nicht immer angenehm, aber sie helfen der großen Gruppe.« Sein Blick fiel auf das Größte der Gebäude. Emma hatte es *das Wasserschloss* genannt. Geo saß dort mit einigen anderen an einem Tisch. Er belegte ein beschmiertes Brot mit Schnittlauch und Tomaten und schlemmte mit Feuereifer.

»Nimm zum Beispiel ihn«, sagte Luka. »Das Wichtigste ist für ihn das Essen. Heute hier, morgen dort. Hauptsache überleben, sich den Bauch vollschlagen und morgen wieder dasselbe. Das ... das kann doch nicht alles sein?«

Er erwartete, dass sie protestieren würde. Dass es doch so toll sei, jeden Tag etwas Neues zu entdecken. Aber wenn es eines gab, das Emma noch nie getan hatte, dann die Antwort zu geben, die man von ihr erwartete.

»Ich höre dich gerne so reden, Neun«, sagte sie leise. »Du bist in der kurzen Zeit schon sehr gewachsen. Und du hast recht. Viele Menschen fühlen sich erfüllt, wenn sie ihre Aufgabe gefunden haben.«

Sie schwieg kurz. »Viele, aber nicht jeder. Denk mal an Constantin. Weißt du noch, Constantin?« Luka nickte. Der todunglückliche Torwächter des Lyzeums. »Er hat eine Aufgabe«, sagte sie. »Aber ist es die richtige für ihn?«

Diesmal brauchte Luka nicht zu antworten. Dann fragte sie: »Wieso, denkst du, wollte ich unbedingt weg aus der Einheit?«

Diese Frage hatte sich für Luka noch nie gestellt. Es schien ihm so ... logisch. Obwohl sie von klein auf dort gewesen war, passte Emma nicht in die Einheit. »Denkst du nicht, ich suche auch nach einer Aufgabe?«, hakte sie nach.

Luka schaute sie an. Ihre weißen Haare und ihre violetten Augen waren ihm fremd, wenn auch seinem Körper bekannt. Dieser melancholische Blick sprach aber ganz: Emma. Eine Aufgabe? So sah er sie irgendwie nicht. Ihr ganzes Leben einem einzigen Sinn und Zweck zu widmen, das war irgendwie ... nicht sie. Doch sie war auch nicht wie Geo. »Du bist doch schon ... ich meine, du ...« Er sortierte seine Gedanken neu. »Bei dir habe ich den Eindruck, als tätest du immer genau das, was du tun sollst.«

Sie lächelte. Diesmal wieder ganz so, wie Emma es tat. Flüchtig und traurig. »Schön, dass wir uns heute begegnet sind, Neun. Wie ich gesagt habe. Du bist etwas Besonderes. Weder bist du ein Geo noch ein Constantin. Du wirst bald verstehen, wie viel Glück du hast, Luka zu sein. Vertrau mir.«

Emma legte ihren Kopf an seine Schulter. Er ließ es zu. Luka war nicht ganz sicher, ob er verstand, wie sie das meinte. Aber das machte nichts. Vorerst war er nur froh, dass sie da war.

Atlantis. Er hatte sich gescheut, diesen Begriff zu benutzen, weil er einfach zu surreal klang. Aber hier stand es, schwarz auf weiß. Oder besser gesagt, Weiß auf Holz.

Auf einem überdimensional großen Brett, das von zwei stämmigen Pfeilern getragen wurde, thronte in geschwungener Schrift der Name der mythologischen Unterwasserstadt. Aus irgendeinem Grund sah das A aus wie ein Tennisball. Unter dem Schriftzug hatte jemand mit viel Liebe zum Detail eine farbenfrohe Landkarte erschaffen. Luka bewunderte das Azurblau des Sees, das Tannengrün des Waldes, die rostroten Dächer der Häuser. Er trat näher heran. Selbst die Pfähle des Bootstegs waren unten algengrün, oben von ausgeblichenem Braun.

Die Karte war oben rund, wie ein auf der Seite liegendes D. Umrahmt war sie von Schildern. Auf dem Holzplättchen, das mit einem weißen Bindfaden mit dem größten der Gebäude verbunden war, zu lesen:

Nummer 17: Das Wasserschloss. Essensausgabe, Küche, Gemeinschaftsraum. 46 Schlafplätze.

Er fand auch *Nummer 8: das Amphitheater.*

Ein Holzplättchen war rot beschriftet:

Nummer 12, das Schwarze Brett.

Auf der Landkarte erkannte Luka jeden der vier großen Nadelbäume, die das Dach über dem Pavillon hochhielten. Sogar er selbst war auf der Karte zu sehen, denn eine winzige Person studierte das Brett.

Eine junge Frau in einem Kittel trat näher, mit einem Holzwerkzeug in der Hand. Ganz außen war die Wand ein Kunstwerk. Feinste Linien schlängelten sich um winzige Wassertropfen, die sich höchst realistisch aus dem Holz perlten.

»Hallo!«, sagte sie. »Wartet, ich mach euch auf.« Sie wischte sich Holzstaub aus den krausen blonden Haaren, bückte sich und fasste unter die Mitte der Karte. Etwas klickte, und im nächsten Moment hielt sie die Schlaufe eines dünnen Seils in der Hand.

Sie zog langsam daran. Es knirschte, und die Flügel öffneten sich.

Das Schwarze Brett war nun doppelt so groß. Dutzende beschriftete Brettchen aller Größen hingen kreuz und quer. An den Brettern wiederum hingen Hunderte kleinere, mit gezeichneten Porträts versehene Holzplättchen. Es musste Jahre gedauert haben, dieses Wunderwerk aus Holz und Kunst zu komplettieren.

»Hey, hast du mich vermisst?«

Gesprochen hatte ein Typ mit gewinnendem Lächeln, der nicht Luka, sondern Emma ansah. Er stand offenbar Modell. Ein kleiner Kerl, dessen dunkelbraune Haare sein Gesicht verdeckten, lag im Schatten des Brettes tief gebeugt über einem Zeichenblock.

»Hab doch gleich gesagt, sie kommt wieder. Ich steh' auf die Kleine.« Emma ignorierte ihn.

»Er hat recht, du warst heute früh schon hier, oder?«, sagte die Schnitzerin zu Emma.

Sie nickte. »Aber mein Freund hier nicht. Könntest du ihm erklären, wie das funktioniert?«

Die Augen der Krauslockigen begannen von einem Moment auf den nächsten zu funkeln. »Na klar. Komm her!«

Sie packte Luka mit überraschend eisernem Griff und zog ihn ein Stück zurück. Der schaute hilflos auf Emma, die den Hauch eines Lächelns erahnen ließ, bevor sie sich auf eine Bank legte und die Augen schloss.

»So, von hier aus hast du erst mal den Überblick. Ach ja, ich heiß' übrigens Paula«, meinte sie. »Du kannst mir deinen Namen ruhig sagen, aber ich hab's nicht so mit Namen. Zu viele, du verstehst. Falls ich dich Adrian nennen sollte, nimm's mir nicht krumm.« Sie packte Lukas Hand. Er spürte feine Sägespäne zwischen ihren Handflächen reiben, als sie sie kräftig schüttelte.

»Die Karte hast du ja gesehen«, sagte sie. »Damit und mit den Ortsbrettern kannst du dich orientieren. Die wichtigsten Gebäude für Frischlinge sind das Wasserschloss und das Amphitheater. Damit sind wir auch schon bei den Aktivitätsbrettern.«

Sie machte eine ausladende Geste. »Alles, was außerhalb der Karte hängt, sind die heutigen Aktivitätstafeln. Komm, ich zeig dir ein paar.« Sie klopfte ihm aufmunternd auf den Hintern.

»Nehmen wir doch gleich mal … dieses Prachtexemplar.« Sie zeigte auf eine der kleineren Tafeln.

Brettdienst. Darunter stand: *Wo?* → *12.*

»Die Zahl lässt dich alles auf der Karte wiederfinden.« Sie folgte dem roten Faden, der das Ortsbrett *Nummer 12 – das Schwarze Brett* mit dem gemalten Schwarzen Brett auf der Karte verband.

»Jede Tafel steht für eine Aktivität.« Sie zeigte wieder auf *Brettdienst.*

Darunter stand: *Wartung der zentralen Anlaufstelle für Neulinge und Alteingesessene. Kalender, Umgebungskarte, Aktivitäten, Bücherliste, Spiele.*

»Spiele?«, fragte Luka.

»Später«, wiegelte Paula ab. »Unter der Beschreibung ist Platz für die Teilnehmer. Wie du siehst, hängen dort ich selbst, unser Künstler Mano und tatsächlich auch Zacharias, der sich sonst ausschließlich dort herumtreibt.« Sie zeigte auf eine der größten Tafeln überhaupt, auf der *Entspannen* zu lesen war. Auf diesem hingen mindestens dreißig verschiedene Bildchen. Luka schaute noch einmal auf *Brettdienst.* Die Bilder waren beeindruckend realitätsnah. Paulas verstrubbelte Kraushaare sprangen fast aus dem Bild hervor. Mano war dunkler gezeichnet. Er wandte sich auf dem Porträt halb zur Seite und blickte dem Betrachter schüchtern über die Schulter zu. Zacharias' Bild war alt, darauf war er noch ein kleiner Junge.

»Jeder hier hat ein Bild«, fuhr sie an Luka gerichtet fort. »Auch du. Lass mal sehen. Adrian … ah, da haben wir dich.« Sie holte ein Porträtbild von der Leiste, die sich unter der Wand befand. Lukas heutiges bärtiges Ich lächelte ihm entgegen.

»Wie du siehst, machen sich manche nicht die Mühe, hierherzukommen und ihr Bild einer Aktivität zuzuordnen.« Luka hörte deutlich den Vorwurf bei dieser Feststellung heraus. An der Leiste hingen noch Dutzende weiterer Bilder. »Vorerst hängen wir dich mal zu uns, bis du weißt, was du als Nächstes machst.« Sie hing sein Antlitz in die Tafel *Brettdienst*.

»Gerade für die Neuen sind die Bretter hilfreich. Das erste Bild auf jeder Aktivitätstafel ist das des Verantwortlichen. Hast du zum Beispiel Lust, in der Küche zu helfen, gehst du zu Ellie. Die braucht immer viele Leute, und hat sie alle im Griff.«

Luka folgte wieder ihrem Finger.

Kochen → *17* … der weiße Faden endete im Wasserschloss. Ellies Porträt zeigte eine pausbäckige Frau mit breiter Stirn und gutmütigem Lächeln.

»Wieso steht bei Ellie und bei dir ein Name, und bei Mano, Zacharias und mir nicht?«

»Du bist ein scharfer Beobachter«, antwortete Paula.

»Aber kein scharfer Geist«, kam es von Zacharias.

»Klappe halten da drüben. Mano, sieh zu, dass du jeden Pickel verewigst.« Sie wandte sich wieder Luka zu. »Ich verrats dir. Mano heißt heute nicht Mano, sondern anders. Zacharias auch. Ich hingegen bin immer Paula.«

Körperdiebe, schoss es Luka durch den Kopf. Na klar.

Klumpiger Matsch. Klumpiger, herrlich aromatischer Matsch.

Ob man arbeiten müsse, um zu essen bekommen, hatte Luka Paula gefragt. Sie sagte Nein. »Bei Ellie bleibt niemand hungrig«, hatte sie erklärt. Irgendwann fanden sich immer genug Leute, die ihr halfen. Manchmal dauerte es eben länger, bis die Glocke läutete. Das hatte sie inzwischen getan, und Luka saß vor dem Wasserschloss und aß Linseneintopf.

Er dachte an das Schwarze Brett. Ganz Atlantis auf einer Tafel!

Luka war immer von der Organisation der Einheit beeindruckt gewesen. Aber das war ein anderes Level. Alles war viel komplizierter, weil hier der Anspruch galt, auch Körperdiebe zu informieren. So viele starteten jeden Tag bei null. Ihm brummte der Schädel von Paulas detailreichem Vortrag.

Holzarbeiten oder *Schiffsbau* hätten ihn als Saran locken können, heute nicht. Letztendlich entschieden er und Emma sich für *Gartenarbeit*. Nicht, weil sie mussten. Aber es fühlte sich richtig an, und nach Entspannen war ihm ohnehin nicht. Also halfen sie nach dem Essen bei der Kartoffelernte. Emma grub sie aus und wusch sie, er sortierte. Er ließ sich sicherheitshalber alles erklären, aber nach einer Weile verließ er sich auf Adrians Körper. Der wusste schnell und instinktiv, welche Knollen essbar waren, welche giftig, welche man als Saatkartoffeln zurücklegen musste. Er wusste es einfach.

Körperlesen. Dass er plötzlich Dinge einfach wusste, war für Luka immer noch seltsam und faszinierend zugleich. Umso mehr war er auf den Abend gespannt – genauer gesagt auf die Spiele.

»Seid ihr bereit? Spielen wir *Zehn Fragen*!«

Ypsilon bedeutete den gut fünfzig Menschen rund um den Pier, dass es nun genug des Applauses sei. »Für alle, die sie heute nicht getroffen haben, lasst mich die beiden Teilnehmer vorstellen. Herzlich willkommen – Étienne!« Ein junger Mann stand auf, warf Kusshände ins Publikum und stellte sich neben Ypsilon ans Feuer.

»Einige von euch kennen Étiennes heutigen Körper unter dem Namen Zacharias«, erklärte Ypsilon. »Étienne steht bei fünfunddreißig Jahrespunkten und kann die Tabellenführung übernehmen. Étienne, gehts dir gut?«

»Bestens. Ich will diese Witzfigur, die noch ganz oben steht, endlich in ihre Schranken weisen«, meinte er und erntete einige

Lacher. Luka wusste, dass niemand anderes als Ypsilon selbst auf der Punkteliste auf dem rechten Flügel des Schwarzen Brettes ganz oben stand.

In vier Kategorien konnte man Punkte sammeln, hatte Paula Luka erklärt. Die erste war gleichzeitig die Wichtigste: Zielträumen. Das bedeutete, in einem vorher festgelegten Körper aufzuwachen. Nur, wer das schaffte, konnte sich bei den abendlichen Wettkämpfen Extrapunkte verdienen.

Auf der Aktivitätstafel stand: *Die Spiele → 5. Wettbewerb zum Testen der Fähigkeiten des Zielträumens, des physischen und psychischen Körperlesens sowie der motorischen Übertragung.*

Um die dritte Kategorie ging es heute Abend. Étienne hatte sich absichtlich in Zacharias' Körper geträumt, um in ihm auf die Probe gestellt zu werden. Genauso wie sein Gegner. Schon verrückt.

»Étienne misst sich heute mit Robert. Er steht bei sechs Jahrespunkten. Ich bin entzückt, dass wir dank Robert einen neuen Körper unter den Teilnehmern begrüßen dürfen. Das allein ist einen Applaus wert. Klatscht für Robert im Körper von Mano!«

Luka schmunzelte. Der Maler gegen sein Motiv! Der kleine Kerl, der kaum zwischen seinen langen Haaren hindurchschauen konnte, erhob sich und schlurfte zum Feuer. »Robert, viele von uns kennen Mano als eher zurückhaltend«, sagte Ypsilon. »Ein fantastischer Künstler, aber das Rampenlicht sucht er nicht. Wie viel Überwindung ist dabei?«

Luka erkannte durch den Haarschleier furchtsam geweitete Augen. »Sagen wir es so«, sagte er leise, »wenn wir noch lange hier rumstehen, tauche ich meinen Kopf vielleicht einfach in den See, um das hier zu beenden.« Die Zuschauer lachten. Robert lächelte mit, doch blickte dann wieder glasig ins Wasser – als spiele er mit dem Gedanken, seine Drohung wahr zu machen.

Ypsilon legte Robert beruhigend eine Hand auf die Schulter. »Zur Erklärung: In der ersten Runde gibt es einen Punkt pro richtiger Antwort. Ihr dürft kurz überlegen – und erst dann antworten, sobald die reizende Raffaella hier den Ball loslässt.

Sobald unsere nicht minder reizende Frieda ihn fängt, ist die Antwortzeit vorüber. Wart ihr mit eurer Antwort schneller als euer Gegner, gibt es einen Extrapunkt.« Er nickte Raffaella und einem anderen Mädchen zu, das vor den Kandidaten kniete.

Ypsilon zog eine Brille aus der Hemdtasche und setzte sie auf seine Nase, was das Bild eines äußerlich unscheinbaren grauen Typs, der so stark mit seinem schillernden Wesen kontrastierte, noch einmal unterstrich. Er hob einen Block gegen das Licht der Flammen. »Frage Nummer eins!«, sagte er und positionierte effekthascherisch einen Finger vor sich in die Luft. »Welche Farbe mag euer Körper lieber? Nachtblau ... oder sonnengelb?«

Die Zuschauer murmelten und blickten auf Raffaella, die einen gelben Tennisball hochhielt.

»Su-per-einfach«, wisperte Oskar Luka zu, der neben ihm saß, und Luka mit seiner Begeisterung für diesen seltsamen Wettbewerb ein wenig angesteckt hatte. »Bei dem Kleinen is' es mit Sicherheit gelb, bei dem andern blau.«

»Wieso?«

»Mano is'n totaler Frühaufsteher gewesen. Der muss die Sonne genomm' ham. Zacharias hat die Nächte immer durchgemacht und tagsüber gepennt.«

Raffaella holte langsam aus – und rollte den Ball auf dem Pier entlang an den Kandidaten vorbei. »Nachtblau!«, rief Étienne sofort. Der Ball rollte langsam über die Bretter. Robert stierte stumm auf seine Füße. Frieda fing die gelbe Kugel auf.

»Die richtige Antwort für den Körper von Zacharias«, sagte Ypsilon und warf einen Blick auf seinen Block, »ist nachtblau. Zwei Punkte für dich, Étienne.«

Étienne war richtig gut. Die ersten acht Fragen gingen alle an ihn.

Dabei wurden sie schnell schwieriger, die Antwortmöglichkeiten zahlreicher. Schon bei der dritten bat Ypsilon die beiden, sich eine Kreuzung vorzustellen. Links wartete eine wackelige Brücke über einen feuerspeienden Vulkan, geradeaus ein zähne-fletschendes Monster und rechts eine Tür mit einem Fragezeichen darauf. Wieder lieferte Étienne in dem Moment, in dem der Tennisball Raffaellas Finger verließ, die richtige Antwort. Zacharias hatte das Monster gewählt. Die Originalbesitzer der Kandidaten-körper mussten sich tagelang darauf vorbereitet haben, sich die Antworten einzuprägen. Denn die Antworten waren da – Étienne kannte sie alle.

Ab der siebten Frage gab es keine vorgegeben Antworten mehr. »Weniger raten, mehr graben«, wie es Ypsilon formulierte. Dafür gab es mehr Zeit. Fünfmal rollte der Ball zwischen Raffaella und der blondbezopften Frieda hin und her.

Nun gab es schon zehn Punkte pro Frage. Étienne wusste, wie Zacharias' Mutter mit vollem Namen hieß und an welchem Wochentag er geboren wurde. Robert rang mit sich – und sprach endlich. Jedes Mal reizte er das Zeitlimit aus, aber er ließ ein leises »Jana« und »Donnerstag« hören. Trotzdem lag Étienne vor den letzten beiden Fragen mit sechsundvierzig zu zwanzig vorne. Der Punktestand wurde durch Tennisbälle markiert, die in speziell dafür angefertigten Holzvorrichtungen vor den Kan-didaten gestapelt wurden. Das wusste Luka von Paula – sie hatte sie gebaut.

»Gehen wir für die letzten beiden Fragen in die Gedächtnis-paläste«, kündigte Ypsilon an. »Fünfzehn Punkte, wenn ihr mir folgende Information aus euren Körpern liefert. Zehnmal rollt dafür der Ball.«

Er räusperte sich. »Schließt die Augen. Alle anderen sind jetzt bitte besonders ruhig.« Luka meinte, Ypsilons Blick zu ihm wandern zu sehen, als er das sagte. Auch Luka ließ seine Lider sinken. Es war still, man hörte nur das Feuer und das Zirpen der Grillen.

»Ihr geht über den Pier hier am See«, sagte Ypsilon mit ein-schläferndem Singsang. »Da ist eine Glastreppe. Sie führt euch auf eine Wolke. Die Wolke ist fest und zugleich wunderbar weich. Dort steht ein Trampolin. Ihr steigt darauf und hüpft von der Wolke hinunter. Sanft landet ihr auf einem Burgturm. Von dessen Zinnen rutscht ihr eine Metallrutsche hinunter in ein rotes Zimmer voller Himbeersträucher. Ihr berührt ein paar Beeren mit der Hand. In dem Zimmer gibt es nur eine Tür. Ihr öffnet sie. Was seht ihr?«

»Eine Standuhr«, sagte Étienne sofort.

Luka hörte den Ball rollen. Achtmal, neunmal … schließlich öffnete er die Augen. »Eine Dosenpyramide«, nuschelte Robert in dem Moment, bevor sie den zehnten Ball auffing.

Ypsilon schaute auf seinen Zettel. »Die richtige Antwort für Zacharias' Körper ist … ein Kirchturm.« Ringsum diskutierten die Leute. Kirchturm, nicht Standuhr – Ypsilon ließ sie abzustimmen. »Das war knapp, aber trotzdem falsch«, meinte Oskar. So sahen es die meisten, und Étienne blieb diesmal ohne Punkte. »Die richtige Antwort für Manos Körper ist … eine Dosenpyramide. Toll gemacht, Robert. Es steht sechsundvierzig zu dreißig – die letzte Frage! Und die ist zwanzig Punkte wert!« Luka klatschte. Der Junge, der die Punktestände markiert hatte, schaufelte zehn neue Bälle auf Roberts Stapel. Étienne stand bei diesem Anblick die Überraschung ins Gesicht geschrieben.

»Zwanzig Punkte, wenn ihr mir innerhalb von zwanzig Rollern Folgendes beantworten könnt. Ich bitte wieder um absolute Ruhe.« Erneut führte sie Ypsilon in einen Gedächtnispalast. Es ging über Hügel und kristallene Brücken in eine tiefe, dunkle Salzmine. Dort fuhren sie über einen Fluss kochender Lava auf eine Insel aus Knochen. »Wir sind da«, flüsterte er. »Die Information ist hier, auf dieser schauerlichen Insel. Auf einem Steinaltar liegt ein Stück Pergament. Darauf steht ein Gedicht. Der erste Teil des Gedichts ist bei allen gleich, den werde ich nun vorlesen. Die letzten beiden Verse sind individuell. Um diese geht es. Das Gedicht lautet wie folgt:

Geisterstunde kommt ins Land
Der Wind nur Grabgeflüster.
Knochenkopf mit weißer Hand
Totes Pferd mit bleichen Nüstern.
Kopf und Ross, sie wag'n den Ritt
Über schwarze Fluten«

Ypsilon hatte die Stimme gehoben, aber hielt inne. Luka öffnete die Augen und sah Raffaella den Ball werfen.

Étienne schwieg. Robert sowieso. Siebzehnmal spielten die Mädchen sich den Ball zu. Luka schaute auf Étienne, der immer noch die Augen geschlossen hatte. Als Raffaella den Ball wieder warf, öffnete Étienne zuerst weit die Augen, dann den Mund, als wolle er die letzten Verse im nächsten Moment hinausschreien.

> *»Als plötzlich er vom Tiere glitt*
> *Sie brennen, kreischen, bluten.«*

Étiennes Mund stand noch immer offen. Gesprochen aber hatte Robert. Ypsilon wartete, bis Frieda unter Étiennes entsetztem Blick den Ball Nummer zwanzig auffing, und las die Lösung vor. Es war Wort für Wort Roberts Antwort.

»Sag schon. Du hättest es gewusst, oder?«

Er saß mit Ypsilon im Erdgeschoss des Wasserschlosses.

»Ich hab's dir angesehen. Adrians Körper ist trainiert. Ich habe ihm selbst bei den Gedächtnispalästen geholfen.«

Wieso überrascht mich das nicht?, dachte Luka und rezitierte, was er gerade überdeutlich gespürt hatte:

> *»Die beiden essen Fensterkitt*
> *Und gackern wie ein Puten.«*

Luka konnte nicht umhin, Ypsilons Grinsen zu erwidern. Sie passierten Säule um Säule, und Luka fragte: »Was ist das hier?« Ihre Stimmen wurden von der Schwärze des Raums ebenso verschluckt wie das Licht der Kerzen, die rund um die Säulen aufgestellt worden waren, sodass man in der Finsternis nicht gegen sie stieß. Die kleinen, flackernden Lichter erhellten den Raum nur bis zu einer bestimmten Höhe. Wie hoch er wirklich war, war schwer zu sagen.

»Das ist das, was du suchst. Zumindest höre ich, dass du das suchst.«

Luka brauchte nicht lange, um zwei und zwei zusammenzuzählen. »Emma?«

»Emma«, bestätigte Ypsilon. »Ja, ich glaube, so heißt sie heute. Aber ich hab's nicht so mit Namen.«

Luka nickte. Er hatte Reto Theo genannt, ihn Lulukar ... und sich selbst nur einen Buchstaben. Dieser Ypsilon war schon ein seltsamer Vogel. Bei den Spielen und im Nachmittagskurs hatte er manchmal gewirkt wie ein überdrehter, selbstverliebter Guru. Vielleicht war das aber auch nur Adrians Eindruck. Jetzt war er jetzt ruhiger, gelassener.

»Sie meinte, du wärst auf der Suche nach einer Aufgabe. Nach Gemeinschaft. Beides haben wir hier.«

Luka spürte gleichzeitig Misstrauen und Neugier in sich aufkeimen. »Hat das etwas mit heute Vormittag zu tun?«, fragte er. »Dass ich mich an meine Träume erinnern kann?«

»Natürlich. Es gibt nicht viele Menschen mit einem Talent wie deinem. Wir können dir hier zeigen, wie du es nutzt.«

»Um was genau zu tun?«

Ypsilon blieb stehen. Sie waren in der Mitte der Halle angelangt. Er legte seine Hand auf eine Säule. Luka fiel jetzt erst auf, dass sie kreisrund angeordnet waren.

»Ich habe dich nicht ohne Grund ausgerechnet hierher gebracht. Eigentlich wäre Esra der Mann für so was. Epische Reden zu schwingen, ist nicht gerade mein Ding. Zu große Worte für einen alten Sprücheklopfer wie mich. Aber ich weiß auch, dass du nicht von hier fort darfst, ohne ein paar Dinge zu hören. Deswegen lasse ich die sprechen, die hinter ihm stehen. Hinter Esra.«

Luka zog die Stirn kraus. Er sah Ypsilons Blick die Säule hinaufwandern. Hier war es etwas heller. Die Säulen waren gar nicht aus Stein, wie er angenommen hatte. Sie waren aus Holz. Die seltsame Maserung wirkte in der schummrigen Dunkelheit wie ein graviertes Muster. Luka trat näher.

Es waren Kugeln. Geschnitzte Kugeln in den Säulen. Nein, es waren ... Tennisbälle. Ein einfaches Muster, aber doch klar erkennbar. Ein Kreis mit zwei entgegengesetzten Cs darin. Tennisbälle. Manche größer, manche kleiner. Manche verbogen, manche gerade. Manche nur Kreise mit einem X darin. Es war nicht so wie bei den Tröpfchen auf dem Schwarzen Brett. Das hier war kein Kunstwerk von Mano. Es waren nur viele Tennisbälle, und keiner war wie der andere. Und die ganze Halle war voll solcher Säulen.

»Das ist ... was ist das?«

»Jeder, der an Esras Sache glaubt, hat hier sein Zeichen hinterlassen. Jeder, der einmal hier war und für sie einstehen will.«

»Esras ... Sache?«

Ypsilon nickte und kniff die Augen zusammen. »Ich weiß auch nicht, wie ich das sagen soll. Es ist ...« Plötzlich hellte sich sein Gesicht auf.

»Ich erzähle dir mal was über mich. Ich war früher behindert, musst du wissen. Querschnittsgelähmt. Seit ich sieben Jahre alt war. Ich fuhr Ski, und das sogar richtig gut. Immer schneller, noch schneller. Da war eine Schneeraupe. Ja, so hießen die Dinger. Ein Pistenfahrzeug. Ein Monstrum. Es ging so schnell. Ich konnte nicht mehr bremsen. Dann ...« Er hob kurz die Arme, ließ sie aber direkt wieder sinken, als fehle ihm der Mut, auch nur eine Geste dafür anzudeuten.

»Ich war ein energiegeladener kleiner Zwerg, weißt du. Keine zwei Sekunden konnte ich still sitzen. Aber die nächsten fünfzehn Jahre lang konnte ich nichts tun außer notdürftig atmen und diverse Arten Brei aufsaugen. Mein Leben war ...« Er kniff die Augen zusammen und atmete langsam ein und aus. »Sagen wir es so. Mehr als einmal habe ich versucht, Schluss zu machen. Aber es sollte nicht so enden.« Er setzte sich an eine Säule.

»Was ich dir sagen will, ist dies. Viele Dinge lernt man erst zu schätzen, wenn sie einem genommen werden. Auf die Freiheit trifft das ganz besonders zu. Kannst du dir vorstellen, wie ich mich gefühlt habe, als ich nach dem Blitz in einem anderen Körper aufgewacht bin?«

Luka fühlte einen Schauer über seinen Nacken laufen. Er konnte noch nicht einmal versuchen, sich das vorzustellen. »Wie könntest du auch?«, führte Ypsilon seinen Gedanken fort. »Das kann ich selbst nicht mehr, das war ... ein Gefühl einer anderen Welt. Von einem anderen Universum.« Er seufzte, und wandte sich wieder Luka zu. »Du bist erst wenige Tage unterwegs und du kommst direkt aus der Einheit. Du siehst noch nicht alles klar. Viele, die du hier siehst, haben die andere Seite erlebt.« Ypsilon meinte die Säulen. Die eingeritzten Tennisbälle waren so etwas wie ... Unterschriften.

»Ja, es hat mit den Träumen zu tun. Alles. Klarträumer können sich aussuchen, wo sie aufwachen. So viel weißt du bereits, auch wenn die Theorie simpler ist als die Praxis. Wer es nicht kann, ist dem Zufall und ihrem Unterbewusstsein ausgesetzt. Das wäre an sich nicht so schlimm, schließlich gibt es viele schöne Orte, an denen man aufwachen kann. Aber es gibt eben auch die Einheit.«

Er zog sich an der Lippe, als wäge er seine Worte sorgfältig ab. »Dir wurde deine Freiheit noch nie genommen. Du warst noch nie ein Sklave. Ich schon. Zuerst in meinem eigenen Körper. Aber viel später auch in der Einheit. Die meisten hier waren das.« Er deutete wieder auf die Säulen. »Und es werden immer mehr. Du hast wahrscheinlich gar keine Vorstellung davon, wie schnell die Einheit wächst. Du hattest Glück. Ohne dein Talent müsste ich dir nichts davon erzählen, weil du es wahrscheinlich sofort erlebt hättest.«

Ypsilon drehte sich zu ihm. »Du bist jung, aber das war ich auch, als ich Esra traf. Ich dachte nach dem Blitz, ich sei der größte Glückspilz der Welt. Ein Fliegenpilz wie ein Hochhaus. Er holte mich auf die Erde zurück. Ich musste hören, was er sagte. Und ich denke, du auch. Er sagte, ›Klarträumen zu können, bedeutet in unserer Zeit Macht. Und Macht bedeutet immer Verantwortung.‹

Ich habe lange gebraucht, bis ich das begriffen habe. Ob wir wollen oder nicht, Menschen wie du und ich sind für alle, die dieses Talent nicht haben, verantwortlich. Denn wir allein können etwas verändern. Alle, die du hier siehst, haben verstanden, dass wir uns dieser Verantwortung stellen müssen. Bis … bis das getan ist, was getan werden muss. Bevor es zu spät ist.«

Er sah ihm direkt in die Augen. Jeglicher Schalk war aus seinen Zügen gewichen. Plötzlich wirkte er sehr alt.

»Darius Morell muss sterben, Luka. Wir müssen der Schlange den Kopf abschlagen. Das ist der einzige Weg.«

Lange hatte er den Ballon mit den Augen verfolgt, aber er verlor ihn irgendwo zwischen den Sternen.

Am Seeufer war Luka Zeuge einer Art Geburtstagsritual geworden. Reto, der kleine blonde Junge aus dem Kurs, war in einem Körper aufgewacht, der heute zum ersten Mal von einem anderen Geist besucht worden war. Viele Menschen ließen es sich nicht entgehen, einen Jungen namens Quirin zu verabschieden, dem Retos heutiger Körper bis gestern gehört hatte. Luka vermutete sogar, ganz Atlantis war versammelt, als Paula Reto feierlich Quirins Porträtbrettchen überreichte, von der er die Namensplakette entfernte. Diese wurde zum Passagier eines kleinen, von einer Kerze angetriebenen Papierballons, der friedlich gen Himmelszelt schwebte. Quirins Vater weinte, doch es waren Tränen der Freude und des Stolzes. *Quirin war erwachsen. Quirin war bereit. Wie schön für ihn …* Er war zerrissen, und sie freuten sich für ihn.

Luka blinzelte und bemerkte, dass das Feuer fast herunter-gebrannt war. Funken stoben auf, als er ein Stück Holz ins Lager-feuer warf. Raffaella döste zwar dick eingekuschelt in Emmas Armen, doch er wollte nicht, dass ihnen kalt wurde. Es hatte sich herausgestellt, dass ihre »große Schwester« niemand anderes war als Emma. Oder besser gesagt, die Originalbesitzerin von Emmas Körper. Luka tippte stark auf einen Ehrentitel, so wie sie es be-tonte. Die kleine Schwarzgelockte sah niemals so aus, als könne sie mit der Farblosen verwandt sein.

Es war spät geworden. Gedankenverloren kraulte Luka den Nacken des Katers Kenny, und versuchte, in dem verwirrenden Tag einen Sinn zu ergründen.

Der Widerstand. Atlantis war der Widerstand. Esra war der Anführer des Widerstands. In den Kursen wurden Körperdiebe ausgebildet, die lernten, gezielt in Körpern aufzuwachen. Alles ergab auf einmal Sinn.

Er brauche nicht zu antworten, hatte Ypsilon ihm versichert. Das hatte er auch nicht getan. Es war alles viel auf einmal. Nur zwei Dinge hatte er ihn in der Säulenhalle noch gefragt:

»Wieso Tennisbälle? Und wieso Atlantis?«

»Frag Mano«, hatte Ypsilon geantwortet. »Der ist unser Künstler. Und Atlantis? Darauf kommst du noch ganz alleine, bevor du heute abtauchst.«

Mano war natürlich irgendwo. Wenn er das wissen wollte, musste er wiederkommen. Darauf legte es Ypsilon an. Und Atlantis? Als er am See etwas darüber nachdachte, fiel der Groschen. Der Name schien ihm tatsächlich nicht unpassend gewählt. *Bevor du abtauchst.* Atlantis war die mythologische Stadt unter Wasser. Wenn man so wollte, war dieses Atlantis der Zufluchtsort der Abtaucher.

»Schön kitschig, oder?«, fragte er Kenny. Der legte seinen Kopf auf die andere Seite, damit Luka nun den anderen Teil seines Nackens bearbeiten konnte. »Wäre ich überhaupt hier gelandet, hättest du mich heute Morgen nicht wachgeleckt?«, fragte er ihn. Kenny blieb eine Antwort schuldig.

Fest stand für Luka, dass er noch mehr über das alles herausfinden wollte. Klar, eine Stimme in ihm warnte ihn davor, dass er lieber die Finger davon lassen sollte. Dass er sich, je länger er sich mit diesen Spinnern einließ, gedanklich immer weiter von der Einheit entfernte. Die Stimme klang wieder sehr nach Pip. Aber wem konnte er trauen, wenn nicht seinem Instinkt? Dem undurchschaubaren Ypsilon? Der wollte, dass er dem Widerstand beitrat. Das sagte er nicht so explizit, aber so war es doch. *Darius Morell muss sterben.*

Auf diesen Esra war er schon neugierig. Aber folgen konnte er ihm nicht. Die Einheit war seine Heimat, daran würde sich nie etwas ändern. Doch sah er die Einheit mittlerweile anders als zuvor? Das schon. Viele hatten Angst vor der Einheit, doch für ihn war sie ... ein Antrieb geworden. Als er durch den Dschungel geirrt war, hatte er sich an dem Gedanken festgehalten, zurückzukehren. Mehr als alles andere jedoch fürchtete er, anders zurückzukehren. Als Körperdieb in der Einheit aufzuwachen. *Und warum ist das so?*, fragte die Stimme. *Weil du weißt, dass Ypsilon recht hat.* Jetzt klang sie wieder wie Emma.

Und doch musste er zurück. Vielleicht konnte er sein Wissen um den Widerstand sogar zu seinem Vorteil nutzen, sagte die Stimme, auch wenn sie in dem Moment wie Helena klang. Das gefiel Luka gar nicht.

Lukas Blick wanderte zu den beiden eng umschlungen schlafenden Mädels. Raffaella und Emma. Schon jetzt ein Herz und eine Seele. Ob es Raffaella mit jeder so ging, die in ihrer sogenannten großen Schwester aufwachte?

Es gab wieder eine Abschiedsumarmung für ihn von Emma. Natürlich. Je später der Abend wurde, desto mehr Umarmungen, desto mehr Küsse, desto mehr Abschiede erlebte Luka. Oskar erdrückte ihn fast. Von Raffaella bekam er einen dicken Schmatzer auf die Wange. Emma und er hielten sich lange fest. Sie fragte ihn nicht, was er nun tun wolle. Es war eben Emma.

Raffaellas Augen öffneten sich.

»Kannst du auch nicht schlafen?«, flüsterte die Kleine zu ihm herüber. Er wusste zuerst gar nicht, ob sie wach war, oder im Schlaf murmelte. Aber sie sah ihn an.

Er nickte. »Ist schon gut. Kenny leistet mir Gesellschaft. Schlaf ruhig.« Sie stöhnte ein leises *M-hm*. Und sie schloss wieder die Augen.

»Ich mag dich, Luka. Auch wenn du nicht Adrian bist. Kenny mag dich auch.«

Sie kuschelte ihren Kopf an Emmas Schulter. »Und Emma mag ich auch. Auch wenn sie nicht meine große Schwester ... meine ... meine Alea ist.«

Luka stockte. Hatte sie ... wirklich *Alea* gesagt? Hatte Emma ... in Aleas Körper gesteckt? Er sah die Farblose an.

Das ... konnte doch kein Zufall sein. Dies wäre dann Aleas Heimatdorf. Atlantis wäre dann Aleas Heimatdorf.

Ja. Sein letzter Gedanke, bevor auch er langsam wegdriftete, war: Von all den verrückten Dingen, die er heute hier gehört hatte, ergab das den allermeisten Sinn.

Er steht auf dem See. Er muss unbedingt den Typen mit dem Federhut finden. Das ist immerhin seine Aufgabe. Es ist wichtig, eine Aufgabe zu haben.

Der Federhut erscheint immer wieder unter der Wasseroberfläche, aber es ist gar nicht so leicht, ihn zu erkennen. Er ist ziemlich fix. Wegen der vielen Tennisbälle im See kann man nicht gut hineinsehen.

»Hab ich dich!«, sagt er und packt die Feder. Er zieht daran und zieht und zieht. Aber das Seil, an dem er zieht, nimmt gar kein Ende.

»Du musst fester ziehen. Sonst gehen die Flügel nicht auf!«, ruft Pip vom Ufer herüber. Er sitzt viermal auf der Bank. Einer davon hat ihm zugerufen. Aber wer? Der rauchende Pip? Der alte Pip? Der dicke Pip? Er krault den Pip, der aussieht wie Kenny, am Nacken.

»Komm nach Hause«, brummt der alte Pip. »Du Banause«, meint der dicke Pip. Alle Pips lachen.

Komisch, denkt er. Pip reimt sonst nie. Panda reimt.

Es fängt an wie ein leichtes Dröhnen hinter seinem rechten Ohr. Es wird immer lauter, bis er meint, er steht mitten in einem Bienenschwarm. Die kleinen gelben Dinger surren gefährlich nahe an seinen Augen vorbei. Das ist nur so, weil ich an Bienen gedacht habe.

Die Realisierung trifft ihn wie ein Donnerschlag.

Ich denke. Es passiert. Ich denke. Es passiert.

Ich kann alles tun. Alles. Es ist so, wie sie gesagt haben. Ich kann alles tun. Halt, *denkt er.* Stopp.

Die Bienen gefrieren zu Eis. Auch die vier Pandas rühren sich nicht mehr. Wie menschliche Puppen, die plötzlich vergessen haben, dass sie leben.

»Das alles … ist nicht echt«, sagt er zu den Bienen. »Ihr seid gar nicht da.« Er lächelt.

Weg mit euch. *Ohne ein Geräusch, ohne das geringste* Plopp *verschwinden sie.*

Luka fühlt sich leicht. Stark. Unbesiegbar.

Alles, was ich will. Ich will … ja, was eigentlich?

Mangos, *ist das Erste, das ihm durch den Kopf schießt. Der Geschmack lässt seinen Kopf fast explodieren. Es ist besser als alles, was er jemals geschmeckt hat. Es ist … wie hat dieser Typ gesagt … ein anderes Universum.*

Sonnen. Da sind sechs Sonnen und drei Monde.

Anderes Universum! Ich muss aufpassen, was ich denke. Ich wollte doch etwas tun. Etwas Wichtiges. Die Einheit!

Er muss einen Weg zurück in die Einheit finden.

Das Tor. Das Tor zum Lyzeum. Es steht offen.

Der Brunnen. Da sitzt ein Mädchen mit seltsamen Haaren. Aber es sind keine Rastas. Ihre Haare sind weiß wie Schnee.

Kapitel 6

Das doppelte Bügeleisen

Luka öffnete die Augen.

Schwarz. Es war stockdunkel. Wo war er? Er setzte sich auf. Vorsichtig tastend streckte er eine Hand zur Seite aus. Holz. Er fühlte … eine Stange? Vorsichtig rüttelte er daran. Feiner Staub regnete auf ihn herab.

Es musste ein Stockbett sein! Er tastete nach oben, und ja, da war eine Matratze.

Er hatte vom Lyzeum geträumt. Von der Einheit. War er zurück?

Wenn es nur nicht so finster wäre! Er fuhr sich mit der Zunge über die Lippen. In welchem Körper war er? Das war doch die Frage.

Dürre, kurze Ärmchen. Ein Rollkragenpulli. Unten nur ein knapper Slip. Seine Haare nervten ihn. Fielen ihm ins Gesicht. Sein Gesicht war … weich. Kein Bart. Kein einziger Stoppel. *Schade irgendwie.*

Moment. Lange Haare. Weiche Haut. Dünne Arme. War er … war das überhaupt möglich? Er tastete nach unten. *Nein. Kein Mädchen.* Er war ein Junge. Er spürte eine Welle der Erleichterung über sich strömen. Das hätte ihm gerade noch gefehlt.

»Herausfinden, ob man auch das Geschlecht wechseln kann. Das kommt ganz oben auf meine Liste«, murmelte er in die Finsternis hinein. Seine Stimme war kaum hörbar. Als wäre er zu schüchtern, um mit sich selbst zu sprechen. Dann kam ihm ein anderer Einfall. »Luka«, sagte er. »Einheit. Equanimierer. Äh … Constantin, Ypsilon.« Ging alles problemlos.

Er fuhr innerlich zusammen, als sich eine Hand um seine Hüfte legte. Ein weicher Arm. Seine Gedanken schossen wild umher, aber sein Körper ließ ihn überhaupt nichts erlesen. Stattdessen reagierte er körperlich. Er streckte sich der Hand entgegen. Die Besitzerin des Arms brummte leise und wohlig. Ihr Gesicht lag ganz nah an seiner Hühnerbrust. Er war nicht sicher, ob er die Stimme kannte. Sie gähnte und stöhnte wieder. Sie schlief noch.

Er legte die Hand auf ihre. Er konnte gar nicht so schnell denken, schon war es passiert. Sein Körper wollte … er war drauf und dran, sich ihr zuzurollen. Luka rang mit dem starken Drang, sich ihr zuzuwenden. Sich ganz nah an sie zu kuscheln.

Doch sein Körper wehrte sich. Er wollte es unbedingt. Luka spannte alle Muskeln an. Für einen Moment wiegte sein Becken leicht nach rechts … dann gewann er doch noch die Oberhand. Unter Aufbietung all seiner Willenskraft schaffte er es, seine Hand zurückzuziehen. Schon im nächsten Moment fühlte er, wie sich sein Magen zusammenzog, als habe er etwas Giftiges geschluckt. Er schwitzte und schluckte. Sein Herz pumpte wie wild.

So fühlte es sich also an, gegen seinen eigenen Körper zu kämpfen.

So behutsam, wie er noch nie in seinem Leben etwas angefasst hatte, nahm Luka die fremde Hand am Gelenk und legte sie neben sich auf die Matratze. Sein Körper genoss die Berührung, aber was er damit machte, hieß dieser ganz und gar nicht gut.

Wie war das möglich? Der Körper schien einen eigenen Willen zu haben, den er dauerhaft unterwerfen musste. Endlich schaffte er es. Sie grummelte etwas Unverständliches und zog die Hand ein. Leise atmete er tief ein und aus. Mit heimvorsteherischer Langsamkeit rutschte er von ihr weg und seufzte erleichtert.

War da … Licht? Er strich sich die nervigen Haare aus dem Gesicht. Ja, da war ein heller Schimmer. Ein Spalt nur. Vor allem aber war es ein Anhaltspunkt. Vorsichtig streifte er den Schlafsack von sich und setzte sich an die Bettkante. Seine Beine reichten gerade so bis zum Boden. Er war wirklich ziemlich klein.

Herausfinden, ob man in jüngere Körper reisen kann ... oder in ältere, führte er seine Liste in Gedanken fort. *Vielleicht bin ich ja Manni.* Er spähte nach oben. Nichts. Schwarz. Ihn durchzog ein Schaudern, und er hielt den Atem an. *Ist da etwas?* Wenn das Dachfenster, das er dort erwartet oder erhofft hatte, wirklich da war, war draußen tiefschwarze, sternenlose Nacht.

Langsam gewöhnten sich seine Augen an die Schwärze. Er kam der mageren Lichtquelle näher. Sie war oben in der Luft, und sie war ein umgedrehtes L. Eine Tür. Er fürchtete schon, sie würde knarzen, aber sie ließ sich geräuschlos öffnen. Er sah noch mal in das Zimmer hinein, doch seine Bettpartnerin konnte er nicht erkennen.

Er drehte sich und trat einen Schritt nach vorne. Nur war da nichts, worauf man hätte treten können. Ein sengender Schmerz flammte an seiner Wange auf, als er vornüberkippte und gegen irgendetwas stieß. Er landete auf dem Hosenboden. Mehr verdutzt als verletzt saß er da. Er hatte sich genau einmal überschlagen. Er hatte nicht damit gerechnet, dass die Tür in eine Treppe münden könnte. Der Körper hatte nicht reagiert. Vorsichtig betastete er seinen Wangenknochen und zuckte leicht zusammen. Es brannte und blutete. Zum Glück hatte die Treppe nur zwei Stufen. Er hätte es fast fertiggebracht, sich den Nacken zu brechen, bevor er herausfand, wo er war.

Weiter. Vorsichtig richtete er sich auf und tastete sich an der Wand entlang. Die nächsten Stufen überstand er unfallfrei.

Die Treppe war rund – eine gebogene Wendeltreppe. Es war also nicht das Heim. Dort gab es nur gerade Treppen. Er fühlte Bedauern, aber war nicht wirklich überrascht. *Das hätte ich irgendwie gespürt.* Die Stufen führten zu einem Steinkorridor. Erst jetzt fiel ihm auf, dass er keine Schuhe mitgenommen hatte. Und keine Hose. Es wäre auch schwer gewesen, in dem Zimmer etwas zu finden. Vorsichtig tapste er über die kühlen Platten. Über zwei Stufen stieg er durch eine Öffnung ins Freie.

Es war Nacht oder bestenfalls früher Morgen. Kein Stern stand am Himmel, dennoch erkannte er es auf den ersten Blick. Der See. Die Holztische. Der frei stehende Steinofen.

Er war im Wasserschloss aufgewacht.

In Atlantis. Wieder in Atlantis.

Die Augen fand Luka am schwierigsten.

Zacharias war definitiv ein attraktiver Bursche. Er sah einerseits aus wie der perfekte Schwiegersohn, mit seinem Seitenscheitel und den weißen Zähnen. Aber das, was das Bild noch nicht vermittelte, war das, was Luka gestern an ihm gesehen hatte. Er war am meisten aufgeblüht, wenn er … nun ja, ein Arsch war. Es hatte ihm sichtlich Spaß gemacht, Emma und Paula zu triezen. Und in dessen Beisein über Ypsilon herzuziehen. Da hatten seine Augen dieses gewisse Etwas gehabt. Ein Glühen, das *ja, so bin ich und ja, mir egal, was ihr denkt,* ausdrückte. Luka bewunderte das. Etwas wehmütig dachte er an Pip. Auch wegen dieses Gefühls wollte er, dass das Porträt vor ihm der Realität so nahe wie möglich kam.

Er steckte in Manos Körper. Er war Mano, der Maler. Dieser war, wie Oskar richtig bemerkt hatte, Frühaufsteher. Hellwach war er am Schwarzen Brett angekommen, als die ersten Sonnenstrahlen über die Berge lugten. Eigentlich hatte er nach dem Spiegel gesucht, der am Innenteil des linken Flügels hing. Aber das Brett war verschlossen. Da sah Luka eine blaue Latzhose hängen, und plötzlich war es ihm erst mal wichtiger, etwas Warmes um die Beine zu bekommen. Er entdeckte die Farben, die Bleistifte und die Pinsel. Ohne darüber nachzudenken, nahm er sie in die Hand. Ließ sie durch die Finger gleiten. Schließlich sah er Zacharias' unvollständiges Porträt. Irgendwann verstand er. Er war viel zu sehr in die Arbeit vertieft, als dass er noch über den Spiegel nachdachte. Aber dann ... ja. Klar. Er war Mano.

Er versuchte es mit einem etwas schmaleren Pinsel, und mischte sich ein neues Grün. Sein Herzschlag wurde ruhiger, er arbeitete langsam, aber gründlich. Am Rand fehlten noch ein paar Details, er wollte in den Hintergrund noch die Andeutungen von Bäumen vervollständigen, die sein Vorgänger – Robert – dort angedacht hatte. Irgendwann verließ er sich so sehr auf die Instinkte von Manos Körper, dass er wie von selbst arbeitete. Jeder Handgriff, jeder Tupfer war wohlkoordiniert. Luka war mehr und mehr fasziniert von den kleinen Kniffen, von den Farbschichten, vom wohlüberlegten Mischen bis zum sorgfältigen Auftragen. Er war froh, nach dem unrunden Start nun etwas zu tun, das sein Körper genoss.

Seine Gedanken begannen zu wandern. Wieso wieder hier? Er erinnerte sich nicht an alle Details seines Traums, aber am Ende war er im Lyzeum gewesen. Da war er sich sehr sicher. Stimmte Ypsilons Theorie, hätte er in der Einheit aufwachen müssen. Aber so war es nicht gekommen.

Einerseits war er enttäuscht, aber seltsamerweise auch ein wenig erleichtert. Für einen Moment hatte er am Morgen gedacht, er wäre zurück. Doch offenbar war er doch nicht so gut darin, seine Träume zu steuern. Atlantis war immerhin der passende Ort, um besser zu werden. Er war früh genug dran für den Grundkurs.

Außerdem konnte er vielleicht wirklich diesen Esra treffen. Nicht, um sich von irgendetwas überzeugen zu lassen, aber dem Anführer des Widerstands zu begegnen, reizte ihn schon.

Außerdem ... Alea. Raffaella hatte Aleas Namen genannt. Sie hatte halb geschlafen, aber Luka hatte sich nicht verhört. Es ergab Sinn. Dies war Aleas Heimatdorf. Den ganzen Tag hatte Raffaella immer wieder von ihrer großen Schwester vorgeschwärmt. Äußerlich waren die beiden so verschieden wie Tag und Nacht, und doch hatten beide eines gemeinsam: einen scheinbar unkontrollierbaren Drang, vor sich hin zu plappern. Und Alea war in Emma aufgewacht. Es schien logisch, dass das andersherum genauso möglich war. Also, dass Emma gestern in Aleas Körper gesteckt hatte. Vielleicht wurde ein Tausch durch die erste Reise in einen anderen Körper sogar wahrscheinlich. War vorgestern vielleicht Saran in seinem Lukakörper aufgewacht? Oder gestern Adrian oder heute Mano?

Allmählich wurden die Stellen auf Zacharias' Porträt, mit denen Luka noch nicht zufrieden war, weniger. Immer zahlreicher wurden dagegen die Fragen, die ihm durch den Kopf schossen. Was war wohl mit seinem Lukakörper passiert? Mit wem hatte er heute Nacht in einem Bett geschlafen? War es schlimm oder schädlich, wenn man seinem Körper so zuwiderhandelte, wie er es am Morgen im Bett getan hatte? War es vielleicht sogar die Absicht seines Körpers, dass er kurz auf der Nase gelandet war?

Und überhaupt, was zum Henker machte Sackmann auf einem Foto in Thailand?

Paula war nicht seine mysteriöse Bettpartnerin. Für seinen Körper war sie auf eine andere Art bewundernswert.

Es zog ihn körperlich nicht zu ihr hin wie zu der Schlafenden am Morgen. Aber es fühlte sich ausgesprochen stimmig an, mit Paula zu arbeiten. Gestern hatte sie ihn mit ihrer peniblen Gründlichkeit, was das Schwarze Brett anging, an Helena erinnert. Es machte fast den Eindruck, als betrachte sie es als ihr Eigentum, und fühlte sich persönlich angegriffen, wenn sich jemand ihrer Organisation nicht unterwarf. Jetzt aber merkte er, dass sie es nur gut meinte.

Vielen verschiedenen Körperdieben erklärte sie mit Engelsgeduld, wie das Brett funktionierte. Mehrfach beantwortete sie die gleichen Fragen. Luka – und Manos Körper auch – waren heilfroh, dass sie da war. Besonders Geo, also dessen gestriger Körper. Als er dessen Stimme hörte, zog sich sein Bauch zusammen, und er duckte sich noch tiefer über das Porträt.

Dank Paula nahm niemand von dem in seine Arbeit versunkenen braunen Haarschopf Notiz. Sie waren ein gutes Team – sie ordnete, reparierte, hängte Porträts um, erklärte. Er sorgte dafür, dass alles gut aussah.

Nein, Helena war sie nicht. Aber vielleicht musste er ja auch sein Bild von Helena revidieren. Schließlich stand die mindestens genauso unter Stress.

Was Körperreisen doch alles möglich machten.

»Man will ihm fast das dämliche Grinsen aus dem Gesicht wischen, so gut hast du ihn getroffen.«

Luka drehte sich um. Es war nicht Paula. Die werkelte am Brett und gab scharrende Schleifgeräusche von sich. Es war die Farblose. Aleas Originalkörper mit dem bleichen Gesicht und den weißen Haaren.

Sie war von hinten an ihn herangetreten und lehnte sich über sein fertiges Werk. Ihre ausgestreckten Finger schwebten über dem Bild, als wolle sie die Pinselstriche nachziehen. Ihr Arm war nackt, sie hatte das seltsam asymmetrische Shirt von gestern wieder an. Nur andersherum. Diesmal war ihr rechter Arm entblößt. Das fiel Luka sofort auf, weil er von der Schulter bis zu den Händen mit Tätowierungen überzogen war. Dutzende, scheinbar unzusammenhängende kleine Bildchen waren darauf verewigt. Ein Mund mit einer Sprechblase. Eine Katze. Ein Fahrrad. Ein kleiner Kerl, der Kopf voraus gegen eine Backsteinmauer lief. Er schaute sie einen Moment verdutzt an. *Emma?* Nein, das war gestern. Wer steckte heute darin?

»Ich wollte eigentlich hier am Brett helfen, aber mit dir kann ich nicht mithalten.« Sie widmete sich noch mal dem Bild. »Mein Körper kann auch ein bisschen was mit dem Pinsel. Aber das …« Sie pfiff leise durch die Zähne.

»Hey!«, rief sie plötzlich und strahlte über beide Wangen. »Kannst du mich malen? Ich meine, hast du Zeit, hast du Lust? Mein Porträt ist ziemlich alt. Also, wenn Paula nichts anderes Tolles, Wichtiges für dich zu tun hat. Aber hey, wenn du schon den da malst, kann es nicht viel Wichtigeres geben. Der Typ nervt tierisch. Hat mich in den zwei Minuten, die ich ihn vorhergesehen hab, ungefähr neunzehn Mal angebaggert. Lass mich dir sagen, die Sprüche wurden nicht von Mal zu Mal kreativer.«

Luka zog die Augenbrauen hoch. Es war nicht nur Aleas Körper. Das Mädchen vor ihm sprach auch wie Alea. Ganz anders als gestern. Das bedeutete ... was? Dass heute Aleas Körper dominanter war als der Geist ihres Besuchers? Oder ...

Wie heißt du?, wollte er sie fragen. Und heraus kam: »Heißt du Alea?«

Das verschlug ihr die Sprache. Ihr Mund stand offen, und ihr Gesicht verzog sich in ein einziges großes Fragezeichen. »Du kannst ja Körperlesen! Heilige Karotte! Ja, ich bin Alea. Dass du das einfach so wusstest! Klasse! Wie heißt du?«

Er schluckte. *Heilige Karotte.* Sie ... war es tatsächlich. »Äh«, antwortete er. In seinem Kopf ratterte es. »Geo«, log er, und seinen Manokörper durchlief ein Schaudern.

Sie schaute ihn an. Ein Hauch eines Zweifels huschte über ihre Stirn. »Georg, eigentlich«, fügte er etwas sicherer hinzu. »Aber du kannst mich Geo nennen, das tun alle.« Sie zögerte noch kurz, dann lächelte sie wieder. »Okay. Geo. Also willst du? Das wäre soo toll!«

Er nickte. Schluckte. »Setz dich da hin.«

Das tat sie. Sie schob die Unterlippe vor, blies sich die Haare aus den Augen und lächelte ihn an. Diese Geste kannte Luka von ihr. Nur war sie in Verbindung mit Emmas Biestern völlig nutzlos gewesen.

Diesmal war sie es selbst. Alea ... Körper und Geist.

Mit einem weichen Bleistift begann Luka, Aleas Konturen in feinen Linien auf das Papier zu übertragen. Das war gar nicht so einfach, denn sein Herz schlug jetzt viel schneller. Zum Glück war Mano ein erfahrener Künstler. Zeichnen war für ihn keine Arbeit. Im Gegenteil, es beruhigte ihn. Wie er die fast vollkommene Abwesenheit von Farbe im Gesicht beim Kolorieren bewerkstelligen wollte, interessierte Luka schon jetzt. Er konnte als Mano zeichnen und malen. Voraussagen oder gar erklären konnte er es nicht.

Auch wusste er nicht genau, wieso er sie angeschwindelt hatte und jetzt Geo hieß. Er hatte sich oft überlegt, wie es wäre, Alea wiederzutreffen. Seitdem Raffaella ihren Namen gesagt hatte, umso mehr. Dann war es einfach passiert.

Rache war ein großes Wort. Aber klar, sie hatte ihn an jenem Tag lange an der Nase herumgeführt. Jetzt saß sie plötzlich da und wollte wissen, wer er war. Diese vertauschten Rollen fühlten sich gut an. Und erst, ihr zu sagen, was sie tun sollte. Es ging los mit »Kipp deinen Kopf weiter nach vorne« und »Nimm die Schultern zurück«. Sie folgte anstandslos. Als sie ihn fragte, woher er komme, hatte er geantwortet: »Bitte jetzt nicht sprechen.« Seitdem schwieg sie. Alea. Schwieg. Zumindest für eine Weile.

»Ich wünschte, ich könnte auch besser Körperlesen«, meinte sie irgendwann. Das hatte länger gehalten, als Luka ihr zugetraut hatte. *Bitte nicht sprechen*, klang für sie wahrscheinlich wie *Bitte nicht existieren*. Für die Zeichnung war es einerlei. Er hatte ohnehin vor, sie mit plapperndem Mund zu verewigen. Außerdem, erzählen durfte sie, soviel sie wollte. Wenn sie ihm nicht gerade Fragen stellte, die ihn als Luka enttarnten. Das wollte er schon selbst tun.

»Man kann es trainieren, aber wenn man kein Talent dazu hat, besteht wenig Hoffnung, dass man richtig gut darin wird. Sagt auch Ypsilon, und der ist der Beste. Hast du Ypsilon schon kennengelernt?« Luka schaute sie an. Sie machte kurz wieder den Mund auf. Schloss ihn. Nickte. Und schwieg wieder. *So fühlt sich das also an. Mit einem Blick alles gesagt. Emma wäre stolz.*

Sie hielt wieder eine Zeit lang durch.

»Es ist einfach mein Wesen, weißt du? Ich meine, beim Körperlesen geht es darum, sich *von sich selbst zu lösen*, meint Ypsilon immer.« Bei *von sich selbst zu lösen* verfiel sie in einen aufgesetzten Ton und rollte mit den Augen. Todsicher hätte sie diesen, wenn sie nicht Modell sitzen müsste, mit einer Geste untermalt. Aber zumindest in dieser Hinsicht blieb sie eisern.

»… dafür bin ich einfach nicht der Typ. Klar, ich kann gut Quatsch machen. Schauspielern. So tun, als wär ich jemand anders, zum Spaß. Ich kann ganz passabel erfühlen, wie sich die Körper sonst verhalten. Das macht jeder, das geht ganz automatisch. Aber zu vergessen, wer ich bin – puh. Ich glaub' nicht, dass ich das kann. Also, das ist nicht böse gemeint. Ich find's hart gut, wenn Leute das draufhaben. Ypsilon sagt immer zu mir, ich hätte einen zu steilen Charakter. Der Typ mit seiner Rätselsprache. Drück dich doch noch unklarer aus. Der macht mich manchmal echt fertig.«

Luka schwieg weiter, auch wenn er innerlich schmunzelte. Steiler Charakter. Das traf es auf den Punkt. So hätte ihn dagegen sicher niemand bezeichnet. Seine Neutralität, sein Hang, unterzutauchen – beim Körperlesen schienen diese tatsächlich ein Vorteil zu sein. Außerdem musste man nicht vergessen, wer man ist. Es … kam einfach über einen. Luka konnte das nicht erklären. Manchmal klappte es eben besser und manchmal nicht. Da lag es doch nahe, dass …

»Vielleicht liegt es auch gar nicht an einem selbst. Sondern am Körper«, warf Luka ein. »Also, ich wusste bis gestern nicht mal, was Körperlesen überhaupt ist. Aber ist es nicht auch sehr abhängig von dem Körper, in welchem du steckst?« Bei Mano heute fand er es viel schwieriger als gestern bei Adrian. Wenn er so darüber nachdachte, hatte er aus ihm praktisch noch gar nichts herausgelesen. Aleas Namen hatte er, anders als sie dachte, einfach nur geraten, nicht gelesen.

»Kann sein«, sagte sie. »Ypsilon würde bestimmt so was faseln wie: *Nicht ihr lest den Körper, sondern der Körper lässt euch hineinblicken.* Ich muss echt mal wieder in den Fortgeschrittenen-Kurs Körperlesen.«

Er sah von seiner Zeichnung auf. Für einen Moment sahen sie sich an. Sollte er doch ...

»Hey, großer Künstler!« Er hatte einen Moment mit dem Gedanken gespielt, es ihr jetzt zu sagen. Aber Paula zerschnitt die Atmosphäre zwischen ihnen wie mit einer stumpfen Streitaxt. Immerhin einen Holzhobel von der Größe ihres Armes hielt sie in der Hand. »Wolltest du nicht zum Grundkurs? Du hast dich auf dem Brett eingetragen! Dann geh' gefälligst auch hin – die fangen jetzt an!«

Luka verabredete sich mit Alea für eine weitere Porträt-Sitzung. Dazu hätte er sie eigentlich gar nicht gebraucht, denn wie er schnell feststellte, besaß Manos Körper ein fotografisches Gedächtnis. Auch wenn Luka nicht gut in den Erinnerungen seines heutigen Körpers lesen konnte, hatte sich Aleas Bild sofort in sein Kurzzeitgedächtnis gebrannt. Oder war es Lukas Kurzzeitgedächtnis, das in Manos Körper plötzlich fotografisch arbeitete?

Er saß im Amphitheater und wartete mit den anderen Körperdieben auf den Kursleiter. Gestern-Geo war da. Leider. Luka spürte wieder seinen flauen Magen. Nicht er konnte Gestern-Geo nicht ausstehen. Es war Mano. Manos Körper. Am vorigen Morgen hatte Lukas Körper Geo sympathisch gefunden. Das tat er noch jetzt – der Adriankörper und Gestern-Geo unterhielten sich lachend.

Er musste sich künftig hüten, vorschnell Urteile über andere zu fällen, wenn er in fremden Körpern steckte. Anders gesagt, mit all den Gefühlen und Erinnerungen, die in den Körpern verblieben, war es schwer, sich ein eigenes Bild über andere zu schaffen.

Wenn er auch schlecht aktiv in Mano lesen konnte, verriet ihm sein Körper über die Instinkte doch viel. Ein Magengrummeln, aufgestellte Nackenhaare, ein warmes Gefühl im Bauch. Was hatte noch auf dem Schwarzen Brett gestanden? *Physisches und psychisches Körperlesen*. Ersteres ging automatisch. Letzteres fand er an den ersten beiden Tagen leichter als heute. Wie es Robert geschafft hatte, in Manos Körper bei *Zehn Fragen* zu gewinnen, verdiente allerhöchsten Respekt.

Einige Köpfe drehten sich. Die graue Eminenz betrat die Bühne. Ypsilon. Er hatte heute ein ordentliches Hemd an und seine Haare waren gekämmt. Immerhin. Luka erhoffte sich einige Antworten vom Grundkurs. Seit er heute Morgen auf der Tafel *Kurse* Ypsilons Gesicht erneut zuoberst entdeckt hatte, befürchtete er nur, dass der verhinderte Komiker wieder eine große Schau abzog.

Gestern Abend im Zwiegespräch war er anders gewesen. Wenn es um etwas Wichtiges ging, blieb er ernst. Vor Publikum traute ihm Luka das nicht zu.

Zu seiner Überraschung aber blickte der Kursleiter entschlossen drein statt gewitzt, als er schnellen Schrittes auf den Bühnenfelsen trat. Er zog die Augenbrauen hoch, und schnell verklangen die letzten Störgeräusche. Als ihm alle Blicke zugewandt waren, lächelte er. Ein ganz anderes Lächeln als das von gestern. Weder übertrieben, noch wissend, noch lässig. Offen. Herzlich. Seine Augen wanderten durch das Publikum, auch zu Luka. Man merkte ihm regelrecht an, wie er sich über jedes Gesicht freute, das er sah. Ohne auch nur ein Wort zu sagen, hatte er die gut zwei Dutzend Zuschauer schon für sich gewonnen. Dem Paradiesvogel Ypsilon war doch mehr zuzutrauen als gedacht.

»Willkommen«, sagte er. »Ihr wollt lernen, und ich werde liefern.« Er sprach laut genug, dass ihn jeder deutlich verstehen konnte, aber leise genug, dass sofort eine knisternde Spannung entstand.

»Von Vorstellungsrunden halte ich nichts. Da ich aber die meiste Zeit über sprechen werde, nur so viel zu mir: Mein Name ist Esra Benjamin Kirsch. Ich täte nichts lieber, als heute hier vor euch zu stehen. Das wusste ich gestern auch schon. Deswegen habe ich beschlossen, heute in diesem Körper aufzuwachen. Wie ich das getan habe – genau das will ich euch zeigen.«

»Träume«, begann Esra. »Träume bedeuten Realität.«

Esra. Es war tatsächlich Esra. Jetzt ergab es auch Sinn, dass er sich so anders verhielt. In dem Körper des Lehrers steckte niemand anderes als der Anführer des Widerstands. Luka hielt den Atem an.

»Was man träumt, wird wahr«, sagte Esra und fuhr sich mit der Zunge über die Lippen. Er sprach langsam, und trotz der nasalen Stimme seines Körpers, die Luka immer noch mit Ypsilon verband, sehr deutlich. »Träumen wir am Morgen von einem Körper oder einem Ort, steigt die Wahrscheinlichkeit, dass wir in diesem Körper oder an diesem Ort aufwachen. Perfektionieren wir die Fähigkeit, unsere Träume bewusst zu steuern, kann diese Wahrscheinlichkeit an Sicherheit grenzen. Die Fähigkeit, Träume zu kontrollieren, heißt Klarträumen.«

Die Zuschauer schwiegen. Zögerlich hob ein Glatzkopf in der ersten Reihe die Hand. Esra schüttelte den Kopf. Nicht unfreundlich, aber bestimmt.

»Eure Zeit hier ist kostbar, deswegen lasst sie uns möglichst gut nutzen. Um Fragen zuvorzukommen, ein paar generelle Dinge zu Träumen. Ja, jeder von euch träumt. Jeder. Jeder von euch hat pro Nacht im Schnitt fünf bis zehn verschiedene Träume. Wenn ihr das nicht glauben könnt, liegt das nur an mangelnder Traumerinnerung. Die ist genauso wie das Klarträumen trainierbar. Nicht nur das, sie ist eine der wichtigsten Voraussetzungen dafür. Man muss wissen, was man träumt, um sich auf seine Träume vorbereiten zu können.«

Esra schritt langsam auf und ab.

»Vor euch liegen Stifte und Zettel«, fuhr er fort. »Schreibt nun alles auf, was ihr von euren Träumen der letzten Nacht noch wisst. Alles. Wenn es Bruchstücke sind, schreibt die auf. Wenn es gar nichts ist, schreibt etwas über einen anderen Traum. Wenn es immer noch gar nichts ist, schreibt: Ich kann mich an keine meiner Träume erinnern, aber ich will es. Los.«

Luka musste nicht lange überlegen. Er schrieb über den Federhut im See, über die vier Pips und darüber, wie er seinen Traum gesteuert hatte. Aber er hatte die Kontrolle wieder verloren. Zum Schluss hatte er von Aleas Körper geträumt. War er deswegen wieder hier? Weil sie auch hier war?

Er schaute sich um. Fast alle brachten nur sehr zögerlich Worte zu Papier. »Das ist genug«, sagte Esra nach ein paar Minuten.

»Egal, an wie viel ihr euch heute erinnern könnt, morgen wird es mehr sein. Weil ihr euch aktiv damit beschäftigt habt. Ihr habt eurem Unterbewusstsein gesagt, *meine Träume sind mir wichtig*. Eure Traumerinnerung wird besser werden. Wiederholt diesen Prozess täglich. Wacht ihr oft an einem Ort auf, legt euch dort am besten ein Traumtagebuch zu. Behandelt es wie euren kostbarsten Schatz. Macht eurem Unterbewusstsein klar, dass es euch ernst ist.«

Er legte sich beide Hände an die Schläfen. »Und macht euch klar, dass Traumerinnerungen fragil sind. Wie dünne Eiszapfen.« Luka meinte zu wissen, worauf er hinauswollte.

»Oft erinnert man sich am Morgen an Traumfragmente, aber nach ein paar Sekunden ist alles weg. Kommt euch das bekannt vor?«

Einige nickten. Luka hatte trotz seiner vielen Erinnerungen das Gefühl, dass sie nur ein Bruchteil dessen waren, was er in der Nacht erlebt hatte. Erst recht, seitdem Esra von »fünf bis zehn Träumen pro Nacht« gesprochen hatte.

»Fasst ihr die Erinnerungen falsch an, zerbrechen sie«, fuhr Esra fort. »Setzt ihr sie zu schnell der Realität aus, oder wartet zu lange, bis ihr sie überhaupt anfasst, schmelzen sie. Licht, Bewegung, Lärm und Zeit. Diese vier Faktoren lassen euch vergessen.«

Er hob einen Finger. »Was könnt ihr dagegen tun? Wenn ihr aufwacht, haltet eure Augen geschlossen. Bleibt ruhig liegen. Findet kurze, prägnante Überschriften für die verschiedenen Träume. Also, *Ein Spaziergang auf dem Mond* oder *Ich putze die Küche*. Dann erst geht in die Details. Denkt es euch so: Die vorgekühlten Eisboxen müssen bereitstehen. Sonst könnt ihr die Eiszapfen nicht transportieren. Wenn ihr das über einen längeren Zeitraum schafft, folgt der nächste Schritt. Sobald ihr viele Träume in eurer Erinnerung habt, könnt ihr damit beginnen, Traumzeichen ausfindig zu machen. Das sind Dinge, von denen ihr oft träumt.«

Esra ließ sie das Gelernte rekapitulieren und forderte sie auf, es ein paar Minuten zu verinnerlichen, schritt vom Bühnenfelsen und setzte sich in die letzte Reihe.

Esra begab sich wieder nach vorne und verschränkte die Hände hinter seinem Rücken. »Ich stelle euch nun eine Frage«, sagte er. »Eine wichtige Frage. Man könnte sagen, es ist seit dem Blitz die wichtigste Frage der Menschheit.« Er machte eine Pause. Luka hielt den Atem an.

»Ist … das … ein … Traum?«

Esra wartete die Wirkung seiner Worte ab, aber niemand rührte sich. »So. Kann sie mir jemand beantworten?«, fragte er. »Ist das hier, diese Szene, dieser Stein, diese Menschen, diese Luft – ist das ein Traum, oder ist es das Wachleben?«

»Natürlich das Wachleben«, antwortete Gestern-Geo selbstbewusst. Selbstgefällig war das Wort, das Manos Körper benutzt hätte.

»Natürlich, natürlich.« Esra nickte, presste die Lippen aufeinander und ging ein paar Schritte auf ihn zu. »Kannst du das auch beweisen?« Der breitgebaute Brillenträger runzelte die Stirn. »Na ja, das … also, das ist doch alles echt hier!«

»Ja, das sagtest du bereits. Aber hast du handfeste Beweise? Vielleicht ist dies hier doch jemandes Unterbewusstsein.« Gestern-Geo schüttelte irritiert den Kopf. »Das kann man doch nicht beweisen. Aber das ist kein Traum. Das ist alles, was ich weiß.«

Esra nickte. »Ich werde euch zeigen, wie ihr euch sicher sein könnt. Passt auf.«

Er nahm beide Hände vor den Körper. Die linke formte er zu einer aufrechtstehenden Muschel, die Rechte hielt er flach und waagerecht. Zuerst schaute er durch seine Hände genau auf Luka, dann fixierte er seine Hände. Für den Moment schien er sein Publikum völlig vergessen zu haben. Ein paar Herzschläge verstrichen. Er stieß die waagrechte Hand gegen seinen linken Handteller. Als sie auftraf, zog er eine Schnute. Er sah ernsthaft enttäuscht aus.

»Träume sind zwar irgendwie wie die Realität«, erklärte er, »aber ein paar Konzepte funktionieren dort nicht so wie im Wachleben. Wäre das ein Traum gewesen, wäre meine Hand glatt durch die andere gegangen. Was ihr gerade gesehen habt, war eine sogenannte Realitätsprobe. Sie war positiv.« Er sah Gestern-Geo an. »Du hattest also recht. Es ist kein Traum.«

»Und was soll das bringen?«

»Man träumt von dem, das man tut. Je öfter ich im Wachleben die Realität überprüfe, desto häufiger mache ich das auch im Traum. Desto häufiger werde ich realisieren, dass ich träume. Desto häufiger werde ich klarträumen. Die Realität wird zum Traum. Andersherum funktioniert es genauso.«

Esra ließ sie die Sache mit der Hand selbst probieren, und zeigte ihnen noch zwei weitere Realitätsproben. Anscheinend konnte man im Traum atmen, obwohl man sich die Nase zuhielt. Zwei Dutzend Zuschauer und der Anführer des Widerstands saßen sich also mit zugehaltenen Nasen gegenüber.

Irgendwann fiel bei Luka der Groschen. Das war es also. Die Nase, die Hände – diese Gesten hatte er gestern schon gesehen. Als Nächstes sollten sie tatsächlich Finger zählen. Im Traum, meinte Esra, führe das Zählen nicht selten zu ungewöhnlichen Ergebnissen. Luka schloss diese Realitätsprobe für sich sofort aus. Ungewöhnliche Anzahlen an Fingern hatte er im Wachleben nun jeden Tag.

Nach einer weiteren Besinnungspause stellte sich Esra wieder nach unten. Er breitete die Arme aus. Wie eine Eule verdrehte er den Kopf in jede Richtung. Auch nach oben, unten. Er schärfte den Blick und schirmte seine Augen mit einer Hand ab. Schaute sich einzelne Zuhörer genau an. Er bückte sich, klopfte auf den Felsboden. Er fasste sein Hemd an, rieb mit den Fingern an dem Stoff. Er legte einen Finger ans Ohr, wie um zu lauschen. Als er in viele zweifelnde Gesichter blickte, lächelte er.

»Jetzt ihr. Schaut euch um. Fragt euch, ob euch irgendetwas seltsam vorkommt. Ist irgendetwas nicht so, wie es sein sollte? Ist irgendetwas nicht alltäglich? Na los, nur keine Scheu. Schaut, horcht, fühlt, riecht, schmeckt. Tut es.« Luka folgte der Anweisung. Wie die anderen verdrehte er den Hals, aber hörte oder sah außer ein bisschen Vogelgezwitscher nichts Besonderes.

»Und?«, fragte Esra. »Irgendetwas?«

Lange schwiegen alle.

»Der Hut!«, platzte es aus dem Zachariaskörper heraus. Er deutete auf den bunten Federhut. Sein Träger, ein älterer Kerl mit Dreitagebart – gestern war er im Nachmittagskurs im Stehen eingeschlafen – schaute ihn entgeistert an.

»Der Hut! Alter, der ist zum Schreien. Der ist nicht normal!« Esra verriet zunächst durch keine Gesichtsregung, was er von diesem Vorschlag hielt. Doch dann lächelte er.

»Gewinner«, sagte er. »Der Hut wäre verrückt genug für einen Traum.« *Für meine allemal*, dachte Luka. Erst letzte Nacht hatte er von ebenjenem Hut geträumt.

»Etwas Ungewöhnliches ist passiert. Ihr seht einen verrückten Hut. Was tut ihr also?«

Ein paar Momente verstrichen. Es war der Adriankörper, der seine Hand als Erstes zögerlich zur Nase führte. Luka war gerade dabei, seine Rechte vor seiner Linken zu positionieren.

Esra nickte. »Gut so. Ihr lernt schnell. Sich Realitätsproben anzutrainieren, ist wichtig. Noch wichtiger ist aber eine generelle aufmerksame Geisteshaltung. Eine Geisteshaltung, die euch stets die Frage *Ist das ein Traum?*, im Hinterkopf behalten lässt. Diese Haltung nennt man *Kritisches Bewusstsein*.« Und das, führte Esra aus, gelte es im Wachleben genauso zu trainieren. Auch und gerade, wenn man Traumzeichen sah.

Die Traumzeichen – also Dinge, die auffällig oft in Träumen vorkamen – seien »bei jedem Menschen anders, und jeder muss sich im Wachleben anders vorbereiten. Der eine macht vielleicht bei Eseln Realitätsproben, der andere bei seiner Mutter. Ihr versteht das Prinzip, oder?«

Die meisten nickten. Luka brummte der Schädel, aber er verstand. Die Realität wurde zum Traum. Alles, worauf er sich im Wachleben trainierte, trat irgendwann auch im Traum auf. Er hatte oft von Türen geträumt. Vielleicht sollte er sich in Zukunft also vielleicht jedes Mal an die Nase fassen, wenn er durch eine ging.

»Realitätsproben sind nicht der einzige Weg, um Klarheit zu gewinnen«, sagte Esra noch, bevor er sie in die letzte Besinnungspause entließ.

»Wer sich ein Kritisches Bewusstsein angeeignet hat, kann dies auch anders schaffen. Oftmals reicht es sogar, ganz genau hinzusehen. Auf den Verlauf eines Musters zu achten, das im Stein verläuft. Auf den Geschmack auf der Zunge. Auf den Wind zu lauschen. Nicht selten passiert es dann, dass einem ein Detail ins Auge springt, das nicht stimmig ist. Und schon hat man Klarheit. Auch ohne Realitätsprobe.«

Er hob zwei Finger. »Fragt euch stets zwei Dinge. Wie bin ich hierhergekommen? Und wo war ich vor zwei Stunden? Könnt ihr beides beantworten, seid ihr höchstwahrscheinlich im Wachleben. Im Trübtraum hat man normalerweise kein Zeitgefühl. Auch ist man im Trübtraum plötzlich irgendwo, ohne den Weg dorthin zurückgelegt zu haben.«

Als Esra sie das Gelernte wieder zusammenfassen ließ, ging es schon deutlich schleppender vor sich. »Besinnt euch noch einmal«, erklärte er. »Dann kommen wir zum letzten Thema. Dem Zielträumen.«

»Zielträumen«, setzte Esra noch einmal an.

»Zielträumen bedeutet, dass wir versuchen, bewusst von einem Körper oder Ort zu träumen, sodass wir in diesem Körper oder an diesem Ort aufwachen.« Er blickte durch die Runde.

»Wie das aber vonstattengeht – das kann ich euch nicht sagen.« Zum ersten Mal spürte Luka Unruhe unter den Zuschauern. *Er kann nicht?* Das war doch das Entscheidende. Der Grund, weswegen sie alle hier waren.

»Ich würde gerne«, fuhr er fort, »aber es ist nicht möglich. Weil es keine Antwort darauf gibt. Zumindest keine eindeutige. Aber lasst mich erklären.« Er begann wieder, langsam auf und ab zu schreiten.

»Bisher habe ich euch Fakten präsentiert. Klarträumen ist eine Wissenschaft, die vor dem Blitz ziemlich genau erforscht worden ist. Ich habe mir das nicht ausgedacht. Das dachten einige von euch, oder?« Er lächelte, als habe er auf diese Unterstellung nur gewartet.

»Die meisten der Dinge, die ich genannt habe, stammen von den Klartraum-Forschern Stephen LaBerge und Paul Tholey. Sprecht mich nachher an, wenn ihr mehr erfahren wollt. Wir haben auch Bücher darüber. Was ich sagen will, ist, dass man Klarträumen kann. Das wissen wir. Wie man es trainiert, wissen wir ebenfalls. Das alles basiert auf Wissen aus der Zeit vor dem Blitz. Seitdem tappen wir sprichwörtlich im Dunkeln. Ihr müsst eines verstehen, das Zielträumen ist keine exakte Wissenschaft. Alles, was wir wissen, haben wir aus Erfahrungen zusammengetragen.«

»Aber wie ... konntest du so sicher sein, dass du heute hier bist?«, fragte Zacharias. »Das hast du doch am Anfang gesagt?«

Esra ließ ein Lächeln aufblitzen. »Wir tappen zwar im Dunkeln, aber wir finden doch immer wieder den Weg. Wir haben seitdem einiges herausgefunden. Dass es die Verbindung zwischen Traum und Körperreisen gibt, war die wichtigste Erkenntnis. Daraufhin haben wir diesen Ort ins Leben gerufen, um das Wissen darüber zu sammeln und zu vermitteln. Aber wie es funktioniert – wie man genau in einen bestimmten Körper kommt – da gibt es unzählige Theorien.

Fragt zehn Klarträumer, und sie verraten euch zwanzig verschiedene Techniken. Ich rate euch, so viele wie möglich zu befragen. Kommt in die Fortgeschrittenenkurse. Alles, was ich euch über das Zielträumen sagen kann, sind Mutmaßungen. Aber ich kann euch verraten, was die meisten Techniken gemein zu haben scheinen. Wollt ihr das?«

Viele Zuhörer nickten eifrig. Eine Frau aber schüttelte energisch den Kopf.»Ich finde das falsch.«

»Was meinst du?«, fragte Esra.

»Du solltest niemandem beibringen, sich in bestimmte Körper träumen zu können. Was, wenn derjenige, der den Körper bewohnt, gar nicht wegwill? Ihn einfach zu verdrängen ... dazu hat keiner ein Recht.«

Esra nickte mit zusammengepressten Lippen.»Du bist nicht die erste, die moralische Bedenken hat, was das Zielträumen angeht. Wir wissen so wenig. Lässt sich der Geist überhaupt verdrängen, wenn er wirklich überhaupt nicht wegwill? Oder will ein Teil von ihm vielleicht doch fort? Wer kann das sagen? Ich zeige euch hier die Theorie, und die ist schwammig. Ob und wie ihr sie anwendet, liegt bei euch.«

Alle schwiegen. Die Zweiflerin, eine hochgewachsene junge Frau mit glatten schwarzen Haaren und eng zusammenstehenden Augen sah sich um. Niemand sprang ihr zur Seite. Sie sah Esra an, schüttelte den Kopf, packte ihre Sachen und verließ die Runde. Zurück blieb ein unangenehmes Schweigen. Als Kind der Einheit konnte Luka ihre Sorge gut verstehen. Doch wie sollte er sich hier draußen zurechtfinden, wenn er nur dem Zufall überließ, wo er aufwachte? Er jedenfalls wollte wissen, was Esra zu sagen hatte.

Endlich brach Esra die Stille.»Das Wenige, das ich euch sagen kann, ist, dass das Schlüsselwort Details lautet. Details, Details,

Details. Konzentriert euch auf so viele wie möglich und so genau wie möglich. Bodos Hut ist ein gutes Beispiel. Dein Körper hieß früher so«, sagte er zu dem Mann mit dem Federhut.

»So einen Hut gibt es nicht oft. Denkt ihr im Traum genau an diesen Hut, dazu noch an einen See, wird es ein bisschen wahrscheinlicher, dass ihr hier aufwacht. Denkt an ein ganz bestimmtes Merkmal eures Zielkörpers.«

Er rückte seine Brille zurecht. »Denkt an den Ort. Denkt an die Leute an dem Ort. Denkt an den Körper. Wie er sich anfühlt, wenn ihr das wisst. Wie er denkt. Je mehr ihr über ihn wisst, desto besser. Informiert euch über seine Gewohnheiten. Sein Umfeld. Seine Vergangenheit. Mit anderen Worten, werdet zu ihm. Nehmt das wörtlich. Träumt, als wärt ihr schon dort. Träumt, als wärt ihr schon er. Vergesst nicht, der Traum wird zur Realität. Und andersherum.«

Klartraum, Traumerinnerung … Traumzeichen, Kritisches Bewusstsein, Realitätsprobe … Zielträumen. Esras Worte schwirrten in Lukas Kopf herum wie in einem Wirbelsturm.

Seine Träume entschieden nun über sein Leben. Er musste lernen, seine Träume zu steuern. Talent dafür hatte er ja. Das galt es mithilfe des neuen Wissens richtig einzusetzen. Schaffte er das, konnte er aufwachen, wo er wollte. Auch zu Hause in der Einheit. *Ist das ein Traum?* Die wichtigste Frage der Menschheit. War es wirklich so einfach? Musste er sich das nun einfach immer fragen? Vielleicht musste er sich gar nicht lange mit der Traumerinnerung herumschlagen. Es brauchte doch bestimmt eine lange Zeit, bis man in den eigenen Träumen Muster feststellen konnte. Zumal er ohnehin schon öfter klar gewesen war. Oder?

Dessen war er sich nicht sicher. Waren das, was er erlebt hatte, Klarträume gewesen? Ja, er hatte es realisiert. Er hatte das Dröhnen gespürt, aber es hatte nie lange gedauert. Im Gegenteil. Meistens hatte er kurz darauf schon wieder ziemlich unsinnige Dinge getan. Er war trüb geworden.

Er seufzte. Vielleicht war das mit der Traumerinnerung ja doch notwendig. Immerhin war diese bei ihm anscheinend schon außergewöhnlich gut. Er hatte Glück und musste das doch auch nutzen. »Meine ist noch bei null«, erklärte ihm beispielsweise der Adriankörper.

Auf dem Weg zurück zum Wasserschloss kam Luka mit diesem ins Reden. Ohne Gestern-Geo an seiner Seite entspannte sich der Manokörper in dessen Gegenwart. Er konnte auch ein wenig Körperlesen und sie einigten sich, einander mit Mano und Adrian anzusprechen. Allmählich verstand Luka, warum Ypsilon, Paula und Esra sich so wenig aus Namen gemacht hatten. Es waren einfach zu viele.

Wie Luka brachte Heute-Adrian ein wenig Erfahrung im Klarträumen mit. »Ich habe das früher schon öfter gemacht«, sagte dieser. »Aber aus einer ganz anderen Motivation heraus.«

»Welcher denn?«, wollte Luka wissen.

Der Adriankörper wandte ihm sein bartumwuchertes Gesicht zu und runzelte die Stirn. »Meinst du das ernst? Wegen des unglaublichen Kicks, natürlich! Über alles die Kontrolle zu haben, ist ein so geniales Gefühl. Man kann alles erschaffen, alles tun. Aber am Anfang ging es mir nur um die Mädchen. Jede Nacht eine andere. Oder zwei. Oder hundert.«

Luka zog die Brauen hoch.

Er grinste. »Warum, glaubst du wohl, wurde das alles so genau erforscht, damals vor dem Blitz?«

Luka stockte, bevor er pflichtschuldig zurückgrinste. Natürlich. Das ergab Sinn. Wochen- oder monatelang darauf hin zu trainieren, um sich im Traum Mädchen zu erfinden, klang ganz danach, was der Schnief über die Gesellschaft von damals erzählt hatte. »Genusssucht und Gier des Einzelnen waren grenzenlos«, hatte er gepredigt. Seiner Meinung nach hatten die Menschen von damals sogar den Blitz verdient, und damit stand er nicht alleine da. Demgegenüber stand die Einheit als Gemeinschaft, die über Einzelinteressen hinausdachte. Dieser Gedanke hatte Luka immer gefallen, auch wenn er in einigen Geschichten, die er gelesen hatte, einen anderen Eindruck gewonnen hatte. Aber diese waren, wie Pip ihm immer vorhielt, ja nur frei erfunden. Sich Mädchen herbeizuträumen, kam ihm einerseits nicht richtig vor. Andererseits ... ausprobieren konnte ja nicht schaden. Rein im Interesse des Experiments, natürlich.

»Wo wir gerade darüber reden«, meinte der Adriankörper. »Da ist etwas, von dem mein Körper träumt.«

Er zeigte auf das Wasserschloss. An eine Ecke der Hausmauer gelehnt stand die Farblose. Alea.

Luka runzelte die Stirn. Adrians Körper ... mochte sie? Er musste eingestehen, dass es ihn ärgerte, dass er das gestern nicht gelesen hatte. Vielleicht hatte es ihn zu sehr abgelenkt, dass mit Emma jemand in ihr war, deren Geist er kannte.

Alea sah sie kommen. Sofort führte sie eine unmissverständliche Geste aus, die Luka zuletzt bei Sackmann wahrgenommen hatte – in jener Nacht, als er auf dem Zaun stand. Sie führte einen Zeigefinger zu den Lippen. Alea wandte das Gesicht zum Hauseck. Belauschte sie etwa jemanden? Langsam traten sie näher.

Sie belauschte wirklich jemanden – und eine der beiden Stimmen kannte er sogar.

»Bist du sicher?«, flüsterte eine unbekannte Stimme.

»Ja. In drei Tagen«, sagte Esra. »Um acht Uhr morgens wird der Konvoi erwartet. Sobald sie da sind, gibt einer seiner Männer das Zeichen.«

»Welche Station?«

»Nordfriedhof.«

»Hm. Nicht ideal. Viele Wächter in der Gegend. Und weiter außerhalb Körperjäger.«

»Glaubst du, das weiß ich nicht? Ich würde die Sache am liebsten abblasen.«

Einen Moment herrschte Stille. Dann fragte der andere: »Vertraust du ihm?«

»Ich muss. So eine Gelegenheit kommt so schnell nicht wieder.«

»Du weißt, dass dich der Blutegel in dem Moment ans Messer liefert, in dem es sich für ihn lohnt.«

»Natürlich. Kartay denkt an seine Leute, und ich an meine. Aber Morell ist zu weit gegangen in letzter Zeit. Er war zu gierig. Was er an Körperdieben in den Mauerbau pumpt. Und hast du gewusst, dass der Markt an der Westmauer geräumt wurde?«

»Der Gleismarkt? Wirklich? Den gab es seit …«

»Seit es irgendetwas gab. Der Gleismarkt war praktisch der erste freie Handelsplatz seit dem Blitz.«

»Okay. Ich verstehe, wieso du ihm traust. Du denkst, der Egel hat Angst, dass ihn die Einheit einfach verschluckt.«

»Genau. Früher war das undenkbar. Früher brauchte Morell Kartay, um das Umland in den Griff zu bekommen. Aber du merkst ja selbst, wie sie wächst. Ich hatte vor ein paar Tagen einen Kurs. Zwölf von fünfzehn der Teilnehmer waren am Vortag in der Einheit. Zwölf.«

Wieder schwiegen die beiden. »Wir brauchen das, oder?«, fragte der andere.

Esra schnaubte. »Ich verstehe, wieso sie so abgestimmt haben. Aber es sind nur ein paar Dutzend. Sie haben Tausende, Zehntausende. Unseren letzten Schätzungen zufolge, und die sind alt. Aber ja, es ist ein Zeichen. Ein Zeichen, dass wir noch da sind. Mir gefällt es auch nicht. Zu viele Unwägbarkeiten. Aber irgendwas müssen wir tun, fürchte ich. Auch wenn es nicht viel ist. Traurig, aber wahr.«

»Da ist noch was«, sagte der Unbekannte. »Die Kleine ahnt etwas. Sie hat mich gefragt. Sie sagt, sie war in der Einheit. Sie war drin. Sie hätte in der Einheit ein Ziel.«

»Zu riskant. Viel zu riskant. Niemals erlaube ich, …«

»Esra. Du weißt so gut wie ich, dass sie es sowieso tun wird. Und wir könnten Hilfe von innen gut gebrauchen.«

»Mag sein, dass sie es tut. Das können wir nicht verhindern. Aber ich könnte es gegenüber Iris nicht verantworten. Noch weiß sie nicht, wann und wo.«

Eine kurze Pause. Luka sah Alea die Ohren spitzen. »Sie weiß es doch nicht, oder? Ypsilon?«, bohrte Esra nach.

»Von mir nicht. Aber du kennst sie. Wir müssen irgendwann anfangen, es den Leuten zu sagen. Wir brauchen Leute, die mitmachen. Und dann erfährt sie es sowieso.«

Sie sprachen über sie. Über Alea. Luka sah es an ihrem Gesicht. Sie biss sich auf die Lippe.

»Du kennst sie«, meinte Ypsilon jetzt. »Sie erfährt es doch jedes Mal. Irgendwann musst du sie mitmachen lassen.« Seine tiefe, verrauchte Stimme klang für Luka gar nicht wie Ypsilon. Sein Charakter hatte für ihn eher etwas Leichtes, Verspieltes.

»Hast du eigentlich was über den Jungen erfahren?«, frage er nun. »Deshalb warst du doch auch in der Einheit.«

»Das glaubst du mir nie«, sagte Esra und stieß hörbar Luft aus. »Die haben ihn nicht verurteilt. Die haben ihn belohnt. Aufgestuft sogar.«

»Du hast doch gesagt …«

»Ich weiß, was ich gesagt habe. Und jetzt kommt das Beste. Er ist abgetaucht. Die haben ihre Propaganda-Maschinerie laufen lassen. Sie haben ihn ausgeschlachtet, ihn als Helden der Einheit ausgerufen. Aber dann ist er abgetaucht!«

Lukas Augen weiteten sich, und sein Magen faltete sich zusammen. *Die … redeten doch über ihn. Esra redete über ihn. Woher wusste er …?*

Ypsilon lachte laut auf. »Was ist?«, fragte Esra.

»Nichts. Ich stelle mir nur gerade Morells Gesicht vor. Ich weiß, ich weiß. Wäre gut, wenn ich's könnte. Also dann bis später, mein Kirschchen.«

Die drei reagierten schnell und verdrückten sich in einen Seiteneingang, bevor ein untersetzter Typ mit Geheimratsecken um die Ecke kam. Es musste Ypsilon sein. Er schlurfte davon.

Luka drehte sich zu Alea um. Sie murmelte etwas, schien tief in Gedanken. Auch als er vor sie trat, starrte sie einfach durch ihn hindurch.

»Alea?«, sagte Luka und legte ihr behutsam die Hände auf die Schultern, obwohl er kleiner war als sie.

»Ja, ich …«, antwortete sie langsam. Sie blinzelte, aber ihre violetten Augen blieben glasig. »Ich … der Junge. Der Junge. Ich glaube, ich kenne den Jungen, den sie meinen.«

Luka atmete tief ein und aus. Es war jetzt so weit, das Spiel zu beenden.

»Du hast recht. Du kennst diesen Jungen«, sagte Luka. Alea starrte ihn verwirrt und fasziniert an. Als wüchsen ihm überall im Gesicht Furunkel.

»Woher …?«, murmelte sie.

»Weil er vor dir steht. Ich bin's – Luka.«

Einen Moment lang beobachtete ihn Alea mit kraus gezogener Stirn. Dann löste sie sich aus ihrer untypischen Starre. Sie umfasste Lukas Rechte, marschierte los und zog ihn hinter sich her. »Komm«, sagte sie nur.

Luka wusste gar nicht, wie ihm geschah, und der Adriankörper ebenso wenig. Er blieb mit verdattertem Gesichtsausdruck an der Mauer zurück. Bevor Luka mit Alea, die ein scharfes Tempo vorlegte, aus seinem Sichtfeld verschwand, sah er ihn sich die Nase zuhalten.

»Wohin gehen wir?«, fragte er. Alea zog ihn den Berg hinauf. Ihre Energie war beeindruckend. Mühelos und sicheren Schrittes erklomm sie die steiler werdende Steintreppe, die kaum sichtbar aus dem Meer abgestorbener Tannennadeln hervorlugte. Der kurzbeinige Manokörper hatte Mühe, ihr zu folgen. Und, was ihn noch mehr beunruhigte, Alea war ruhig. Normalerweise hätte sie in den paar Momenten schon ihre Lebensgeschichte erzählt. Vorwärts und rückwärts.

»Muss dir was zeigen«, meinte er sie von vorne murmeln zu hören.

»Alea, ich ...«, sagte er, als er erneut fast stolperte. »Warte ... stopp!«

Er entzog ihr seine Hand und hielt an.

»Hör zu. Tut mir leid, dass ich dir was vorgemacht hab«, begann er. »Es war nur ...«

»Spar's dir«, schnitt sie ihm in überraschend scharfem Ton das Wort ab. Er hörte sie sich die Haare aus dem Gesicht blasen. Kurz atmete sie durch und drehte sich um.

»Wirklich, es ist okay«, fügte sie an, nun wieder mit beherrschter Stimme. »Ich versteh' schon. Du wolltest nicht ...« Sie stockte. »Komm einfach mit, okay? Ist wichtig.«

Sie sah ihn an. Der scharfe Marsch hatte eine zarte Rötung auf ihre bleichen Züge gezaubert. Er schluckte. »Also gut.«

Alea zeigte ein emmagleiches, flüchtiges Lächeln. Sie schien einen Moment mit sich zu ringen, dann machte sie wieder zwei Schritte nach unten auf ihn zu ... und umarmte ihn. Da sie höher stand als er und er in Manos Winzlingskörper steckte, ruhte sein Kopf auf ihrer Brust. Das schoss ihm aber erst durch den Kopf, als es schon passiert war. Er spürte nun seinerseits, wie ihm Hitze ins Gesicht strömte.

»Los, komm«, sagte sie, als sie sich langsam von ihm löste.

Sie grinste. Nun wieder so, wie er sich ein Aleagrinsen vorstellte. Breit, aber schief.

»Ach«, sagte sie und drehte sich nach ein paar Schritten um. »Nur, damit eins klar ist, du hast was gut bei mir für den Tag in der Einheit. Ich mag dich sogar. Aber denk nicht mal im Traum dran.«

Denk nicht mal im Traum dran. Luka sann den Rest des Weges zerknirscht Aleas Worten nach. So dachte sie also wirklich über ihn. Seine Gefühle darüber waren so trübe wie der Ausblick von hier oben. Der See lag unter wolkenverhangenem Himmel, das tiefdunkle, moosgrüne Wasser wirkte eiskalt. Für eine echte Spiegelung gab es heute zu wenig Licht. Nur schemenhaft zeichnete sich der Umriss des dunklen Bergs im Hintergrund auf der Oberfläche ab. Ein paar dünne Nebelwolkenfetzen schwebten träge darüber.

Alea führte ihn zu einem alleinstehenden Häuschen im Bergwald. Durch ein Tor in einem Holzzaun erreichten sie eine Steinterrasse, die bis auf eine kleine Sitzgruppe ausschließlich Pflanzen vorbehalten war. Bis zum letzten Zentimeter war sie ausgefüllt mit Beeten und Blumentöpfen. Vom kleinen Balkon hingen weitere Töpfe an Ketten und Seilen herunter. Das Grün daraus wucherte teilweise nach oben, teilweise hing es bis zum Boden herab. Einer enthielt tatsächlich …

»Blauregen!«, erkannte Luka. Seit der Arena würde er diesen wohl nie mehr vergessen. Jetzt noch weniger, denn die Farbe hatte eine unverkennbare Ähnlichkeit mit Aleas ungewöhnlicher Augenfarbe.

Sie grinste. »Hey, du weißt es noch! Komm aber jetzt. Wenn dich die Pflanzen schon schocken, wart ab, was du gleich siehst. Da staunst du Gurkensalat.«

Alea ging auf die grüne Eingangstür zu. Einen Moment lang rang er mit sich. Doch dann nickte er und folgte ihr hinein.

Hast du meine Equanimierer gepanscht? Hast du sie verdünnt? Bist du der Grund, wieso ich hier bin?

Wie schwer war es, das zu sagen?

Immer wieder schüttelte Luka langsam den Kopf. Schaute wieder an eine andere Wand. Und schüttelte ihn wieder. Zehn Minuten lang hatte er nur gestarrt.

»Es ist ...«, begann er. Dann fiel ihm nichts mehr ein.

Es war Sackmann. Nicht nur ein Foto von ihm. Das ganze Zimmer war voll davon. An der Wand. Auf dem Kamin. Auf dem Klavier. Sackmann als Kind. Sackmann als Junge. Sackmann als junger Erwachsener. Sackmanns ganzes Leben.

Nachdem er es einmal in seiner Gesamtheit auf sich wirken ließ, wanderte Luka langsam in dem mit Kitsch vollgekramten Wohnzimmer umher. Sackmann, als kleiner Bengel mit frechem Grinsen, in einem Ruderboot. Unverkennbar auf genau diesem See. Sackmann, in einem rot-weiß gestreiften Trikot, beim Fußballspielen, die dunklen Haare zu einem Zopf zurückgebunden. Sackmann auf einem Einrad. Sackmann, jetzt bereits ein junger Mann, auf einem Seil balancierend. Den Oberkörper nackt, die Haare ein Dutt, die Arme gespreizt. Seine Muskeln waren so angespannt, dass die Sehnen vom Hals zur Schulter deutlich heraustraten. Eine Bohnenstange war er immer schon gewesen.

Und schließlich – Sackmann, mit der Rothaarigen. Dutzende Fotos der beiden. Arm in Arm. Beim Kochen. Beim Tanzen. Die Rothaarige mit Hochsteckfrisur und leuchtend neongrünem Kleid, Sackmann fast ganz in Schwarz. In einem schmucken, eng sitzenden Anzug. Und neongrüner Krawatte, passend zu ihrem Kleid. Die Rothaarige war ohne Zweifel Sackmanns große Liebe gewesen.

Dann sah er es. Das Foto, das seit zwei Tagen in sein Gedächtnis eingebrannt war. Sackmann und die Rothaarige in Thailand. Sie kniete und hielt die Hand auf das ungeborene Kind der Thai-Mutter. Er umfasste beschützend ihre Schultern. Es war derselbe Strand. Dasselbe Foto.

Luka nahm das Bild vom Tischchen, auf dem es stand. Er musste es einfach ... irgendwie greifen. Es war einfach zu ...

Da erinnerte er sich an Esras Worte. Kritisches Bewusstsein. Wenn das hier keine ungewöhnliche Situation war, hatte er noch nie eine erlebt. Das Bild fühlte sich normal an. Der Glasrahmen lag kühl in seiner Hand. Er schaute auf Alea. Er versuchte, eine Hand durch die andere zu führen, aber es klappte nicht.

Nein, es war real. Er stand hier, vor Sackmanns Leben als Mano. Dessen Körper wiederum überhaupt nicht reagierte. Klar, sein Herz schlug schneller, aber das war nur wegen Lukas Geist. Selten hatte er das so gut trennen können wie in diesem Moment.

»Ich war mir nicht sicher«, sagte Alea leise.

»Als wir in der Arena waren, meine ich. Ich wusste nicht, ob ich ihn kannte. Ich hatte so ein Gefühl, dass ich ihn schon mal gesehen hatte. Aber ich war wahrscheinlich auch zu gebrettert von der Situation. Erst gestern hab ich mich daran erinnert. Deswegen bin ich auch wieder hier. Ich wollte sicher sein. Dabei bin ich schon so oft hier gewesen. Aber wie oft schaut man sich wirklich so alten Kram an? Und merkt sich dann noch das Gesicht? Aber irgendwas ist doch hängen geblieben, wie's aussieht.«

Sie ließ sich schwungvoll auf einen bequem aussehenden Sessel plumpsen. Das alte Ding quietschte empört. Sie zog die Beine zu einem Schneidersitz an und blies sich die Haare aus dem Gesicht. Genauso wie sie es im Emmakörper trotz der Rastas gemacht hatte.

»So. Das musste erst mal sein. Und jetzt – erzähl mal.«

Das tat er. Mit großen Augen lauschte Alea seiner Erzählung. Von Thailand war sie fasziniert. Besonders freute sie sich, dass ihr Körper gestern Emma beherbergt hatte. »Das glaub' ich dir aufs Wort!« Sie lachte und zeigte ihm einen kleinen Zopf an ihrem Hinterkopf. Ein weißes Biestchen.

Luka ließ nichts aus. Das einzige Thema, das er umschiffte, war das Warum. Warum er seinen Lukakörper verlassen hatte. Den großen Knalleffekt erlebte sie natürlich, als er von dem Foto in dem Strandhaus erzählte. Dasselbe Foto wie das, das er immer noch in der Hand hielt, während er auf einer gemütlichen Couch lümmelte. »Weißt du, ob er früher hier gewohnt hat?«, fragte Luka. Deswegen musste sie ihn doch hergeführt haben. Das musste Sackmanns Haus sein.

»Nee. Das war schon immer Ellies Haus. Auch vor dem Blitz«, sagte sie. »Und die hatte nur eine Tochter.«

Ellie. Nicht Sackmanns früheres Haus. Hier wohnte die umtriebige Küchenchefin. Aber was machten dann die ganzen Bilder von Sackmann hier? Sogar Kinderfotos. Luka fiel ein anderes Foto von der Wand ein. Er kniete auf der Couch. Sackmann war darauf wieder mit der neongrünen Krawatte zu sehen. Die Rothaarige hatte das passende Kleid an. Womöglich derselbe Tag wie das Tanzbild. Die beiden posierten auf diesem gemeinsam mit einem älteren Paar.

»Ist sie das? Ellie?« Er hatte sie bisher nur kurz beim Essen gesehen und war sich nicht mehr sicher.

Alea, die verkehrt herum neben Luka lag und ihren Kopf von der Sitzfläche baumeln ließ, hielt ihm eine geöffnete Hand hin. Er nahm das Bild von der Wand und reichte es ihr. »In ihrer ganzen Pracht.«

Sie gab es ihm zurück. Auf dem Foto waren Ellies mittlerweile ergraute Haare rotblond. Sie strahlte. Es musste ein herrlicher Abend gewesen sein.

»Die Rothaarige ... ist sie Ellies Tochter?«

»Na endlich«, sagte Alea und verdrehte die Augen. »Das hat aber gedauert.«

»Hm«, antwortete Luka nur. Sackmann war also was? Ellies Schwiegersohn?

»Der da ... den kenne ich auch«, sagte er. »Das ist einer von den Alten, die gestern auf der Bank gesessen haben.« Auf dem Foto war Ellie bei einem leicht gebückten Brillenträger in graubraunem Anzug eingehakt.

»Der alte Peter«, bestätigte Alea. »Früher waren Ellie und er verheiratet. Aber er ist nach dem Blitz gereist. Sie nicht.«

Ellie und der alte Peter ... Sackmanns Schwiegereltern?

Wieder gingen ihm Esras Worte durch den Kopf. *Träume werden Realität.* Er hatte von Sackmann geträumt. Schon oft.

An Zufälle, was das Aufwachen anging, glaubte er immer weniger. Immerhin war er jetzt schon zum zweiten Mal in Folge in Atlantis. Sackmann war auch wieder da. Atlantis schien seine Heimat gewesen zu sein. Alles, was Luka erlebte, hing irgendwie mit ihm zusammen. Seit dem Damm ließ er ihn nicht mehr los.

»Denkst du, ich bin wegen ihm hier?«, fragte er sie. »Weil ich an ihn denke, träume ich von ihm? Und lande dann dort, wo … er herkommt? Aber das macht doch keinen Sinn, oder? Dann müsste ich doch dort aufwachen, wo er jetzt ist. Wo sein Körper jetzt ist.« Also in der Einheit, wenn er dort noch war.

»Wenn er noch lebt«, warf sie ein.

Luka nickte. Er konnte ihren Einwand nachvollziehen. Aber sie kannte die Einheit nicht. Er hielt es für äußerst unwahrscheinlich, dass der Sackmannkörper tot war. Warum auch? Ein Körper, noch dazu ein starker, gesunder Körper, bedeutete Arbeitskraft. Ihn zu töten, nur weil einer der Geister darin einmal Ärger gemacht hatte, widersprach dem Fortschrittsgedanken der Einheit ganz und gar. Nein. Er lebte. Er musste vielleicht beim nächsten Mal wieder in der Arena ran, aber noch lebte er. Da war sich Luka sicher.

Immer noch hielt er Sackmanns Gruppenfoto in der Hand. Er lächelte. Wie auf vielen anderen. Wie auch auf dem am Strand. Er war glücklich gewesen. Der mysteriöse Sackmann, der ihn unfreiwillig zum Wächter gemacht hatte. Der die Einheit zum Narren gehalten hatte. Es war schwer, sich vorzustellen, dass er früher hier sein Leben verbracht hatte. Er war hier aufgewachsen und mit Ellies Tochter zusammen gewesen. Deswegen auch die Fotos. Aber wieso hingen hier auch Kinderfotos?

»Was weißt du sonst noch von ihm?«, fragte Luka.

»Öh. Nichts. Ich kannte ja noch nicht mal den Körper von Ellies Tochter. Wieso hätt' ich mich für ihren Typen interessieren sollen? Nur, dass hier die Bilder stehen, daran hab ich mich erinnert.« Sie rümpfte die Nase, was verkehrt herum ziemlich seltsam aussah.

»Aber eins weiß ich«, sagte sie. »Hier riecht was.«
Luka hielt die Nase nach oben. Es roch nicht. Es duftete.

»Aleakind, kümmer' dich um die Pilze. Nicht, dass die anbrennen.
Du, mein Guter, kannst den Salat waschen.«

Der Duft gebratener Pilze hatte sie geradewegs in die Küche
geführt, wo sie Ellie rekrutierte. Der winzige Raum bot kaum
genug Platz für sie selbst, doch sie war hier ganz in ihrem Element.
Mit einer – ja, der Vergleich hinkte – fast kolossgleichen Eleganz
schwang sie ihre stattlichen Kurven zwischen den brutzelnden
Pfannen, dem halb fertigen Abwasch und den duftenden Fenster-
kräutern hin und her.

»Völlig abgemagert«, hätten sie ausgesehen, als sie sie die Steintreppe zu ihrem Haus hatte hochgehen sehen. Das habe sie nicht
mit ansehen können. Mano habe schon damals oft vergessen zu
essen, erzählte sie.

»Dabei war er so ein lieber Junge. Aber immer nur seine Bilder
im Kopf.« Luka fing ihren Blick auf, während er gleichzeitig mit
dem enormen Krauskopfsalat kämpfte. Mano hatte filigrane
Hände, aber das hier war er nicht gewohnt.

»Aber ihr seid bestimmt nicht hierhergekommen, um euch von
mir beschwatzen zu lassen«, sagte Ellie.

»Also?« Ihr Ton hatte etwas Befehlendes. Was hatte Paula gesagt? *Ellie hat sie alle im Griff.*

Es war Alea, die antwortete. »Weißt du, es geht um Luka hier.
Er hat irgendwie eine Verbindung mit dem Typen, der auf den
ganzen Fotos mit deiner Tochter ist. Du weißt schon, wen ich
meine. Diesen Spargeltarzan.«

»Eine Verbindung?«, fragte Ellie und schaute Luka über ihre
Brille hinweg forschend an. Auch warf sie einen Blick auf das Thai-
land-Foto, das Luka auf dem Tisch abgelegt hatte. Dann lächelte
sie.

»Na erzähl' schon, Kleiner. Ich werd' nämlich nicht jünger.«
Schon war sie wieder in Bewegung, rauschte nahe an ihm vorbei
und griff unter die Bank. Sie förderte eine Handvoll Lauchzwiebeln zutage, ließ ihr wuchtiges Hinterteil auf dem Stuhl
neben ihm nieder und hackte das stangenartige Gemüse flink
und präzise in dünne Ringe.

Luka entspannte sich. Er meinte, dass nicht nur Manos Körper
das tat. Ellie sah nicht ihn an, sondern ihre Arbeit. Er fühlte sich
gleich viel weniger wie im Zeugenstand. Dass sie Mano kannte,
glaubte er sofort. Er erzählte ihr von Sackmann. Von dem Damm
und vom Tribunal. Dass er in Thailand genau jenes Foto von ihm
gesehen hatte, das nun vor ihm lag. Und schließlich, dass er zweimal hier aufgewacht war. Hier, wo nicht nur dieses Foto, sondern
Sackmanns ganze Leben an der Wand hing. »Kannst du mir sagen,
was das für einer war? Dieser … Freund deiner Tochter?«

Sie sah von den geschnippelten Zwiebeln auf. Er meinte, sie
wolle antworten, doch dann sah sie an Luka vorbei. Sie lächelte
kurz.

»Geduld, mein Schatz«, sagte sie und tätschelte ihm die
Schulter, als sie an ihm vorbeischritt.

»Mahlzeit«, kam es im nächsten Moment aus dem Durchgang.
Schon wirkte die Küche noch mal um einiges kleiner, denn Esra
und Ypsilon zwängten sich herein. Esra im Körper des Lehrers
musste sich unter den hängenden Töpfen hindurchducken. Der
kleine, aber unförmige Körper des heutigen Ypsilon hingegen
hatte weniger nach oben, denn zu den Seiten Platzprobleme.
Beide drückten Ellie ausgiebig. »Tag, Chefin«, sagte Ypsilon. »Wir
sahen Rauch und kommen mit 'nem Loch im Bauch.«

Erst nach der Umarmung verrieten sie ihr, wer sie heute waren.
Ein solches Grundvertrauen war für Luka völlig unverständlich.
Aber es schien hier normal zu sein, zuallererst auf seine körper-
lichen Instinkte zu vertrauen, und später Fragen zu stellen. Auch
Alea gab sich preis und wurde unter lautem Hallo von beiden zur
Brust genommen. Esra drückte sie innig und lang. Von Ypsilon

wurde sie überrascht, und kreischend und lachend hochgestemmt. Die beiden ließen sich neben Luka auf der engen Eckbank nieder. Er konnte zwischen Wand und Ypsilon kaum die Ellenbogen ausstrecken, um die Salatblätter in der Schüssel zu wenden.

»Schön, dass du mal wieder hier bist, Alea. Absicht, ja?«, fragte Ypsilon. Er bediente sich aus dem Brotkorb auf dem Tisch und schlang eines davon so schnell herunter, als hätte er seit Monaten nichts gegessen.

»Deine Mutter wird sich freuen. Sie hat sich schon Sorgen gemacht«, meinte Esra. Auf dieses Thema reagierte Alea kurzangebunden. »Darauf wette ich«, grummelte sie der Pilzpfanne zu.

»Und ja«, fügte sie an Ypsilon gewandt zu, »Absicht. Aber ich hab nicht vor, zu ihr zu gehen. Wieso auch?«

»Alea, du kannst doch nicht …«, begann Esra und hob seine Stimme, aber Ypsilon legte beschwichtigend eine Hand auf seine Schulter.

»Was er sagen will, ist, nimm sie nicht so hart ran, Kleine. Sie vermisst dich.« Esra zögerte, aber nickte dann. »So ist es. Wir alle tun das.«

Ellie schüttete eine helle Flüssigkeit in Aleas Pfanne, die gurgelnd zu blubbern begann. Es roch immer betörender. Alea schnappte sich fünf Teller aus einem Regal, verteilte sie auf die wenigen freien Stellen auf dem Tisch und setzte sich zu ihnen.

Eine Pause entstand. Was auch zwischen Alea und ihrer Mutter passiert war, es war eines der wenigen Themen, die ihren Redeschwall bändigen konnten.

»Und wer steckt in dir?«, fragte Esra und drehte sich zu Luka. Der wiederum starrte auf sein grünes Chaos hinab. Manos Körper waren es schon wieder zu viele Menschen. »Bist du auch absichtlich hier?«

»Der Junge hat deinen Originalkörper getroffen«, sagte Ellie beiläufig. »Einmal in echt und einmal auf einem Foto in Thailand«, fügte sie an und nahm Luka die Salatschüssel ab. »Das reicht, mein Schatz. Du willst ihn waschen, nicht zu Matsch massieren.«

Das Pfannengeblubber war plötzlich viel lauter geworden – weil niemand mehr sprach.

Sein Originalkörper?

Sackmann war ... Esra?

Ellie ließ sich auf den letzten freien Stuhl nieder und machte ihre nun sehr kuschelige Runde komplett. Sie fing an, ihnen Riesenportionen an gebratenen Pilzen mit frischen Lauchzwiebeln und Salat auf die Teller zu hieven. Ypsilon schob sich als erster eine hoffnungslos überladene Gabel in den Mund. Er brummte etwas und deutete mit dem Besteckteil auf Luka.

»Warte«, meinte Esra. »Du hast meinen Originalkörper gesehen? In der Einheit, ja? Und du warst in Thailand? Auf Koh Chang?«

»Und gestern war er auch hier«, warf Ypsilon schmatzend ein.

In Lukas Kopf drehte sich alles. *Sackmann. Esra.*

Esras Esrakörper war Sackmann. Sackmann war der Originalkörper des Anführers des Widerstands. Und er, Luka, hatte ihn vor dem Tod gerettet.

Esra beugte sich vor und sah Luka eindringlich an. Auch Alea und Ypsilon schauten nur auf ihn. Manos Körper war mit so viel Aufmerksamkeit zusehends überfordert. Luka widerstand dem Drang, seinen Teller anzustieren. Er hielt Esras forschendem Blick stand. Woher wusste dieser Typ das alles? Woher kannte er seinen Namen?

»Schluss mit der Fragerei«, herrschte sie Ellie an. »Es wird kalt. Jetzt wird erst gegessen.«

Wie arg unkoordinierte Musik klapperten die Gabeln auf den Tellern. Niemand sprach. Ellies Wort war hier anscheinend wirklich Gesetz. Luka hätte vermutet, er wäre nun zu aufgewühlt, um etwas zu essen – aber sein Körper belehrte ihn schnell eines Besseren. Die heißen, kross gebratenen Pilze schmeckten noch besser, als sie rochen. Der knackige Salat sorgte für kühle Abwechslung im Mund. Langsam sackten die neuen Erkenntnisse in ihn ein. Esras erster Körper war Sackmann gewesen. Aufgewachsen war er hier, aber aus irgendeinem Grund hatte es seinen Körper in die Einheit verschlagen. Warum? Vor oder nach dem Blitz?

Als Luka und Alea die beiden belauscht hatten, hatten sie vom Tribunal gesprochen. Darüber, dass *der Junge* abgetaucht war. Woher wussten sie das alles? Wie viele Spione hatte der Widerstand in der Einheit?

»So, dann erzähl mir jetzt bitte mal, warum ihr diesem armen Jungen so zusetzt«, sagte Ellie, als sie fertig gegessen hatten. Ypsilon tunkte die letzten Brotscheiben auf die Soßenreste auf seinem Teller, bevor er Alea anwies, ihm auch noch die Pfanne zu reichen.

»Ihr wisst doch genau, dass Mano ein Schüchterner ist. Nicht böse gemeint, mein Schatz«, fügte Ellie hinzu und tätschelte Luka die Schulter, als sie aufstand. »Wenn sie dir noch mal Ärger machen, kriegen sie's mit mir zu tun. Meine Küche ist schließlich kein Verhörraum.« Sie zwinkerte ihm zu und begann wieder hin- und herzuwuseln. Geschwind war der Tisch leer und die Teller klapperten in der Spüle. Esra nickte. Dann kratzte er sich hinter beiden Ohren. Eine Geste, die Luka schon gestern bei dessen heutigem Körper aufgefallen war.

»Ich weiß wirklich nicht, wie ich das sagen soll«, erklärte Esra. Er lächelte, strich sich über die Wangen, schaute für einen Moment ausdruckslos auf die Tischplatte. Dann atmete er aus. »Bitte, Ellie, kannst du dich noch mit zu uns setzen? Das hier geht dich auch etwas an. Wenn ich richtig liege.«

Luka sah Ellie am Spülbecken verharren. Stirnrunzelnd drehte sie sich um, kam langsam zum Tisch zurück und setzte sich wieder, diesmal vielmehr sorgen- als schwungvoll. In den Händen hielt sie noch ihr Putztuch und einen halb abgewaschenen Teller. »Esra, du machst mir Angst«, sagte sie. »Du sagst mir jetzt sofort, was hier los ist.« Ihre Stimme klang trotz des klaren Befehls viel unsicherer.

Lange sagte Esra nichts. Er sah Ypsilon an, der mittlerweile die letzten Reste zusammengekratzt hatte. Und mit den Schultern zuckte. Der Anführer des Widerstands sah von Luka zu Ellie.

»Es gibt wohl nur einen Weg, das zu sagen«, erklärte er. »Ich weiß, wie sich das anhören muss. Ihr haltet mich sicher für verrückt. Aber ich glaube, dass Luka hier …« Er seufzte.

Nach einer langen Pause sagte er: »Ich glaube, er ist dein Enkel, Ellie.«

Er blickte Luka in die Augen.

»Ich denke, du bist mein Sohn.«

Ellie stellte den Teller vor sich auf dem Tisch ab. Das nasse Tuch faltete sie in Viertel und legte es ordentlich daneben. Sie strich es glatt. Zweimal, dreimal. Luka schaute ihr zu, wie paralysiert.

Sein Sohn?

»Alles in Ordnung?«, fragte Esra. »Luka? Ellie?«

»Natürlich«, sagte die alte Dame, auch wenn sie einen Moment brauchte, um zu antworten. »Aber ich habe dich nicht praktisch mit erzogen, damit du mit wilden Vermutungen um dich wirfst. Also wirst du gute Gründe dafür haben, was du diesem Jungen und mir zumutest.«

»Die habe ich.«

Das Handtuch war grün-weiß gemustert. Kräftige Farben. Stammte es noch von vor dem Blitz? Oder hatte es Ellie selbst gestrickt? Gehäkelt? Genäht? Wieso dachte er über so etwas Belangloses nach?

Sein … Sohn?

»Luka. Luka, hörst du mich? Ich bin's, Alea.« Luka spürte eine weiche Hand auf seiner. Er drehte sich zu Alea. Sie sah sehr besorgt aus.

Sein … Sohn?

»Alles gut bei dir, Luka, ja?« Sie sprach vorsichtig und zutraulich. Er musste aussehen, als hätte er einen Geist gesehen.

Er machte den Mund zu und zwang sich zu einem vorsichtigen Nicken. Er schluckte.

»Ja. Ja, es … geht schon.« Alea nickte zurück und umfasste seine Hand fester.

Sein … Sohn!?

»Wir hören«, sagte Alea.

»Fangen wir am besten mit der Nacht vor drei Tagen an«, begann Esra. »Ich denke, Luka erinnert sich gut daran.«

Luka schwieg. Aleas Hand fühlte sich warm an.

»Der Zaun«, fuhr Esra fort. »Du warst an einem Zaun im Industrieviertel in der Einheit. Es hat geregnet. Geschüttet. Geblitzt.«

Luka sah den Zaun vor sich. Den Umriss darauf. *Woher …?*

»Es hat hell geblitzt«, erzählte Esra. »Und dann sahst du … nun … mich.«

Er hatte Esras Originalkörper gesehen. Sackmann. Aber woher … Esra konnte doch nicht alles wissen, was sein Originalkörper wusste. Oder etwa doch? Hatte er so etwas wie eine ständige Verbindung zu ihm? War so etwas möglich?

»Eine Geste«, flüsterte Esra.

Zum ersten Mal, seit Esra das Wort *Sohn* ausgesprochen hatte, schaute Luka ihn an.

Esra führte einen Finger zu den Lippen. Und nickte. Wie … Sackmann auf dem Zaun.

Luka nickte langsam zurück. Keine Verbindung. Er war es selbst gewesen. Esra … war in dieser Nacht in Sackmann gewesen. In seinem alten Körper.

»Tut mir leid, dass du es so und erst jetzt erfährst. Ich wusste damals natürlich nicht … ich wusste es genauso wenig wie du.«

»Du … warst auf dem Zaun«, sagte Luka langsam. »Du … warst es selbst.«

»Ja. Ich war in meinem Originalkörper. In dieser Nacht. In der Arena. Und beim Tribunal.«

»Langsam, langsam«, ging Ellie dazwischen. »Erklärt es mir.«

Esra rekonstruierte grob die Umrisse seiner Festnahme, der Verhandlung und der Arena. Luka und Alea halfen an einigen Stellen weiter. Luka ging es nicht schnell genug, er wollte eine Erklärung von Esra. Esra war Sackmann. Nicht nur früher, sondern auch an den Tagen, an denen Luka ihn getroffen hatte. Das verstand Luka nun. Aber … *sein Sohn?*

»Geduld«, mahnte Esra, als Luka und Alea nachfragten, wie das denn damit zu tun hatte. »Es ist … nicht so einfach.«

»Also gut«, sagte Ellie. »Dann mache ich uns Tee. Und ich hab noch Kuchen.«

Ypsilon drückte Esra das Strandfoto in die Hand. Der lächelte und strich sanft mit dem Daumen darüber.

»Wenn das irgendwo hinführen soll, erzählst du wohl besser auch mal von ihr«, sagte Ypsilon. »Mmmh«, fügte er hinzu und schloss genussvoll die Augen, als er sich ein Stück Apfelkuchen auf der Zunge zergehen ließ. »So oder so, es hat sich schon gelohnt, hier rauf zu kommen«, sagte er mampfend.

Esra lächelte und nickte. »Ja. Du hast recht. Alles begann natürlich mit Marie.« Die besorgten Gesichtszüge von Ellie, die vor jeden von ihnen eine dampfende Tasse Tee abgestellt hatte, wurden sofort weicher, als der Name ihrer Tochter fiel.

»Wir waren zusammen seit … Na ja, seit ich mich erinnern kann«, sagte Esra. »Oder?« Er schaute Ellie an. »Du warst schon als Kind immer hier«, bestätigte sie. »Weißt du noch, als ihr die Johannisbeeren gepflückt und euch überall im Gesicht damit beschmiert habt? Ihr habt mich zu Tode erschreckt!«

»Natürlich weiß ich das noch. Es war Maries Idee.« Für einen Moment schaute Esra ausdruckslos in die Ferne.

»Jedenfalls. Wir sind zusammen in die Stadt gezogen. Die Stadt, die du heute als die Einheit kennst. Sie wollte unbedingt an die Musikhochschule. Und ich – ich wollte unbedingt zu ihr.« Er lächelte wehmütig, und reichte Luka das Foto. »Was vorher noch alles war ... was wir uns erhofften, was wir taten ... Na ja. Es spielte dann alles keine Rolle mehr. Denn dann kam der Blitz. Von heute auf morgen sind wir beide gereist. Also, das weiß ich heute. Damals wusste ich natürlich nur, dass ich gereist war.«

Er nahm einen langen Schluck von seinem Tee. Luka musterte ihn genau. Er konnte es sich immer noch nicht so richtig vorstellen. Esra war Sackmann. Er versuchte, sich Sackmann an den Tisch zu denken. Mit seinem geschorenen Schädel, seinen drahtigen Armen und seinen dunklen Augenringen. All das war Esra gewesen.

»Fünfzehn Jahre lang habe ich Marie nicht gesehen«, fuhr Esra fort, »aber dann trafen wir uns wieder. Heute verstehe ich, dass wir das brauchten. Dass ich das brauchte. Dass wir erst getrennt voneinander leben mussten, um richtig zusammen sein zu können. Ich habe lange gebraucht, um das zu verstehen. Ich habe verstanden, wie egoistisch ich war und wie kurzsichtig, mein Leben so früh auf Schienen zu leben. Wie ungerecht es war, ihr gegenüber. Es gab mich ja kaum, es gab nur sie und mich. Doch irgendwann war ich so weit. Ich war bereit für einen neuen Anfang. Ständig habe ich an sie gedacht. Weißt du noch, was ich im Kurs gesagt habe? Gedanken werden Träume, Träume werden Realität. Ich habe mein Talent zum Klarträumen früh entdeckt, aber es hat lange gedauert, bis ich den Zusammenhang verstand. Irgendwann fühlte ich mich bereit, aktiv nach ihr zu suchen. Ich habe sie gefunden. Sie war in der Einheit.«

Er nippte noch einmal an seinem Tee. »Eines Tages stand ich vor ihr. Es mag komisch klingen, aber ... ich habe es einfach gewusst, dass sie es ist. Ich weiß, es ergibt keinen Sinn. Glaubt es mir oder nicht, aber ich hatte von ihr geträumt. Von ihrem neuen Körper. Ich habe geträumt, wie sie jetzt aussah.«

Vor drei Tagen noch hätte Luka ihm sofort zugestimmt – das war nicht zu glauben. Wie sollte es möglich sein, von jemandes neuen Körper zu träumen, den man noch nie gesehen hatte? Aber seitdem war so viel passiert. Körperlesen, klarträumen … er war sich in so vielem nicht mehr sicher, was er denken sollte. Esra schien seine Gedanken zu lesen, denn er lächelte hilflos. »Ja, ich weiß. Verrückt, oder? Ich konnte es mir auch nicht erklären. Aber es war immer derselbe Körper, der in meinen Träumen vorkam. Das ergab Sinn, denn sie reiste nicht mehr. Marie war Haussklavin bei einem ranghohen Einheitsmitglied. Damals hielt man die Geister von guten Haussklaven mit Equanimierern fest.«

Luka nickte. Er wusste von Emma, dass manche Familien sich diesen Luxus leisteten. Esra stieß leise Luft aus. »Das widerspricht den sogenannten Werten der Einheit massiv, doch das ist eine andere Sache. Aber es war so. Deswegen war ihr Geist dauerhaft dort.«

Luka antwortete nichts. Das interessierte ihn jetzt nicht im Geringsten.

»Jedenfalls trafen wir uns«, sagte Esra. »Ich war frei und wusste, wo sie war. Also trafen wir uns häufiger. Die Einheit gab es damals erst seit ein paar Jahren. Es war bei Weitem nicht so schwer wie heute, sich dort zu bewegen. Ich kam meistens in meinem Originalkörper. In dem, den du kennst.« Sein Blick wanderte wieder zum Strandfoto.

»Unsere Liebe wuchs wieder. Schließlich wurde sie schwanger. Geplant war das nicht. Wir hatten zuerst große Angst und keine Ahnung, wie das funktionieren sollte. Aber wir hatten das unerwartete Glück, dass besagtes Einheitsmitglied Verständnis für unsere Situation zeigte. Wir waren … ja, wir waren glücklich.« Sein Gesicht zeigte die Spur eines Lächelns. Dann verfinsterte es sich. Er schluckte. Mehrmals setzte er an, öffnete den Mund, holte Luft. Aber er brachte kein Wort heraus. Er schloss die Augen.

»Aber als es dann so weit war … es … war zu früh.« Esra flüsterte, stockte. »Viel zu früh, weißt du.« Ellie suchte seine Hand, und er umfasste sie. Sie schauten sich an. Er nickte.

»Ich werde es mir nie verzeihen«, begann er erneut. »Ich kann es nicht rückgängig machen. Aber ich war nicht da, als …«

»Nicht. Tu das nicht. Es war nicht deine Schuld«, sagte Ellie behutsam. Ihre Stimme zitterte, und Luka sah in ihren Augen Tränen funkeln.

»Ich weiß. Aber es ist immer noch …« Esra atmete aus. Er sah zu Luka, aber seine Augen waren leer und trüb. »Alles, was ich dort fand, war ihr lebloser Körper. Ich … sie war …« Wieder kniff er die Augen zusammen. »Ich wusste nicht, was passiert war. Überall war … Blut. Und ich wusste nicht, ob mein Kind tot war, oder lebte.«

Eine bleierne Stille erfüllte den Raum. Selbst das Feuer im Kachelofen gab nicht den geringsten Ton von sich. Esras Augen wurden klar, und er fixierte Luka.

»Ich wusste es nicht … bis ich auf diesem Zaun stand und dir in die Augen sah.«

Esra tippte auf das Strandfoto. »Du hast ihre Augen«, sagte er. »Halte es für ein Hirngespinst, denn sie hat dich aus einem anderen Körper geboren, aber deine Augen haben ihr Grün. Das Grün von Maries Originalkörper.«

Die rothaarige Marie war auf dem Foto nur sehr klein abgebildet. Aber Luka meinte, dass Esra recht hatte – tief dunkelgrüne Augen, wie bei ihm selbst.

»Und der Rest … Na ja.« Esra zuckte mit den Schultern. »Sieh dich an, und sieh mich an auf dem Foto.«

Luka zog die Stirn kraus. Er sollte aussehen wie der junge Sackmann? Der junge Kerl auf dem Foto lächelte ihm entgegen. Okay, er war auch schlank. Das könnten auch mausbraune Haare sein, wie bei ihm, und bei so vielen anderen. Aber sonst? Er sah zu Alea, die ebenfalls auf das Foto lugte. »Jetzt sag bloß nicht, das ist dir noch nicht aufgefallen!«, platzte es aus ihr heraus. »Das Kinn! Das spitze Kinn! Junge, ihr habt beide ein Bügeleisen im Gesicht!«

Luka schüttelte den Kopf. Spitzes Kinn? Er hatte doch kein ...
nein. Also nein. Wirklich nicht. »Vergiss nicht, in welchem Körper
du gerade steckst«, warf Ypsilon ein. »Du bist nicht in deinem
Original. Mano würde sich selbst bestimmt nicht so sehen.«

Luka schaute ihn an. Konnte da etwas dran sein? »Das Äußer-
liche war nur das eine«, erklärte Esra. »Das sprang mir ins Gesicht.
Aber es war auch das Gefühl. Es war ein bisschen so wie bei Marie.
Ich wusste es einfach. Spätestens, als du dann getan hast, was du
getan hast.«

Luka nahm seine Tasse, aber stellte sie wieder ab. Was er getan
hatte. Ja, er hatte ihn dort oben gesehen. Und war einem Instinkt
gefolgt. Er hatte geschwiegen. Wenn Pip ihn nicht entdeckt hätte,
hätte er ihn nicht verraten. Auf dem Damm hatte er ihn sogar in
Schutz genommen. *Er hat sich bei mir freiwillig gemeldet.*

Dieser Instinkt. War das ... war es möglich, dass er es auch
gespürt hatte wie Esra? Dass er seinen ... seinen *Vater* ...? Nein. Er
hatte Mitleid gehabt. So einfach war das.

Nach der Arena sei er nach Atlantis zurückgekehrt, erzählte
Esra. Ypsilon habe ihm genauso wenig geglaubt wie Luka. »Das
hat unser guter Ypsilon zumindest gesagt. Aber was macht er? Er
verschafft dir ein Ziel.« Luka wandte sich Ypsilon zu. *Ein Ziel?*

»Ach, das war nichts weiter«, erklärte dieser. Ypsilon zeigte
wieder das spitzbübische Lächeln von gestern. »Ich hab bloß die
Körper von Adrian und Benno in Esras Elternhaus geschickt. Das
war ganz einfach, ich musste ihnen bloß von dem immer noch gut
bestückten Weinkeller dort erzählen.«

Das Haus ... Esras Elternhaus? Dort war er gestern also aufgewacht. Aber wieso ...

»Wenn das dein Elternhaus war, wieso stehen die ganzen
Kinderfotos dann hier?«, fragte er.

»Na glaubst du, ich lass' die dort verstauben?«, fragte Ellie
entrüstet. »Nein, nein. Die gehören hierher. Esra hat ja ohnehin
mehr Zeit hier verbracht als dort.« Sie schob Lukas Stück Kuchen
noch näher zu ihm hin, aber er würdigte es weiter keines Blickes.

In Manos Körper spürte er überhaupt kein Verlangen nach dem pappigen Süßzeug, das ihm gestern noch so himmlisch gut geschmeckt hatte.

»Ja, du bist in meinem Elternhaus aufgewacht«, fuhr Esra fort. »Und im Kurs hast du von Thailand erzählt. Der Strand ... dieser Strand.« Er nickte in Richtung des Fotos. »Du warst dort, ja?«

Luka nickte.

»Marie und ich waren dort gemeinsam auf Klassenfahrt. Dort haben wir auch zum ersten Mal ... nun, über dich gesprochen. Über eine Familie. Wenn du so willst, bist du dort zum ersten Mal in unseren Gedanken aufgetaucht. Und glaub es oder nicht, aber nicht nur deine erste Reise als Körperreisender ging dorthin. Meine auch.«

Luka schaute ihn an. Zum ersten Mal wusste Luka nicht mehr, was er entgegnen sollte. Es ergab einfach Sinn. Wenn das alles stimmte, war das der Grund für Thailand. Für seine Reise um die halbe Welt. Für seine Reise hierher. All das war wegen ihm geschehen. Wegen ihnen. Wegen Esra und Marie. Wegen seiner ... *Eltern?*

Auf Esras Gesicht deutete sich ein mitfühlendes, vorsichtiges Lächeln an. »Es tut mir leid, dass du es so herausfinden musst. Ich kann es nicht beweisen. Nicht endgültig. Aber du verstehst, wieso ich mir sehr, sehr sicher bin.«

»Ja«, sagte Luka langsam. »Ich verstehe.«

Mano stand auf Bier. Der kleine Mano. Luka sagte gleich ja, als der Bennokörper ihm eines anbot. Instinktiv. Tief in sich gekehrt saß er vor dem Wasserschloss. Nippte. Brütete.

Esras Sohn.

Es war unangenehm und seltsam gewesen, sich aus Ellies Häuschen zu verabschieden. Ellie hatte ihn umarmt. Wie ... nun, wie ihren Enkel. Er hatte es über sich ergehen lassen. Sie hatten wohl kaum erwarten können, dass er vor Freude Purzelbäume schlug.

Immerhin war er der schüchterne Mano. Eine gute Ausrede, doch Luka hatte sich mit seinem heutigen Körper noch nie so gut in Einklang gefühlt wie bei der Entscheidung, die stickige Küche endlich hinter sich zu lassen. Er fühlte sich erschöpft. Körperlich und geistig. Kein Wunder. Mano war schließlich Frühaufsteher. Und alles mit Esra ... es war viel. Viel auf einmal.

Ob er Esra glaube, fragte ihn Alea irgendwann. Es war eher eine Frage, ob er ihm trauen konnte, fand Luka. Es klang schon alles sehr stichhaltig. Sie hatten vieles gemeinsam. Das Aussehen ... die Nacht auf dem Damm ... und die Orte, an denen sie aufwachten. Thailand. Esras Elternhaus. Atlantis.

Bestand nicht aber die Chance, dass sich Esra das alles zusammenreimte, weil Ypsilon ihm von Lukas Fähigkeiten erzählt hatte? Ein Klarträumer aus der Einheit. Wie gemalt für den Widerstand. Das musste auch Alea zugeben.

»Die Frage ist doch auch, ob du dir das wünscht. Eine Familie, meine ich«, sagte sie. »Welches Waisenkind tut das nicht?«, antwortete er ausweichend. »Man hat Hoffnung ... aber irgendwann versteht man, dass nur deine Freunde für dich da sind. Und das schon gut so ist.« Waren Familien nicht ohnehin überbewertet? Emma und ihr zerrüttetes Verhältnis zu ihrem vielbeschäftigten Vater. Alea verkrachte sich anscheinend auch ständig mit ihrer Mutter. Seine Familie waren Pip, Panda, Daniel und Emma. Gewesen. Er seufzte.

Luka hörte, wie Ypsilon unten am Pier etwas vorlas. Die Spiele bestimmt. Nichts kam ihm gerade uninteressanter vor, und ohnehin war er hundemüde. Er bezweifelte dennoch, dass er jetzt einschlafen konnte.

Zum Glück kam seinem Körper eine andere Idee.

Auch Mano konnte bei Dunkelheit nicht malen. Inwieweit der Alkohol in ihm hinter dieser Idee gesteckt hatte, wusste Luka nicht. Aber instinktiv war er wieder zum Schwarzen Brett zurückgekehrt. Zu seiner Zeichnung. Manos Körper wollte unbedingt dorthin. Er selbst war geistig zu überfordert, als dass er dem etwas entgegenzusetzen hatte. Wie oft sein Körper wohl heute für sie beide entschieden hatte, ohne dass er es gemerkt hatte? Wahrscheinlich hatte er den ganzen Tag über nur ein paarmal gegen seinen Körper gehandelt, und war sonst als minimal veränderter Mano umhergewandert. Wie viel von sich war man eigentlich noch selbst in fremden Körpern? Wie viel Luka war übrig? Er setzte sich auf seinen Hocker von heute Morgen. Ihm schwirrte der Kopf.

Eine Familie. Er hatte hier eine Familie.

Aber was bedeutete das schon? Vielleicht sah er sie niemals wieder. Allerdings … lag das ja anscheinend an ihm. Wenn er wirklich so talentiert war, konnte er bald selbst entscheiden, wo er aufwachte. Vielleicht schon heute Nacht.

Der Alkohol, kam es ihm dann in den Sinn. Er hatte Alkohol getrunken. Hatte er sich damit schon entschieden? Alkohol war ja eine Art Equanimierer. Für viele außerhalb der Einheit der Einzige, wie Geo erzählt hatte. Aber es waren nur ein paar Schlucke gewesen. Oder reichte das schon aus? Bei seinem bisschen Gewicht vielleicht schon.

Luka hörte Schritte. Jemand kam näher. Er erkannte Esras Umrisse in der Dunkelheit.

»Darf ich mich zu dir setzen?«, fragte er.

Luka nickte. Esra nahm dort Platz, wo Alea Modell gesessen hatte. »Wir haben dich am See vermisst.«

Luka nickte erneut. Esra atmete ein und öffnete den Mund, aber überlegte es sich anders. Also schwiegen sie.

So saßen sie eine Weile lang da. Vater und Sohn, schoss es Luka durch den Kopf. Er seufzte. Vom See her hörte er ab und zu ein schwaches Johlen oder ein Lachen. Aber sonst war es wunderbar ruhig. Ein paar Grillen untermalten das Schweigen mit ihrem Gezirpe.

»Wollt ihr, dass ich für den Widerstand kämpfe?«, fragte Luka schließlich. Die Ruhe hatte gutgetan. Ihm selbst und auch Manos Körper. Seine Gedanken wurden etwas klarer.

»Wie kommst du denn darauf?«, sagte Esra überrascht und schob sich die Brille zurecht.

Luka zuckte mit den Schultern.

»Ich weiß nicht, was Ypsilon oder Alea dir gesagt haben. Ich verlange nichts von dir. Wie könnte ich das auch? Du bist selbst dafür verantwortlich, was du tust, wo du hingehst. Das ist ja gerade das Wunderbare am Leben hier draußen. Auch, wenn ich schon Parallelen sehe. Ich war damals berauscht von der Freiheit, von der Macht, mich an jeden Ort zu träumen. Doch erst, als ich begonnen habe, an das große Ganze zu denken, hat mein Leben angefangen, Sinn zu ergeben. Doch das war mein Weg. Deinen bestimmst du selbst.«

»Hm.«

»Außerdem, so wie ich das verstanden habe, wärst du ohnehin nicht so weit, dass du uns helfen könntest. Deine Träume … es war keine Absicht von dir, heute hier wieder aufzuwachen, oder?«

»Nein. Ich … kann meine Träume nicht immer steuern. Oder manchmal nur ganz kurz.« Auch wenn Luka mittlerweile ausschloss, dass die Orte, an denen er aufgewacht war, Zufall gewesen waren – bewusst hatte er sich noch niemals irgendwo hingeträumt.

»Das ist bei mir auch manchmal so«, gestand Esra ein. »Ich kann es auch nicht immer. Es ist nur wichtig, wachsam zu bleiben. Immer auf der Hut zu sein. Dann steigt die Wahrscheinlichkeit, dass man es im richtigen Moment schafft. Mehr wage ich für mich selbst auch nicht zu hoffen, aber meistens klappt das ganz gut. Ab und zu an einem neuen, ungeplanten Ort aufzuwachen, erweitert immerhin den Horizont.«

Luka schaute ihn an. »Wie war es, als du damals in Thailand aufgewacht bist?«, fragte er ihn.

Esra lächelte. »Ich kann mir vorstellen, dass es bei dir ganz anders war. Bei mir war sicher die Überraschung größer, würde ich sagen. Immerhin war das der erste Tag nach dem Blitz. Niemand wusste, was passiert war. Woher auch. Ich ging raus aus diesem Strandhaus und schaute aufs Meer ...« Er schüttelte den Kopf. »Es war ... erst, als ich das Wasser gesehen und den Sand zwischen den Zehen gespürt hab ... da habe ich so langsam begriffen, dass etwas anders war. Ich sah an mir herab und ... ich war klein und dick und ... ein Thai! Ich dachte zuerst, ich sei noch in einem Traum. Ich hatte ja immer schon sehr lebhafte Träume. Ich hatte Klarträume, bevor ich überhaupt wusste, was Klarträume waren.«

Luka nickte. Schon wieder eine Gemeinsamkeit.

»Ich war im Schockzustand. Ich meine, wie reagiert man darauf? Und um mich herum konnte mir auch keiner sagen, was los war. Das Dumme war, dass ich dort praktisch der einzige Reisende war. Die haben gedacht, der Körper, in dem ich steckte, sei einfach übergeschnappt. Ich habe versucht, es zu erklären, aber ...« Er zuckte mit den Schultern.

»Dort haben sie es erst nach ein paar Tagen kapiert, dass sich bei vielen etwas verändert hat, denke ich. Also, ich war im Nachhinein froh, dass ich an dem Tag in keiner Stadt war. Das Chaos dort! Stell dir das nur mal vor. Aber immerhin wussten dort alle, dass etwas anders war. Ich war in Thailand nur ein armer Irrer. Nur Keno hat mir zugehört. Er hat sich an mich erinnert. An meinen Besuch in meinem eigenen Körper, bei der Klassenfahrt. Er hat mir sogar geglaubt.«

»Keno!?« Lukas müde Augen weiteten sich.

Esra überlegte kurz. »Ah. Du hast Keno Junior getroffen?«

»Wie geht es dem Senior?«, fragte er, als Luka langsam nickte. »Ich muss ihn wirklich mal wieder besuchen.«

Jemand saß auf der Sitzbank vor dem Wasserschloss. Mit dem Kopf nach unten.

»Geh zu ihr«, sagte Esra, der ihn begleitet hatte. »Aber bring deinen Körper irgendwann ins Bett. Du weißt schon. Ein neuer Tag, ein neuer Geist.«

Luka nickte. Auch Esra waren Lukas schwere Augenlider nicht verborgen geblieben. Es war definitiv weit nach Manos Schlafenszeit. Wer auch immer morgen in ihm aufwachte, verschlief bestimmt den halben Tag. Das war eigentlich schade. Mano liebte den Morgen. Es gab für ihn keine bessere Zeit, um konzentriert zu arbeiten.

»Es war … nett«, sagte Luka unsicher.

Esra lächelte. Er musste spüren, dass Luka keine große Abschiedsumarmung wollte. »Wir sehen uns wieder. Da bin ich sicher.«

Luka nickte. Esra nickte zurück. Der Ältere legte ihm kurz die Hand auf die Schulter und ging in Richtung See davon.

»Wie rührend«, sagte Alea, als er bei der Bank ankam.

»Hm. Was tust du denn hier?«

»Nachdenken. Kopfüberhängen. Pfeifen. Alles Dinge, die ich mit diesem hier so gerne mache.« Sie demonstrierte es, indem sie eine Melodie anstimmte. Luka kannte sie, schaffte es aber nicht, sich an den Titel zu erinnern. Im Ballsaal im Heim gab es ein Klavier, und manchmal hatten sie alle zusammen gesungen, während Helena sie begleitet hatte – mit Abstand die sympathischsten Töne, die die giftige Adjutantin der Heimvorsteherin produzierte. Es waren die Momente, in denen er sich dem Heim und der Einheit wirklich zugehörig gefühlt hatte. Als ob auch die Gemeinschaft seine Familie war.

»Und ich wollte noch mal zu dir«, fügte Alea an.

»Ahja?« Er setzte sich zu ihr.

»Hmja. Paula hat mir was Witziges erzählt. Du hättest heute auf der Liste gestanden, meinte sie.«

»Liste? Welche Liste?« Luka gähnte lange und herzhaft.

»Na für die Spiele! Du bist ja doch absichtlich zurückgekommen. Absichtlich in Mano. Mit Ankündigung und allem Drum und Dran!«

»Ich verstehe nicht … wie meinst du das?«

»Du hättest heute teilnehmen können. Am physischen Körperlesen. Du hättest auf dem Netz laufen können! Blöd, dass wir so lange … Moment. Das weißt du gar nicht?«

Er schüttelte den Kopf. *Eingetragen? Absichtlich in Mano?* Plötzlich verstand er. Und lachte laut auf.

»Was?«, fragte sie und drehte sich flink richtigherum. Sie hielt sich kurz den Kopf, als ihr Blut sich wieder ordnete.

»Emma«, sagte er kopfschüttelnd.

»Häh?«

»Sie war gestern auch hier. Sie muss mich angemeldet haben.«

Aleas fragendes Gesicht verwandelte sich in ein breites Grinsen. »Ich steh' auf diese Emma!«

»Sie … Na ja, sie hat wohl geahnt, dass ich wiederkomme. Sogar in welchem Körper. Mal ehrlich gesagt, dieser Mano ist mir gar nicht so unähnlich.«

»Da wär' ich jetzt nicht draufgekommen. Du bist doch eher der Draufgänger«, konterte Alea.

Luka lächelte und nickte. »Aber das von vorhin … das, was tagsüber passiert ist, konnte sie natürlich nicht ahnen. Sonst hätt' ich's vielleicht sogar gemacht. Auf dem Wasser gelaufen, meine ich.«

»Sag ich doch. Draufgänger.«

Er schnaubte. Da fiel ihm ein, was er sie noch fragen wollte. »Sag mal, wieso bist du eigentlich Raffaelas ›große Schwester‹?«

»Ach, das.«

Wieder einmal hatte er wohl ein Thema erwischt, bei dem ihr Redefluss unnatürlich schnell versiegte. Er wartete geduldig und versuchte sich an einem Emmablick mit hochgezogenen Augenbrauen. Es klappte, denn schließlich sagte sie:

»Raffaella hat mich mal davor bewahrt, etwas ziemlich Dummes zu tun. Als ich hart wütend auf meine Ma war, weil sie …« Sie schüttelte den Kopf und pustete Luft durch die Nase. »Weil sie mich mit diesem Zeug vollpumpen wollte. Euren Equanimierern.«

Das überraschte Luka nun wirklich. Equanimierer in Atlantis, dem Hafen der Träumer? Und dann auch noch die freiheitsliebende Alea?

»Sie meinte, es wär zu gefährlich für mich da draußen. Dass ich doch nur als Sklavin aufwachen würde. Da hab ich … ich wollte was nehmen, das mich in einen Klartraum zwingt. Ich wollte nur noch weg.«

»Ein U-Boot?«

Sie runzelte überrascht die Stirn. »Woher …?«

»Hey, selbst ich lerne dazu«, erklärte Luka. Esra hatte ihm erklärt, wie er sich aus der Arena geträumt hatte – es gab keinen passenderen Namen für die Substanz, die das sofortige Abtauchen in einen Klartraum ermöglichte. Zögerlich erwiderte Alea sein Schmunzeln.

»Genau. Ein U-Boot. Das war vor einigen Jahren. Ich war noch nicht mal zehn. Esra sagt … Na ja, so ziemlich alle sagen, dass es einem Geist nicht guttut, wenn du zu früh reist. Früher als es von Natur aus passieren würde. Es wär ziemlich gefährlich gewesen. Ich war eben mords-stinkig.«

»Und Raffaella hat …?«

»Achso. Also. Ich fühlte mich so allein. Meine Ma und ich, wir wohnen ja etwas abseits von hier, dort ist es kalt und still und echt … zum Kotzen, wenn die einzige Person, die mit dir lebt, gegen dich ist und dich dein Leben lang einsperren will. Ich hab mich, so oft es ging, rausgeschlichen. Hab mir das U-Boot besorgt. Raffaella hat Wind davon bekommen. Ihr Vater, von dem hatte ich das Zeug. Sie war ja noch eine winzige kleine Bohne, ist mir damals schon immer hinterhergelaufen. Aber sie hat trotzdem verstanden, dass ich dann weg wäre. Sie wollte wissen, warum ich das mache. Alles, was ich antworten konnte, war, dass ich hier keine Familie hab und wegmuss. Sie meinte, ich könne doch ihre große Schwester sein, und irgendwann würden wir dann einfach zusammen körperreisen.«

Vor Lukas Augen erschienen Raffaellas Grübchen. Er schmunzelte.

»Das war so … entwaffnend irgendwie. Also hab ich's mir doch noch mal überlegt. Ich hab meiner Ma gesagt, wenn sie will, dass ich die Equanimierer nehme, muss sie mich schon dazu zwingen … und selbst dann hätt' ich mir den Finger in den Hals gesteckt, hab ich ihr klargemacht. Da hat sie doch klein beigegeben.«

Luka nickte. Er erinnerte sich daran, wie er über Alea gedacht hatte, als sie ihm an ihrem ersten Tag in der Einheit begegnet war. *Unter Zerrissenen gibt es keine Familie, keine Gemeinschaft* hatte der Schnief gepredigt. Alea war auf ihre Art eine Einzelgängerin. Aber so einfach war es nicht. Familien und Beziehungen außerhalb der Einheit … es gab sie doch. Manche kompliziert, manche liebevoll. Wie Menschen eben waren.

Sie schwiegen eine längere Zeit. Er gähnte binnen weniger Sekunden dreimal. Schließlich erhob er sich. »Ich bring' dieses Ding wohl besser ins Bett.«

Sie drehte sich wieder kopfüber. »Ja, ja. Tu das.« Er schritt zur Tür. Machte einen Schritt hinein. Und blieb stehen.

»Alea?«

»Hm?« Wieder war er kurz davor, zu fragen, was damals in der Einheit passiert war. Ob sie seine Equanimierer vertauscht hatte. Ob sie für all das verantwortlich war. Doch im nächsten Moment fand er es schon gar nicht mehr wichtig. Es war nun ohnehin zu spät. Also fragte er stattdessen: »Mit wem schläft Mano in einem Bett?«

»Wenn das ne Anmache sein soll …«

»Nein, ich … bin heute nämlich nicht allein aufgewacht. Es war dunkel und … ich hätte nur gerne gewusst, wer das gewesen ist.«

Sie überlegte kurz. »Ein Rätsel also. Weißt du, was ich an deiner Stelle tun würde?«

»Was denn?«

»Wiederkommen. Und es lösen.«

Er liegt auf der Ladefläche im Roten Bus, aber es fühlt sich weich an. Wie flauschiger Teppichboden.

Neben ihm liegt noch jemand. Eine Frau. Er kann nur ihren Hinterkopf sehen. Ihre Haare sind Rastas. Schlangenrastas.

Er versucht, sie umzudrehen, um ihr ins Gesicht zu sehen. Aber die Schlangen schnappen nach ihm.

Was für Biester. Dreh dich. Dreh dich doch!

Eine der Schlangen legt sich um seine Hand. Er packt zu und zieht. Langsam dreht er die Frau. Sie dreht sich einmal. Zweimal. Doch es kommt kein Gesicht. Der ganze Kopf ist nur … Schlangen. Er lässt sie los. Hat ja keinen Sinn.

Keinen Sinn. Kein Gesicht. Nur Schlangen.

Kann es sein, dass …?

Er hebt seine Hand. Hebt die zweite. Er stößt sie mühelos hindurch und fällt fast hin, so viel Schwung behält sie.

Irgendwo unter seinem rechten Ohr dröhnt es. Zuerst schwach. Dann stärker. Lauter. Es vibriert. Es schüttelt ihn.

Ich träume! Jetzt gerade. Ich schlafe und träume!

Stille. Mit einem Schlag ist das Dröhnen weg. Er sieht klar. Er dreht sich um und schaut die Wagentür an. Wenn er sie aufmacht, ist er in der Einheit. Das ist der Weg nach Hause.

Auf, *denkt er.*

Die Tür bleibt zu. Mehr noch. Der Türknauf … grinst ihn an?

Wieso tut sie nicht, was er will? Er hat doch hier das Sagen. Auf!

Nichts. Jetzt reicht es aber.

»AUF!«, *schreit er, so laut er kann.*

Langsam und mühselig schiebt sich die widerspenstige Wagentür quietschend zur Seite. Sie will nicht, das merkt er. Aber er gewinnt. Jetzt sie ist auf.

Dahinter ist eine Treppe. Die Treppe zur Einheit.

Er geht hinunter. Stockwerk um Stockwerk. Alles ist grau und heruntergekommen. Mit dünn glimmenden Funzeln über den Türen. Hinter welcher ist es? Hinter welcher ist die Einheit?

Zimmer 7213. Da steht es. 7213.

Öffnen? Das muss doch gar nicht sein. Er könnte doch einfach hindurchgehen.

Er streckt seine Hand aus. Langsam. Er berührt das Metall. Für einen Augenblick ruht sie darauf. Dann ... kein Widerstand. Es verschluckt seine Fingerspitzen, seine Fingerknöchel, seine Hand. Als er hindurchtritt, durchfährt ihn ein wohliger Schauer. Ein Kribbeln, als wäre ein Teil von ihm Metall und Holz. Als wäre er plötzlich Teil der Tür. Er grinst. Wahnsinn.

Er grinst noch mehr, als er es sieht. Da steht es. Das Bett. Sein *Bett.*

Kapitel 7

Bärenklau

E S GRUMMELTE.
Das Geräusch war nah. Es wurde lauter. Verärgert. Es kam aus ihm selbst. Lukas eigener Magen hatte ihn aufgeweckt.

Er hatte Riesenhunger. Für diese Erkenntnis musste man kein Meister der Körperleserei sein. *Halt*, ermahnte er sich, *stopp*. Nicht gleich in den neuen Körper hineinfühlen. Sein Traum. Er musste sich erinnern. Die Bilder waren blass, aber sie waren noch da. Er ordnete sie, prägte sie sich ein. Vom Bus zur Schlangenfrau zur Treppe, zur Tür und dem Bett.

Das Grummeln wurde zum Knurren. Für einen Moment versuchte er, das Hungergefühl auszublenden. Schnell war ihm klar, heute war es ganz anders als bei Mano. Er konnte in diesem Körper lesen wie in einem Buch. Er wusste, dass unter dem Bett eine eiserne Notration Essen auf ihn wartete. Trüffelschokolade. Das Bett war warm, aber … er vermisste jemanden. Ein Mädchen? Hatte sie eine Stupsnase?

Sein Geist wanderte in verschiedene Ecken, aber nicht überall kam er gleich gut voran. Es war leicht, wenn er einen Impuls hatte, so wie das Hungergefühl, das ihn automatisch zum Essensversteck führte. Körperlesen war nicht wie in einem Buch lesen. Es hatte eher etwas von einem Dominospiel, bei dem sich hinter jedem Stein eine neue Information oder ein neues Gefühl verbarg. Bei einigen Dominosteinen war das leicht. Sie waren unübersehbar groß und dünn und instabil. Tippte man sie nur an, fielen sie und rissen andere mit. Andere waren kleiner. Versteckt. Sie waren nur dann zu finden, wenn man den genauen Weg zu ihnen kannte. Wie bei dem Fragespiel am See, als er die zweite Hälfte des Gedichtes zutage gefördert hatte. Wieder andere waren breiter. Standen sicherer. Sie fielen erst, wenn man all seine Kraft darauf konzentrierte, sie umzuschubsen. Manos Dominospiel hatte fast ausschließlich aus den versteckten und breiten bestanden. Ganz anders als das heute.

Luka öffnete die Augen. Es war ziemlich dunkel, aber er erkannte er zarte Sonnenstrahlen. Er fühlte sich schwer und ungelenk. Vorsichtig betastete er seinen Körper. Alles war verschwitzt und weich.

Er war dick. Richtig dick. Sein Körper fühlte sich beim Gedanken daran aber nicht unwohl. Es war einfach so.

Er sah nach oben. Er lag wieder in einem Stockbett. Luka seufzte und lächelte. *Klar. Wo auch sonst.* Er hatte es erwartet. Es musste ja so kommen. Nicht in Mano, aber wieder im Wasserschloss. Scheinbar war Atlantis immer noch nicht fertig mit ihm.

Über Luka gähnte jemand. »Ah, du bist wach«, sagte eine zweite Stimme.

»Hmm«, brummte der Gähner.

»Also, bringen wir's hinter uns.«

»Nashornhorn.«

»Okay. Und du da unten?«

Luka drehte sich um. Er erkannte die Stimmen, das Zimmer, das andere Stockbett. Das war kein Stockbett aus Atlantis. Es war sein Stockbett. Lukas Bett. Und unten … band sich Pip die Schuhe.

Er war zurück. Nur war er nicht im Lukakörper. Er war ein Bett daneben und eines tiefer aufgewacht.

In Panda.

»Na?«, hakte Pip nach.

»Schirmschinken«, antwortete Luka in Pandas Körper.

Für einen Moment kam es ihm vor, als würde sein Kopf explodieren. Freude und Angst, Für und Wider, seine eigenen Gefühle und Pandas krachten aneinander. Er wusste, dass er schnell handeln musste. Unfähig, klar zu denken, überließ er dem Körper im ersten Moment die Führung. Das Passwort las er mühelos. Aber Pip schaute ihn immer noch an.

Er selbst sah Pip und machte innerlich Luftsprünge. Er wollte nichts lieber tun, als seinem Freund zu sagen, wer er war. Ihm alles sagen, ihn wieder haben. Pandas Körper hatte aber eine andere Meinung dazu. Er traute Pip nicht. Nicht so wie Luka zumindest. Das konnte Luka zwar nicht nachvollziehen, weil er niemandem auf der Welt mehr vertraute als Pip. Aber dennoch verstand er sofort, dass hier etwas anders war als sonst. Keine Reimspielchen bei den Passwörtern. Neue Passwörter außerdem. Kein Manni, der sie weckte. Alles war so ernst. So auch Pips Gesicht. Luka meinte, dass sich Pips Augen für einen Herzschlag verengt hatten, als er mit dem Passwort gezögert hatte.

»Gut«, sagte Pip. Luka spürte den Hauch eines Zweifelns in seiner Stimme. »Könnt ihr mir trotzdem noch die Codes von gestern sagen?«, fragte Pip prompt.

»Zundermauer«, sagte Daniel wie aus der Pistole geschossen.

Nicht viel weniger langsam hörte sich Luka mit Pandas weicher Stimme »Irrgartenmobiliar« sagen. Diesmal war es nicht ganz so einfach gewesen. Der Domino stand nicht ganz vorne, aber er fiel schnell. Pip nickte. Diesmal schien er zufrieden.

Auch das waren nicht Daniels und Pandas Codes von vor ein paar Tagen gewesen. Es war das erste Mal, dass er erlebte, dass Pip diese doppelte Überprüfung durchführte. Wie viele neue Codes hatten sie seitdem gehabt? Jeden Tag einen neuen?

Wo war Manni? Und warum war es so unheimlich still? Es wirkte, als wären sie die Einzigen weit und breit. Dabei knarzte der alte Kasten doch eigentlich an allen Ecken und Enden, und durch die Wände hörte man jedes Wort. Auch Daniel, der sonst jeden Morgen energiegeladen vom Bett sprang, trat vorsichtig und leise auf die Dielen, als er unten ankam. Er streifte Luka mit einem grauen, ausdruckslosen Blick.

Was war hier passiert?

Als Pip sie kurz allein ließ, spürte Luka wie eben einen plötzlichen Drang, sich zu enttarnen. Diesmal kam der Drang von seinem Körper. Dieser wollte nicht Pip die Wahrheit sagen, sondern Daniel.

Lukas Beziehung zu Daniel war nie so klar definiert gewesen wie die zu Pip oder Panda. Seine Freundschaft zu Pip war in der Nacht, in dem Luka für ihn den Kopf hingehalten hatte, mehr oder weniger schlagartig entstanden. Pip verdankte Luka, dass er im Heim hatte bleiben können. Luka verdankte Pip … nun, er wusste nicht, was er genau getan hatte. Aber trotz der Schamgefühle, die sich durch die grausame Bestrafung der Heimvorsteherin in Luka eingebrannt hatten, hatte Pip es geschafft, dass Luka sich nicht abschottete. Niemand hatte ihn je darauf angesprochen. An dem Tag hatten sie ihn ausgelacht, bis die Tränen kamen. Danach nie wieder. Das war Pips Werk, ganz sicher.

Dabei waren sie eigentlich so verschieden. Luka war am glücklichsten, wenn er sich abends mit einem Buch zurückziehen konnte. Pip fand das unnütz, aber besorgte Luka dennoch neues Material. Pip war von den Kämpfen fasziniert, hatte Luka seinen unverhofften Arenabesuch aber nicht geneidet. Sie konnten sich aufeinander verlassen. Vor allem dank Pip fühlte sich Luka wirklich zuhause in Heim vierzehn. Zuhause in der Einheit. So sehr, dass der Gedanke, für diese als Wächter zu dienen, für ihn Sinn ergeben hatte. So sehr, dass er es als das natürlichste der Welt empfand, zurückkehren zu wollen.

Und Panda? Mit ihm auszukommen war leicht. Luka kannte niemanden, der ihn nicht mochte. Wie konnte man dieses gutmütige Lächeln und diese sanfte Stimme auch nicht sofort ins

Herz schließen? Er hatte ein offenes Ohr für jeden, und nie hörte man ein böses Wort von ihm über einen anderen. Geradezu rührend sorgte er sich um Pip und Luka, wenn sie unerlaubt das Heim verließen. Umarmte sie, wenn sie gingen. Umarmte sie, wenn sie kamen. »Beruhig dich, alte Glucke«, pflegte Pip zu sagen. Panda schmollte dann, aber niemals lange. Mit Geschichten von vor dem Blitz konnte Luka Panda nicht begeistern, wohl aber mit Märchen. Besonders mit denen in Reimform. Die glänzenden Augen der Kleinsten, denen Panda die einstudierten Verse vortrug, hatte Luka noch gut im Kopf.

Der schlaksige Daniel dagegen … besaß weder den draufgängerischen Charme von Pip noch die drollige Herzlichkeit Pandas. Er lachte über Pips derbe Scherzen, aber riss selbst niemals welche. Luka kam mit ihm gut aus, so war es nicht. Daniels Interessen waren breit gefächert. Auch er hatte einige Bücher in ihrem Zimmer stehen. Psychologie, Physik, Chemie, Mathematik. Keines davon musste er verstecken, wenn Helena auf Zimmerkontrolle ging. Er wusste Dinge einfach. Ob es nun im Lyzeum um Equanimierer ging, oder um die psychologischen Effekte von Tentakeltischen. Daniel und Luka teilten zwar ein Interesse an der Zeit von vor dem Blitz, aber Überschneidungen gab es kaum. Luka liebte die Geschichten. Je fantastischer, desto besser. Mittelalter, Wilder Westen, Zwerge, Vampire, fremde Planeten. Daniel dagegen fand die letzten Jahre der alten Zeit spannend. Auch das, was viele in der Einheit als einen der Gründe für den Untergang ansahen, warum die Menschen es verdienten, durch den Blitz gestraft zu werden. Ihre Faszination für Technologie. Und wie sie die Welt beherrscht hatte.

Pip tat Lukas Geschichten als unnütze Träumereien ab. Dabei fand Luka Daniels Interesse an der Technik vor dem Blitz sinnloser. Denn die war nun mal für immer hinüber. Für Luka war Daniel immer ein wenig undurchschaubar gewesen. Es hatte ihn auch gewundert, warum Panda gerade mit ihm so gut auskam. Nicht selten hörte er sie leise in ihrem Bett reden, während er nachts las. Worüber sie dort wohl getuschelt hatten? Vielleicht würde er es heute erfahren.

Wenn er bis zum Abend Panda blieb. Erst jetzt wurde ihm bewusst, dass er keinen Plan für den Fall der Rückkehr hatte. Er hatte es kaum noch zu hoffen gewagt. Nun war er hier, doch alles war so anders. Sollte er sich trotzdem freiwillig melden? Wenn ja, wem konnte er trauen? Pandas Körper traute Pip nicht so, wie Luka es tat. Aber Luka traute Daniel nicht so, wie Pandas Körper es tat. Deshalb schwieg er weiter. Vorerst.

Wortlos machten sich die drei für den Ballsaal fertig. Luka widerstand der Versuchung, ein Stückchen Trüffelschokolade aus dem Vorrat zu holen, bevor sie hinunter gingen.

»Verflucht«, sagte Pip mitten auf der Treppe und stoppte. »Pan, kannst du noch mein Bürgeprotokoll holen? Das liegt auf meinem Bett. Ich muss vorher noch zu Helena.«

Luka nickte eifrig und brummte Pip aufmunternd zu. Der ließ zum ersten Mal ein Lächeln sehen, das Luka als *wie konnte ich nur je an dir zweifeln,* deutete. Luka stürmte zurück in das Zimmer und sah die Papiere auf Pips Bett. Bevor er sie aber aufheben konnte, hörte er, wie sich hinter ihm die Tür schloss. Sofort drehte er sich, aber er war zu langsam. Mit einem Ruck wurde er gegen die Wand gedrückt.

»Du kannst es nicht lassen, hm?«, flüsterte ein Mädchen. Dann küsste sie ihn auf den Mund.

Luka war perplex. Also tat er instinktiv wieder das, was ihm schon am Morgen gerettet hatte. Er ließ seinen Körper führen.

Pandas Körper war nicht überrascht. Er mochte es. Mehr noch, ein heißer Strom Energie durchfloss ihn. Es war … großartig. Und, beobachtete Luka fasziniert, er konnte es. Zuerst zurückhaltend, dann forscher nahm er ihren Rhythmus auf. Sanft umfasste er ihre Taille. Josephines Taille. Erst nach ein paar Augenblicken realisierte Luka, das hier war sein allererster Kuss. Dafür hatte er nur zum Körperdieb werden müssen.

In dem Moment hörte sie auf. Sie trat langsam zurück. Ihre Augen waren geweitet.

»Du bist es nicht«, sagte sie. »Du bist nicht Panda.«

»Du bist es nicht«, wiederholte Josephine.

Sie sah Luka direkt in die Augen. Ihre Stimme zitterte.

»Er ... er ist weg.« Einen Moment lang schaute sie den immer noch sprachlosen Luka an. Sie setzte sich auf Pandas Bett.

Langsam gewann Luka wieder die Oberhand. Er schmeckte noch ihre warmen Lippen auf seinen. Panda und Josephine. Panda hatte eine Freundin. Der unscheinbare, kindlich-drollige Panda.

Ihr Blick war leer, sie kaute an ihren Nägeln. An beiden Händen, abwechselnd. Luka kannte sie, wenn auch nur flüchtig. Pandas Körper merkte, dass sie sich unwohl fühlte, und wollte zu ihr. Sich an sie kuscheln. Sie umarmen. Luka rang innerlich mit ihm, und war überrascht, wie wütend er sich dagegen wehrte. Schließlich setzte sich Luka zwar neben sie, behielt seine Hände aber bei sich.

»Tut mir leid«, sagte er leise. Pandas Körper wollte sie trösten, doch er selbst wollte vor allem herausfinden, wo sie stand. Ob sie ihn verraten würde.

»Ach, wir haben immer gewusst, dass ...«, begann sie, ohne ihn anzusehen. Als sie sich umdrehte, schaute sie verdattert aus der Wäsche, aber Luka erkannte, was Panda an ihr fand. Sie hatte große, dunkelbraune Augen und eine ziemlich süße Stupsnase. Er war beeindruckt. Sie zeigte nicht das geringste Anzeichen von Angst. Immerhin saß sie einem Körperdieb gegenüber. Und das im Körper ihres Freundes. Aber vielleicht beruhigte sie gerade das.

»Wie konntest du ohne Code überhaupt bürgen?«, fragte sie.

Luka lächelte. Noch vor wenigen Tagen hatte er keine Ahnung von Körperlesen gehabt. Er wollte schon anfangen, es ihr zu erklären, da fiel sein Blick auf Pips Papiere. In Pandas Körper spürte er großes Vertrauen zu ihr. Also fasste er einen Entschluss, der seinen Geist und seinen Körper zufriedenstellte.

»Hör zu, Josephine. Ich bin nicht Panda, aber ich kannte ihn. Kenne ihn. Ich kenne sogar dich. Ich komme aus diesem Heim. Sogar aus diesem Zimmer. Wenn du mir hilfst, erkläre ich dir alles, aber wir werden unten im Ballsaal erwartet.«

Ihr Mund öffnete sich leicht. In ihrem Blick lag eine Mischung aus Ungläubigkeit und Faszination. Er spürte, wie sie schneller atmete. »Also gut«, sagte sie. »Ich helfe dir … Luka. Wenn du aus diesem Zimmer bist, ist das doch dein Name, oder?«

Sie sah ihn an. Er nickte, und die letzten Zweifel wichen aus ihrem Gesicht.

»Ich denke, Panda hätte es so gewollt.«

Luka und Josephine stürmten die Treppe hinunter und passierten den Wandteppich mit dem Drachen. Ein Gefühl von Heimat durchströmte ihn, doch es währte nur, bis sie die Eingangshalle erreicht hatten. Er hatte sie selten so voll gesehen. Allerdings nicht voller Kinder. Voller Wächter.

Lukas Herz pumpte wie wild. Er war ein Körperdieb … mitten unter Roten Wächtern. Was sie wohl mit ihm anstellen würden, wenn sie das wüssten? Würden sie ihn fesseln? Würden sie ihm überhaupt die Gelegenheit geben, zu erklären, dass er aus der Einheit war? Fast ein Dutzend Roter lungerte hier herum. Die meisten unterhielten sich in kleinen Gruppen. Je einer stand links und rechts des Haupteingangs, zwei weitere schoben an der offenen Tür zum Ballsaal Wache. Einer davon schielte Luka böse an, als sie hinein gingen, aber hielt sie nicht auf.

Zumindest die Ordnung im Ballsaal war die, die er gewohnt war. Leere Tische, ordentlich aufgereihte Heimkinder. Nur – wieso waren es so wenige? Anstatt hundertfünfzig schätzte Luka die

Verbliebenen etwa auf die Hälfte. Im Gegensatz zu sonst waren die allermeisten maskiert. Josephine ging zu ihrer Reihe, er selbst trat hinter Pip und Daniel und drückte Ersterem die Papiere in die Hand. Sie waren zu dritt – als er das Heim verlassen hatte, war Pip noch siebenfacher Bürge gewesen.

Die Standuhr schlug sieben. Luka wischte sich ein paar Tropfen Aufregung von der Stirn. Sie hatten es rechtzeitig geschafft.

Die Uhr verstummte. Nichts passierte. Draußen hörte man die Wächter lachen. Von der Heimvorsteherin, die normalerweise mit dem ersten Ton der Uhr den Raum für sich einnahm und der Ameisenstraße neue Pünktchen zuführte, war nichts zu sehen. Immerhin Helena und ihre Helferinnen standen bereit. Agnes' Adjutantin saß mit den Mädchen an einem Tisch und behielt den Eingang im Auge. Die sonst so souveräne junge Frau wirkte angespannt. Luka überlegte. Wieso war sie hier? Sonst war Helena doch stets an die Schlappen der Alten geheftet. War sie bei der alten Furche in Ungnade gefallen?

In diesem Moment erhoben sich Helena und ihre Helferinnen. Nervös strich sie sich ihre ohnehin streng zurückgebundenen Haare zurecht, ihren Blick auf den Eingang gerichtet. Die Roten Wächter streckten ihre Kreuze durch, als eine Frau durch die Tür schritt. Aber es war nicht die Heimvorsteherin. Luka erkannte die Adlermaske sofort.

Es war die Richterin von Lukas Tribunal. Die Ranghohe, die Luka auf dem Rücksitz der Limousine nach der Arena mit ihren Fragen für den Rundbrief ins Schwitzen gebracht hatte.

Es war Theodora.

Mit vier großen Prachtexemplaren der Roten Wächter an ihrer Seite stolzierte Theodora in die Saalmitte. Helena machte einen halben Schritt auf sie zu, merkte aber, dass die Ranghohe nicht stehen blieb, und bewegte sich unauffällig wieder zurück. Dann trottete sie den fünf Neuankömmlingen hinterher. Luka lächelte, aber in Pandas Körper fühlte sich das nicht richtig an. Dieses sanftmütige Ding hatte sogar Mitleid mit Helena.

Theodora blieb stehen und ließ ihren Blick über die Heimkinder wandern. Sie zeigte den Einheitsgruß. Ausnahmslos alle, auch Helena und die Roten, salutierten stramm. Luka spürte den Respekt, der Theodora entgegenschlug, was allein angesichts ihrer Bewacher kein Wunder war. Es war so still wie auf einem Friedhof.

Theodoras Anblick erinnerte ihn an die Rückfahrt von der Arena in die Stadt, als sie ihn ausgefragt hatte, und an das Tribunal. Weder er selbst im Auto, noch Richter Anton während der Verhandlung hatten ihr etwas vormachen können. Stets hatte sie bekommen, was sie wollte. Er schluckte.

Sie schaute sich nach Helena um. »Wenn ich bitten darf, meine Liebe.«

Helena deutete eine Verbeugung an und machte sich an die Arbeit.

Am Bürgen selbst hatte sich nichts verändert. Helena überprüfte Pip und die anderen Unterbürgen, die Meritenbücher der wenigen Verbliebenen wurden aktualisiert. Pandas Körper fiel es immer schwerer, sich auf irgendetwas anderes zu konzentrieren als auf das Loch in seinem Magen. Erst jetzt fiel ihm auf, dass die Tische noch nicht gedeckt waren. Gab es hier denn überhaupt nichts mehr zu essen?

Als Helenas Tross mit den Verbliebenen fertig war, legten sie die Bücher auf einen der Tische. Helena kehrte zu den Heimkindern zurück und bildete mit ihren Mädchen eine eigene Reihe. Auch das war neu. Sonst wurden die Bücher umgehend an einen sicheren Ort gebracht. Helena und ihre Helferinnen standen nun wie gewöhnliche Sterbliche neben ihnen. Theodora trat vor.

»Der da«, sagte sie. »Dritte Reihe von links, der zweite von vorne, dieser Große. Außerdem das einzige Mädchen aus der zweiten Reihe und der letzte Junge aus der letzten Reihe, die waren zu spät.«

Sofort setzten sich drei Wächter in Bewegung. Einer ging auf Pips Reihe zu, umfasste mit eisernem Griff Lukas Schulter und führte ihn nach vorne. Er kam neben Josephine zum Stehen. Der Schweiß lief ihm plötzlich in Sturzbächen in den Rücken. Er merkte, wie ihm die Kontrolle entglitt. Sein Herz pumpte wie wild. Er war nervös. Mehr noch. Er hatte Angst.

Aber über allem wünschte er sich nichts sehnlicher, als endlich etwas zu essen.

»Ach, und eins noch«, sagte Theodora. »Helena, meine Liebe, komm doch auch nach vorne. Du würdest ein gutes Beispiel setzen.« Theodoras Lippen kräuselten zu einem schmalen Lächeln. Irgendwo hinter ihm setzte sich Helena in Bewegung. *Schokolade. Oder zumindest gesüßten Haferschleim. Oder Krustenbrot! Wenn er doch nur etwas Brot in die Finger bekäme.*

»Wenn ihr dann so gut wärt, meine Damen? Die Bücher der Vier, bitte. Wir wollen nicht den ganzen Tag verplempern.« Sie sprach in freundlichem Ton, aber die Mädchen zuckten zusammen wie aufgeschreckte Hühner. Hastig sammelten sie die Hefte zusammen, wobei einige zu Boden fielen. Im Laufschritt eilte eine von ihnen zu Theodora und übergab sie ihr.

»Bleib hier«, sagte Theodora zu ihr, als sie sich schon wieder entfernte. »Und gib mir die Hefte an. Gute Güte, Helena, du hast sie gut dressiert, aber ohne ihre Chefin sind sie doch recht kopflos.« Wieder lächelte sie und schürzte die Lippen.

»Meritenbuch.« Die Helferin übergab Theodora zitternd Helenas Heft.

»Name?«

»Helena 6211-M.«

»Deinen Alpha-Code, meine Liebe. Selbstverständlich wird er danach geändert, deswegen darfst du ihn ruhig laut sagen.«

»Fischers Fritz fischt frische Fische. Frische Fische fischt Fischers

Fritz. Siebzehn dreiundneunzig«, ratterte Helena ohne jedes Zögern herunter.

Theodora nickte. »Vorbildlich. Lang. Komplex. In Teilen zusammenhangslos. Du hast ihn selbst gewählt?«

»Ja, Frau Theodora. Der Alpha-Code muss selbst gewählt sein.«

»Daran musst du mich nicht erinnern, Liebes. Ich war schließlich dabei, als diese Regel beschlossen wurde. Man könnte sagen, es war meine Idee, aber das würde zu weit führen. Trag deinen neuen Alpha-Code hier ein. Dann darfst dich entfernen.« Theodora trat vor Josephine. »Name?«

»Josephine Eleanora 8014-A.«

»Deinen Alpha-Code, bitte.«

»Grüner Mond von Alabama.«

»Recht kurz, meine Liebe. Aber nun wird er ohnehin geändert. Sofern du mir sagst, wieso du nicht pünktlich warst.«

Josephine schwieg. Sie schaute in Theodoras Adlermaske und schlug dann die Augen nieder. »Ich habe meinen Freund geküsst, und wir haben die Zeit aus den Augen verloren. Es tut mir leid, Frau Theodora.«

Ringsum tuschelten und kicherten die Kinder. Luka blickte Josephine fasziniert an. Sein Herz schlug wie verrückt. Er war … so stolz auf sie. Pandas Körper. Der vergaß für einen Moment seinen Hunger und genauso wie Luka seine Angst. Luka selbst war beeindruckt. Josephine musste gespürt haben, dass es zwecklos war, die Ranghohe anzulügen.

»Das genügt«, sagte Theodora betont genügsam. Ihr Lächeln aber war verschwunden. »Du weißt hoffentlich, dass dieses Verhalten unentschuldbar ist. Wo kämen wir schließlich hin, wenn niemand mehr seine Pflichten erfüllt? Dennoch. Deine Ehrlichkeit ist lobenswert. Wir alle in der Gemeinschaft tun unser Bestes, aber am Ende sind wir nur Menschen. Heute wirst du nicht bestraft.« Sie legte ihr die Hand auf die Schulter. Leise sprach sie weiter. »Aber ihr anderen dürft euch gewiss sein, wenn ich noch einmal während einer Stichprobe jemanden lachen höre, wird dieser Jemand nie wieder selbst eine durchführen müssen.«

Mit der schlagartigen Ruhe kehrte ihr Lächeln zurück. »Wundervoll«, sagte sie und wandte sich Luka zu. »Der nächste.«

»Name?«, sagte Theodora zu Luka.

In seinem Kopf rasselte es. Er war nervös, ja. Er hatte Angst. Keine Frage. Aber eigentlich hatte er sich doch recht zuversichtlich gefühlt, was das Bürgen anging. Heute Morgen bei Pip war es kein Problem gewesen. Der Alpha-Code war ja nur ein anderer Dominostein. Jetzt aber stand er vor einem ganz anderen Problem. Panda war Panda. Luka sah ihn als Panda. Die anderen sahen ihn als Panda. Er sah so aus. Er verhielt sich sogar so. Wenn echte Pandabären auch knuddelten und bemutterten. Aber das war eben nicht sein Name. Luka kannte ihn nicht. Und, wie Luka entsetzt feststellte. Panda sah sich selbst als Panda.

Er starrte auf den Boden. Er musste suchen. Suchen, ohne dafür Zeit zu haben. Der Name … er musste doch hier sein! Er gab es auf. Suchen dauerte zu lange. Er zog sich zurück. Er überließ dem Körper die Kontrolle, während er beobachtete.

Schokolade. Pudding. Schokoladenpudding. Krustenbrot. Feiertagsbraten. Schmorbraten. Weißbrot. Rahmsoße. Rhabarberkuchen. Röstzwiebeln.

Name?, klang es noch in seinem Kopf. Darauf konzentrierte er sich mit aller Kraft. *Name.*

»Ich denke, wir haben hier einen …« sagte Theodora.

»Roger 7962-A«, hörte sich Luka sagen.

Einen Moment lang war es still. »Warum hat das so lange gedauert?«, fragte Theodora mit eiskalter Stimme.

»Ich …« Luka dachte an Josephine. »Ich hab Hunger.« Diesmal lachte niemand im Raum.

»Du … du hast Hunger?!«

»Es tut mir leid, Frau Theodora, aber ich kann … es ist schwer für mich, mich manchmal, wenn ich so großen Hunger habe, zu konzentrieren. Alles ist dann … schwer. Es tut mir leid.«

»Es ist dein Name, um den es hier geht«, sagte sie kopfschüttelnd. »Dafür musst du dich so konzentrieren?«

»Es tut mir leid.«

Sie seufzte laut.

»Den Alpha-Code, Junge. Und erwarte nicht, dass ich dir eine Pastete dafür bringe.«

Nun schloss Luka die Augen. Er sprach mit lauter, melodischer Stimme:

> *»Sieben Rosen hat der Strauch*
> *sechs gehör'n dem Wind.*
> *Eine bleibt, dass auch*
> *ich noch eine find.*
> *Sieben Male ruf ich dich*
> *sechsmal bleibe fort*
> *doch beim siebten Mal versprich*
> *komme auf ein Wort.«*

»Nun gut«, sagte Theodora langsam. Luka öffnete die Augen, steifte sie mit einem kurzen Blick und schaute wieder zu Boden. Sie lächelte.

»Es geht ja doch, mein Lieber. Außergewöhnlich, dieser Code. Du hast dir dein Frühstück verdient. Gib ihm sein Buch.«

Luka bedankte sich und trug, ohne zu zögern, ein anderes Gedicht ein, das ihm einfiel. Falls er morgen wiederkäme, würde das kein Problem sein. Falls nicht – nun, das war dann nicht mehr seine Sorge.

»Überhartes Wunderwachs wachst wunderbar«, kam es da schon von seiner Linken.

»Gut«, sagte Theodora. »Ein längeres bitte in Zukunft. Oder eines mit weniger Zusammenhang.«

»Ja, Frau Theodora«, sagte der lange Kerl. Luka kannte ihn, er hieß Kai.

Helenas nervöse Helferin Klara machte sich mit dem fertigen Heften zu den anderen auf. Luka las an ihrem Gesicht ab, dass sie mindestens so froh war wie er, dass die Stichproben vorüber waren. Auch auf den Gesichtern von Kai und Josephine stand ein Lächeln.

»Wenn du die Bücher zurückgebracht hast, komm mit deinem eigenen zurück, Liebes«, sagte Theodora.

Klara fielen alle vier Meritenbücher aus der Hand. Heftig atmend sammelte sie auf und eilte zu dem Tisch mit den anderen. Keine ihrer Kolleginnen war zu ihr geeilt. Als sie am Tisch ankam, traten sie beiseite, als wäre Klara infiziert. Zitternd suchte sie ihr eigenes Meritenbuch und ging zu Theodora zurück.

»Name?«, fragte die Ranghohe nach einem Blick in das Heft.

»Klara. K-Klara. Siebentausendfünfhundertsechsundfünfzig.«

»Fünfundsechzig. Ich meine fünfundsechzig.« Sie atmete schnapphaft.

»Bist du sicher, Liebes?«

Sie schluckte. »Fünfund… Ja. Fünfundsechzig.«

Theodora schwieg einen Moment.

»Ganz ruhig. Wenn du es bist, hast du nichts zu befürchten.«

»Ja. Danke. F-Frau Theodora.«

»Den Alpha-Code, bitte.«

»Neun acht drei …« Sie schloss die Augen.

»Neun acht drei … acht null sieben fünf. Acht null sechs fünf! Acht null sechs fünf! Entschuldigung. Acht null sechs fünf.«

Sie begann leise zu weinen.

»Neun acht drei …« Sie wurde immer leiser.

»Klara.«

»Neun acht drei …«

»Klara, hör auf.« Das Mädchen verstummte. Nur noch ihre leisen Schluchzer waren zu hören.

»Ich gebe dir noch einen Versuch. Das ist alles, was ich für dich noch tun kann. Hast du das verstanden?«

Sie nickte.

»Also.«

»N-neun acht drei. Acht null sieben fünf.«

Theodora schaute sie einen Moment lang an. Dann klappte sie das Meritenbuch zu.

Pandas Körper war in der Küche zu Hause.

Luka hatte auch schon Küchendienst schieben müssen. Aber nach ein paar Minuten sah er ein, dass Pandas Körper die Handgriffe schneller, präziser und selbstbewusster ausführte, wenn er sich zurückhielt. Für Panda war schon der Anblick von Essen genug, um zu Höchstform aufzulaufen. Dafür übernahm Luka nur allzu gerne das Sprechen. Er unterhielt sich leise mit Josephine, die mit ihm den Haferschleim anrührte.

»Du hast das *Aber* vergessen«, sagte sie nun. »Bei dem Gedichtvers. Bei Brecht heißt es ›*Aber* sechs gehör'n dem Wind‹.«

Luka spürte in sich hinein. »Panda hat es so besser gefallen«, las er. Er sah ihren ehrlich verwirrten Blick und erklärte ihr das Körperlesen, und wieso er überhaupt Pandas Codes kannte. Sie schien von dem Gedanken, Zugriff auf jemandes Erinnerungen zu haben, zugleich ethisch fragwürdig wie faszinierend zu finden. Luka musste sich eingestehen, dass er Ersteres noch nie in Betracht gezogen hatte. War es moralisch falsch zu Körperlesen? In den Geheimnissen der anderen zu graben? In Pandas Fall war es bestimmt okay. Notwendig sogar. Im Gegensatz zu Klara war er dank seiner Fähigkeiten immer noch hier.

»Kanntest du sie gut? Klara, meine ich«, flüsterte er ihr zu.

Sie nickte. »Schon. Ich war früher doch selbst mal bei denen. Bei Helenas Mädels. Wusstest du das nicht?«

Luka war überrascht – die Mädels unter Helenas Kommando gingen dieser Aufgabe eigentlich immer bis zu ihrem Ausscheiden aus dem Heim nach. »Denkst du … sie könnte tatsächlich auch eine Körperdiebin gewesen sein?«, fragte er. Er hievte den Topf hoch – wie sich herausstellte, um den Schleim abzusieben.

Josephine sah ihn traurig an. »Auf keinen Fall. Das war Klara. Sie war immer schon leicht aufzuregen. In den letzten Tagen gab es außerdem keinen einzigen Morgen, an dem nicht jemand gehen musste. Es ist, als wäre sie sonst nicht zufrieden.«

Er schluckte. Theodora hatte sie im Ballsaal noch lange aufgereiht stehen lassen. In seinem Kopf schrie, weinte, flehte Klara noch immer. Vor allem nach Helena rief sie. Sie hatte versucht, sich gegen die unnachgiebigen Griffe der Roten Wächter zu wehren. »Ich bin es«, hatte sie immer wieder hysterisch gekreischt. »Ich bin es doch, Helena. Sag es ihr, Helena. Bitte!« Sie hatten ihr Wimmern noch lange gehört, auch als die Eingangspforten bereits geschlossen waren. »Fragt euch bitte eins«, hatte Theodora in das bedrückte Schweigen hinein angemerkt, »was hättet ihr an meiner Stelle getan? Würdet ihr eine potenzielle Körperdiebin in eurer Mitte dulden? Ich konnte mir leider nicht sicher sein. Sie war schon zuvor auffällig nervös. Ich bin nicht bereit, Risiken einzugehen. Schon gar nicht bei dem, was hier passiert ist.«

»Was hat sie damit gemeint?«, fragte Luka Josephine nun. »*Was hier passiert ist.* Wieso ist hier alles so anders?« Luka streute Zucker in den Schleim. Er war fertig, aber jetzt, nachdem er ein paarmal probiert hatte – okay, er hatte bereits vollmundig gelöffelt –, war seine Neugier seinem Hungergefühl mindestens ebenbürtig.

»Du bist nicht so schlau, wie Panda dich gehalten hat«, meinte Josephine. Sie stellte sich nah vor ihn, und er legte instinktiv die Arme um sie. *Gutes Theater für die anderen in der Küche*, dachte Luka, aber gleichzeitig fühlte es sich auch himmlisch an, sie so nah zu spüren.

»Du weißt es wirklich nicht?«, fragte sie und legte ihren warmen, weichen Kopf auf seine Schulter.

»Nein. Keine Ahnung.«

»Es ist wegen dir. Sie denken, du kommst hierher zurück. Sie suchen dich, Luka. Die Einheit sucht dich.«

Luka löste sich aus Josephines Umarmung. Das war doch absurd. Wieso sollte die Einheit ihn suchen?

»Ich weiß auch nur das, was alle wissen«, sagte sie. Als Luka sie mit hochgezogenen Augenbrauen ansah, erklärte sie ihm die Hintergründe.

»Dass du einen Gesuchten enttarnt hast. Dass du so zum jüngsten Wächter geworden bist, den es in der Einheit je gab. Jeder kannte deinen Namen. Besonders nach dem Rundbrief.«

Der Rundbrief. Er hatte Pip in der Fahrt mit Theodora als Helden der Dammnacht hingestellt, doch sie hatte trotzdem über Luka geschrieben.

»… da galt es noch als großer Zufall, dass ausgerechnet dein Gesuchter vor aller Augen in der Arena abgetaucht ist«, fuhr Josephine fort. »Aber als du ihm noch in derselben Nacht gefolgt bist, lag eine andere Vermutung näher.«

In Lukas Kopf flackerten die Bilder von Sackmann – Esra – in der Arena auf. Wie er abgetaucht war. Er, Luka, war ihm gefolgt. So konnte man es natürlich auch sehen.

»Die denken doch nicht … die glauben, ich stecke mit ihm unter einer Decke?«

Josephine nickte. Ihr Gesichtsausdruck war fast entschuldigend. »Ihr beiden habt die Einheit ganz schön lächerlich gemacht. Du sollst deine Freiwilligenmeldung erfunden haben, heißt es. Um dem Gesuchten das Leben zu retten.«

Das stimmte. Er hatte es sogar öffentlich zugegeben. Langsam trat Josephine wieder an Luka heran. »Oder sind das nur Gerüchte? Hast du ihm gar nicht geholfen?« Es klang fast so, als wäre sie enttäuscht darüber. »Wieso bist du denn sonst abgetaucht?«

Luka dachte an Alea. Er wusste immer noch nicht, ob sie seinen Equanimierer ausgetauscht oder verwässert hatte. Hätte er doch nur gefragt.

Er lächelte freudlos. »Glaub mir oder nicht – es vergeht kein Tag, an dem ich mich das nicht auch frage.«

Halb gekaut verblieb die Pampe in Lukas Mund.

Er konnte nicht zurück. Nie mehr. Diese Realisierung inmitten seiner Portion Haferschleim. Sein Magen zog sich zusammen wie ein verschrumpelter Schwamm.

Gemeinsam mit Pip und Daniel saß er an einem der riesigen runden Tische. Fast alle Plätze blieben frei, und das überall im Ballsaal. Das war alles wegen ihm. All diese Heimkinder fehlten wegen ihm. Sie wurden weggebracht. Sie galten nun als Körperdiebe.

Sie suchten ihn. Er hatte die Einheit lächerlich gemacht. Wie hatte es die Heimvorsteherin ausgedrückt? *Brüskiert.* Der jüngste Wächter aller Zeiten. Schafft einen Gesuchten in die Arena. Der aber abtaucht. Und der Junge folgt ihm. Wer würde da nicht denken, dass die beiden zusammenarbeiteten?

Die Roten und Theodora waren wegen ihm hier. Er konnte sich nicht freiwillig melden.

Er war nun nicht mehr Luka 7213. Nicht 7213-A, nicht 7213-M. Wenn die Menschen hier herausfänden, wer er war, war er ein Körperdieb. Nicht nur das. Wie Josephine ihm erklärt hatte, stand er nun sogar selbst auf der Gesuchtenliste.

Es gab kein Zurück mehr. Dies hier würde nie mehr sein Zuhause sein. Die Einheit war fertig mit ihm.

»Was ist los mit dir, Mann? Du verhältst dich, als wärst du's nicht.«

Als Pip ihm zu wisperte, löste sich Luka aus seiner Starre. In der Hand hielt er immer noch einen Löffel Haferschleim. Als er ihn zögerlich zum Mund führte, war er kalt. Wie lange hatte er so dagesessen? Als er nachgedacht hatte, war plötzlich alles Körperliche in den Hintergrund getreten. Auch das war also möglich. Für einen Moment war er ganz Luka gewesen.

»Dich versteh' noch einer. Zuerst erzählst du einen vom Hungertod und dann brauchst du für 'nen Löffel ne halbe Stunde.«

Lukas Blick wanderte wieder zum Essen. »Oh«, murmelte er. Schnell begann er, den Rest in sich hineinzuschaufeln. Pandas Körper übernahm diese Aufgabe nur zu gerne.

»Entspann dich, Pan«, sagte Daniel nun. »Und glaub bloß nicht, dass wir's nicht wussten.«

Lukas Herz machte einen Sprung. »Ja, aber es war drollig, wie ihr versucht habt, es geheimzuhalten«, sagte Pip.

Ihr? Dann fiel der Groschen. Sie meinten ihn und Josephine. Panda und Josephine. Lukas Herzschlag beruhigte sich wieder.

»Deine Ninja-Schleichversuche in allen Ehren«, sagte Pip. »Aber der alte Kasten knarzt nun mal, wenn man ihn nur anschaut.«

»Wir haben ein gemeinsames Bett«, fügte Daniel an. »Hast du geglaubt, ich kann weiterschlafen, wenn du dich in der Nacht davonmachst?«

»Oh«, hörte sich Luka sagen und versuchte sich an einem ertappten Grinsen. Panda mochte zwar versucht haben, seine Beziehung geheim zu halten, aber Luka spürte, dass es ihm ziemlich egal war, was sie davon hielten. Dieses Selbstbewusstsein kannte er gar nicht von Panda. Dass er es nicht nach außen trug, imponierte ihm noch mehr. Luka selbst ahnte nichts von Pandas Geheimnis. Vielleicht hatte diese Romanze erst nach Lukas Abschied seinen Anfang gefunden. Aber dafür wirkten sie schon viel zu vertraut miteinander. Wahrscheinlicher war, dass er seinen pummeligen Freund einfach nicht so gut kannte, wie er gedacht hatte.

»Vor Siegfrieds Tod« sollte er sie treffen. Nun, hier war er.

Diesen Wandteppich hatte Luka nie so gerne gemocht wie den an der Treppe, der vom Sieg Siegfrieds über den Drachen erzählte.

Den anderen bekam er nur selten zu Gesicht. Er hing gegenüber des Büros der Heimvorsteherin und zeigte das wenig ruhmreiche Ende des Helden. Eben noch an einer friedlichen Quelle trinkend, ragte ein Speer aus seinem Rücken.

Luka schauderte bei dem Anblick. Das Motiv passte hervorragend zu diesem Korridor der Hinterlist, gegenüber Agnes' Büro und Helenas Kammer. Es ergab Sinn, sich irgendwo zu treffen, wo niemand war. Hinaus durften sie nicht, auch nicht zum Lyzeum. Das erklärte auch die Roten Wächter, die auf der Innenseite der großen Eingangstür postiert waren. Dennoch meinte sie, sie kenne den perfekten Ort für ein Treffen unter vier Augen. Nur wieso hier? Mitten im Flur? Doch er vertraute ihr.

Außerdem, was sollte er sonst tun? Er hatte zum ersten Mal, seit er ein Körperdieb war, kein Ziel mehr. Keinen Plan. Sein Leben hier war vorbei. Wenn er ehrlich war, hatte er nichts anderes erwartet. Nur hatte er sich das bisher nicht eingestanden. Spätestens nach zwei, drei Tagen auf Reisen hatte diese Erkenntnis immer tiefschürfender an ihm genagt. Vermutlich hatte er sogar Glück gehabt. Hätte er früher den Weg hierhin gefunden, und sich leichtsinnig freiwillig gemeldet …

War da was?

Luka drehte sich um. Nichts. Außer dem Staub, den er durch seine schnelle Bewegung aufgewirbelt hatte. Er hätte schwören können, ganz leise seinen Namen gehört zu haben. Also, Luka. Nicht Panda.

Da war es wieder. Er hörte seinen Namen. Und da war mehr Staub. Dabei hatte er sich gar nicht bewegt.

Dann verstand er. Es kam nicht aus dem Korridor.

Es kam von Siegfried.

Das Versteck der Meritenbücher. Hier war es also.

Nun, zumindest das ehemalige. Der riesige Wandteppich von

Siegfrieds Tod verdeckte den Eingang zu einem versteckten Raum. Niemals hätte Luka dahinter etwas anderes vermutet als die Wand.

Erst, als er sich sicher gewesen war, dass es Josephines Stimme war, die von der anderen Seite des Teppichs seinen Namen rief und klopfte, zwängte er sich zwischen dem schweren Stoff und der Wand hindurch. Er kämpfte sich durch Dunkelheit, bedrückende, eingeengte Hilflosigkeit – und Unmengen von Staub. Als er bei Josephine und dem versteckten Durchgang ankam, hatte er mehr gehustet als in seinem gesamten Leben zuvor. Von außen musste es aussehen, als zucke Siegfried röchelnd unter Todesqualen. Aber Luka schaffte es. Er folgte der Stimme seiner Körperfreundin durch eine Tür, die sich nach innen öffnen ließ. In einem winzigen, fensterlosen Raum setzten sich an einen kleinen Tisch, wo Luka dankbar und eilig ein Glas Wasser seinen wunden Hals hinunterfließen ließ.

»Alleine ist es eine Quälerei, ich weiß«, sagte sie. »Aber damals, als ich noch dabei war – bei Helenas Truppe, mein' ich – da hatten wir lange Stäbe, die den Teppich so lange oben hielten, bis wir zurück waren. Ich hab mir zwar schon gedacht, dass es für dich nicht einfach wird – wegen Pandas Hausstauballergie – aber hier sind wir sicher ungestört.« Luka nickte. Er ließ seinen Blick im schummrigen Licht von Josephines Laterne durch den Raum wandern. Viel war nicht übrig geblieben von dem, was einst der wichtigste Raum des Heims gewesen war. Drei Aktenschränke mit leer geräumten Schubläden. Dort hatten also jahrelang die Meritenbücher gelagert. In dieses stickige kleine Kabuff waren jeden Morgen Helenas Helferinnen gepilgert, während die anderen sich im Ballsaal die Beine in den Bauch gestanden hatten. Bis Theodora kam.

»Sie wollte sie an einen sicheren Ort bringen. Wo auch immer der ist«, erklärte Josephine.

Sie sah ihn an. Für einen Moment wich die Anspannung aus ihrem stupsnasigen Gesicht, und ihre Züge wurden weich, bevor sie sich wieder besann.

Erwischt, dachte Luka. Für einen Moment war sie zu sehr Körper und hatte nur ihren Panda gesehen, nicht den fremden Geist darin. *Von wegen heilige Einheit. Es kommt auch so ständig zur Trennung. Ob man nun seinen Körper schon einmal verlassen hat, oder nicht.*

»Was ist?«, fragte sie.

Luka schüttelte den Kopf. »Ach, nichts.« Er dachte nach. *Hausstauballergie?*

»Du kennst ihn ja ziemlich gut. Wie lange seid ihr eigentlich schon zusammen?«, fragte er.

Jetzt lächelte sie. »Ich erzähl's dir. Wenn du mir verrätst, wo du in den letzten Tagen warst.«

Luka spürte in sich hinein. »Also gut. Du … hast nicht zufällig noch etwas anderes als Wasser dabei? Ich hätte Lust auf …«

»… was Süßes«, beendete sie für ihn den Satz. Sie griff nach einem Stoffbündel und reckte es triumphierend in die Höhe. »Ich kenn' doch mein Bärchen.«

Kandierte Haselnüsse! Wo hatte sie die nur aufgetrieben?

Während Luka den Großteil davon verdrückte, erzählte er ihr von seinen Erlebnissen in fremden Körpern. Auch vom Widerstand. Sie hatte ihm keinen Anlass gegeben, ihr nicht zu trauen. Pandas Körper tat es ohne jeden Vorbehalt. Luka las die letzten Nusskrümel mit dem Finger auf.

»Wie ist es so?«, fragte sie. »Seinen Körper zu verlassen. Fühlst du dich noch ganz? Vermisst du etwas? Oder spürst du irgendwie, was mit deinem ersten Körper passiert?«

Luka kratzte sich am Kopf. Früher hatte er sich dieselben Fragen gestellt. Wie erklärte man das jemandem, der so etwas noch nie erlebt hatte?

»Ich denke noch an meinen Originalkörper«, antwortete er. »Aber ich kapiere immer mehr, dass diese Zeit hinter mir liegt. In den letzten Tagen hab ich so viel gesehen, da war gar keine Zeit dafür. Gespürt habe ich meinen alten Körper nicht mehr. Ich bin völlig von ihm gelöst, denke ich.« Er ertappte sich manchmal dabei, wie dieser Gedanke ein schlechtes Gewissen bereitete.

»Deine erste Frage«, sagte er, »ist nicht so einfach zu beantworten. Ich fühle mich nicht mehr wie früher. Es kommt immer darauf an, in welchem Körper ich stecke. Zum Beispiel heute. Ich hatte noch nie so einen Appetit auf Süßes. Ich …« – er schaute sie an – »ich spüre, dass zwischen unseren Körpern etwas ist. Wäre ich in meinem Lukakörper, würde ich mich anders verhalten, anders denken. So bin ich zwar ich, aber jeden Tag ganz anders.« Er zuckte hilflos mit den Schultern.

»Nein, ich versteh' schon«, sagte sie. »Glaub' ich.«

Luka nickte. »Jetzt erzähl du. Wie habt ihr zueinander gefunden? Und wieso warst du heute Morgen eigentlich nicht mehr überrascht?«

Das hatte er sich schon den ganzen Tag über gefragt. »Immerhin war dein Freund plötzlich ein Körperdieb.« Als er bemerkte, dass sie ein Lächeln unterdrückte, fühlte er sich in seiner Ahnung bestätigt. »Du hast es kommen sehen, stimmt's?«

Sie biss sich auf die Lippen. »Vielleicht hatte Panda doch recht«, sagte sie. »Du bist cleverer, als du aussiehst.«

»Nächste Woche wäre es ein Jahr gewesen«, sagte Josephine. »Unser Jubiläum haben wir also knapp verpasst.«

»Und ja«, fügte sie an, »es stimmt. Ich hatte damit gerechnet, dass es passiert. Nur nicht so früh.«

Zum ersten Mal näher gekommen seien sie sich im Ballsaal, erklärte sie. »Er hat gesehen, dass ich traurig war. Ich hab versucht, es zu verstecken. Ich hab viel gelesen und bin oft auf meinem Zimmer geblieben. Aber einmal, als ich doch unten war, setzte sich Panda zu mir. Er fragte mich, ob es mir gut ging.«

Wieder seufzte sie und schaute Luka an. Sie schüttelte langsam den Kopf. »Diesem Gesicht kann man einfach nichts vormachen. Er war – ist – so ehrlich. So mitfühlend.«

Luka fand die Erinnerung in Pandas Körper. Sie hat so tod traurig dagesessen. So allein. Er musste einfach zu ihr gehen.

»Wieso warst du denn ...«

»Liebeskummer«, antwortete sie knapp. Luka nickte und entschied sich dagegen, in Pandas Körper weiter danach zu graben.

»Unwichtig«, sagte sie. Jedenfalls kamen wir uns näher. Schon bald schrieb er mir Gedichte. Jeden Tag eins.« Sie lächelte selig. »So schöne Gedichte.«

Luka sah sie an, und mit einem Mal hörte er sich sagen.

Dem Mond ist schwer ums Herz
Weil Wolken ihn verdecken
Er trauert, weint vor Schmerz
Kein Mensch kann ihn entdecken.
Mondestränen fall'n darauf
Durch Nebel auf den Grund
Siehst du eine, fang sie auf
Und lächeln wird der Mondesmund.

Sie wischte sich flüchtig über die Augen. »Ja. Das war das erste«, flüsterte sie. »Er hat mich sehr dafür begeistert. Für Gedichte. Und für viel mehr. Irgendwann dachte ich nicht mehr über meinen Kummer nach.«

Sie sah ihn so eindringlich und vertraut an, als hätte sie wieder vergessen, dass ihr Panda nun nicht mehr da war. »Wir haben uns immer nachts getroffen. Über alles geredet. Auch über die Zukunft. Wir waren nicht sicher, was wir tun sollten, wenn wir mit dem Heim fertig würden.«

»Aber er wollte doch immer in die Versorgung?«

»Das wollte er früher. Doch er wusste, dass er dort Dinge tun muss, die er nicht tun konnte.«

Pandas Körper fühlte sich zunehmend unwohl mit diesem Thema.

»Körperdiebe«, hörte sich Luka sagen, »Körperdiebe befehligen. Das konnte er sich nicht vorstellen.« Ihm war schleierhaft, wie er jemals denken konnte, Panda würde einen Weg einschlagen, in dem er andere unter sich hatte. Andere, die er nicht liebhaben und trösten durfte. Zu denen er streng sein musste. Aber das war nun mal der Alltag der allermeisten Einheitsmitglieder mit *M*-Status. Es gab viele Körperdiebe. Also musste es auch viele Aufseher geben.

Josephine nickte. »Wir haben irgendwann entschieden, dass wir beide nicht hierbleiben können. Zuerst hatten wir geplant, auszubrechen. Aber die Gefahr, dabei gefangen zu werden, schien uns beiden noch viel größer.«

Luka nickte. Ohne Grund kam man nicht aus der Einheit hinaus. Jeder Körper zählte.

»Zuerst haben wir nur darüber gescherzt. Aber dann haben wir darüber nachgedacht, wie es wäre, wenn wir einfach keine Equanimierer mehr nähmen.«

Er schwieg. Sein Magen zog sich bei dem Gedanken, seine Josephine nicht jeden Tag zu sehen, zusammen.

»In der Einheit wärt ihr zusammen gewesen«, wandte er ein.

»Natürlich war es schwer zu ertragen, so etwas Schönes wieder aufzugeben«, gab sie zu. »Aber wir konnten nicht bleiben. Wir haben uns umgehört. Was du an diesem See erfahren hast, haben wir auch erfahren. Dass man sich gezielt an Orte träumen kann. Dass es kein Zufall ist, wo man aufwacht.«

Sie strich sich ihre schönen kastanienbraunen Haare hinter die Ohren. »Wir haben plötzlich eine Möglichkeit gesehen, wie wir vielleicht doch zusammen sein könnten. Nicht hier. Aber woanders. Wir haben lange darüber geredet. Aber erst, als du fort warst, wurde das alles für uns real. Du hast einen Gesuchten enttarnt und bist nach ihm verschwunden. Panda hat gesagt: ›Luka hat es getan. Dann können wir das auch.‹«

Gedankenverloren räumte sie die letzten Reste ihres kleinen Imbisses zurück in ihren Beutel.

»Das war ja erst vor ein paar Tagen«, fügte sie an. »Bis gestern war Panda noch da. Ich hätte ... ich weiß auch nicht. Ich hätte nicht gedacht, dass er es so schnell fertigbringt. Ich konnte es nicht.«

Luka schwieg einen Moment lang.

»Wirst du es also heute tun?«

»Ich glaube schon«, antwortete sie und sah ihn wieder durchdringend an. Als würde sie Panda in ihm suchen.

»Was hält mich denn jetzt noch hier?«

Steinchen bröckelten. »Hochheben«, drang es leise durch die mit dem Teppich versperrte Lücke in der Wand. Luka und Josephine erhoben sich ruckartig. Sie mit ineinander verkeilten Händen eine Weile einfach nur schweigend die Nähe des anderen genossen. Pandas Körper gefiel die Trennung gar nicht, aber Luka eilte zur Tür und öffnete sie langsam. Er hörte mehr Stimmen. Und mehr Steine bröckeln.

Josephine kam mit der Laterne in der Hand näher. »Ausmachen!«, wisperte Luka ihr zu, und schloss die Tür möglichst vorsichtig. Als er fertig war, stand Josephine immer noch mit offenem Mund da und reagierte nicht. Er nahm ihr die Laterne ab, öffnete sie und wollte die Kerze schon ausdrücken. Da hielt er inne. »Wir müssen uns verstecken«, sagte er und legte ihr die Hand auf die Schulter.

Sie nickte. Aber sie schaute ihn nicht an, sondern nur auf die Tür. »Was, wenn sie uns sehen?«, stammelte sie.

»Das werden sie nicht«, flüsterte er mit all der Zuversicht, die er aufbringen konnte. Er fühlte einen fast erdrückend starken Impuls, Pandas Körper wollte sie beschützen. »Hörst du? Das werden sie nicht.« Die Geräusche hinter der Tür kamen näher. Fieberhaft sah er sich in dem winzigen Raum um. Die leeren Aktenschränke. Der Tisch. Sonst nichts.

Er nahm sie bei der Hand und griff sich das Stoffbündel und das leere Wasserglas. Nach einem letzten Blick auf die Aktenschränke löschte er das Licht.

»Räumt das Zeug weg. Das braucht hier keiner mehr.«

Luka stand mit Josephine dicht aneinandergepresst in einer dunklen Nische zwischen einem Aktenschrank und der Wand. Seine Finger umschlossen das Wasserglas und die Laterne. Josephine umschloss ihn. Die Nische war gerade so groß genug für sie, aber sie presste sich noch enger an Pandas Körper, als es nötig gewesen wäre.

Es wurde heller. Er hoffte inständig, dass es nicht hell genug war, um das Menschenknäuel in der Ecke zu erkennen. Der Tisch wurde über den Boden gezogen. Dann wackelte plötzlich der Aktenschrank. Er fühlte, wie Josephine zusammenzuckte, und sich noch enger an ihn klammerte. Wieder hörte er Helenas Stimme. »Worauf wartet ihr?«

»Es geht nicht durch«, sagte jetzt ein anderes Mädchen aus Richtung der Lücke.

»Unsinn«, entgegnete Helena barsch. »Los. Schiebt schon!«

Wieder bröckelten Steinchen auf den Boden. Dann ein Quietschen und ein plötzliches Krachen, gefolgt von mehr Steinchen. Und Dunkelheit. Mehrere Kehlen schnauften angestrengt.

»Na also«, sagte Helena. Sie schien zufrieden. »Gehen wir. Na los!«

»Sollen wir ihr nicht – ich weiß nicht – ein Licht dalassen?«, fragte dasselbe Mädchen von eben. Pandas Körper kannte sie als Annette.

»Wozu?«, fragte Helena. »Sie hat hier viel Ruhe. Die braucht sie jetzt.«

Niemand antwortete. Luka hörte wieder ein paar Steinchen, dann ächzende, gedämpfte Laute.

»Schlaf schön«, hörte er Helena flüstern, bevor die Tür geschlossen wurde. Wenige Momente später herrschte in dem stockdunklen Raum wieder Stille.

Luka und Josephine warteten minutenlang, bis sie wagten, sich wieder zu bewegen. Sie mussten blind unter dem Tisch durchkriechen, der nun an die Aktenschränke gepresst stand, und von etwas anderem blockiert wurde. Sie machten Licht. Es war ein Bett. Ein Bett füllte nun fast den ganzen Raum aus.

Luka hielt das Licht darüber. Er und Josephine hielten gemeinsam den Atem an, als sie sahen, wer darin lag.

Die Heimvorsteherin wirkte wie tot. Vielleicht war es nur der zwielichtige Schein ihrer dünnen Funzel in dem fensterlosen Raum, aber ihr Gesicht war aschgrau. Ihre Falten legten sich müde auf die Seite. Luka hatte sie noch nie liegend gesehen. Oder schlafend. Oder überhaupt so ... zerbrechlich. Trotz ihres Alters hatte er immer geglaubt, sie würde sie alle überleben. Und noch auf ihren Gräbern Kettenrauchen.

Er spürte überhaupt nichts mehr von seiner Angst vor ihr. Aber das lag nicht an seinem heutigen Körper. Das war nicht mehr die furchteinflößende Heimvorsteherin. Das hier war eine alte Frau, die im Sterben lag. Denn sie konnte kaum nur einfach schlafen, nachdem die Mädchen sie in diesem Rollbett mit Gewalt durch die schmale Lücke gezwängt hatten.

»Ist sie ... tot?«, flüsterte ihm Josephine so leise ins Ohr, dass er selbst Mühe hatte, es zu verstehen.

Er führte eine Hand vor ihr faltiges Gesicht und spürte einen schwachen, warmen Luftstrom. »Sie lebt«, sagte er.

»Wieso bringen sie sie hierher?«, fragte Josephine tonlos. Seitdem sie von Helenas Kompanie so unerwartet unterbrochen worden waren, wirkte sie sehr mitgenommen. Ganz anders als das Mädchen, das er heute früh für ihren Mut bewundert hatte. Nicht, dass er sie deswegen weniger begehrenswert fand. Beschützenswert. Sie umfasste Lukas Hand felsenfest.

»Sie haben gesagt, dass sie krank ist«, wisperte Josephine, nun schon etwas sicherer. »Aber andere meinten, dass das nur ein Vorwand war, weil Theodora sie für das alles verantwortlich macht.« Luka hörte aufmerksam zu. Deswegen war also bisher nirgends keine Spur der Alten gewesen.

»Wann hast du sie zum letzten Mal gesehen?«, fragte er.

»Am Tag, als du weg warst. Da ging es ihr auch noch gut. Dann kam Theodora.«

Er sah sie noch immer vor sich. Agnes. Die gefürchtete Heimvorsteherin. Zum Sterben in eine fensterlose Abstellkammer verfrachtet.

Luka lag in Pandas Bett. Er war schon kurz in »seinem« Bett gewesen, aber sein Körper hatte schnell bemerkt, dass etwas daran nicht stimmte. Also lag er hier.

Die Falten. So leblos, wie sie zur Seite hingen. Wie lange sie wohl noch am Leben blieb? Ohne Licht, ohne Frischluft, ohne Gesellschaft, ohne … Wasser und Essen?

Jemand musste ihr doch Essen bringen. Sie war eine V, eine Vertraute. Sie konnten sie doch nicht einfach … oder doch?

Luka war gespannt, was Josephine in Erfahrung bringen konnte. Nachdem sie die Dunkelheit hinter sich gelassen hatten, war es ihr besser gegangen. Sie war losgezogen, um die anderen Mädchen auszuhorchen.

»Du schaust ja drein, als hätte dir jemand deinen Nachtisch geklaut«, hörte Luka. Es war Pip. Und Daniel, der in das Stockwerk über ihm kletterte. Luka hörte in sich hinein. Da war ein leichtes Hungergefühl, ja. Aber auch ein anderer Instinkt.

»Es ist wegen der Heimvorsteherin«, sagte er. »Ich hab sie gerade gesehen, als ich mit Josephine … ihr wisst schon.«

»Hat sie euch beim Rummachen erwischt?«, fragte Pip. »War sie eifersüchtig?« Die beiden lachten.

Luka erzählte. »Sie haben sie einfach da drin gelassen. Ohne Licht. Ohne Luft. Ohne alles«, schloss er.

»Hm. Hinter dem Teppich«, murmelte Pip mit abwesendem Blick und schüttelte den Kopf.

»Du bist unverbesserlich, Pan. Machst dir Sorgen um die Furche! Nach all den Jahren, in denen sie uns behandelt hat wie Abfall.« Sie sahen sich an. Luka war klar, dass diese Vorstellung gegen alles ging, was Pip vertrat. Aber er hatte sie auch nicht gesehen.

»Ich weiß, du kannst es nicht ab, wenn es jemandem dreckig geht«, sagte Pip. »Aber das ist wirklich nicht unser Bier. Es ist die Furche, verdammt! Lass es gut sein. Die werden schon wissen, was sie tun.«

Luka nickte teilnahmslos. Er hatte wahrscheinlich recht. Vermutlich war das nur Pandas übertriebenes Mitgefühl. Wieso sollte es ihn sonst so mitnehmen, dass Agnes in der dunklen Kammer vor die Hunde ging?

Aber nein. Er wusste genau, warum. Weil er sich für sie verantwortlich fühlte. Theodora gab Agnes die Schuld für das alles. Gab ihr die Schuld für den Fall Luka. Für sein Verschwinden. Für seine Verbindung mit einem Gesuchten. Diese Sache ließ die Alte schlecht aussehen. Jetzt war sie auch noch krank. Nicht einmal Helena half ihr.

»Helena«, sagte er leise. In seinem Kopf hallte ihre Stimme wider. *Schlaf schön.*

»Was?«, fragte Pip.

»Helena, sie … denkt ihr wirklich, dass das Zufall ist?«

»Was meinst du?«, hakte Daniel nach.

»Theodora gibt der Heimvorsteherin die Schuld für das alles. Helena hat sich sofort auf Theodoras Seite geschlagen. Kurze Zeit später liegt die Heimvorsteherin todkrank im Bett.« Einen Moment lang sagte keiner etwas.

»Ach, jetzt hör aber auf«, meinte Pip. »Du glaubst, Helena hat die Furche vergiftet?«

»Wäre das so abwegig?«, hörte Luka sich sagen. Er sah die beiden abwechselnd an.

»Hör mir auf mit diesem Blick«, meinte der. »Was willst du bitte? Die Alte da rausholen?«

Luka sagte nichts. Nein, daran war nicht zu denken. Überall waren Wächter. Und wohin hätten sie sie schon bringen können? »Du weißt genau, dass ich bei der Neuen schon auf der schwarzen Liste stehe«, sagte Pip. »Du hast bestimmt nicht vergessen, wie die mich rangenommen hat, als Luka …« Er seufzte. »Die Sache ist zu heiß. Wir können da nichts tun.«

»Vielleicht«, sagte Daniel nach einer Weile, »gibt es da aber doch etwas.«

Alles, was sie tun mussten, war ein Kunstwerk zu zerstören.

Siegfrieds Tod war nicht mit Haken oder Schnüren an der Wand befestigt, sondern klebte an ihr. Zumindest die obere Hälfte. Luka und Daniel hatten den Teppich genau dort zwei Teile gerissen, wo der Speer aus dem Rücken des Helden ragte.

Luka trat einen Schritt zurück. Noch hatten sie es nicht geschafft. Der Riss ging erst bis zu einem Drittel ins Bild hinein. Der obere Teil des Teppichs klebte immer noch bombenfest an der Wand. Der untere baumelte trostlos darunter. Sie zogen wie verrückt. Aber so, wie der dicke Stoff in der Luft hing, rutschten sie immer wieder ab. Daniel stolperte, und auch Luka ließ vom Teppich ab.

Daniels Kopf war rot wie eine Tomate. Er war zunächst vollauf begeistert, endlich auch einmal Teil einer solchen Aktion zu sein. Weil es für Pip zu gefährlich war, ließ sich der währenddessen im Ballsaal sehen. Das ergab zwar Sinn, aber Pips kräftige Arme hätten mit dem widerspenstigen Stück Stoff bestimmt schneller kurzen Prozess gemacht als Daniels dürre Dinger. Daniel war clever. Vielleicht der klügste Kopf unter den Heimkindern. Aber ein Mann der Tat war er noch nie.

»Wir schaffen es nicht«, flüsterte Daniel. Seine Neugier wandelte sich in Angst. Immer wieder schaute er sich um. Auch Luka schnaufte schwer. Pandas Körper sehnte sich nach Ruhe. Nach etwas Süßem. Und nach Josephine.

»Es reicht noch nicht. Man sieht die Tür noch nicht. Sie könnten ihn einfach so lassen. Und Luft käme auch noch keine hinein.«

»Aber es geht nicht«, wiederholte Daniel. »Der Teppich hat sich mit der Wand verbunden.«

Er hatte recht. Sie mühten sich seit Minuten ab. Es grenzte an ein Wunder, dass noch niemand vorbeigekommen war. Luka rang mit sich. Sollten sie doch verschwinden? War da ein Geräusch?

»Alles muss man selber machen«, hörte Luka jemanden hinter sich sagen. Erst gefror er zu Eis. Dann verstand er, wer es war, und atmete erleichtert aus.

»Pip hat einmal mit gezogen, und plötzlich gings«, erzählte Luka Josephine.

»Weil wir zur Seite gerissen haben statt nach vorne. Der Riss geht jetzt diagonal nach unten, und ein Haufen Steine ist von der Wand runtergekommen, aber die Tür ist frei. Jeder, der da vorbeigeht, sieht sie. Wir haben sie aufgemacht, jetzt kommt auch Luft rein.«

»Das habt ihr gut gemacht«, sagte sie leise. »Geschieht ihr recht.«

»Wen meinst du? Die Heimvorsteherin?«

»Nein. Helena.«

Sie lagen eng umschlungen in Josephines Bett. Ihr Kopf lag auf seiner Schulter. So kuschelten sie nun schon eine ganze Weile lang. Pip hatte vorgeschlagen, dass sie so schnell wie möglich unter Leute gehen sollten. Nun, Josephine war *Leute*.

Zuerst hatten sie gesessen. Denn ja, auch in ihrem Zimmer hatte Panda einen Vorrat. Aber irgendwann war es einfach zu bequem. Zu schön. Seitdem lagen sie.

»Helena?«, fragte er. »Denkst du etwa auch, dass sie etwas damit zu tun hatte?«

»Der trau' ich alles zu«, murmelte sie an seiner Schulter.

Sie schmiegte sich noch enger an ihn. Als Helena sie in der Geheimkammer überrascht hatte, war sie plötzlich verunsichert, erinnerte er sich.

»Was hat sie dir denn angetan? Wieso bist du eigentlich nicht mehr bei ihren Helfern?«

Sie atmete ein paarmal in sein Shirt. »Du warst ehrlich zu mir. Also erzähl ich's dir.« Sie seufzte. »Ich war immer gerne Meritenbuchmädchen«, sagte sie im Flüsterton. »Helena kümmerte sich gut um uns. Sie sprach mit uns nicht so wie mit den anderen. Sie war streng, aber fair. Schlampereien, egal wie nichtig sie uns erscheinen mochten, konnten über das Leben der Heimkinder entscheiden, das machte sie uns klar. Den meisten Mädchen ging es wahrscheinlich nur um die zusätzlichen Meriten. Aber ich fand es immer wundervoll, Teil dieser Gruppe zu sein. Es klingt lächerlich, aber … ich kam mir so wichtig vor. Besonders.«

Sie wurde noch leiser. Luka spürte, dass er sie nicht drängen durfte. »Du weißt doch noch, wieso ich so traurig war, als Panda mich angesprochen hat?«

»Aus Liebeskummer, hast du gesagt.«

»Das stimmt. Ich liebte es nicht nur, ein Meritenbuchmädchen zu sein. Ich liebte auch eine von ihnen.«

Lukas Augen weiteten sich.

»Ja. Glaub es oder nicht. Aber ich liebte Helena.«

Luka sagte nichts. Was konnte man darauf noch sagen?

Sie hatte Helena geliebt. Helena.

»Weißt du, es ist komisch«, meinte Josephine, und sprach etwas lauter. Befreiter. »Ich hab' es Panda nie erzählt. Er hat immer gesagt, ich muss nicht über das reden, was mich traurig macht. Damals hat mir das geholfen. Aber seit heute Morgen, seit er weg ist, fand ich es irgendwie schade, dass ich es nicht getan hab. Es passt also irgendwie, dass ich es jetzt zumindest noch seinem Körper erzähle.«

Sie setzte sich auf und in den Schneidersitz. Es stimmte, der Körper war genauso überrascht wie er.

»Ich weiß, was du denkst«, sagte sie. »Helena. Wie nennt ihr sie? Die Giftspritze?« Sie kicherte. »Für sie war das mehr Ansporn, als dass es sie gestört hätte. Auf uns Mädels konnte sie sich verlassen.« Gedankenverloren spielte sie mit Lukas Socken. Und lächelte. »Irgendwann kam es immer häufiger vor, dass wir die Letzten waren in der Geheimkammer. Und dann …« Sie zuckte mit den Schultern. »Ist es einfach passiert.«

Luka stellte es sich vor. Zwei Mädels in dem verstaubten alten Archivzimmer. Agnes' dauerbeige gekleideten Wachhund Helena hatte er eigentlich nie als Mädchen gesehen. Eher als etwas Asexuelles.

»Es war schön, wirklich. Helena kann richtig lieb sein.« Eben noch lächelnd, verfinsterte sich ihr Blick. »Aber auch eiskalt. Sie weiß, was sie will. Daran hat sie sich wieder erinnert, nachdem das Neue vorbei war. Wer weiß, vielleicht hat sie das auch mit anderen so gemacht. Aber ich dachte eine Zeit lang wirklich, es wäre etwas Echtes.« Sie strich Lukas Socken zurecht und spielte mit den beiden kleinen Löchern. Sie streifte ihn ab und begann, sanft über seine Zehen zu streicheln. Luka erwartete schon, loszulachen, aber im Gegensatz zu seinem Lukakörper war Panda dort nicht kitzlig. Im Gegenteil. Das war angenehm. Was Josephine natürlich wusste.

»Irgendwann hat sie mir klar gemacht, dass es vorbei ist. Dass sie das Heim eines Tages leiten will. Und sich keine Ablenkungen erlauben darf. Keine Schwäche zeigen darf.« Sie zupfte nacheinander leicht an seinen Zehen, und strich ihm auch über die Sohle. Unwillkürlich legte er sich anders hin, wodurch er ihr auch seinen anderen Fuß präsentierte. Sie lächelte, zog ihm die andere Socke aus und massierte beide Füße gleichzeitig.

»Ich war am Boden zerstört. Das hab ich dir ja schon erzählt. Aber lange bevor ich Panda kennengelernt hab, ist ein anderer aus eurem Zimmer zu mir gekommen.«

Luka stockte. *Ein anderer?*

Sie schmunzelte, als sie seinen fragenden Blick sah. »Es war Pip«, erklärte sie. »Er wusste, was passiert war. Und wie er das für sich nutzen konnte.«

»Hast du mit ihm etwa auch …?«

»Nein, nein. Ich mein' das anders. Er hat mich ziemlich lange bearbeitet, bis ich ja gesagt hab. Aber er hat wohl gespürt, dass ich es auch wollte. Dass ich es ihr heimzahlen wollte, wie sie mich abserviert hat.«

In Lukas Kopf ratterte es, während sein Körper sich immer wohler fühlte. Josephine strich ihm mit den Fingernägeln über die Fußgelenke.

»Was – das tut gut, mach das noch mal – was meinst du, heimzahlen?«

Sie kratzte ihn weiter, auch gegen den Strich. Er fühlte einen leichten Schauer über seinen Rücken laufen.

»Er hats dir nicht erzählt?«

»Was erzählt?«

»Dass ich es war. Damals. Ich hab ihm geholfen. Ich hab ihm gesagt, wo er die Meritenbücher findet. Damit Helena schlecht dasteht.«

Lukas Mund klappte auf. Sie hörte auf, ihn zu streicheln, und sah ihm in die Augen.

»Es tut mir leid, dass du deswegen so viel durchmachen musstest. Dass du wegen mir … im Ballsaal. Als dich alle so ausgelacht haben. Das wollte ich dir immer sagen. Aber ich konnte nicht.«

Luka lag starr in Josephines Bett. Sie schaute ihn an, aber er sah geradewegs durch sie hindurch.

Die Nacht im Loch. Der Morgen danach. Der Tag der nassen Hose.

Das ist sie gewesen? Sie hat Pip geholfen? Die Gefühle in ihm schwappten wild durcheinander. Wie immer, wenn er daran zurückdachte, wollte er am liebsten im Erdboden versinken. Pandas Körper machte es ihm nicht gerade leichter. Er spürte tiefe Traurigkeit in sich aufkommen. Das Bild von Luka, der hilflos die Hände vor den Schritt hielt … das Gelächter der anderen, wie sie mit dem Finger auf ihn zeigten … und wie er dann unter stummen Tränen mit der nassen, stinkenden Hose bürgen und essen musste. Es war schlimm gewesen. Auch für Panda, der ihn am liebsten die ganze Zeit über umarmt hätte. Aber er hatte gespürt, dass das nicht ging. Das überwältigende Mitgefühl ließ ihn erschaudern.

»Alles okay mit dir?«, fragte sie. Sie war zu ihm geklettert, hatte ihren Kopf auf seinen Bauch gelegt, und umarmte ihn.

»Ja, ich … ich hab nur gerade mitgekriegt, wie Panda das damals erlebt hat.«

»Er hat ein großes Herz, mein Bärchen«, sagte sie. »Und du hast ihm viel bedeutet.«

Das verstand Luka nun umso mehr. »Du hast Pip einfach also einfach verraten, wo die Meritenbücher sind?«

»Ja. Er hat mir versprochen, dass er sie nur verzieren wollte. Nicht verbrennen oder kaputtmachen. Eine seiner Ideen war es, dass wir sie am Morgen zum Bürgen bringen und an den Rändern in dicken Farben hundertfach der Satz ›Helena frisst Mist‹ zu lesen sein würde. Ohne dass die Meritenpunktestände dadurch unbrauchbar wären. Es sollte ein Streich sein. Und du musstest ihn ausbaden.«

Luka ließ sich das durch den Kopf gehen. Pip hatte sich also Josephines Liebeskummer zunutze gemacht. »Aber wieso hat er die Bücher aus der Kammer herausgebracht?«, fragte er sie.

»Das habe ich mich auch oft gefragt. Vielleicht war für das, was er machen wollte, dort zu wenig Platz oder Licht. Oder er hat sich kurzfristig umentschieden und wollte sie woanders verstecken. Ich hab ihn nie gefragt.«

»Hm.«

Luka bemerkte, wie seine Hand über ihren Kopf strich. Ihre welligen Haare fühlten sich weich an.

»Kannst du mir verzeihen?«, fragte sie tonlos.

»Es war ja nicht deine Absicht. Ich hätte Pip auch nicht decken müssen.«

»Wieso hast du es getan?«

»Das wusste ich damals auch nicht. Pip hätte gehen müssen, hätten sie ihn erwischt ... es fühlte sich einfach richtig an. Danach wurden Pip und ich beste Freunde.«

»Ich hab das sehr bewundert. Panda auch.«

»Hm.«

Eine Weile lagen sie nur da. Er streichelte ihre Haare, sie hielt seinen Körper umklammert. Dann rutschte sie wieder zu ihm nach oben.

»Heute Morgen«, sagte sie und sah ihm direkt in die Augen. Er konnte ihren Atem spüren, so nah waren sich ihre Gesichter.

»Als wir uns geküsst haben. Was hat Pandas Körper da gefühlt?«

»Er hat sich gefreut, dich zu sehen. Dich zu spüren.«

Sie atmete langsam aus. Ihr Gesicht war errötet.

»Und was fühlt er jetzt?«

»Deine Bartstoppeln kratzen«, sagte Josephine und kicherte.

Luka hob seinen Kopf etwas an. Jetzt berührte er ihren Nacken nicht mehr mit seinem Kinn.

»Hey, das sollte keine Beschwerde sein. Das war schön.«

Luka schmiegte sich wieder an sie.

Ja, das ist es. Das ist es wirklich.

»Sag schon. Wieso grinst du so dämlich?«

Luka schüttelte sich. Aber das Grinsen war nicht abzuschütteln, das merkte er selbst.

Er mühte sich durch die Luke aufs Dach. Pip runzelte die Stirn. Dann grinste auch er.

»Du hast doch nicht ... heute?«

Luka nahm vorsichtig ein paar Schritte auf den nebelfeuchten Schindeln. Beim Kamin setzte er sich und lehnte sich wie Pip an den warmen Schlot.

»Pan? Du hast es getan, oder? Versuch gar nicht erst, es abzustreiten.« Luka wischte sich über den Mund. Aber es ging nicht weg.

»Ein ... ein Kavalier genießt und schweigt«, sagte er zögerlich. Darüber mussten sie beide lachen.

»Hey, Glückwunsch, Mann.« Pip klopfte ihm auf die Schulter. »Ich kenn' sie ja nicht so gut, aber du hättest es schlechter treffen können, möcht' ich meinen.«

Von wegen »nicht so gut«, dachte Luka, aber er sagte nur »Danke.«

So saßen sie für eine Weile. Langsam schüttelte er den Kopf.

Zuerst sein erster Kuss und nun das. Sein erstes Mal. An einem Tag. Ein Körperdieb zu sein, ist manchmal gar nicht so übel.

Er dachte an Josephine. An Panda. Wo er wohl war? Was er wohl davon halten würde, dass er, Luka, gerade seinen Körper entjungfert hatte? Denn das war für sie beide das erste Mal gewesen. Für seinen heutigen Körper und für Lukas Geist. Auch für Josephine. Luka konnte sie verstehen. Sie waren zusammen gewesen. Vielleicht würde sie nie mehr in ihrem Körper sein. Und die Anziehung zwischen diesen beiden Körpern war geradezu greifbar.

Er hatte Pandas Körper die Führung überlassen. Noch nie im Leben hatte er etwas so vorsichtig, so behutsam getan. Er wollte ihr auf keinen Fall wehtun. Gleichzeitig hatte er das Gefühl gehabt, er könne gar nichts falsch machen. So wohl fühlte er sich in ihrer Gegenwart. So ganz brachte er es nicht fertig, sich als Luka zurückzuziehen. Die Momente, in denen er präsenter war, waren etwas holpriger gewesen. Unrunder. Aber sie hatte sie weggelächelt.

»Du lässt dich doch sonst nicht hier oben sehen«, meinte Pip. Da hatte er allerdings recht. Luka hatte die offene Luke im Dach gesehen, und war ganz automatisch hinaufgestiegen. Ganz körperlos, sozusagen. Der war wohl noch bei Josephine. Panda ging sonst nur aufs Dach, wenn sie es alle taten. Meist waren es nur Luka und Pip.

»Weißt du, ich … äh …«

»Ich versteh' schon.«

»Was meinst du?«

»Jetzt, wo du ein Mann bist, hast du keine Angst mehr. Was sind schon glitschige Dächer. Was solls, wenn uns wer erwischt. Oder?«

Luka schluckte. »Ich hab wirklich weniger Angst, seit ich sie kenne«, antwortete er. Wenn er als Pandas Körper sprach, stimmte das sogar.

Pip nickte. »Das letzte Mal waren wir alle hier oben, an dem Tag, als Luka seinen letzten Abend hier hatte. Weißt du noch?«

»Ja. Natürlich.« Lukas Herz nahm langsam wieder eine höhere Frequenz auf. Er zwang die Bilder von Josephine in den Hintergrund. Er musste sich konzentrieren!

»Du bist aber ziemlich oft hier gewesen. Jede Nacht, oder?«, hörte er sich sagen.

»Ja, Mutter. Und?«

»Nichts. Ich mein' nur.«

»Hm.«

Plötzlich hörten sie etwas. Die Eingangstür des Heims. Luka duckte sich näher an den Kamin.

»Die können uns unmöglich sehen«, flüsterte Pip. Sie hörten Schritte. Eine Gruppe Menschen entfernte sich vom Haus. Sie trugen etwas. Jemanden. Auf einer Trage.

»Na sieh mal an«, sagte Pip. »Das ging schnell.«

Luka nickte. Es musste die Heimvorsteherin sein. Wo immer sie sie hinbrachten, zumindest ging sie nicht in dieser Kammer zugrunde.

Er und Pip nickten sich zu. Wie heute Morgen spürte er einen Instinkt. Pip hielt doch immer dicht. Selbst das mit Josephine hatte er so lange geheim gehalten. Er öffnete den Mund. Sollte er es wagen? Sich seinem besten Freund offenbaren? Sein Pandaherz trommelte wie verrückt bei dem Gedanken daran.

Aber bevor er etwas sagen konnte, kam ihm ein anderer Gedanke. Einer, mit dem auch sein Körper um einiges besser leben konnte.

»Was würdest du tun«, fragte er ihn, »wenn er jetzt hier wäre. Wenn Luka jetzt hier wäre. Was würdest du ihm sagen?« Sein Herz pumpte schneller, aber er zwang sich zur Ruhe.

»Wenn er deinen Körper gestohlen hätte, zum Beispiel?«, fragte Pip.

Luka schluckte. »Ja. Zum Beispiel. Ihr habt doch oft hier gesessen, oder?«, sagte er. Er war von seiner eigenen Dreistigkeit ebenso überrascht wie von Pandas Körper, der viel sicherer und ruhiger klang, als sich Luka fühlte. Langsam hatte er dieses Ding im Griff.

Pip schwieg. Er sah Luka an, doch der zwang sich, weiter nach vorne zu blicken. Obwohl man im mondlosen Schwarz heute kaum mehr erkennen konnte als ein paar Hausdächer. Er hörte Pip schnaufen. Dann drehte er sich doch zu ihm. Pips Gesichtsausdruck war so trüb wie die Nebelsuppe um sie herum. »Ich würd ihm sagen, er soll mit runterkommen«, sagte Pip. »Theodora wartet schon auf ihn.«

Lukas schluckte. Er würde ihn also verraten.

»Das … brächtest du fertig?«

Pips Gesicht zuckte leicht. »Ich müsste. Das weißt du doch.«

Langsam nickte Luka und wandte den Blick von seinem Freund ab. »Ja«, sagte er. »Ich verstehe.« Ein Zurück gab es nicht mehr für ihn. Nicht in die Einheit, nicht zum Heim, nicht zu Pip. Spätestens jetzt verstand er das mit vernichtender Klarheit.

»Er ist weg«, sagte Pip. Seine Stimme war belegt. »Und er kommt nie wieder. Ist wahrscheinlich auch besser so. Für uns … und für ihn.«

Er rupft das Grünzeug aus dem Weg. Luka kniet sich hin und hält das Gesicht ganz nah gegen die verwachsenen Fenster.

Ist da wer? Nein. Niemand. Der Ballsaal ist leer.

Er hört die Uhr schlagen. Er muss bürgen! Aber wie kommt er von hier oben dort runter? Mit der Faust drischt er gegen das Glas. Nichts. Felsenfest. Noch nicht mal ein Geräusch.

Panik steigt in ihm auf. Was, wenn er nie wieder hier wegkommt? Er kann nicht durch das Fenster. Die Ranken wachsen immer höher. An den Wänden klettern kann er auch nicht. Er ist ja nicht Sackmann.

Moment. Sackmann. Sackmann. Was war noch mal mit Sackmann?

»Denk nach«, sagt Kenny, der sich zwischen seinen Beinen hindurchschlängelt. Ja. Gleich. Ich hab's gleich.

Noch einmal schaut er durch das Glas. Jetzt sieht er jemanden. Zwei Menschen, die sich aneinander kuscheln. Helena und Josephine! Aber sie gehört doch zu Panda! *Sie kuscheln auch gar nicht. Helena hält sie im Schwitzkasten.*

»Lass sie los!«, schreit er. Er hämmert gegen das Glas, aber wieder passiert rein gar nichts. Seine Hand wird gebremst. Aber nicht ruckartig. Langsam. Als wäre das Glas aus komprimierter Luft.

»Wieso geht es nicht kaputt?«, fragt er.

»Wieso sollte es? Du willst da doch gar nicht hinein.«

Klappe, Kenny. *Noch einmal holt er weit aus und haut zu. Nichts. Warum? Warum kann er nicht zurück?*

»Weil du Angst davor hast.«

Es reicht, Kenny. *»Angst wovor?«*

Kennys Schwanz deutet zum Fenster. Es sind keine Mädchen. Es sind Männer. Sie sind kahl. Und sie liegen nicht eng umschlungen dort. Sondern nebeneinander wie tot.

Kapitel 8

Feuerrohr

K NIRSCHEN.
Da war etwas zwischen seinen Zähnen. Salzig. Sandig. Luka spuckte aus. Aber das half nicht viel. Es war überall in seinem Mund. *Egal.* Er wollte weiter.

Was für ein verworrener Traum, dachte sich Luka, als ihn etwas Stumpfes am Rücken traf und ein jäher Schmerz hindurchjagte. Er krümmte sich, aber schrie nicht auf. Er fraß die Schmerzen innerlich auf. Sein neuer Körper war kein Schreier. *Sein ... Körper.* Luka setzte sich auf.

Es war schummrig. Fast komplett dunkel. Er sah keine Wand. Das spärliche Licht zeigte ihm gerade so viel, wie er sehen musste, um zu begreifen, dass der Raum, in dem er sich befand, gar keine Wand besaß. Es ging einfach immer weiter. Von ringsum hörte er es tropfen.

Der Schmerz ließ nach. Er spuckte noch einmal aus. Erde. Oder Lehm. Wie auch zwischen seinen Fingern. Wie überall. Er saß auf feuchtem, kalten Erdboden. Ein Stöhnen ließ ihn herumfahren. Neben ihm lag jemand. Langsam gewöhnten sich seine Augen an die Dunkelheit.

Ein Mann lag dort im Dreck, ein Glatzkopf. Er wälzte sich im Traum und trat um sich – Luka verstand, was eben mit seinem Rücken passiert war. Als der Schläfer ihn mit einem weiteren Tritt knapp verfehlte, rutschte er von ihm weg. Und berührte etwas. Jemanden. Erschrocken wandte er sich wieder herum. Der andere, ein breitschultriger, ebenfalls kahler Typ, war wach. Aber er sah gar nicht zu Luka auf. Er hatte die Arme um die Knie geschlungen und wippte unaufhörlich vor und zurück. Neben ihm fläzte noch ein anderer dürrer Haarloser. Er kicherte leise, als er sah, wie Luka zurückzuckte. Luka erkannte, was er war. Was alle Körper hier waren. Ihn selbst eingeschlossen. Zitternd fuhr er sich mit der Linken über den rechten Handrücken.

Er hatte das Mal. Alle hier hatten es.

Es war passiert. Er hatte es gefürchtet. Trotzdem. Er hatte gehofft, dass er das nicht erleben musste. Doch heute … heute war er wirklich ein Körperdieb. Heute war er ein Sklave der Einheit.

»Freiwillige! Freiwillige!«

Luka sah auf. Die Stimme kam von dort, wo es heller war.

»Freiwillige aufstehen!«

Er war verwirrt. War es so … einfach? Sie fragten die Körperdiebe sofort und direkt, ob sie Einheitsmitglieder waren? Er spürte in seinen Körper hinein. Er spürte weder Angst noch Unsicherheit. Wie auch? Für seinen Körper war all dies Alltag.

»Freiwillige Vorarbeiter. Los, zeigt euch!«

Luka runzelte die Stirn. Die allermeisten rieben sich verschlafen die Augen und gähnten. Einige aber folgten dem Ruf und standen auf, auch der dürre Kicherer.

Die Stimme kam näher. Ein Wächter, vermutete Luka. Aber das war unmöglich festzustellen. Sein Körper war nur ein dunkler Umriss vor dem heller werdenden Licht.

»Du. Hast du Erfahrung?«, sagte der Neuankömmling zu dem Kicherer.

»Klar, Chef. Kleinigkeit. Ich bring die schon auf Vordermann.«

»Wie oft?«

»Ich mach’ quasi nichts anderes, Chef.« Er kicherte wieder.

»Hm«, brummte der andere. »Na dann. Diese beiden, diese vier dort und die drei dort hinten. In einer Stunde marschbereit. Schaffst du das?«

»Gar kein Problem, Chef.«

Der andere übergab dem Kicherer etwas. Wortlos stapfte er an Luka vorbei.

»Dein erstes Mal?«, flüsterte ihm jemand zu. Es war der Träumer, der ihn mit seinem Tritt so unsanft aus dem Schlaf geholt hatte.

Luka nickte zaghaft. »Was sollte das denn?«, fragte er ihn.

»Ruhe jetzt da drüben«, fuhr der Kicherer mit seiner quiekenden Stimme dazwischen. »Ihr untersteht heute mir. Spart euch lieber gleich das Rumgelaber. Du – Frischfleisch. Einreihen. Und dann – Abmarsch!«

In geordneten Zweierreihen dackelten sie zum Höhleneingang. Luka erinnerte sich daran, seinen Traum zu rekonstruieren, und erinnerte sich immerhin an ein paar Details. Dennoch ermahnte er sich, künftig immer als erstes ein Erinnerungsritual zu befolgen. Heute aber ging alles zu schnell. Er hatte in der Hektik sogar ganz vergessen, überhaupt zu überprüfen, ob alles am rechten Fleck war an seinem neuen Körper. Wie er sich anfühlte. Irgendwie kam ihm das alles noch sehr unreal vor.

Vielleicht bin ich sogar jetzt noch in einem Traum, dachte er. Er führte eine Realitätsprobe mit den Händen aus. Sein Finger wurde von seiner Handfläche von ihr aufgehalten.

»Was sollte das denn?«, fragte der Schlaftreter neben ihm. Für einen Moment hörte Luka in sich hinein, aber sein Körper ließ ihn auch zu seinem Leidensgenossen nicht das Geringste wissen. »Nur so ne Angewohnheit.«

Der Schlaftreter zuckte mit den Schultern. Er war dünn, aber nicht abgemagert. Das erkannte Luka jetzt, da sie sich dem Licht näherten. Überhaupt machten diese Körperdiebe einen gesünderen Eindruck, als er es von vielen innerhalb der Einheitsmauern gewohnt war. Sein eigener Körper war ebenfalls recht athletisch gebaut. Er spürte Akne in seinem Gesicht jucken.

Wieder so alt wie sein Lukakörper also. Wieder ein Junge. So langsam wurde ihm klar, warum es selbst in Atlantis für solch grundlegende Dinge keine Erklärung gegeben hatte. Nach ein paar Tagen als Körperreisender kapierte man diese auch ganz von alleine.

Einen Hut. Das hatte der Wächter dem dürren Kicherer gegeben. Einen großen, gelben Anglerhut.

Das fiel Luka jetzt auf, weil er ihm vor jedem Wächter zog, dem sie begegneten. Begleitet von einem kleinen Knicks. Als Luka sich umsah, fielen ihm einige weitere Vorarbeiter mit den verschiedensten Hüten auf, die ihre Schützlinge in Richtung Tageslicht führten.

Wie brave Lämmlein folgten sie dem dürren Kicherer. Die Höhle war in mehrere Räume unterteilt und schwer zu überblicken, aber Luka hatte viele geschorene Köpfe und einige Wächter und Hutträger wahrgenommen. Das war allerdings nichts zu dem, was er jetzt sah. Als er nach draußen trat, fiel sein Blick auf Hunderte von ihnen.

Von einer Besiedlung war nichts zu sehen, sie befanden sich irgendwo im kargen, felsigen Nirgendwo. Dennoch wirkte das Lager gut organisiert. Luka erkannte eine Feuerstelle und einen kleinen Bach, der neben den Höhlen wohl der Grund für die Wahl dieses Ortes war. Einige Körperdiebe bekamen von anderen den Kopf rasiert. Das einzig echte Zeichen, dass man einem Körper nicht trauen konnte, blieb zwar das Mal – doch ein haar- und maskenloser Schädel war von Weitem zu erkennen und hatte sich als zuverlässiges Zweitmerkmal etabliert.

»Platz da, macht Platz«, schrillte die Stimme des dürren Kicherers, während sie sich einen Pfad durch die Menge bahnten.

»Gibt es immer wieder«, sagte der Schlaftreter leise zu Luka, und schüttelte den Kopf.

»Was meinst du?«

»Dass sich einer so aufspielt. Einer von den *Hüten*. Sie sind Sklaven wie wir, aber weil sie sich freiwillig als Vorarbeiter melden, müssen sie selbst nichts tun. Außer uns herumzukommandieren, als wären sie einer von denen.«

Luka nickte. »Und wieso …«

»Aufstellen!«, krächzte ihr behüteter Anführer jetzt und blieb stehen. »Nebeneinander aufstellen. Los, los!« Er schritt einmal an ihrer Reihe vorbei.

»Eins«, sagte er und tippte dem Letzten in der Reihe auf die Stirn. Dann zählte er hoch. »Neun«, sagte er, als er zum Schluss auf Luka zeigte. *Neun. Was auch sonst.*

»Eins bis Neun, ihr tut, was ich sage, kapiert?« Keiner antwortete.

»Du«, sagte er zum Breitschultrigen und tippte ihm mit den Fingern auf die Brust. »Sieben. Kennst du dich hier aus?«

Der Breitschultrige schaute regungslos nach vorne.

»Bist du taub? Los, antworte!« Der dürre Kicherer schubste ihn, nun schon etwas fester. Doch Sieben zuckte noch nicht einmal.

»Lass ihn zufrieden«, sagte der Schlaftreter leise, aber bestimmt. »Was willst du wissen?«

Der Kicherer fletschte wieder die Zähne. Grinsend trat er vor den Schlaftreter.

»Zunächst mal werdet ihr mich mit ›Vorarbeiter‹ anreden, damit das klar ist, Acht. Da du so ein großer Held bist, hast du jetzt das Vergnügen, sie zur Essensausgabe zu führen.« Er wedelte mit einem Arm grob in die Richtung, Rauch aufstieg. »Trefft mich in zwanzig Minuten wieder hier. Abmarsch!«

Als der Hut des Kicherers außer Sichtweite war, seufzte der Schlaftreter. »Kommt schon. Holen wir uns was zu futtern.«

An der Feuerstelle war das Gedränge besonders groß. Die neun Gruppenmitglieder schlängelten sich durch zahllose Körperdiebe.

»Hast du das schon oft gemacht?«, fragte er Otto, als sie sich anstellten. Otto war der ursprüngliche Name von Acht, dem Schlaftreter, den er Luka erst nach mehrmaligem Nachfragen (»Was soll das bringen?«) preisgab.

»Für die zu schuften? Leider viel zu oft. Du bist noch nicht lange unterwegs, eh?«

Luka schüttelte den Kopf. Er hatte bisher Glück gehabt, und mehr Erfolg beim Klarträumen als heute. Das Essen für die Körperdiebe war allerdings besser, als er erwartet hatte. Es gab Brot, Kartoffeln und scharf gewürzte grüne Bohnen. Sein Körper kannte den Geschmack gut. Ob er ihn mochte, war erneut nicht zu erspüren. Es wurde Luka allmählich unheimlich, wie gleichmütig sein Körper auf alles und jeden reagierte.

»Weißt du, was wir machen müssen? Wozu brauchen die so viele von uns hier?«, fragte er Otto beim Essen.

»Der Typ hat doch was von 'nem Marsch gesagt. Aber so, wie alle hier aussehen, dürfte es danach schwere Arbeit sein.«

Luka sah sich noch einmal um. Ja, viele waren kräftig gebaut. Alles schien so geordnet, so … friedlich. Es schien keinem in den Sinn zu kommen, abzuhauen. Dennoch war das Lager nicht unbewacht. Die Wächter allerdings schauten alle nach außen, nicht nach innen.

»Vielleicht gibt es in der Gegend Diebesbanden«, meinte Otto, als Luka ihn darauf aufmerksam machte. »So einen Körperdieb-Konvoi zu überfallen, käme mir zwar reichlich dumm vor – sich mit der Einheit anzulegen, hat noch nie was gebracht. Aber wer weiß. Möglich wär's.«

Das ergab für Luka Sinn. Wenn in der Einheit eines wichtig war, dann der Schutz des Eigentums. »Und was hat es mit diesen Vorarbeitern auf sich?«, fragte er Otto. »In der Einheit kommt es nie vor, dass ein Körperdieb einen anderen befehligt.«

»Tja, dann haben sie dort mehr Männer dafür«, vermutete Otto. »Oder die hier draußen sind nur verdammt faul. Aber unser Hut ist auch nicht besser. Du siehst ja, dass er sich fein davon macht und deren Essen mampft. Falls wir heute noch arbeiten, wird er gemütlich daneben sitzen.

»Und wenn wir es nicht tun? Wenn wir einfach nicht das tun, was er sagt?«

»Du bist wirklich noch nicht lange dabei«, meinte Otto. Er sprach leiser als zuvor, und in seinen Augen blitzte etwas auf, das Luka nicht entging. Er hatte Angst. »Denk erst gar nicht daran«, sagte er. »Tu was sie dir sagen, und hoff' drauf, dass du morgen mehr Glück hast. Mehr kannst du nicht tun.«

Er stierte auf seinen Teller, und schaute Luka nicht mehr an. Luka fragte ihn nichts mehr. Stattdessen schaute er sich in seiner Gruppe erstmals richtig um. Der Breitschultrige – Sieben – mochte zwar kein großer Redner sein, aber er fraß wie ein Ochse. Fünf und Sechs, zwei fast gleich aussehende junge Burschen mit blonden Stoppeln, zankten sich um die letzten Brotreste. Luka konnte sich vorstellen, dass die Körper Brüder waren. Die nächsten beiden, die er von seinem Platz aus sehen konnte, waren deutlich älter als die anderen, aber nicht minder kräftig. Sie aßen ebenso langsam und stumm vor sich hin wie Otto.

Erst, als sie sich einmal beide gleichzeitig nach vorne beugten, fiel sein Blick auf den Letzten in ihrer Gruppe. Auf *Eins*. Es war ein Junge. So alt wie er selbst.

Luka spürte plötzlich kalten Schweiß seinen Rücken hinunterlaufen. Er zitterte. Wieder nicht, weil sein Körper auf etwas reagiert hätte. Nein. Das kam von ihm selbst. Eindeutig von ihm selbst.

Am Tischende saß sein kahl geschorener Lukakörper.

Sein Originalkörper. Er ging nur ein paar Schritte vor ihm. Immer wieder tauchte sein blanker Schädel zwischen seinen Gruppengefährten auf.

Lukas Zehnergruppe trottete mit Hunderten anderen Körperdieben und etlichen Roten Wächtern über einen Feldweg. Stumm marschierte der lange Tross aus dem felsigen Höhlengebiet an dem Fluss entlang, der das Lager am Morgen mit Frischwasser versorgt hatte. Sie waren durch die Rufe von Roten Wächtern eindringlich darauf hingewiesen worden, genug zu trinken. Sein Körper hatte automatisch gefolgt, während Luka selbst sich wie paralysiert fühlte.

Sein Lukakörper. Hier. Er erinnerte sich nicht, von ihm geträumt zu haben. War er deswegen hier? Träumte er nicht irgendwie jede Nacht vom Lukakörper, weil er im Traum doch noch er selbst war?

Sein Körper kannte seinen Lukakörper nicht. Selbst, wenn sein Lukakörper sein Erzfeind oder seine heimliche Liebe gewesen wäre, hätte ihm Luka seinem neuen Körper zugetraut, dass er so gefühlstaub blieb wie ein Hackstock.

Er ergründete seine eigenen Gefühle und fand Freude und Erleichterung, dass er lebte, dass es ihm gut ging. *Völlig von ihm gelöst* sei er von ihm, hatte er Josephine gesagt. Körperlich, ja. Emotional gesehen nicht. Gestern hatte er sich das nicht einzugestehen vermocht. Heute kamen ihm seine großen Worte ziemlich lächerlich vor. Er hing noch sehr an ihm, da machte er sich nichts vor.

Wie er wohl hier gelandet war? Nach allem, was er gestern im Heim erlebt hatte, fühlte er sich nun fast ein wenig in seinem Stolz verletzt. Die Einheit suchte doch nach ihm. Und seinen Körper ließen sie einfach so in ein Lager abschieben?

Außerdem ... passte sein Körper gar nicht hierher. Schwere Arbeit? In seinem heutigen Körper, ja. Der war groß und kräftig wie alle hier. Sein Original und der dürre Kicherer waren die einzig dünnen Männchen hier. Aber der hatte auch nicht vor, zu arbeiten.

Luka reckte den Hals. Er sah seinen Lukakörper nicht mehr. Wo war er? War er verletzt?

Da entdeckte er ihn wieder. Alles gut. Sein Originalkörper band sich nur die Schuhe. Luka atmete durch. »Brauchst du Hilfe?«, fragte er ihn, und schalt sich im selben Moment für so viel Dummheit. Wer brauchte Hilfe beim Schuhebinden? Sein Lukakörper sicher nicht. Er trug sogar noch dieselben Schuhe! Überhaupt erkannte Luka alle Klamotten.

»Ich glaub', ich komm klar«, antwortete sein Originalkörper stirnrunzelnd. »Aber ich denk an dich, wenn es mal einen Schnürsenkel-Notfall gibt.« Er rollte die Augen und beeilte sich, zu seinem Platz vorne in der Reihe zurückzukehren.

Na toll, dachte Luka. In seinem Originalkörper steckte ein besserwisserischer, selbstgefälliger Trottel.

Eine Mauer. Sie bauten eine Mauer.

Was diese Mauer voneinander trennte, wussten weder Luka noch sein Körper, und auch Otto zuckte auf die Frage gleichmütig mit den Schultern. Natürlich tat er das.

Die Mauer verlief schnurgerade. Unter der mittlerweile hochstehenden Sonne schirmte Luka seine Augen ab und spähte in beide Richtungen. Als Fundament diente eine mehrspurige, breite Asphaltstraße. Besonders hoch war die Mauer noch nicht. Bedachte man aber, dass sie fünf oder sechs Schritte breit war, konnte man davon ausgehen, dass sie es einmal sein würde. Vermutlich sogar bald. Allein in seinem Sichtfeld schufteten Hunderte Körperdiebe an dem Bauwerk.

Es war Knochenarbeit, aber sein Körper war sie gewohnt – anders als der Lukakörper, der selbst beim Mörtelrühren ins Schwitzen kam. Immerhin bekamen sie genug Wasser und Pausen, denn die Einheit achtete gut auf ihr Eigentum. In einer solchen bemerkte Luka, wie Fünf seinen Körperbruder Sechs an der Schulter anstupste und in die Richtung der provisorischen Zeltstadt zeigte. Von dort näherten sich zwei Mädchen. Körperdiebinnen. Die beiden Haarlosen verteilten Wasser, Äpfel und Brot. Die Arbeiter griffen begierig zu und mampften stumm vor sich hin. Anschließend beluden die Mädels ihre den Korb mit leeren Wasserflaschen und machten sich wieder davon. Auch auf die Mädchen zeigte sein Körper nicht die geringste Reaktion.

»Entschuldige«, hörte Luka eine Mädchenstimme fragen, »du hast hier nicht zufällig einen Frosch gesehen?«

Luka sah auf. Eine von ihnen sprach mit seinem Originalkörper. Der schüttelte den Kopf. Die Männer lachten. Das Mädchen hatte fuchsrote Stoppeln und ein von gleichfarbigen Sommersprossen überzogenes Gesicht. »Willst du uns einen Frosch braten?«, fragte Fünf.

»Nein«, sagte sie, »ich mag Frösche und dachte, ich hab vorhin einen gesehen. Einen besonderen. Einen Rheobatrachus.«

Luka spürte einen Schauer seinen Rücken hinunterlaufen.

»Ich hab hier 'nen Frosch für dich« meinte Sechs. »Hier, komm her, schau mal! Obwohl ist wohl eher ein Lurch.« Die Sommer-sprossige machte große Augen, bis sie verstand, dass Sechs auf seinen Schritt zeigte. Die anderen grölten. Sie warf Lukas Originalkörper einen letzten flüchtigen Blick zu, machte mit hocherhobenem Kinn kehrt und schritt von dannen.

»Reo-was?«, rief ihr Sechs nach. »Ach, nenn ihn von mir aus, wie du willst!«

In großen Schlucken kippte Luka den Inhalt seiner Wasserflasche hinunter. Er zwang sich, noch auszuharren, bis sie sich schon etwas entfernt hatte. Dann stand er auf und ging ihr nach.

»Hey, du hast noch was vergessen!«, rief er.

Sie drehte sich um. Misstrauisch zog sie die Augenbrauen hoch.

»Ähm«, sagte Luka, als er sie eingeholt hatte. »Der Rheobatrachus. Den gibt es nur in Australien. Das weißt du doch, oder?«

Mit einem Schlag hellte sich ihr Gesicht auf. Ihre große Nase und ihre etwas zu weit auseinanderstehenden, graublauen Augen sahen eigentlich ganz niedlich aus, wenn sie lächelte.

»Emma?«, fragte er sie.

Sie grinste. »Haha. Ne. Nicht Emma. Hättest du wohl gern. Ich bin's nur – Alea.«

Alea! Natürlich. Sie kannte den Frosch ja auch.

»Wie bist du …?«, begann er. »Das kann doch kein Zufall sein, dass du hier bist. Und er auch.« Er nickte in Richtung seines Originalkörpers.

»Ist es auch nicht«, erklärte sie. Als er ein verständnisloses Gesicht aufsetzte, fügte sie an: »Ich geb's ja zu. Ich hab mich an dich drangehängt.«

»Drangehängt?«

»Hey, ich hatte Spaß mit dir! Da hab ich gedacht, mal schauen, wo es ihn so hin verschlägt.«

»Du bist mir gefolgt?« Wie auch immer das möglich sein sollte.

»Klaro. Ich war doch dabei. Sag bloß, du hast mich nicht bemerkt? Ich war oben auf dem Dach und hab dich beobachtet, als du versucht hast, das Dachfenster einzudreschen. Hätte ja fast funktioniert.« Sie gluckste.

Er starrte sie an. *Das ist doch unmöglich.* »Ich muss los«, sagte sie. »Wir reden später, ja? Frohes Schaffen!« Sie schenkte ihm noch ein Lächeln und machte kehrt.

Luka blähte die Wangen. Sie war in seinem Traum gewesen. Diese verworrene Sache wurde wirklich immer komplizierter.

Nun fiel Luka das Arbeiten wesentlich schwerer. Die Gedanken schwirrten wie aufgescheuchte Glühwürmchen durch seinen Kopf. *Alea. Alea war hier.* Genauso wie sein Originalkörper. Kein Zufall. Absicht. Er hatte es in Atlantis gehört. *Realität wird zu Träumen, Träume werden zur Realität.* Er hatte von Körperdieben geträumt, vermutlich als sein Original. Deswegen war er hier, bei vielen Körperdieben, und beim Lukakörper. Und Alea? Wenn sie die Wahrheit sagte, hatte sie klargeträumt. Sie war ihm absichtlich gefolgt.

Er lud zwei Eimer Wasser ab, die von seinem Original zum Mörtelmischen gebraucht wurden. Alea hatte auch von seinem Lukakörper geträumt. Ihr kleines Froschmanöver war seinem Original gedacht gewesen und sie hatte angenommen, er sei im Lukakörper erwacht. Was auch irgendwie Sinn ergeben hätte. Stattdessen war er nur einen Körper weiter aufgewacht. Wieso?

Luka hörte jemanden etwas rufen, und wandte sich um. Auf der großen Freifläche der Zeltstadt, die er von seiner erhöhten Lage gut überblicken konnte, traten viele Körperdiebe beiseite. Staub wirbelte auf, Sand knirschte. Im nächsten Moment erschien dort ein langer, schwarzer Wagen, gezogen von zwei Dutzend Körperdieben. Einige koppelten sich vorne aus, ließen das Gefährt passieren und schnappten sich die hinteren Seile, um den Wagen abzubremsen. Das Gefährt schlug vor dem Abgrund in die Sandgrube eine Kurve und kam ganz allmählich zum Stehen. Wieder einmal fiel Luka auf, wie gut diese Körperdiebe für ihre Aufgabe ausgewählt worden waren. Allesamt waren sie dünn wie Bohnenstangen, aber hatten drahtige, feste Muskeln. Läufertypen.

Als sich der Staub gelegt hatte, öffnete einer der Wagenzieher die hintere Tür. Heraus trat ein grobschlächtiger, breit gebauter Mann ohne Hals. Von seinem Körper erhielt er wieder keine Reaktion, doch Luka kam irgendetwas an dem Typen bekannt vor. Nur was? Und woher? Er trug keine Maske, ging leicht gebückt. Er bewegte sich unrund, fast ein wenig humpelnd. Seine Backen hingen seltsam unnatürlich von seinem Schädel. Ein Hund bellte, und der große Kerl drehte sich um. Die Bulldogge sprang aus dem Inneren des Wagens in die Arme seines Herrchens. Das Tier leckte den über beide Backen strahlenden Klotz überall im Gesicht ab.

Der Hund. Luka erkannte den Hund. Er wusste jetzt auch, woher er den Halslosen kannte.

Die Rede. Die Rede des Ersten. Er hatte neben Darius gestanden auf dem Podium.

»Das ist ja widerlich, Boris. Musst du das Vieh überallhin mitschleppen?« *Boris!* Natürlich. Doll hatte seinen Namen genannt. Der Hundemann war der Kommandant der Roten Wächter.

Noch jemand war ausgestiegen. Diesmal erkannte ihn Luka sofort. Der Junge wischte eine Strähne seines roten Haars aus seiner verschwitzten Stirn und strafte die Bulldogge mit einem Blick voller Abscheu. In der Hand hielt er eine Maske, die Luka nur allzu gut kannte.

Es war der Drache. Es war Jan.

Jan und der Kommandant waren nicht die einzigen Neuankömmlinge im Lager.

Die beiden hatten es sich schon längst im Schatten eines offenen Zeltes gemütlich gemacht, als gut dreißig weitere Köperdiebe, begleitet von bewaffneten Roten, ins Lager trotteten. Auch sie waren meist große, kräftige Männer. Dennoch bemerkte Luka sofort einen Unterschied zu allen Körperdieben hier, denn sie waren nervös. Gehetzt blickten sie sich um, der Schweiß stand ihnen im Gesicht, obwohl sie nicht gerade im Dauerlauf angekommen waren. Außerdem erkannte Luka bei keinem das Mal auf der Hand. Das mussten Neue sein. Ihre Körper waren das hier noch nicht gewohnt.

Er selbst dagegen war mit seinem Material heute recht zufrieden. Er hatte ihn Fritz getauft. Man musste nur akzeptieren, dass ihn einfach alles kalt ließ. Auch, dass er nun schon minutenlang gemütlich im Baumschatten lehnte, ohne etwas Produktives zum Bau der Mauer beizusteuern. Würde er dafür bestraft werden? Vermutlich nicht. Die Einheit wollte doch nicht, dass der Körper Schaden nahm. Morgen steckte ohnehin ein anderer Geist darin.

Luka war neugierig. Was tat Jan hier? Was hatte er mit dem Kommandanten zu schaffen? Überhaupt … der Kommandant interessierte ihn sehr. Ihr Treffen in der Arena war damals geplatzt. Wäre alles anders gelaufen, hätte es stattgefunden? Jemand, der sich so innig um seinen hündischen Gefährten kümmerte wie Kommandant Boris, konnte doch kein Unmensch sein.

»Hey, Froschjunge. Na, was siehst du dir an?«

Luka drehte sich um. Es war Alea, die ihm eine neue Wasserflasche in die Hand drückte und kurz seine Schulter berührte. Luka spürte in sich hinein – wieder nichts. Es war kaum zu glauben.

Er umriss seine Verbindungen zu den beiden Neuankömmlingen. Sie erklärte ihm daraufhin, wer der dürre Brillenträger war, mit dem sie sich Schatten unterhielten.

»Sieht aus, als wäre der Oberaufseher nicht gerade heiß auf seine Gäste«, merkte sie an und kicherte. Auch ihn habe sie schon mit Wasser versorgt. Luka erspähte einen bleichen, schmächtigen kleinen Mann mit schulterlangen, graubraunen, flatternden Haaren. Neben den beiden Muskelpaketen wirkte er wie ein Fähnchen im Wind. Dieser Hänfling sollte der Oberaufseher sein? Alea hatte recht. Der Kleine saß tatsächlich möglichst weit abseits der beiden. Die riesenhafte Bulldogge an Boris' Seite schien ihm nicht recht geheuer.

Jan und Boris gingen los. »Wird Zeit, dass du das auch mal siehst. Das hält auch dein Vater für wichtig«, hörte er den Kommandanten sagen, während er Jan mit einer groben, aber freundschaftlichen Geste an der Schulter führte. Die beiden gingen auf eine Feuerstelle zu, und Boris gab den Wächtern, die mit ihnen angekommen waren, ein Zeichen. Die Gruppe Neu-Körperdiebe setzte sich in Bewegung.

»Es ist gar nichts dabei«, sagte Boris zu Jan. »Ich zeig's dir, dann kannst du es gleich selbst tun.« Jan nickte. Luka sah, wie aufgeregt er war. Er atmete schnell, schaute zu den Körperdieben und wieder zum Feuer.

»Los, Sven. Bring mir einen«, sagte Boris zu einem seiner Wächter. Dieser packte einen der neuen Körperdiebe und führte ihn zur Glut. Er zwang ihn auf den Boden, wo er sich wimmernd zusammenkauerte. Vier weitere Wächter kamen hinzu. Luka schluckte. Er bemerkte, wie sich Alea näher an ihn schmiegte, aber ebenso wie er gebannt die Szene beobachtete.

Der Körperdieb hatte keine Chance. Drei hielten ihn fest, während zwei andere seine Hand auf den Boden fixierten. Boris trat zur Glut und hielt im nächsten Moment ein Eisenrohr in der Hand. Das von ihm abgewandte Ende glühte orangerot, die Luft darüber flimmerte. Der Kommandant der Einheitswächter verschwendete keine Zeit. Zweimal schnell hintereinander setzte er an. Begleitet von gellenden Schreien des neuen Körperdiebs brannte er das Mal auf seinen rechten Handrücken. Luka schloss die Augen, sah nicht mehr hin. Dennoch wusste er, wie die Hand von nun an aussah. Zwei voneinander abgewandte Cs. Die Zerrissenheit von Geist und Körper war nun für immer auf diesem Körper verewigt. Als er die Augen wieder öffnete, sah er, wie ein Körperdieb aus dem Lager eine dickliche, weiße Paste auf dem Brandmal verteilte. Der Gebrandmarkte kauerte immer noch in derselben Position auf dem Boden, obwohl ihn schon längst niemand mehr festhielt.

»Ich soll schauen, wo du bleibst«, hörte Luka seine Lukastimme. Sein Originalkörper war ihm gefolgt, er stand hinter ihnen. Sprach er immer mit so einem leicht genervten, lethargischen Unterton? Nein, es musste dieser Trottel sein, der in ihm steckte. Der gehörte einfach nicht da hinein.

»Ist ja gut«, antwortete er. »Gehen wir zurück.« Er hatte genug gesehen.

»Hey! Ihr da drüben! Stehenbleiben!«

Das war Jans Stimme. *Was zum …?* Doch schon einen Herzschlag später verstand Luka. Er wusste, dass er es nicht mehr verhindern konnte, und drehte sich um.

Jan zeigte in ihre Richtung. Aber Luka war klar, dass er nicht ihn meinen konnte. Das tat er auch nicht. Jan zeigte auf den Lukakörper.

»Das ist er! Das ist er!«, rief Jan.

Luka sah auf seinen Originalkörper, der bei diesen Worten leicht zusammenzuckte. »Was meinst du?«, fragte Boris.

»Es ist Luka! Dieser kleine Gauner, der die Einheit lächerlich gemacht hat. Der dem Gesuchten geholfen hat. Oder besser gesagt, sein früherer Körper, der ausgebüxt ist.«

Der breitschultrige Kommandant brummte. »Und da bist du dir sicher?«

»Der Typ war mit mir im Lyzeum. Natürlich bin ich mir sicher!«

Boris nickte einem der Wächter zu. Momente später waren Luka, sein Originalkörper und Alea umstellt. »Los, bewegt euch«, herrschte sie einer der Roten an. Luka suchte Blickkontakt mit Alea, aber sie zuckte nur mit den Schultern und schlurfte in Richtung Jan und Boris. Lukas Herz schlug bereits schneller, aber er konnte noch so weit klar denken, um Alea einmal mehr für ihr Improvisationstalent zu bewundern. *Einfach mitspielen*, schärfte er sich ein. *Du bist ein Körperdieb. Nichts weiter.*

»Wie heißt du?«, fragte Jan seinen Lukakörper, als sie vor ihm standen. Boris beäugte ihn misstrauisch, während die Bulldogge mit aufgestelltem Schwanz an ihm schnüffelte. Alea, ganz in ihrer Rolle, bot Boris und den umstehenden Wächtern Wasser an.

»Gunnar.« Er schaute von Boris zu Jan. Seine Augen waren weit aufgerissen.

»Wieso zitterst du? Es ist scheiß-heiß hier.«

Gunnar öffnete den Mund. Wieder schaute er zu Boris. Zur Bulldogge. Zum Oberaufseher, der sich alles schweigend aus dem Schatten des offenen Zeltes ansah. Und wieder zu Jan.

Natürlich, dachte sich Luka. Sein Originalkörper konnte es nicht ausstehen, im Mittelpunkt zu stehen. Jan wiederzusehen, war bestimmt auch nicht gerade hilfreich.

»Ich … weiß es nicht«, stammelte er.

»Ich sag dir, was ich weiß. Du spielst uns was vor. Oder, Luka?«

»Ich … nein! Ich heiße … nein!« Er schaute auf den Boden.

»Hmm … vielleicht täusche ich mich ja doch, hm?«, sagte Jan plötzlich betont freundlich. Er drehte sich zu Boris um.

Blitzschnell machte er kehrt und rammte Gunnar den Ellenbogen in die Brust. Augenblicklich sank dieser zu Boden. Luka musste sich zwingen, nicht selbst laut aufzuschreien.

»Das reicht«, fuhr Boris dazwischen. »Es werden keine Körper beschädigt.«

Jan nickte. Er atmete schnell. Seine Augen glühten genauso, wie Luka es nur allzu gut kannte. »Er ist es«, wiederholte er. »Ich hab den Typen jahrelang fast täglich gesehen. Keine Ahnung, wie er hierherkommt. Aber es ist sein Körper. Wer weiß, vielleicht ist er ja doch noch drin. Oder wieder.«

»Was ist mit dem anderen?«, fragte der Wächter Sven und zeigte auf Luka.

»Nie gesehen«, antwortete Jan. Er wollte sich schon abwenden, als er es sich anders überlegte und Luka direkt ins Gesicht sah.

»Hat er irgendwas gesagt? Hat er gesagt, wie er heißt?«, fragte er Luka.

Luka ließ sich, so gut es ging, in die Neutralität seines heutigen Körpers fallen. »Eins, Herr. Er trägt die Nummer eins. Wir bekommen am Morgen alle nur Nummern. Seinen Namen hat er nicht gesagt«, erklärte er in möglichst gleichmütigem Ton. Jan sah ihm in die Augen. Luka zwang sich, jegliche Gefühlsregung zu vermeiden. Einfach nur dazustehen und nichts zu fühlen – was der Fritzkörper zum Glück meisterhaft beherrschte.

Es gelang. Für einen Moment lang war er ganz sein Körper. Er sah auf den rothaarigen Jungen vor ihm. *Nur irgendein Junge,* wiederholte er innerlich. Nach einem Moment wandte Jan den Blick ab.

»Wenn das so ist, nehme ich ihn sofort mit«, erklärte Boris, und nickte den Wächtern zu. »Dein Vater wird zufrieden sein, dass du ihn erkannt hast. Das wird den Leuten zeigen, dass wir die Dinge im Griff haben.«

Jans Gesicht hellte sich auf. »Ja. Wahrscheinlich hast du recht.«
»Denkst du, du kommst allein zurecht? Es würd deinem Vater bestimmt imponieren, wenn du wie besprochen heute Nacht hier draußen bleibst.« Jan schien protestieren zu wollen, aber dann nickte er. »Geh nur«, sagte er. »Ich bleibe.«

Boris patschte ihm wieder grob eine Hand auf die Schulter, und machte sich zum Wagen auf. Der Wächter Sven führte Lukas Originalkörper dorthin. Mittlerweile tat Luka dieser Gunnar, der darin steckte, leid. Er war zwar ein Idiot, aber er konnte nichts dafür, dass er in seinem Körper aufgewacht war. Was würden sie wohl mit ihm anstellen? Und würden sie ihm heute Abend Equanimierer geben, wenn sie wirklich dachten, er, Luka, stecke darin? Er tauschte einen bangen Blick mit Alea.

»Halt!«, quiekte der Oberaufseher und trippelte aus dem Schatten des Zelts.

»Bitte, Herr Kommandant«, sagte er zu Boris, »der Dieb scheint kein Mal bekommen zu haben. Wie mir zugetragen wurde, kam dieser Körper nicht mit einer Lieferung an. Wir haben ihn zufällig gefangen. Ich will nicht, dass unser Lager vor dem Ersten in Verruf gerät. Ich dulde keine Schlamperei hier, müssen Sie wissen.«

»Wir nehmen ihn mit, Ende der Geschichte«, antwortete Boris schroff.

»Wartet. Vielleicht hat er recht«, meinte Jan. »Es ist doch ein noch besseres Zeichen an die Leute, wenn der Typ mit einem Mal an der Hand zurückkommt. Ist doch eine schöne Geschichte. Verarscht die Einheit, kehrt als Gebrandmarkter zurück.«

Boris überlegte kurz. »Gut gedacht. Also von mir aus.« Der Oberaufseher strahlte und bevor Lukas Originalkörper verstand, was passierte, hielten ihn auch schon vier Rote am Boden fest wie zuvor den Neu-Körperdieb. Gunnar im Lukakörper wimmerte kläglich. Luka stand starr daneben. Unfähig, wegzusehen. Unfähig, sich zu bewegen. Was sollte er auch tun? Sich verraten?

»Ich mach' es«, sagte Jan und trat mit großen Schritten ans Feuer. Als Boris den ersten Körperdieb markiert hatte, war sich

Luka sicher gewesen, Zweifel bei Jan zu spüren. Der Gedanke, gleich selbst Hand anzulegen, hatte ihm nicht behagt. Er war nervös gewesen deswegen.

Davon war jetzt keine Spur mehr. Jans Augen glommen voller Vorfreude.

Jan hob das glühende Stück Rohr in die Luft wie ein Schwert. Seine Zähne blitzten.

Luka schaute Alea an, deren Augen sich vor Furcht weiteten. An ihre Rolle dachte sie nun offenbar doch nicht mehr. Langsam führte Jan das Eisen nach unten. Lukas Originalkörper schnaufte heftig. Sein Arm zitterte, obwohl ihn die Wächter festhielten wie in einem Schraubstock. »Wenn du dich bewegst, wird es noch viel mehr weh tun«, erklärte Boris fachmännisch, worauf das Zittern etwas nachließ. Dennoch zuckte der Arm weiterhin – stoßweise und unkontrolliert. Die Hand aber lag flach auf dem Sandboden. Aus der Entfernung vorhin war es etwas ganz anderes als jetzt. Luka roch den Angstschweiß. Und dann – schrie er. Langgezogen und hoch. Er kreischte wie am Spieß. Sofort stieg Luka der beißende Gestank von verbranntem Fleisch in die Nase. Jan ließ sich Zeit. Er drückte lange und fest zu. Blankes Entsetzen stieg in Luka auf und lähmte ihn. Er stand da und starrte hin. Er starrte auf seinen Lukakörper, der schrie, der stank, der schwitzte. Der unsägliche Qualen litt.

Jan hörte nicht auf. Er drückte weiter. Und weiter. Er zog das Rohr nicht zurück. Ringsum war es totenstill. Luka spürte, wie seine beiden Hände zu Klauen erstarrten. Seine Rechte brannte, als läge er selbst dort. Nicht irgendein Gunnar. *Das sollte ich auch*, schoss es ihm durch den Kopf. Er sollte dort liegen. Es war schließlich sein Körper.

»Aufhören!«, kreischte Alea. Sie hatte Tränen in den Augen. »Bitte! Er brennt ihm die Hand durch!«

Sie hatte recht. Jan hörte nicht auf. Aber er drückte nicht noch einmal mit festem Griff zu. Nein, zitterte selbst. Das glühende Rohrende vibrierte. Als hätte Jan Mühe, es still zu halten. Wenn er das überhaupt versuchte.

Lukas Original schrie nicht mehr. Der Gepeinigte wand sich nur noch, stumm und spastisch zuckend. Als Jan das feurige Eisen immer noch nicht zurückzog, schritt Boris zu ihm. Da hob Jan das Rohr doch an. Ein wildes Funkeln stand in seinen Augen, und er atmete schwer.

»Jetzt noch das zweit…«, begann Jan, als er sich seinen Zuschauern zuwandte, aber weiter kam er nicht. Mit voller Wucht stürzte sich Luka auf ihn, Kopf voraus in seinen Bauch. Die beiden torkelten am Feuer vorbei, überschlugen sich und fielen wild umschlungen den Abgrund hinab in die Sandgrube.

Feuer. Alles brennt. Auch seine Hand. Aber sie tut nicht weh. Warum?

Es ist rot wie glühende Lava, aber es ist gar kein Feuer. Es ist welliges, fließendes, tiefrotes, wunderschönes Haar, durch das er mit seiner Hand pflügt, während sie ihn im Arm hält. Sie duftet nach Zimt.

»Dieser Junge ist sehr böse, weißt du.«

»Warum?«

»Er will dich mir wegnehmen. Er will uns alles wegnehmen. Das dürfen wir nicht zulassen, oder?«

»Ja, Mama«, sagt er. »Keine Sorge. Ich beschütze dich.«

Blau. Wolken. Irgendjemand schrie. Sein Kopf tat weh.

Die Wolken veränderten sich und die Sonne blendete ihn. Luka kniff die Augen zusammen. Irgendetwas war anders. Er fühlte etwas.

Feuer. Er war wütend. Jemand … wollte ihm etwas wegnehmen. Aber er hatte ihn erwischt. Hatte er das gerade geträumt?

»Du … verdammter kleiner …«, stammelte jemand neben ihm. Luka drehte seinen Kopf zur Seite. Ein Junge. Ein Glatzkopf. Ein Körperdieb. Kräftig, groß. Er kannte ihn nicht.

»Was … ist passiert?«, fragte Luka. Er brachte die Worte nur langsam hervor. Auch sein Kehlkopf schmerzte. Er setzte sich auf und hielt sich seinen Bauch, der ein klägliches Knurren von sich gab. Der Junge neben ihm hustete. Ringsum sah Luka nur Sand und Steine. Sie lagen unweit einer meterhohen Felsmauer. Dann sah er es. Das Rohr. Neben ihm lag ein Rohr. Einen Moment lang starrte er es an. Er fasste sich an den Kopf. Strich sich die Haare in die Stirn. Sie waren lang genug, dass er ihre Farbe erkennen konnte. Die Haare waren rot. Feuerrot.

Das Rohr glomm nur noch schwach orange, aber er fühlte immer noch die Wärme in seiner Hand. Wie ein Blitz flackerte die Szene vor seinem Gesicht auf. Zuerst aus der einen … dann aus der anderen Perspektive. Das Feuer. Die Schreie. Der Sturz. Wieder schaute er nach oben zum Abgrund, von dem sie gestürzt waren.

Alles fügte sich zusammen. Er war kein Körperdieb ohne Namen mehr. Er war nicht mehr Neun, nicht mehr Fritz. Der Körper, den er an diesem Tag bisher bewohnt hatte, lag neben ihm im Sand.

Luka war im anderen Körper der beiden Gefallenen aufgewacht. In dem von Jan.

Und er hatte eine ziemlich genaue Vermutung, wohin es den Sohn des Ersten verschlagen hatte.

Als Erstes kam der Hund an.

Er schnüffelte an Lukas Schuhen herum. Obwohl er sofort einen starken inneren Widerstand spürte, streckte er die Hand aus. Inbrünstig widmete sich der Hund seinen Fingern, und der Speichel kühlte seine erhitzte Handfläche.

»Danke, Hugo«, flüsterte Luka ihm zu.

Hugo schleckte mit Feuereifer, was Luka so deutete, als wolle er sagen, das Vergnügen sei ganz auf seiner Seite. Die Zunge bewegte er kaum, den Kopf dafür umso mehr. Luka fand es fast hypnotisch, wie sich der breite, unförmige Schädel der Dogge immer wieder hob und senkte. Sein knautschiges Gesicht erinnerte unweigerlich an das seines Herrchens. Besonders die hängenden Wangen. Der Unterschied war, dass Boris' Haut grob und knochig war, während Hugos braunweißes Fell nur aus weichen Falten bestand. Luka kraulte ihn hinter den Ohren. Mit jeder Sekunde konnte er das abweisende Gefühl seines Körpers dem Tier gegenüber besser abstreifen. Dieses verschrumpelte, verschmuste Ding musste man doch gernhaben. Aber er verstand auch sofort, was Jans Körper fühlte. Er wollte nicht als schwach gelten. Jans Körper legte Verbundenheit zu Schwächeren als Schwäche aus. *Kein Wunder, dass ich nicht so denke. Ich bin doch einer der Schwachen*, dachte er.

Hugo hörte mit seiner Liebkosung auf, drehte sich um und begann leise zu knurren. Der andere Körper regte sich wieder und hielt sich den Schädel. Seine Lider waren schwer, seine Bewegungen behäbig. Hugo knurrte lauter. Luka war fasziniert. Der Hund und Jan hatten sich vorher nicht gemocht. Konnte das Tier den feindseligen Geist in einem anderen Körper etwa spüren?

»Dafür wirst du büßen. Ich lass dich aufhängen«, sagte der Fritzkörper, immer noch mit halb offenen Augen. »Du weißt wohl gar nicht, wer ich bin?«

Luka schaute ihn an. Der andere hatte ihn offenbar immer noch nicht richtig wahrgenommen. Er hörte Sand knirschen, und mehrere Menschen rufen. Sie kamen.

»Wer du bist, spielt keine Rolle«, sagte Luka langsam. »Du ... bist ein Dieb. Ein Niemand. Aber weißt du, wer ich bin? Wenn du mich ansiehst, erkennst du mich vielleicht.« Die Augen des anderen öffneten sich erstmals richtig. Luka lächelte, als er sah, wie sie sich weiteten.

»Gestatten? Jan. Schwarzer Drache, Sohn des Ersten.«

Binnen weniger Sekunden waren sie von Wächtern umringt. Ihr Kommandant blieb vor Luka stehen. Seine breite Silhouette verdeckte die Sonne.

»Gehts?«, fragte Boris. Luka packte eine ihm dargebotene Hand und ließ sich mit einem Ruck vom Boden hochreißen. Boris holte mit einem Arm aus, und Luka wollte schon wegzucken, aber sein Körper verstand zum Glück, dass Boris ihm wieder auf die Schulter dreschen wollte. Luka spürte es auf seinem muskelbepackten Oberarm kaum.

»Ich werds überleben«, sagte er. »Die paar Meter, das war doch nichts.« Er versuchte, sich mehr in den Körper hineinzuversetzen. Er musste Jans aufschneiderischen Ton treffen. Hugo war zum Glück seinem Herrchen entgegengelaufen, und umwuselte jetzt Boris' Füße. Sonst hätte er ihn mit seiner neu gewonnenen Zuneigung für Jans Körper glatt verraten. Da kam Luka eine Idee.

»Der verdammte Köter hat mich vollgesabbert«, sagte er und setzte ein möglichst angewidertes Gesicht auf. »Hast du keine Leine für das Vieh?«

»Lasst mich los, was fällt euch ein!«, hörte Luka den Fritzkörper rufen, bevor Boris antworten konnte. Lukas bisheriges heutiges Zuhause wurde von zwei Roten Wächtern in die Mangel genommen. Auch wenn der Körper schwach wirkte und mitgenommen von dem Sturz, loderte feurige Wut in seinen Augen.

»Ich bin Jan, verdammt! Ich bin Jan! Der da macht euch was vor. Ihr verblödeten Idioten, lasst mich los!« Er wand sich, aber die beiden Wächter zuckten noch nicht einmal mit den Wimpern. Boris' Blick wanderte langsam von Jan zu Luka. »Lächerlich«, sagte Luka. »Was Besseres fällt dir nicht ein, du Witzfigur?«

»Du verdammter … ich werd dir die Haut abziehen! Ich werd dich ausweiden! Lasst mich endlich los! Wisst ihr nicht, wer ich bin! Ahh!«, schrie Jan. Er tobte, zuckte, schüttelte sich vergebens. Kraftlos sank er in sich zusammen, nur den Kopf hob er noch. Er schnaufte wild, und seine Augen glühten Luka an. Der merkte, dass er den Wettstreit darum, wer den besseren Jan spielen konnte, gegen das Original nicht gewinnen würde. Aber er konnte etwas anderes. Er winkte Boris mit einer Geste zu sich. Für einen Moment schloss er die Augen, dann flüsterte er ihm ins Ohr.

»Morgenstern siebenundzwanzig«, sagte er leise. Er las in seinem Körper deutlich, dass Boris Jans Bürge war. Der Code war ebenfalls kein Problem. Aber er wollte absolut sicher sein, dass er ihm glaubte. Also ließ er sich noch einmal in den Körper fallen. Er suchte allen Hass, den er finden konnte, und flüsterte mit todernster Stimme: »Und jetzt lass mich diesen verfluchten Dieb endlich umbringen.«

Jan blutete aus der Nase.

Der Fritzkörper hatte den Sturz bei Weitem nicht so glimpflich überstanden wie Jans Original. Luka fühlte sich darin nur ein wenig wackelig auf den Beinen und war vor allem innerlich aufgewühlt. Jan dagegen hing schlaff wie ein nasser Sack zwischen zwei Wächtern. Sein lautstarker Widerstand hatte ein jähes Ende gefunden, als Boris ihn knebeln ließ. Seitdem hielten ihn nur noch die Wächter aufrecht. Sein Kopf hing kraftlos nach unten. Wenn sich seine Augen jedoch schlossen, klatschte ihm einer der Wächter sofort grob ins Gesicht. Luka brauchte einen Moment, um zu verstehen, dass sie ihn am Abtauchen hindern wollten.

»Geht es Ihnen gut?«, fragte der Oberaufseher Luka, als sie zurück auf der Freifläche waren. Der Jankörper fand, Caspars Gesicht hatte etwas von einer Ratte, so wie seine Vorderzähne hervorstanden. Seinen Namen erlas er mühelos.

»Bestens«, antwortete er kurzangebunden.

»Was passiert ist, tut mir außerordentlich leid. Aber was soll nun mit dem defekten Körper geschehen? Wenn sein Geist befragt werden soll, müssen wir ihm schnellstens Equanimierer geben. Ob er es allerdings bis in die Einheit überlebt, wage ich, zu bezweifeln.«

Luka schaute auf Jan, der gar nicht mitbekam, dass über ihn gesprochen wurde. Er überlegte kurz. Es war wohl nicht mehr zwingend nötig, weiter den Harten zu markieren. Boris glaubte ihm. Und ja – er spürte Mitleid für Jan. Sein Leben, wie er es kannte, war ohnehin vorbei.

»Von mir aus lasst ihn leben«, sagte er. So zu klingen, als sei ihm das eigentlich gar nicht recht, fiel ihm leicht. Sein Körper hatte nicht übel Lust, dem anderen an Ort und Stelle den Rest zu geben. »Lang macht er's ja wohl eh nicht mehr«, fügte Luka an. Sein Blick traf den von Boris, und er seufzte gelangweilt. »Ein Körper ist ein Körper.«

Boris nickte. »Entschieden wie ein Anführer«, bestätigte er.

»Sehr wohl, eine gute Entscheidung«, schleimte der Oberaufseher. Er nickte zwei Roten zu, die den Geknebelten von Boris' Männern übernahmen. Jan machte keine Anstalten, sich zu wehren. Er zuckte nur unregelmäßig. Der Blutfleck unter seiner Nase hatte sich bedenklich vergrößert. Luka fühlte einen Kloß in seinem Hals.

»Ich nehme den da jetzt mit«, sagte Boris, und deutete auf den Lukakörper, der immer noch so, wie Jan ihn gebrandmarkt hatte, von zwei Wächtern bewacht auf dem Boden kauerte. Nur seine Hand war bereits mit derselben weißlichen Paste bestrichen worden. »Wir haben ihm schon Stoff gegeben«, erklärte Boris. »Nur für den Fall, dass er doch irgendwas weiß.« Luka nickte. Seinen Originalkörper dort zu sehen – geschunden, gedemütigt und unwiderruflich als Sklave gebrandmarkt – tat ihm in der Seele weh. Gleichzeitig verspürte er süße Befriedigung. Sein Körper genoss das Bild. Lukas Finger formten eine Faust. *Geschieht ihm recht*, dachte er. *Ich will ihn noch mal verbrennen.*

Im nächsten Moment fröstelte es ihn. Hatte er das gerade wirklich gedacht? Er konnte in seinem neuen Körper gut lesen … aber Jans extreme Gefühle schwappten immer wieder hoch. Als Boris' Leibgarde Lukas Originalkörper in den Wagen schaffen wollte, hielt ihn der Kommandant plötzlich auf. Er packte den Arm der geschundenen Hand und inspizierte sie.

»Was ist?«, fragte Luka.

Boris glotzte noch einen Moment lang weiter. »Nichts«, brummte er. »Wollte mir das nur noch mal anschauen.«

Die Wagenzieher spannten sich vor das Auto. Boris nickte ihm zu und stieg ohne weitere Worte ein. Luka sah ihm nach, bis er fort war.

Luka blieb nicht allein zurück. Die Wächter Sven und Jelinek waren nicht mit ihrem Kommandanten zurückgefahren. Offenbar waren sie zu seinem Schutz hier. Das passte Luka nicht – je weniger Menschen hier waren, die Jan wirklich kannten, desto besser.

Lukas Blick wanderte umher. Im Feuer steckte kein Rohr mehr, aber daneben fiel ihm etwas auf. Ein Korb mit Wasserflaschen. Im nächsten Moment sah er sie. Langsam schlendernd entfernte sich Alea aus seinem Blickfeld.

»Hey du – Wassermädchen!«, rief der Oberaufseher. »Ist das nicht die Kleine von vorhin?«, quiekte er in Lukas Ohr. »Wie sie sich vorhin für den Körper eingesetzt hat, war auffällig. Sollen wir sie nicht auch noch befragen?«

Lukas Herz pochte, aber er winkte betont desinteressiert ab. »Weiber«, sagte er. »Können so was halt nicht mitansehen.« Alea konnte noch ungeschoren entkommen. Sie musste nur weitergehen … nur so tun, als hätte sie ihn nicht gehört. Nur noch um die nächste Kurve verschwinden. Nur noch ein kleines Stück … doch zu Lukas Entsetzen wurde sie langsamer. Sie drehte sich zu ihnen um. Alea sah die vier Männer, die sie beobachteten – und fing an zu rennen.

Luka seufzte innerlich. Aber er wusste, dass er handeln musste. »Packt sie euch.«

Die beiden Wächter schleiften Alea vor Luka und den Oberaufseher. Im Gegensatz zu Jan war sie keine einfache »Fracht« gewesen. Sam hielt sich den Schritt. Jelinek blutete am Ohr. »Das Miststück hat mich gebissen!«, erklärte er mit funkelnden Augen. Innerlich bewunderte er Aleas Schneid. Äußerlich hatte er nur ein abfälliges Lächeln für die beiden übrig, das nur als *ihr werdet also nicht mal mit einem Mädchen fertig,* gedeutet werden konnte.

»Wenn sie den, den die Einheit gesucht hat, kennt, kriegen wir es raus«, sagte der Oberaufseher. Den Typen wurde Luka nicht so leicht los. Luka schaute Alea an. Sie wich seinem Blick nicht aus, obwohl sie gebückt stand und außer Atem war. Wie Jan hatten die Wächter sie geknebelt. Aus ihrem Blick sprach unverhohlene Abscheu. Die konnte er ihr nicht verübeln. Immerhin dachte sie immer noch, dass in seinem Körper noch Jan steckte. Jan hatte Lukas Originalkörper qualvoll gebrandmarkt. Um ihn davon abzuhalten, hatte Alea sogar ihre Rolle als schulterzuckende Wasserträgerin aufgegeben.

Während der Jagd auf sie hatte er sich bereits einen Plan zurechtgelegt. Er hoffte nur, dass seine Position als Sohn des Ersten ausreichte, um diesen in die Tat umzusetzen.

»Nein«, sagte Luka nur. »Sie gehört mir. Bringt sie in mein Zelt. Wenn ich mit ihr fertig bin und nicht zufrieden, kannst du sie meinetwegen noch befragen.« Der Oberaufseher nickte prompt. Er zuckte nicht einmal mit der Wimper. »Natürlich«, sagte er. »Ich führe Euch zu Eurem Zelt.«

»Bindet sie da hin«, sagte Luka, als sie dort angekommen waren, und deutete auf den Mittelpfosten des geräumigen Zelts. Er atmete durch. *Hoffentlich klappt das.*

»Für den Rest brauch ich euch wirklich nicht mehr, Jungs«, sagte er, nachdem Alea an dem Pfosten fixiert war. Er setzte ein eindeutiges Grinsen auf, das beide erwiderten. »Ihr braucht nicht zu warten, dabei brauch ich keine Zuhörer. Ab mit euch. Trinkt einen für mich mit.« Bei der Aussicht darauf nickten sie und verschwanden prompt.

Luka wartete noch ein paar Minuten, bis er sicher war, dass sie weg waren. In Aleas Gesicht war von stolzem Widerstand nichts mehr zu sehen. Ihre Augen waren geweitet. »Beiß mich nicht, okay?«, flüsterte er ihr zu. »Ich mach dir jetzt den Knebel raus.«

Als er sich ihr näherte, drehte sie sich blitzschnell um und trat aus. Luka wusste kaum, wie ihm geschah, aber Jans Körper bewies exzellente Reaktionen. Automatisch wich er ihrem Tritt aus, umfasste ihr Bein und trat gegen das andere. Sie sank auf die Knie wie ein gefällter Baum. Mit einer fließenden Bewegung holte er aus und verpasste ihr mit dem rechten Handrücken eine satte, klatschende Ohrfeige, die sie regungslos, wie eine Strohpuppe, über sich ergehen ließ. Ihr Kopf baumelte kraftlos nach unten. *Das würde dir so passen*, dachte er, und spürte ein Lächeln in seinem Gesicht.

Er sah, was er getan hatte. Er war starr vor Schreck. Dennoch spürte er, wie sehr dies seinem Körper gefiel. Er spürte die Gänsehaut auf seinem Nacken.

Langsam schluckte er. Konnte er sich in diesem Körper überhaupt zutrauen, sie um sich zu haben? Eines jedenfalls half dabei hundertprozentig. Dabei musste er sie auch nicht anfassen. »Alea«, sagte er mit zitternder Stimme. »Ich bin's, Luka.«

Sie brauchte einen Moment. Dann hob sie ihren Kopf. Ihre Lippe blutete. Mit ihren großen, graublauen Augen schaute sie ihn an, als käme er vom Mars.

»Rheobatrachus«, setzte er hinzu. »Tut mir leid.«

358

»Ich werd' jetzt deine Fesseln lösen«, sagte Luka vorsichtig. Er zwang sich zu einem möglichst einfühlsamen Tonfall. Jans Körper war es nicht gewohnt, sich beim Sprechen seinem Gegenüber anzupassen. Er atmete langsam und tief aus. »Kannst du deinen Kopf noch mal nach vorne lehnen? Dann knote ich den Knebel auf.« Vier, fünf Herzschläge lang schaute sie ihn an. Es war ein harter Kampf für ihn, nicht zu grinsen, denn seinem Körper gefiel der Anblick seines Werks. Er erwiderte ihren forschenden Blick mit einer Andeutung von eigener Verwirrtheit. Als er schon dachte, sie würde ihn für immer strafend anstarren, senkte sie doch ihren Kopf. Er löste den Knoten. Luka schloss er die Augen, weil er einen starken Drang spürte, ihr den Knebel deutlich fester wieder aufzuzwingen. Seine Hände wurden wieder zu zitternden, verkrampften Klauen, als er mit sich rang. Aber er schaffte es. Er zog das schmutzige Tuch von ihr. Wenn er erwartet hatte, dass sie sofort losquasselte – immerhin war es Alea – hatte er sich getäuscht. Sie blieb stumm.

»Kannst du aufstehen? Dann komm' ich besser an deine Handfesseln ran«, flüsterte er. Diesmal folgte sie seinem Vorschlag schneller. Sie stand auf. Mit zitternden Händen begann er, das Seil zu lockern. Er fummelte, aber die Knoten saßen zu fest. Bald schon merkte er, dass sein Körper die Berührung mit den Seilen gut kannte. Er zog sich etwas zurück, und schon flogen seine Hände flink und geschickt über die Verknotung, erkannten ein Muster, und lösten es innerhalb weniger Sekunden. Diesmal reagierte sie sofort, als er sie befreite. Sie duckte sich unter seinem Arm hindurch und war mit zwei schnellen Schritten beim Zelteingang.

Er hätte sie stoppen können. Sein Körper sah ihre Bewegung – sah, wie sie sich von der Stange wegdrehte und Richtung Eingang trat. Sein Bein hätte sie mit Leichtigkeit zu Fall gebracht. Er hätte es nur strecken müssen. Er sah die Bilder in seinem Kopf. Wie sie auf den Boden stürzte, und dann hilflos dalag. Nur ein Schritt, und er könnte über ihr stehen. Sie von hinten an den Haaren packen. Oder sie mit dem Fuß in den Dreck drücken. Sie winseln hören, und selbst laut lachen. Ja, das fühlte sich gut an. Er verdiente es, sie zu erniedrigen.

Langsam lösten sich die Bilder auf. Er rang seinen Körper nieder. Zitternd blieb er hinter der Zeltstange stehen. Als er sich wieder im Griff hatte, sah er auf den Zelteingang. Sie war fort.

Luka seufzte. Er drehte sich um und ließ sich auf das Feldbett sinken. Es war wahrscheinlich besser so. Wer wusste schon, was er ihr noch angetan hätte. Er hatte sich nicht richtig unter Kontrolle. Sein Herzschlag beruhigte sich. Er wischte sich den Schweiß von der Stirn. Diese ständigen inneren Kämpfe kosteten eine Menge Energie.

»Ist bestimmt schwer, oder?«, hörte er ihre Stimme vom Eingang.

Er sah hin. Dann presste er die Lippen aufeinander und formte sie zu einem vorsichtigen Lächeln.

»Du hast ja keine Ahnung.«

Es war wie Bürgen. Nur andersherum.

Mindestens ein Dutzend Fragen stellte Alea Luka, um sicherzugehen, dass er nicht der war, nach dem er aussah. Dass er nicht Jan war, sondern Luka im Körper von Jan. Sie stellte ihm Fragen über Atlantis. Er musste das Foyer des Wasserschlosses beschreiben und den Körper, in dem er dort zuletzt aufgewacht war. Er musste den Geschmack von Ellies Apfelkuchen beschreiben, Emmas Zeichnung und den Schmetterlingskuss auf dem Balkon.

Schließlich war sie zufrieden. Nachdem sie während ihrer Fragestunde rastlos umhergetigert war, saß sie nun mit ihm auf dem Bett. Auf dem weitest entferntesten Punkt am anderen Ende zwar – sie umarmte sich selbst und wirkte weiterhin eher abweisend – aber immerhin.

»Das vorhin ...«, begann er nach längerem Schweigen. »Du weißt, dass das dieser Körper war. Ich würde nie ...«

»Schon klar«, sagte sie schnell. »Ich hab ja gesehen, was das für einer ist.« Luka nickte. Sie hatten alle gesehen, was Jan mit dem Lukakörper gemacht hatte.

»Du verstehst dann ja, wieso ich Abstand brauche«, erklärte sie. »Mein Körper würd am liebsten raus hier. Hat ganz schön Angst. Aber ich krieg das hin. Sie ist jetzt auch nicht gerade die Willensstärkste.«

»Kann man von meinem nicht gerade behaupten«, antwortete er.

Sie schwiegen ein paar Momente. Dann fragte sie: »War das Absicht?«

»Was meinst du?«

»Also, hast du klargeträumt? Hast du überhaupt geträumt? Du warst ja nur ganz kurz weg, oder? Wie war es so? Ich mein', ich hatte so was noch nie. Einen U-Boot-Effekt.«

»U-Boot-Effekt?« Er erinnerte sich an Esras magisches Sofort-Abtauchen in der Arena durch den seltsamen Anti-Equanimierer.

Alea nickte. »Abtauchen und sofort in den Klartraum. Eben wie bei einem U-Boot. Das geht anscheinend auch durch nen Aufprall. Und was für ein Aufprall! Echt, du hättest dich sehen sollen. Du hattest so ne harte Wut in den Augen. So hab ich dich noch nicht erlebt!«

Luka lächelte, als er sie das herunterrattern hörte. Sie entspannte sich ein wenig, und wurde wieder mehr sie. »Ich war ja nur ganz kurz bewusstlos. Da war ein Traum ... aber nur ganz kurz.« Er drehte sich zu ihr. »Ist das denn normal? Zu tauschen?«

Sie zuckte die Schultern. »So genau weiß das niemand. Esra meint, es kommt öfter vor, als man denkt. Wir hatten ein paarmal Leute in Atlantis, die getauscht hatten. Aber von so was, wie dir und diesem Jan heute passiert ist, hab ich noch nie gehört. Aber wann wird man schon gleichzeitig mit jemand anderem bewusstlos?«

Darauf hatte Luka keine Antwort. »Und ich hab's doch gewusst«, fügte sie an und grinste. »Du bist ein Draufgänger! Dieser

Jan hätte deinem Original glatt die Hand durchgeschmort, wenn du nichts getan hättest. Das war ganz schön mutig.«

»Ich hab gar nicht mehr nachgedacht«, gab Luka zu. »Irgendwann hat etwas in mir geklickt. Ich konnte nicht mehr zuschauen … aber das verstehst du wahrscheinlich nicht«, fügte er an, nachdem ihm ihre erste Unterhaltung darüber durch den Kopf ging. »Dir bedeutet dein Original nichts mehr, oder?« Die Idee, eine lange Zeit oder gar ein Leben lang in einem Körper zu stecken, hatte ihr widerstrebt.

»Doch«, antwortete sie zu seiner Überraschung. »Ich kann dich gut verstehen. Das Original ist eben das Original. Also versteh mich nicht falsch – ich liebe es, zu reisen. Neue Körper zu spüren, zu verstehen. Das ist etwas so Spannendes. Ich will und werd nie was anderes machen. Aber ich raff' das schon, wieso ihr in der Einheit so ein Trara um das Original macht. Es gibt halt nur eins davon. Ich wollt's mir nicht eingestehen, aber ich hab vorgestern gemerkt, wie wohl ich mich gefühlt hab, mal wieder in meinem Originalkörper in Atlantis zu sein. Vielleicht mach' ich das doch mal wieder öfter. Du dagegen solltest dich wahrscheinlich hüten, von deinem Original zu träumen. Die haben ihn jetzt.«

»Hm«, brummte er und nickte. Der Gedanke gefiel ihm nicht, aber er musste sich endgültig damit abfinden. Ein Zurück gab es nicht mehr. Nicht in die Einheit und auch nicht in seinen ersten Körper.

»Und, wie fandest du das Leben als Sklave so?«, fragte Alea Luka irgendwann. Er schaute sie an. Was wollte sie jetzt hören? Dass es ungerecht war?

Sklaven, dachte er. Natürlich waren sie das. Und natürlich benutzte sie dieses Wort und nicht etwa Körperdiebe.

»Ich weiß, worauf du hinauswillst«, sagte er.

»Da bin ich aber gespannt.«

Er seufzte. »Das Leben in der Einheit ist … Na ja, nicht so schlimm, wie du denkst. Viele Leute wollen und brauchen Equanimierer. Sie sind nicht wie du oder viele aus Atlantis. Sie wären nicht … sie könnten alleine nicht … sie haben Angst. Angst um ihre Körper. Um das Leben, das sie sich aufgebaut haben.«

»Sie sich aufgebaut? Ich hab in der Einheit keinen von den Equanimiererlutschern irgendwas schuften sehen.« Er öffnete den Mund, um zu antworten, aber sie kam ihm zuvor.

»Was ist eigentlich verkehrt mit dir? Bist du dermaßen blind? Ich mein, du hast es heute sogar gesehen. Selbst gespürt. Wieso kannst du nicht zugeben, dass es eine himmelschreiende Ungerechtigkeit ist, was die dort mit Körperreisenden machen? Glaubst du ernsthaft, so sollte es sein? Dass die einen über die anderen bestimmen sollten, nur weil sie es können?« Sie sah ihn ernst an.

»Nein«, sagte er laut und bestimmt. Gleichzeitig widerstand er dem Drang, sich umzusehen, ob hinter ihm ein Wächter stand oder die Heimvorsteherin oder Helena. Die Falten auf Aleas Stirn glätteten sich wieder. Er seufzte. »Ich bin ja deiner Meinung. Trotzdem hab ich das Gefühl, du kannst mich da nicht verstehen, weil du nicht aus der Einheit bist. Nur mit Emma hab ich manchmal darüber geredet.«

»Ich weiß«, sagte Alea leise. »Das hat sie geschrieben. Was meinst du, wieso ich dir am Anfang vertraut hab? Diese Emma wusste schon, wie du tickst.«

Wenn es irgendwer tut, dann sie, dachte Luka. Er sah wieder zu Alea, die jetzt ein gutes Stück näher saß und umständlich versuchte, ihre Füße zu überkreuzen. »Das Wassermädchen sitzt nicht so, wie ich das gern hätte«, sagte sie. Schließlich verharrte sie halb liegend, halb sitzend. »Aber egal. Jetzt erzähl ich dir erst mal, wieso ich dir eigentlich wirklich gefolgt bin.«

»Es ist so. Esra braucht dich«, sagte Alea.

»Er würd's nicht zugeben und traut es dir wahrscheinlich auch nicht zu, aber ja. Er ... wir stecken ziemlich im Mist, wenn du uns nicht hilfst.«

Alea erklärte es ihm. Er hörte schweigend zu. Mit großen Augen und noch größeren Gesten erzählte sie ihm, was der Widerstand plante. Und wo er dabei ins Spiel kam. »Ich wusste bei dir immer noch nicht so wirklich, woran ich bin«, sagte sie, »aber heute hast du dich hierher geträumt. Du hast das alles gesehen und sagst nun selbst, dass das hier nicht richtig ist. Hier ist deine Chance, etwas dagegen zu tun.«

Lange sahen sie sich an. »Das ... hört sich ziemlich riskant an«, sagte er irgendwann.

»Klar«, meinte sie ungerührt. »Und?«

Wieder seufzte er. Ihre Augen glänzten, ihre Backen waren noch leicht gerötet. Aber langsam verflüchtigte sich ihr aufgeregtes Grinsen.

»Also hör zu, ich ... das ist alles ein bisschen viel für mich. Vor ein paar Tagen hab ich an nichts anderes gedacht als an die Einheit. Plötzlich bin ich hier. In anderen Körpern.« Er sah auf Jans starke Hand. So oft er an sich herunter schaute und nicht seinen Lukakörper mit der vierfingrigen Rechten sah, es war jedes Mal wieder ungewohnt. Wahrscheinlich würde sich das nie ändern. »Und jetzt bin ich auch noch der Sohn des Anführers des Widerstands. Ich werde von der Einheit gesucht, obwohl sie *das* noch nicht einmal wissen. Hast du eine Ahnung, was die mit mir machen, wenn sie mich finden? Und jetzt verlangst du von mir, dass ...«

»Spar's dir«, sagte sie und biss sich auf die Lippe. »Ist schon okay.«

Sie sprang auf. Am Zelteingang blieb sie stehen.

»Ich hab's mir schon gedacht, wenn ich ehrlich bin«, sagte sie leise. Sie klang enttäuscht, aber versuchte ihr Bestes, es zu verbergen. Sie rang sich ein zerknirschtes Lächeln ab. »Es stimmt«, sagte sie. »Was Esra gesagt hat. Ich ... wir haben kein Recht, das von dir zu verlangen. Mach's gut, Luka. Vielleicht träumt man sich ja mal.« Dann drehte sie sich um und trat flinken Schrittes aus dem Zelteingang.

Irgendwann raffte sich Luka doch auf.

Er hatte auf seinem Feldbett gelegen und nachgedacht. Aleas Worte gingen ihm durch den Kopf. Sie hatten kein Recht, das von ihm zu verlangen. Er musste sich nicht rechtfertigen. Wieso spürte er dennoch so ein starkes Bedürfnis, genau das zu tun? Natürlich verstand er, wieso sie den Widerstand unterstützte. Sie dachte eben aus der Perspektive der Körperdiebe. Körperreisenden. Wie auch immer.

Er nahm einen Rucksack wahr, von dem er glaubte, ihn schon einmal in Jans Hand gesehen zu haben. *Equanimierer*, dachte er. Denn darum drehte sich doch alles. Um den Körperschutz. Nur wer welchen hatte, war obenauf. Natürlich war es ungerecht für die Reisenden, wenn sie in Sklavenkörpern erwachten. Die allermeisten konnten es nicht steuern. Wenn sie tagsüber Sklaven sahen, träumten sie bestimmt noch öfter von Sklaven. Vielleicht ging es ihm selbst bald auch so.

Nur kann ich *etwas dagegen tun*, dachte er und nickte entschlossen. Er fasste den Rucksackstoff an, ließ ihn durch die Finger gleiten, spürte die kühlen, rauen Fasern. Fühlte sich echt an. Er kratzte mit den Fingernägeln darüber und lauschte auf das dünne Scharren. Immer noch echt. Er war in der Realität. Unsicher, ob er sich nun freuen oder ärgern sollte, ließ er sich wieder aufs Bett plumpsen.

Was wäre denn, wenn er dem Widerstand wirklich half? Und der Widerstand siegte, und die Einheit zugrunde ging? Das war unvorstellbar, klar. Aber dann herrschte doch wieder das Chaos. Anarchie. Willkürherrschaft. War das besser? Die Einheit war immer noch das Größte, das die Menschen seit dem Blitz zustande gebracht hatten. So viele Menschen führten durch sie ein gesichertes, ruhiges Leben. So viele Leute arbeiteten zusammen. Viele setzten sich ganz freiwillig für die Sache ein. Viele waren immun. Immune konnten auch sonst wo hingehen, und allein im Wald hausen. Aber sie entschlossen sich für ein Leben in einer großen Gemeinschaft. Machte das nicht Sinn?

Natürlich. Doch das war gar nicht die Frage. Das war es auch nicht, was ihm ein mulmiges Gefühl bei der ganzen Sache gab. Die Gemeinschaft brauchte die Arbeitskraft der Körperdiebe. Ohne sie wäre sie nie so weit gekommen. Doch rechtfertigte das Fortkommen einer Gemeinschaft, dass jemand unter ihr litt? Auch wenn es nur für einen Tag war? Seine Antwort hatte er Alea schon gegeben, und sie war ehrlich. Nein. Es war nicht richtig, und das hatte er immer schon gewusst. Und nicht erst, seit er *Huckleberry Finn* gelesen hatte.

Er seufzte. Esras Worte flogen durch seinen Kopf. *Erst, als ich begonnen habe, an das große Ganze zu denken, hat mein Leben angefangen, Sinn zu ergeben.* War es wirklich so einfach?

»Ich kann nichts versprechen«, sagte Luka.

Alea drehte sich zu ihm um. Sie standen vor einer Grube, und Lukas Körper hielt sich – wer konnte es ihm verdenken – lieber einige Schritte vor dem Abgrund auf. Außerdem schärfte er sich ein, wegen seines unberechenbaren Jankörpers besser Abstand zu Alea zu halten. Sie sah ihn zuerst zweifelnd an, dann lächelte sie. Ihr Gesicht war zerknautscht, weil sie die Abendsonne im Gesicht hatte. In diesem Licht wirkten ihre rötlichen Stoppeln und Sommersprossen fast golden. Nur ein seltsames, schwaches Brummen störte das idyllische Bild.

»Sag ich doch. Draufgänger.« Ihr Lächeln wurde breiter.

»Nur dieses eine Mal. Weil ihr mich anscheinend wirklich braucht. Niemand kommt zu Schaden. Wir verbrennen nichts.

Wir töten niemanden. Wir befreien nur Körperdiebe, wie du gesagt hast.«

»Das ist der Plan«, sagte sie. »Morells Mauerbau soll sich noch zwei, drei Jahrhunderte ziehen.«

Luka nickte. Der zweite Mauerring. Nun würde er also vielleicht bald selbst dafür verantwortlich sein, dass das wichtigste Projekt der Einheit immer noch nicht zu Ende kam.

»Wie gesagt. Ich kann nichts versprechen. Ich hab das Gefühl, ihr traut mir zu viel zu. Ich könnte auch sonst wo aufwachen.«

»Versuch's einfach. Mehr kannst du nicht tun«, antwortete sie.

In dem Moment drängten vier Körperdiebe an Luka vorbei. In ihrer Mitte trugen sie jemanden. Jeder hatte einen Arm oder ein Bein in der Hand. Der Kopf hing schlaff nach hinten. Luka sah dem Getragenen ins Gesicht. Er kannte es.

Ohne anzuhalten, warfen die vier den leblosen Körper über die Kante. Sie würdigten ihn keines weiteren Blickes, zeigten keine Regung im Gesicht. Sie drehten sie sich um und waren wieder fort.

Lukas Blick traf Aleas. »Ist das …?«, fragte sie mit tonloser Stimme. Sie spähte hinunter. Sein Körper stemmte sich dagegen, aber Luka überwand den Widerstand. Vorsichtigen Schrittes trat er an den Abgrund.

Der beißende Gestank war so überwältigend, dass Luka im ersten Moment zurückzuckte. Leichen. In der tiefen Grube stapelten sich Dutzende, Hunderte Leichen. Alte, verrottete, und neue, frische, ungeordnet und willkürlich hinuntergeworfen. Tausende, Millionen von Fliegen umschwirrten sie und summten, summten in ihrem gleichmäßigen Ton. Das war das Brummen gewesen. Er spürte seinen Magen rumoren, und er musste sich zwingen, nicht Jans Mittagessen zu Tage zu befördern. Er tauschte einen Blick mit Alea. Sie brauchte nichts zu sagen. *Sieh hin*, sagte ihr Blick. *Das ist das Werk deiner Einheit.*

Luka atmete noch mehr verfaulte Luft ein, spürte sie in seinem Rachen. Sein Körper verabscheute den Gestank. Aber überrascht war er nicht. Jans Körper kannte diesen Anblick. Er zwang sich dazu, genauer nach unten zu spähen. Dann entdeckte er ihn. Der Körper, den die vier hineingeworfen hatten, war Fritz. Lukas Körper von heute Morgen. Er lag zuoberst, die Augen offen, die Beine unnatürlich abgeknickt. Unter der Nase prangte ein großer, dunkler Fleck getrockneten Bluts. Luka schluckte.

Jan, der Sohn des Ersten, war tot.

»Sag dir einfach ›Ich werde klarträumen‹. Tausendmal. Bis du's glaubst.«

Das war Aleas Tipp. So einfach … oder auch nicht. Luka fiel es schwer, sich einzuschärfen, dass es heute besonders wichtig war, dass er klarträumte. Er versuchte es zuerst mit ein paar Realitätsproben. Aber immer wieder schweiften seine Gedanken ab.

Ich werde klarträumen. Eins.

Jan. Jan war tot.

Luka hatte nie verstanden, wieso Jan ihn so abgrundtief gehasst hatte. Jetzt würde er es nie erfahren. Dass Luka es dann tatsächlich war, der ihn aus seinem Körper schubste, und somit für seinen Tod verantwortlich war, zählte wohl als Ironie des Schicksals.

Er sah ihn vor sich. Jan und sein Feuerrohr. Er hatte gerochen, wie das Fleisch brannte. Er hatte es gefühlt. Nur deswegen war er überhaupt losgestürmt. Das Gefühl war zu übermächtig gewesen. Unerträglich.

Ich werde klarträumen. Zwei.

Er war in einem anderen Körper, ja. Aber mitzuerleben, was seinem ersten Körper geschah … er konnte es nicht erklären, aber er hatte es gespürt. Seine Rechte hatte gebrannt. *Ich bin völlig von ihm gelöst.* Von wegen. Ein Teil von ihm war immer noch da drin. In seinem Original.

Ich werde klarträumen. Drei.

Er wälzte sich auf die andere Seite seines Feldbetts. Dass Jan tot war, würde so bald zwar niemand erfahren. Im Gegensatz zur Nachricht, dass man den Körper des Sohns des Ersten mit einem Körperdieb darin gefunden hatte. Das würde sich wie ein Lauffeuer verbreiten. Luka hoffte nur, dass er auch wirklich hier herauskam. Jan zu sein war viel Arbeit. Ständig war sein Körper darauf aus, andere zu malträtieren. Luka musste permanent gegen Jans verdrehte körperliche Instinkte ankämpfen.

Ich werde klarträumen. Vier.

Luka fiel noch ein Grund ein, wieso er gezögert hatte, dem Widerstand zu helfen. Er musste nicht. Zum ersten Mal in seinem Leben musste er überhaupt nichts tun. Er hatte keine Sorgen über Meriten, keine Heimvorsteherin, kein Lyzeum, keine Wächterpflichten. Nichts. Er war, wie Emma es ausgedrückt hatte, frei. Diese Freiheit schmeckte ihm viel besser, als er gedacht hatte. Nein, er musste nicht … aber er wollte. Es war das Richtige, und er wollte das Richtige tun.

Ich werde klarträumen. Fünf.

Dieses Mal half er, das war der Deal. Er wollte zwar nicht, dass die Einheit so weiter machte. Dass sie immer mehr Körperdiebe anhäufte. Zwölf von fünfzehn Kursteilnehmern waren am Vortag Sklaven gewesen. Aber genauso wenig wollte er, dass die Einheit zugrunde ging. Es musste noch einen anderen Weg geben. Irgendeinen.

Er rief sich Esras Plan ins Gedächtnis. Er dachte an das Gesicht seines Ziels. Ein langes, dümmliches Gesicht.

Ich werde klarträumen. Sechs.

Er war nicht müde, aber er musste früh aufwachen, das war die erste Schwierigkeit. Sein Ziel war noch ein früherer Frühaufsteher als Mano. Die zweite Schwierigkeit war, dass es Equanimierer nahm. Wie das trotzdem funktionieren sollte, hatte er Alea gefragt. Sie hatte nur mit den Schultern gezuckt. Er solle einfach versuchen. Mehr könne er sowieso nicht tun.

Ich werde klarträumen. Sieben.

So oder so fühlte es sich gut an, etwas vorzuhaben. Er wollte endlich herausfinden, ob er sein Talent auch nutzen konnte. Wenn er es schaffte – dann würde er im wahrsten Sinne des Wortes zum Körperdieb werden. Er musste den Originalbesitzer aktiv verdrängen, und das hätte ihm normalerweise widerstrebt. Aber bei diesem speziellen Einheitsbewohner war das nicht der Fall.

Ich werde klarträumen. Acht.

Wenn das mit dem Wiederholen so wirklich funktionierte, konnte doch in Zukunft einfach Alea die Kurse in Atlantis geben, dachte er und stellte sich vor, wie sie nach einer zehnsekündigen Erklärung alle sitzen ließ. Ein Satz, wiederholt ihn, fertig für heute. Er lächelte bei dem Anblick der verdatterten Gesichter.

Ich werde klarträumen. Neun.

Der Himmel ist violett. Nur ein paar pinke Wölkchen ziehen langsam vorüber. Luka liegt auf dem Boden und schaut nach oben. Als er nach den Wolken greift, weichen sie ihm aus. Scheue kleine Dinger.

Vor ihm ist ein Abgrund. Er wird fallen, ganz sicher. Der Abgrund ist nicht nur vor ihm. Neben ihm. Hinter ihm. In jeder Richtung. Er ist auf einer winzigen Insel. Unten ... tote Menschen. Mit Jans Gesicht. Wenn er fällt, zerfleischen sie ihn, ganz sicher.

Verzweifelt schaut er nach oben. Das Violett hat sich zu blutrot gewandelt, wahrscheinlich ahnt der Himmel, was gleich passiert. Luka hört die Jans röcheln. Er braucht etwas. Irgendwas, um sich zu schützen.

Eine der Wolken ist anders. Sie bewegt sich nicht nur gegen den Strom. Sie bewegt sich auf ihn zu. Jetzt auch erkennt er ihre Form. Es ist ein Schlagstock. Er greift nach ihm. Ein paarmal schwingt er ihn durch die Luft. Er zischt. Ob er damit die Jans abwehren kann? Doch das kommt ihm plötzlich gar nicht mehr so wichtig vor. Der Stock. Der Schlagstock in seiner Hand. Er kennt diesen Stock!

Luka lächelt breit. Plötzlich fühlt er sich leicht. Alles macht Sinn. Es ist der Stock von Constantin. Stäns Stock. Er ist hier, weil er Stän sein muss. Aber erst einmal muss er weg von diesem Ort. Oder anders gesagt, der Ort muss weg.

Die Jans verschwinden. Rund um ihn herum wachsen Häuser aus dem Boden. Das Blutrot wird burgunderfarben, dann schwarz. Er liegt auf einem Bett in einem Zimmer in einem Haus. In der Hand hält er einen Schlagstock. Neben dem Bett liegt eine Gasmaske. Sein Bett ist bequem. Er will nicht aufstehen. Nicht wieder den Stock in die Hand nehmen. Er will nicht tun, was sein Vater ihm sagt. Aber, und das weiß er schon lange. Das Leben ist nicht gerecht!

»Was machst du da? Verschwinde hier!«, faucht ihn ein missmutig dreinblickender Junge mit langem Gesicht an. Constantin. Er steht vor einem Höhleneingang, in den Gleise führen. Er versperrt Luka den Weg.

»Das ist meine Mine. Hau ab!«, sagt Stän.

Als Luka an sich herabschaut, bemerkt er den Schlagstock in seiner Hand. … jetzt, wo er genauer hinsieht … er ist gleich groß wie der der andere. Er trägt dasselbe Hemd. Um beide Hälse baumelt eine Gasmaske. Er ist er. Sie sind beide Constantin.

»Wieso kann ich nicht hinein?«, fragt Luka, ohne zu wissen, wieso. Doch er versteht. Er muss dort hinein. Unbedingt.

»Geht dich überhaupt nichts an. Das ist meine Mine!«

Luka trippelt in einem Halbkreis um den Eingang, doch Constantin folgt ihm. »Was ist denn überhaupt so toll daran?«, fragt Luka.

»Geht dich nichts an. Und jetzt weg hier!«

»Wahrscheinlich warst du selbst noch nie drin, was?«

»Natürlich war ich drin!« Der andere Constantin wirkt entrüstet. »Sie ist tief und dunkel und … man kann sich darin verstecken. Und manchmal …« Constantins Augen blitzen. »Manchmal findet man Schätze darin.«

»Schätze! Das klingt toll. Welche Schätze?« Er versucht, in die Mine zu spähen, wo er meint, etwas Funkelndes zu entdecken. Constantin stellt sich auf die Zehenspitzen, um Luka die Sicht zu erschweren.

»Hmm«, brummt Luka. Plötzlich weiß er, was er tun muss. »Hört sich ja gar nicht so übel an«, sagt er. »Aber siehst du, da drüben? Da ist eine viel größere, viel tiefere Mine.« Er zeigt in eine beliebige Richtung, wo in dem Moment ein gigantischer Mineneingang aus dem Boden wächst.

»Überhaupt weißt du, denke ich, praktisch nichts von Minen. Es gibt so viele. So große. Wahrscheinlich würdest du dich sowieso darin verlaufen.«

»Ich würd' mich nie verlaufen!«, protestiert Constantin. »Ich ...« Er reckt seinen Hals nach der großen Mine. »Ich ... ich bin ... verrat es niemandem, ja? Ich bin gleich wieder da«, sagt er. Er lässt den Schlagstock fallen und läuft davon.

Luka hebt ihn auf. Jetzt hält er in jeder Hand einen.

Das war einfach, denkt er und betritt Stäns Stollen.

Fortsetzung folgt alsbald ...

LEGIONARION

Thomas Franke
AREA 3

ISBN: 978-3-96937-100-8

In einer vollkommen vernetzten Welt, in der intelligente Software den Alltag regelt, verbringen Tad und seine Freunde ihre Freizeit in hochentwickelten Cyberwelten. Insbesondere das faszinierende Onlinegame Area 3 schlägt sie in ihren Bann. Erst nach und nach erkennen sie, auf was für ein gefährliches Spiel sie sich eingelassen haben. Denn Area 3 verknüpft auf erschreckende Weise die virtuelle mit der realen Welt. Kein Handeln bleibt ohne Folgen.
Dieses Spiel ist in Wahrheit eine Prüfung, die zeigen wird, ob noch Hoffnung für die Menschheit besteht oder ob jegliche Zivilisation zugrunde gehen wird.

Ein atemberaubender Science-Fiction-Thriller, der in naher Zukunft spielt.

Sabrina Wolv
Nummer 365
Abendstern

ISBN: 978-3-96937-008-7

»Ich bin Strudel. Soldat Nummer 365. Kandidat in Projekt 8. Mitglied von Trupp 6. Auserwählter EXOträger und ein Klon, entstanden im Projekt Neshamah. Seit Neuestem ein Deserteur und Gefahr für ganz Eden.«
Die Lichtbringer haben ihn zum Tode verurteilt. Im letzten Moment rettet ein mysteriöser junger Mann Strudel vor seiner Hinrichtung. Der Retter behauptet, er wäre Talion, Strudels älterer Klonbruder, und er will ihn zur Kuppel 67 bringen. Dort formiert sich *der Abendstern* zum letzten großen Kampf gegen die Lichtbringer. Doch für diesen Kampf muss Strudel nicht nur seine Freunde in Eden zurücklassen, sondern auch in den Krieg zurückkehren. Doch alles, was sich Strudel wünscht, ist Frieden.
Kann Strudel dem Abendstern vertrauen?
Kann er seine Freunde retten?
Wird er überleben?

Das Finale der ›Nummer 365‹ Dilogie.

Sabrina Wolv
Nummer 365
Lichtbringer

ISBN: 978-3-96937-006-3

»Das hier ist die Akademie. Dein neues Zuhause. Du kannst dich geehrt fühlen, Soldat. Von heute an gehörst du zu den Lichtbringern.«

Strudel fühlte sich nicht geehrt, Strudel hatte Angst.

Als der sechsjährige Strudel seinen tyrannischen Onkel tötet, wird er von den Lichtbringern – den uneingeschränkten Herrschern des Lebenserhaltungssystems Eden – in die Akademie gebracht. Dort sollen er und zweihundert andere Kinder in einem tödlichen Training zu Soldaten ausgebildet werden. Gemeinsam mit seinen Freunden Simon und Finan muss Strudel fortan ums Überleben kämpfen. Doch welches Ziel verfolgen die Lichtbringer, und was verbirgt sich hinter »Projekt Neshamah«?

Kann Strudel seine Vergangenheit hinter sich lassen?

Kann er seine Freunde retten?

Wird er überleben?